PAVILLON

VALERIE LORD

# *Kreuzzug der Leidenschaft*

Roman

PAVILLON VERLAG
MÜNCHEN

*Umwelthinweis:*
Dieses Buch wurde auf chlor-
und säurefreiem Papier gedruckt.

Originalausgabe 01/2005

Printed in Germany 2005
Umschlagillustration: Pino Daeni/Agentur Schlück
Umschlaggestaltung: Nele Schütz Design, München
Satz: Buch-Werkstatt GmbH, Bad Aibling
Gesetzt aus der Cochin
Druck und Bindung: GGP Media GmbH, Pößneck
http://www.heyne.de

ISBN: 3-453-77028-5

# Prolog

*Nansay Hall*
*20. Mai 1091*

Die Schlinge um Marieroses schlanken Hals zog sich unaufhaltsam zu. Panik stieg in ihr auf. Sie wollte nicht sterben! Sie hatte doch noch gar nicht gelebt ... Mit aller Kraft stemmte sie sich gegen den tödlichen Sog und schlug wild um sich.

Das Klirren von Metall auf Stein ließ sie hochfahren. Ihre schmerzenden Lungen weiteten sich unter dem Ansturm feuchter Nachtluft. Sie lebte! Sie atmete! Es war nur ein Albtraum gewesen ... Während sie wie wild um ihr Leben gekämpft hatte, hatte sie den Kerzenhalter vom Brett neben dem Alkoven gestoßen.

Mit rasendem Herzen sank sie zurück in die Kissen, eine Hand auf die Brust gepresst. O Gott, wollten diese Albträume denn nie ein Ende nehmen? Sie hatten nach Gils Tod im vergangenen Herbst begonnen. Armer Gil. Auch acht Monate nach diesem schrecklichen Ereignis empfand Marierose hilflose Traurigkeit, wenn sie an ihren schönen jungen Gemahl dachte. Sie hatten ihn tot nach Nansay Hall zurückgebracht. Erschlagen von den Schotten, die immer wieder über die Grenze drängten und den Vasalleneid verletzten, den sie dem englischen König geschworen hatten. Von diesem Tag an war alles anders geworden.

Obwohl sich ihr Herzschlag langsam beruhigte, konnte die junge Frau ihre Unruhe nicht so ohne weiteres abstreifen. Sie schlug die Decke zurück und stieg aus dem hohen Alkoven. Eine breite Bahn silbernen Mondlichts erhellte das nahezu quadratische Gemach; durch die offenen Bogenfenster des Söllers fiel es auf die schwarz-weißen Steinquadrate am Boden, zeichnete die breite Steineinfassung des großen Kamins nach und streifte die geschnitzte Truhe und den schlichten Betstuhl vor dem gehämmerten Bronzekreuz.

Zu Gils Lebzeiten hatte es Krüge voller Blumen und Zweige, Wandteppiche und bunte Kissen in diesem Gemach gegeben. Felle und Teppiche hatten den Boden bedeckt, Krüge mit süßem Wein und Schalen mit Naschwerk hatten bereitgestanden. Sie erinnerte sich an das Schachspiel mit den Figuren aus Alabaster und Ebenholz, an verzierte Kästchen voller Kostbarkeiten und Überraschungen. Jetzt berührten ihre bloßen Füße den kühlen Stein, und sie fröstelte in dem schlichten Leinenhemd, das sie zur Nacht trug; die Decken ihres Bettes waren zu dünn, um nackt zu schlafen, wie sie es früher getan hatte.

Ihre Schwiegermutter hatte ihr nur die Truhe mit den einfachsten Kleidern gelassen und jeden Gegenstand entfernt, den man schön, bequem oder gar luxuriös hätte nennen können. Es gab nicht einmal mehr einen Spiegel. Nur das mahnende Kreuz und die Truhe waren geblieben; wenigstens war sie von Künstlerhand gefertigt – denn es gab in der ganzen Burg keine schlichteren Exemplare ihrer Gattung.

Nansay Hall war das Haus eines reichen Mannes. Aber es war eine Heimstatt ohne den ritterlichen Herrn. Sowohl Gilbert de Nansay wie sein Sohn hatten ihr Leben viel zu früh verloren. Jetzt regierte Lady Margaux über Nansay Hall und über ihre Schwiegertochter.

Marierose gestattete sich einen Seufzer und trat auf

den Söller hinaus. Zwischen den Rundbögen der kleinen Säulen breitete sich zu ihrer Rechten das Meer aus. Flüssiges nächtliches Silber, das von einer leichten Brise gekräuselt im Mondlicht schimmerte. Die gleichen Wellen brandeten auch im Süden an die Küsten des englischen Königreiches, benetzten die Kalkfelsen und trugen ihr salziges Aroma ins Landesinnere, bis nach Hawkstone.

Vor sechs Jahren war sie aus dem Schatten des Rosenturmes von Hawkstone getreten, um nach Norden aufzubrechen. Eine fünfzehnjährige Braut, verliebt in ihren zwanzigjährigen Gatten und begierig darauf, eine respektierte Ehefrau und nicht länger die Kleine, die Schwester, die Tochter zu sein.

Was war von der Liebe und den Träumen geblieben? Nicht einmal die Rosenstöcke, die ihr die Lady von Hawkstone, ihre Mutter, mitgegeben hatte. Was das raue Klima des Nordens nicht zerstört hatte, war Lady Margaux zum Opfer gefallen. Sie duldete keine Erinnerungen.

Marierose senkte die schmerzende Stirn gegen eine der Steinsäulen. Die Kälte besänftigte sie und vertrieb die Schatten. Wovor hatte sie Angst? Sie besaß doch gar nichts mehr, das es sich zu verlieren lohnte.

*Du hast dein Leben vergessen! Deine Freiheit!*

Sie verzog gequält den Mund. Warum nicht auch diesen Rest aufgeben? Was hatte es für einen Sinn, ihn zu behalten? Das Leben hatte ihr deutlich gezeigt, dass es nichts mit kindischen Träumen gemein hatte. Es hatte sie zum Spielzeug für Lady Margaux gemacht, einer Wachsfigur, an der sie ihren Zorn und ihre Enttäuschung über den Verlust des Sohnes ausließ.

Marierose konnte sich nicht daran erinnern, dass Margaux von Nansay um den eigenen Mann so verzweifelt getrauert hätte, als dieser bald nach ihrer Ankunft in Nansay Hall einem tödlichen Fieber zum Opfer gefallen war. Im Gegenteil; die Energie, mit der sie die Macht an sich gerissen hatte, kaum dass die Gruft in der Burgkapelle geschlossen worden war, hatte ihresgleichen gesucht.

Gil war damals mit einem Trupp Bewaffneter zur Grenze aufgebrochen, um die Schotten zu verfolgen, die das kleine Dorf am Oberlauf des Esk überfallen und vernichtet hatten. Ob die Lady es inzwischen wohl bereute, dass sie mit solchem Nachdruck darauf bestanden hatte, Gil solle die Schar anführen? Sicher nicht. Sie gab die Schuld stets den anderen. Dem König, der seine Lehnsherren im Norden nicht genug unterstützte. Den Schotten, die sich um keine Grenzen scherten. Der Ehefrau, die ihn von seinen vermeintlichen Aufgaben abgelenkt hatte. Gils Abneigung, ein Schwert zu führen, hatte sie stets ignoriert.

Aber Marierose entsann sich seiner Angst wie auch seiner Tapferkeit, mit der er dieses Gefühl bekämpft hatte, und seiner letzten Worte.

»Warum muss sie die Schwierigkeiten mit Waffengewalt lösen? Vater hätte verhandelt. Vater wäre gegen jeden sinnlosen Mord gewesen.«

Lady Margaux war indessen aus anderem Holz geschnitzt. Sie konnte sogar lächeln, wenn in ihrem Namen getötet wurde – ob es nun darum ging, einen Wilddieb aufzuhängen oder einen Wegelagerer zu bestrafen. Marierose hatte gelernt, das frostige Lächeln zu fürchten, das wie Raureif auf ihren Hoffnungen lag. Sie hasste es sogar mehr als die festen Schläge mit dem Stickrahmen, der Haarbürste oder anderen Gegenständen, welche die Lady zur Hand nahm, wenn sie ihre Schwiegertochter strafen wollte. Sie wusste, dass es falsch war, sich in dieses Regiment zu fügen – doch was sollte sie dagegen tun?

*Du bist eine Tochter des Rosenturmes! Kämpfe!*

Die Stimme, die sie manchmal zu hören glaubte, klang streng und mahnend. Marierose lachte bitter auf. Sie glaubte schon längst nicht mehr an das Ammenmärchen, dass der Rosenturm den Töchtern, die in seinem Schatten geboren worden waren, besondere Stärke und besondere Gaben in die Wiege gelegt habe. Das war lediglich die Erfindung einer Kinderfrau gewesen, die mit allen Mitteln versucht hatte, eine Schar von lebhaften Frechdachsen zu bändigen.

In dieser Runde war sie eine der Jüngsten gewesen. Ein zartes, verträumtes Kind. Die gehorsame Bewunderin ihrer größeren, temperamentvolleren Schwestern und das bevorzugte Opfer brüderlicher Streiche. Ihnen hatte sie es an Kühnheit, Mut und Abenteuergeist gleichtun wollen, als sie mit fünfzehn Gil von Nansay die Hand gereicht hatte, um Eltern und Geschwister im Süden des Königreiches zurückzulassen.

Aber sie hatte einen verhängnisvollen Fehler begangen. Sie hatte Wunsch und Wirklichkeit verwechselt. Sie hatte sich von einem hübschen Gesicht und breiten Schultern täuschen lassen und fröhliche Kameradschaft für Liebe gehalten. Sie hatte zusätzlich die Dummheit begangen, einen heiligen Schwur zu leisten. Jetzt steckte sie für immer in der eigenen Falle.

Keine Angst, Gil, wo immer du bist, ich werde dich nicht verraten!, sandte sie ihre Botschaft hinaus in die Unendlichkeit, wo sie vielleicht von einer gequälten Seele empfangen wurde. Lady Margaux würde mir ohnehin nicht glauben und wenn ich es zu beweisen versuchte, würde sie mich dafür noch mehr hassen, als sie es ohnehin schon tut. Vielleicht würde sie mich sogar Lucien überlassen ...

Marierose fröstelte bei dem bloßen Gedanken daran. Sie legte die Fingerspitzen an ihren Hals und fühlte glatte, kühle Haut. Eine unheilvolle Ahnung überkam sie. Sie hatte das eigenartige Empfinden, dass sich auch im wirklichen Leben eine Schlinge um ihren Hals legte und unaufhaltsam zusammenzog.

Die letzten Schleier des Albtraums wollten sich nicht vertreiben lassen. Die Nacht war mild und lau, aber Marierose von Nansay fror bis in die Tiefen ihrer einsamen, verängstigten Seele.

# Erstes Kapitel

*Die Klippen von Whitby*
*21. Mai 1091*

Der kleine Hase war elend in der Schlinge verendet. Das aufgekratzte Erdreich um ihn herum bewies, dass er heftig, doch umsonst gekämpft hatte. Wütend fuhr sich Marierose mit dem Handrücken über die Augen. Zorn war besser als Tränen. Es bekümmerte sie jedes Mal von neuem, wenn sie zu spät kam. Allein, es war schwieriger als sonst gewesen, Lady Margaux zu täuschen und die Burg zu verlassen.

Sie sank auf die Knie, um das Tier aus der Schlinge zu befreien. Sie konnte ihm nicht mehr helfen, aber es widerstrebte ihr, selbst eine leblose Kreatur in Gefangenheit zu lassen. Jedes Geschöpf hatte ein Recht auf Freiheit.

»Schau an, was haben wir da? Eine halbe Portion beim Wildern?«

Mit einem erstickten Laut fuhr Marierose hoch, kam auf die Beine und spürte im nächsten Augenblick den unerbittlichen Griff, der ihren Nacken umspannte. Ihr Blick fiel auf eine breite, von Leder verhüllte Brust und wanderte zögernd nach oben. Das kantige, unrasierte Kinn mit den dunklen Bartstoppeln stand in krassem Widerspruch zu den wohl geformten Lippen. Die kräftige Nase trug erkennbare Spuren eines Schlages, der sie ihrer ursprünglichen, klassischen Form beraubt hatte, und unter dichten schwarzen Brauen funkelten die gelbgoldenen Augen eines Luchses. Raubtieraugen, die sie in einer

Weise hypnotisierten, dass sie zu denken und zu sprechen vergaß.

»Ich nehme nicht an, mein junger Freund, dass du die Erlaubnis des Herrn von Nansay Hall hast, seinen Wildbestand zu mindern«, erklang die raue, gar nicht mal unfreundliche Stimme von neuem.

Der Griff in ihrem Nacken wurde fester und schüttelte sie dermaßen energisch, dass ihre Zähne aufeinander klapperten und sie sich auf die Zunge biss. Sie kam nicht zum Antworten, selbst wenn sie gewusst hätte, was sie auf die sarkastische Feststellung hätte erwidern sollen. Ihr Schweigen schien den Fremden jedoch nicht zu verwundern. Mit einem Schnauben gab er sie schließlich so unverhofft frei, dass sie in die Knie ging.

»Bist du nicht zu jung, um schon am nächsten Eichenast aufgeknüpft zu werden, Bürschchen?«

Marieroses Augen weiteten sich in unverhohlenem Entsetzen. Er würde doch nicht? O ja, er sah ganz danach aus, als betrachtete er die umliegenden Bäume mit den Augen eines Mannes, der solch einen Ast suchte. Sie wollte protestieren, aber sie brachte keinen Ton heraus. Ihre Stimme versagte ihr den Dienst.

»Das hättest du dir früher überlegen sollen.« Er nickte, als könnte er den stummen Protest sehr wohl hören. »Die Wälder gehören dem König, und er hat das Wildern unter Strafe gestellt.«

Marierose warf sich in blinder Panik in Richtung Büsche, aber so flink sie war, der Fremde reagierte schneller. Dieses Mal packte er sie am Wams und hob sie hoch, sodass ihre Füße den Kontakt zum Waldboden verloren. Sie erstarrte in dem erbarmungslosen Griff.

»Du wiegst kaum mehr als ein Kätzchen, Knirps«, sagte er überrascht und nahm sie mit gerunzelter Stirn ein wenig näher in Augenschein.

Sie wusste, was er sah. Ein schmales, blasses Gesicht, über und über dreckverschmiert und hohlwangig, unter wilden schlammfarbenen Haarsträhnen. Die groben Knabenkleider, die Gil ihr besorgt hatte, waren weit genug, um ihre Figur zu verbergen, und da sie zusätzlich ihre Brüste geschnürt hatte, würde er wenigstens nicht auf den Gedanken kommen, etwas anderes als einen halb verhungerten Bauernburschen vor sich zu haben. Dennoch, die gelben Luchsaugen drangen durch Wolle, Leinen und Haut bis in die Tiefe ihres Herzens, das vor so viel männlicher Bedrohung ängstlich pochte.

Mit einen Seufzer gab er sie frei. »Was treibt dich, das Wild deines Herrn zu stehlen? Leiden die Deinen Hunger? Kümmert man sich in Nansay Hall nicht um seine Pächter?«

Marierose schwieg eingeschüchtert. Wer war er? Ein Ritter? Seine Kleidung wirkte zweckmäßig, aber nicht kostbar. Das Messer an seinem Gürtel erkannte ihr geschultes Auge jedoch als Damaszenerarbeit, und die kniehohen Stiefel waren aus spanischem Leder genäht. Ein Seigneur. Ein Normanne zweifellos, dessen schulterlange Haare im satten Braun eines winterlichen Biberfells schimmerten und der das höfische Französisch sprach, das der Adel bevorzugte. Er überragte sie um einen guten Kopf, und seine athletische Gestalt mit den langen Beinen versperrte ihr so bedrohlich den Fluchtweg, dass sie zu zittern begann.

»Verstehst du mich überhaupt?«, erkundigte er sich jetzt und wechselte zum Sächsisch der einfachen Bauern. »Nun komm schon, nimm die Zähne auseinander, Bürschchen.« Das letzte Wort machte Marierose Mut. Noch hatte er ihre Maskerade nicht durchschaut, aber vor die Wahl gestellt, aufgehängt oder ausgelacht zu werden, fand sie eines so abscheulich wie das andere.

»Lasst mich!«, forderte sie heiser.

»Nicht im Traum«, entgegnete der Mann prompt und grimmig. »Wofür hältst du mich? Ich sollte dich zu einem ordentlichen Paket verschnüren und nach Nansay Hall bringen.«

Bei der bloßen Aussicht auf dieses zweifelhafte Vergnügen weiteten sich Marieroses Pupillen in sichtbarer Panik. Lady Margaux' scharfe Augen würden im Gegensatz zu diesem Fremden sehr wohl erkennen, wen sie vor sich hatte.

Etwas in den weit aufgerissenen, seltsam hellen Augen brachte eine Saite in Cyrus d'Avals Innerstem zum Klingen und hielt ihn davon ab, den jämmerlichen Grünschnabel weiter zu quälen. Er hatte nie daran gedacht, ein Kind aufzuhängen, auch wenn das Gesetz des Königs diese Strafe für Wilderer vorsah. Dennoch, wenn er den kleinen Halunken laufen ließe, würde er dies als Freibrief für künftige Jagdausflüge betrachten. Er musste eine Strafe finden, die diesen Nichtsnutz und seinesgleichen künftig davon abhielt, in den Wäldern von Nansay Schlingen zu legen.

Ehe er aber zu einem Ergebnis gekommen war, hatte Marierose das ihre gefunden. Sie senkte den Kopf zwischen die schmalen Schultern und entschied sich zur Flucht um jeden Preis. Wie von einem Katapult geschnellt, schoss sie nach vorn und rammte den Kopf mit aller Kraft in den Magen des Mannes. Von der unverhofften Attacke verblüfft, reagierte d'Aval dennoch mit der ganzen Erfahrung eines routinierten Kriegers. Noch nach Luft schnappend, packte er den vermeintlichen Schlingel am Hosenboden und hielt ihn fest.

»Da soll doch ...«, keuchte er atemlos, verwundert über die Kraft, die in dem schmutzigen Zwerg steckte, der nun mit allem auf ihn einschlug, was er bewegen konnte, und dabei wilde sächsische Flüche ausstieß.

»Deine Mutter hat wohl vergessen, dir regelmäßig den Mund mit Seifenkraut auszuwaschen, Freundchen«, knurrte er wütend. »Nun denn, wollen wir nachholen, was sie bei deiner Erziehung versäumt hat.«

Ehe Marierose begriff, wie ihr geschah, fand sie sich mit der Vorderseite über ein ausgestrecktes Knie gehalten, während ihre Hinterseite nach allen Regeln der Kunst verdroschen wurde. Zuerst japste sie vor Schock, dann begann sie zu kreischen, und als sie merkte, dass alles nichts half, unterdrückte sie das Schluchzen in ihrer Kehle und stellte sowohl Zappeln als auch Gegenwehr ein. Als die Schläge aufhörten, sank sie auf den Waldboden. Ihre Rückseite brannte wie Feuer, aber gleichzeitig loderte ihr Inneres vor Zorn.

»Lass es dir eine Lehre sein«, erklärte der Fremde und bückte sich beiläufig nach dem Hasen. »Und wenn du einen guten Rat annimmst, dann lässt du dich künftig in den Wäldern von Nansay nicht mehr sehen. Verschwinde, ehe ich mich über meine eigene Milde ärgere.«

*Milde!* Marierose rappelte sich auf und bedachte den Fremden mit einem mörderischen Blick. Wie schade, dass sie nicht wirklich über die Hexenkräfte verfügte, die man den Töchtern des Rosenturmes nachsagte. Sie hätte diesen Rüpel gern in die Tiefen der Hölle gewünscht. Besser noch ein paar Fuß darunter. Nicht einmal Lady Margaux, hatte sie bisher so tief und schmerzhaft gedemütigt. Niemand in ihrem ganzen Leben hatte je auf diese Weise die Hand gegen sie erhoben! Immerhin war sie eine Nobeldame, auch wenn sie einräumen musste, dass sie im Augenblick nicht so aussah.

Dass er jetzt geruhsam davonmarschierte und ihr einen amüsierten Blick über die Schulter zuwarf, erboste sie nur noch mehr. Wer war der unverschämte Kerl? Woher nahm er das Recht, sie zu züchtigen?

Zwischen den Bäumen entdeckte sie einen mächtigen grauen Hengst, der am Waldrand graste und auf seinen Herrn wartete. Sie war auf einem Landsitz aufgewachsen, auf dem prächtige Rösser für den König und seine Ritter gezüchtet wurden. Sie erkannte ein Rassepferd auf den ersten Blick, und dieses dort konnte durchaus mit den edelsten Vollblütern von Hawkstone wetteifern.

Es gab in der Gegend nur zwei Ziele, die der Besitzer eines solchen Streitrosses ansteuern konnte: Nansay Hall oder die Abtei von Whitby. Bei ihrem verflixten Glück war es vermutlich Nansay Hall. Sie schickte ein Stoßgebet zum Himmel, dass sie sich täuschte. Gleichzeitig rieb sie sich den verlängerten Rücken, während sie Schritt um Schritt auf dem Pfad vor ihm zurückwich. Würde er sie tatsächlich gehen lassen? Erst als er keine Anstalten machte, sie aufzuhalten, schlüpfte sie so schnell wie ein Wiesel davon.

Cyrus d'Aval sah dem jugendlichen Wilderer kopfschüttelnd nach. Ein wildes, ungestümes Kind, das mit Sicherheit über kurz oder lang in ernsthaftere Schwierigkeiten geraten würde, wenn es so weitermachte. Hoffentlich hatte es seine Lehre begriffen.

»Nun mein Lieber, was sagst du zu deiner neuen Heimat?« Seine Worte galten Bylord, dem mächtigen Streithengst, der den Kopf hob und leise schnaubte, als sein Herr zu ihm trat. Cyrus strich ihm sanft über die Nase und setzte die Inspektion fort, die er so abrupt unterbrochen hatte, als ihm der Junge aufgefallen war.

Nansay Hall lag weithin sichtbar auf den Klippen, zu deren Füßen der Esk in das nördliche Meer mündete. Die mächtige Festungsanlage mit den vier gewaltigen Rundtürmen und zwei Mauerringen war ein wahres Bollwerk königlicher Macht, das den Schotten durch sein bloßes Aussehen schon Respekt einflößen sollte. Mit seiner exponierten Lage beherrschte es sowohl das Hinterland als auch die kleine Stadt Whitby, deren Häuser sich zu beiden Seiten der Flussmündung reihten. Wer zuerst gekommen war, die sächsischen Mönche, die das Kloster von Whitby gegründet hatten, oder die Fischer, die den geschützten Hafen entdeckt hatten, wusste niemand mehr zu sagen.

Cyrus d'Aval befasste sich in diesem Augenblick jedoch ausschließlich mit der Burg. Sein neues Lehen … König Wilhelm II., den alle seiner roten Haare wegen nur Rufus nannten, hatte es ihm zum Dank für seine treuen Dienste übereignet. Die zahllosen Feldzüge und Gefechte an der Seite seines Königs gehörten der Vergangenheit an. Nun würde er nur noch in den Krieg ziehen, wenn der König nach Recht und Gesetz zu den Waffen rief.

Je länger er die grauen Mauern betrachtete und seinen Gedanken nachhing, umso stärker wurde das Gefühl, nach Hause zu kommen. Es war, als hätte Nansay Hall auf ihn gewartet und füllte eine Stelle in seinem Herzen aus, die bisher leer und ohne Bilder gewesen war. Er hatte sich nie den Wunsch nach einem Zuhause gestattet. Seit er im Alter von fünf Jahren die Burg seines Vaters verlassen hatte, um ein Knappe am königlichen Hof zu werden, kannte er nur Kammern und Quartiere, die er mit anderen teilen musste.

So gesehen hatte ihm der König seine Dienste wahrhaft großzügig vergolten. Wäre da nicht der Pferdefuß mit der Witwe gewesen. Hinter den Mauern von Nansay Hall wartete auch eine Gemahlin auf ihn, und ob er sie ebenso freudig begrüßen würde wie die Festung, wagte er zu bezweifeln.

»Nun habt Euch nicht so, mein Freund«, hatte der Sohn des großen Eroberers, der seinem Vater auf dem

Thron gefolgt war, jeden Widerspruch abgetan. »Nansay Hall ist nach dem Tod seines Herrn ohne Befehlshaber. Die Festung ist eine meiner wichtigsten Bastionen im Norden, und ich kann nicht zulassen, dass sie in die Hände der Schotten fällt. Bewahrt mir Nansay Hall und das Lehen von Whitby vor König Malcolm von Schottland, und es soll Euer Schaden nicht sein. Die Witwe stammt aus einer Familie schönster Töchter. Ihr werdet mir noch dankbar sein, dass Ihr sie als Dreingabe bekommt. Seid gut zu ihr, mein Freund.«

Wie typisch für den König, dass er alle um sich herum dazu drängte, Ehen zu schließen und Erben in die Welt zu setzen, während er selbst nicht daran dachte, sich eine Königin zu nehmen. D'Aval unterdrückte eine Mischung aus Fluch und Seufzer, dann schwang er sich wieder in Bylords Sattel und setzte das Ross in Bewegung.

Er würde die Witwe selbst dann in Kauf nehmen müssen, wenn sie wie ein Getreidesack aussähe. Das Lehen von Nansay schien das Opfer wert zu sein. Er sehnte sich nach einem Ort, an dem er bleiben konnte, nach einem Haus, das er das seine nennen durfte, selbst wenn er es gegen die Schotten verteidigen musste. Es war an der Zeit, dass er sich niederließ und dafür sorgte, dass er mehr Spuren auf der Welt hinterließ als nur die seines Schwertes.

»Reiten wir, mein Freund, sonst denken meine Männer noch, ich hätte im letzten Augenblick Reißaus vor meiner unbekannten Braut genommen.«

Bylord reagierte auf gewohnte Weise. Er streckte den mächtigen Körper und stob mit fliegenden Hufen am Waldrand entlang auf die Straße zurück.

Marierose sah Pferd und Reiter aus ihrem Versteck im Unterholz nach. Sie konnte nicht umhin, das Bild zu bewundern, das beide abgaben, obwohl sie vor hilfsloser Wut kochte und dem Normannen die Pest an den Hals wünschte. Ihre Sitzfläche brannte, und an ihren schmalen Handgelenken, zeichneten sich unter dem Schmutz blutunterlaufene Stellen ab. Es war jedoch weniger der Schmerz, der ihr zu schaffen machte, als die peinliche Demütigung.

Mach, dass du nach Hause kommst, sagte sie zu sich selbst und schlug den vertrauten Pfad ein, der sie zum Klippenrand und nach Hause führte. Gil hatte ihr die halsbrecherische Kletterpartie vor Jahren gezeigt. Sie erforderte ein sicheres Auge und das Klettertalent eines Eichhörnchens. Marierose besaß beides.

Nansay Hall war von Gils Vater, Gilbert de Nansay, von einem kleinen Küstenposten zu einer wehrhaften Festung ausgebaut worden. Der Ritter und Waffengefährte ihres Vaters Raynal de Cambremer hatte diese Burg für seine Söhne und ihre Nachkommen befestigt, ohne zu ahnen, dass das Geschlecht derer von Nansay schon mit dem eigenen Sohn aussterben würde.

Marierose erinnerte sich an ihn als einen liebenswürdigen, heiteren Mann, der seinen einzigen Sohn über alles geliebt und seine energische, tatkräftige Gemahlin ebenso bewundert wie gefürchtet hatte. Gil hatte von ihm gelernt, wie man der Lady aus dem Weg ging, wenn sie ihren Launen nachgab. Aber sosehr Marierose den verstorbenen Ritter geschätzt hatte, inzwischen konnte sie ihm den Vorwurf nicht ersparen, dass er seinen einzigen Sohn andere und wichtigere Dinge hätte lehren sollen.

Der Steig endete an einer Kaverne unterhalb der Klippe, in der sich klares Regenwasser mit einer kleinen Quelle vermischte. Das geheime Wasserreservoir der Burg war nur Gilbert und seinem Sohn bekannt gewesen, und Gil hatte das Geheimnis mit Marierose geteilt. Es ermöglichte ihr, die Schichten von Schlamm und Dreck aus Gesicht und Haar zu waschen, ehe sie ihre Jungenkleider mit dem dunklen Gewand vertauschte, das sie gewöhnlich trug.

Lady Margaux hatte ihr mit eigener Hand den Kopf geschoren, ehe sie ihr die bunten Kleider und Schleier fortgenommen und sie zu einer Nonne ohne Kloster gemacht hatte. Marierose war so verzweifelt gewesen, dass sich ihre Tränen um die langen Flechten mit jenen um Gil gemischt hatten. Er hatte ihre schönen Haare geliebt, und es war ihm ein Vergnügen gewesen, sie zu kämmen und zu flechten. Woher wusste seine Mutter von den Dingen, die in der Vertrautheit ihrer persönlichen Gemächer geschehen waren? Oder war der Verlust ihrer Haare nur der rücksichtslose Versuch gewesen, jede Andeutung von Schönheit zu zerstören? Marierose hatte nie eine Antwort auf diese Frage erhalten.

Inzwischen wuchs ihr Haar in kurzen, weichen Locken nach und ließ sich auf diese Weise problemlos tarnen und waschen. Sie hätte sich damit anfreunden können, wäre es nicht eine ständige Erinnerung an die Erniedrigung und Schande gewesen. Keine von Lady Margaux' Damen hatte kurzes Haar. Nur Dirnen und Verbrecherinnen wurden wie die Schafe geschoren.

Marierose unterdrückte einen Seufzer und verzog das Gesicht, als das grobe Leinen des Untergewandes über ihre zarte Haut kratzte. Mit eisern zusammengepressten Lippen verschnürte sie das dunkle Obergewand und zerrte die Kordel fest, die es um ihre Mittel hielt. Strümpfe, weiche Lederschuhe, Haube und Schleier vervollständigten ihre schmucklose Erscheinung. Ein Nonnengewand, das jede Farbe auf ihren ohnehin blassen Wangen erstickte.

Die Zeiten zartfarbiger Florstoffe, glänzender Seiden und bestickter Leinenhemden gehörten der Vergangenheit an. Ebenso wie Juwelen, Perlen, Gürtel aus Goldschnüren und Silberkordeln. Was Lady Margaux mit all den Truhen voll modischem Schnickschnack wohl getan hatte? Sie waren aus ihrem Gemach verschwunden wie die Teppiche, Kissen und Blumen.

»Du hast den Untergang des Hauses Nansay verschuldet!« Ihre Schwiegermutter wurde nie müde, jeden einzelnen ihrer zerstörten Träume aufzuzählen, als wäre Marierose dafür verantwortlich, dass sie nie Wirklichkeit geworden waren. »Du wirst den Rest deines Lebens dafür Buße tun und den Himmel um Verzeihung für deine Sünden bitten. Es wäre deine Pflicht gewesen, meinem Sohn einen Erben zu schenken und die Linie unseres Blutes fortzuführen.«

Marierose erduldete die Vorwürfe ohne Widerrede. Sie fühlte sich ebenfalls schuldig, wenn auch nicht aus den Gründen, die Lady Margaux ihr vorhielt. Sie konnte nicht leugnen, dass sie sich das harte Bett, in dem sie jetzt schlief, selbst geschaffen hatte. In einer gefährlichen Mischung aus Geltungssucht, Einfältigkeit und Eigennutz hatte sie ein Gefühl für Liebe gehalten, das im besten Fall Sympathie, vielleicht Freundschaft gewesen war. Sie hatte nicht hinter ihren älteren Schwestern zurückstehen wollen, die verheiratet und glücklich über ihren eigenen Hausstand herrschten.

Gütiger Himmel, was ging ihr nur heute alles durch den Kopf? Sie raffte die Röcke und wandte sich zur Tür, hinter der die schmale Wendeltreppe wartete, die in das Gemach mit dem Söller hinaufführte. Der Baumeister hatte sie höchst geschickt im Mauerwerk des Turmes versteckt. Sie endete in der breiten Umrandung des mannshohen Kamins, der vielleicht ein wenig zu groß für das Turmgemach wirkte, aber keinen Verdacht erregte.

Wenigstens dieser Weg in die Freiheit war ihr erhalten geblieben, und er bedeutete ihr umso mehr, als Lady Margaux dazu neigte, sie ganze Tage in ihrer Kammer einzusperren, um sie auf diese Weise zum Gebet zu zwingen. Glücklicherweise war ihre Schwiegermutter noch nie auf die Idee verfallen, sie könne in dieser kahlen Kammer etwas anderes tun als beten und unglücklich sein.

Marierose schwor sich, die nächsten Stunden tatsächlich auf Knien zu verbringen. Schon, weil es ihr vermutlich nicht gut tun würde, zu sitzen und weil sie für die unchristliche Serie sächsischer Flüche, mit denen sie den Ritter bedacht hatte, wahrhaftig Abbitte tun musste. Dank ihrer Mutter beherrschte sie die beiden Hauptsprachen Britanniens ebenso wie das Lateinische.

Als sie sich aber mit geschlossenen Augen über ihre gefalteten Hände neigte, wollte ihr der Wortlaut der gewohnten Gebete nicht einfallen. Stattdessen sah sie die Züge des fremden Ritters vor sich. Warum nur? Er war längst nicht so schön, wie Gil es gewesen war. Und doch …

# Zweites Kapitel

*Nansay Hall*
*21. Mai 1091*

»Öffnet das Tor! Wir kommen im Namen des Königs!«

Die hallende Stimme des Herolds drang bis auf die Wälle, wo Lady Margaux den Zug mit der fremden Standarte misstrauisch beäugte. Sie fixierte den Wimpel, der neben dem Wappen des Königs im Wind flatterte.

»Eine grüne Linde mit gekreuzten silbernen Schwertern. Ein solches Wappen habe ich noch nie gesehen.«

»Ein Ritter des Königs, Mylady!«

»Das herauszufinden, ist nicht schwer, wenn er beide Wappen mit sich führt«, erwiderte sie sarkastisch.

Lucien de Belcastel, ihrem Neffen und Burghauptmann, stieg vor Zorn das Blut in den Kopf, aber sie beachtete es gar nicht. Mit schnellem Blick schätzte sie die Zahl der einfachen Bewaffneten, die Packpferde und die Ritter. Ein imponierender Trupp, der ihre eigenen Männer übertraf, die nach den letzten Überfällen der Schotten große Verluste erlitten hatten.

»Zieht das Gitter hoch. Ich möchte wissen, wen uns der König da geschickt hat.«

»Und wenn …« Belcastel kam nicht einmal dazu, den Satz zu Ende zu sprechen. Eine Geste der Lady brachte ihn zum Schweigen.

»Wenn er Nachricht vom König bringt, hat er ein Anrecht auf unsere Gastfreundschaft. Wir können ihn schlecht vor dem Tor stehen lassen. Die Herren von Nansay waren immer Lehnsmänner des Königs. Kümmert Euch um unsere Besucher. Ich werde ihren Anführer in der Halle erwarten.«

Sie erwartete keine Bestätigung, denn Gehorsam

setzte sie als selbstverständlich voraus. So schritt sie davon, jeder Zoll die alleinige Herrin der Burg. Belcastel sah ihr aus schmalen Augen nach. Es fiel ihm schwer, die Befehle eines Weibes auszuführen, aber noch sah er keine Möglichkeit, das despotische Regime seiner Tante zu beenden. Erst wenn sie ihm zur offiziellen Anerkennung seines Lehensrechts auf Burg und Land verholfen hatte, würde er sich aus seiner demütigenden Abhängigkeit befreien können.

»Das wurde auch Zeit«, knurrte der Ritter neben Cyrus d'Aval, als sich das mächtige eiserne Gitter vor dem Haupttor von Nansay Hall knirschend hob und den Weg für die Ankömmlinge freigab. »Man könnte meinen, sie hätten überlegt, ob sie uns überhaupt einlassen wollen. Kennen sie das Wappen ihres Königs nicht?«

Cyrus gab keine Antwort. Er ließ den Blick über die mächtigen Mauern gleiten und registrierte mit erfahrenem Blick, dass die Wachleute miteinander schwatzten, statt ihre Pflicht zu tun. Auch die eiserne Kette ächzte, als hätte sie seit Monaten kein Fett mehr gesehen. Nansay Hall war eine trutzige Festung, aber aus der Nähe ließ sie erste Anzeichen von Vernachlässigung erkennen. Es schien an der Zeit, dass diese Burg einen Herrn bekam, der sich ihrer annahm, wie sie es verdiente.

»Vielleicht liegt es daran, dass eine Frau all dies beherrscht«, vermutete sein Gefährte inzwischen. »Sie wird Angst haben, und es spricht für ihre Vorsicht, dass sie nicht jedem Waffentrupp Tür und Tor öffnet. Schließlich hat sich Rufus viele Monate Zeit gelassen, ehe er über ihr Schicksal entschieden hat. Sicher hat ihr das nicht gefallen.«

»Willst du damit andeuten, dass sie sich das Recht herausgenommen hat, wegen dieser Verzögerung böse zu sein? Dass sie uns – und damit auch unseren König – absichtlich warten lässt?« Der Gedanke gefiel Cyrus d'Aval überhaupt nicht. Je näher der Augenblick kam, an dem er seiner Braut von Angesicht zu Angesicht gegenüberstehen sollte, desto übler wurde seine Laune.

»Woher soll ich wissen, was die Dame denkt?« Benoît le Bras, Gefährte und Freund d'Avals seit vielen Jahren, hob nachlässig die Schultern. »Du sollst sie zu deiner Gemahlin nehmen, nicht ich.«

»Danke für dein Mitgefühl.«

»Denk an die Festung.«

»Das musst du *mir* nicht sagen.«

Le Bras warf einen prüfenden Blick auf das Gesicht seines Freundes. Er kannte Cyrus lange genug, um die Beunruhigung hinter der gelassenen Fassade zu spüren. Sosehr sich der Ritter über die Ehre des königlichen Lehens freute, der damit verbundene Zwang zur Eheschließung missfiel ihm. Dies war sicher nicht der Augenblick, darüber weitere Witze zu reißen. Also senkte er lediglich den Kopf und wartete, bis die Kette arretiert war. Nansay Hall stand offen.

Bylord übernahm die Spitze des Trupps. Die hölzernen Bohlen der Brücke dröhnten unter seinen Hufen, ehe sie über den gepflasterten Weg klapperten, der unter dem Torgewölbe hindurchführte. Sein Reiter begutachtete das Glacis der Vorburg, das anstelle einer Verteidigungsfläche Gemüsegarten und Viehweide zu sein schien. Die Fläche stieg zur Innenmauer schräg an, sodass im Fall eines Angriffs von beiden Mauern gleichzeitig mit Pfeilen auf die Gegner geschossen werden konnte. Eine löbliche Einrichtung, aber die jungen Lämmer und Ziegen, die zu Füßen der Mauern weideten, schienen eher den Schutz vor dem Seewind zu schätzen.

D'Aval war jedoch nicht mehr als ein flüchtiger Blick auf die Anlagen vergönnt, denn der Schatten des nächsten Torhauses nahm sie auf, ehe sie den inneren Burghof von Nansay Hall erreichten. Unerwartet groß und nahezu quadratisch war er von Ställen, Getreidespeichern, Küchen, Werkstätten und Wohnquartieren umgeben. Schutz, Zweckmäßigkeit und Schönheit verbanden sich zu einem beeindruckenden herrschaftlichen Wohnsitz.

Mauern und Türme der Burg waren aus grauen Granitsteinen erbaut und mit Schieferplatten gedeckt. Lediglich einzelne Gesinde- und Vorratshäuser sowie die Mannschaftsquartiere und Ställe besaßen hölzerne Schindeldächer. D'Aval nahm sich bereits jetzt vor, auch sie im Lauf der Zeit durch Schiefer zu ersetzen. Gegen Schieferdächer vermochten Brandpfeile nichts auszurichten.

Während sich Gilbert de Nansay bei den Zweckbauten für schmucklose Nützlichkeit entschieden hatte, präsentierte sich das Haupthaus als wahrer Palast. Von der eleganten Eingangstreppe über das Portal mit der geschnitzten Doppelflügeltür bis zu den hohen, von steinernem Maßwerk geschmückten Fensteröffnungen verkündete es Reichtum und Macht.

Cyrus d'Aval kamen jähe Zweifel. Rufus war großzügig seinen Freunden gegenüber, aber er gab nicht unbeschwert mit vollen Händen. Was, wenn er herausfand, dass er mit Nansay Hall ein Schmuckstück verschenkt hatte? Würde er es zurückfordern? Aber da war ja noch die Witwe. Er knirschte mit den Zähnen und schalt sich selbst einen Esel. Die Urkunde des Königs steckte in seiner Satteltasche. Er musste endlich aufhören, das eigene Glück zu beargwöhnen.

Auf den ersten Blick fehlte es in Nansay Hall an nichts, außer der festen Hand eines Herrn – eine Aufgabe wie geschaffen für ihn. Er schwang sich aus dem Sattel und reichte einem herbeigeeilten Pferdeknecht die Zügel.

»Das ist Bylord. Er hat einen strammen Ritt hinter sich. Ich erwarte von dir, dass du dich gut um ihn kümmerst. Gib ihm eine Extraration Hafer und halte ihn von den anderen Rössern fern. Er ist gern für sich.«

»Ja, Herr. Ihr könnt Euch auf mich ...«

»Willkommen auf Nansay Hall, Seigneur.«

Lucien Belcastel schätzte mit einem schnellen Blick den Wert des mächtigen Streitrosses und verbarg seine Verwunderung darüber, dass sein Reiter weder Kettenhemd noch Harnisch trug und mehr einem Jäger denn einem Ritter glich. Seine schmalen Lippen kräuselten sich in voreiliger Verachtung.

»Seid bedankt«, entgegnete Cyrus d'Aval knapp, während rings um ihn seine Männer absaßen. »Bringt mich zu Eurer Herrin.«

»Die Lady von Nansay ist meine Tante«, glaubte Belcastel seine Stellung erklären zu müssen. Hielt ihn dieser Kerl etwa für einen Dienstboten? »Die Dame erwartet Euch in der großen Halle. Wenn Ihr mir bitte folgen wollt.«

Cyrus und Benoît tauschten einen Blick hinter seinem Rücken. Beide empfanden sie auf den ersten Blick wenig Sympathie für den Burghauptmann, der mit seinen scharfen Zügen, den schmalen Lippen und den dunklen Augen eine fatale Ähnlichkeit mit einer zweibeinigen Ratte besaß. Daran konnten weder die bestickte Seide des Waffenrocks noch die funkelnden Juwelen am Heft seines Schwertes etwas ändern. Auch entlarvten ihn sowohl der herrische Befehl, mit dem er den Knecht an der Tür anfuhr, wie die Angst in den Augen des Dieners.

»Der Bote des Königs, Lady«, verkündete er hochtrabend, als er vor den Gästen die Halle betrat.

An der Stirnseite beim großen Kamin befand sich eine gemauerte Estrade, die den Privatbereich des Burgherrn vom Rest der Halle trennte. Dort, vor einem nahezu mannshohen Kamin, in dem ein großes Feuer glomm, wartete Lady Margaux in einem geschnitzten Lehnstuhl. Die Röcke ihrer dunkelroten Samtrobe flossen wie blutige Wellen auf ihre Füße, und an den gefalteten Händen in ihrem Schoß glomm ein kieselsteingroßer Rubin. Den stolzen Kopf hoch erhoben, blickte sie dem Abgesandten des Königs entgegen. Das blonde Haar unter dem dünnen rosafarbenen Schleier hatte sie mit juwelengeschmückten Nadeln hochgesteckt. Um ihren Hals lag ein Kollier aus Amethysten und Rubinen.

»Seid mir willkommen«, grüßte sie majestätisch. »Ihr bringt mir Botschaft von Seiner Majestät, unserem König?«

Cyrus d'Aval trat mit dem Gefühl näher, geradewegs in einen zügig geschwungenen Schmiedehammer zu laufen. Die Frau auf dem Stuhl war alles andere als eine hübsche, gefügige Witwe! Das marmorblasse Gesicht trug scharfe, unzufriedene Falten, die Lippen waren schmal und blutleer, die Augen unter den nobel geschwungenen Brauen kühl wie das graue Meer an einem Wintermorgen. Diese Kälte wurde durch das glühend rote Kleid eher noch betont als gemindert.

»Verzeiht, aber wer seid Ihr?« Die Frage kam über seine Lippen, ehe er seiner Verblüffung Herr geworden war.

»Ihr sprecht mit Lady Margaux von Nansay. Der Witwe des verstorbenen Seigneurs Gilbert von Nansay«, gab sie ihm in einer eigenartigen Mischung aus Herrschsucht und Herablassung bekannt.

»Das ist unmöglich ...«

Bei Gott, es musste unmöglich sein! Die Frau im Stuhl war weit über das vierte Lebensjahrzehnt hinaus. Hatte sich Rufus einen bösartigen Scherz mit ihm erlaubt?

Musste er diese verblühte Schneekönigin heiraten, um Herr einer solchen Festung zu werden?

»Ihr habt ein wunderliches Benehmen, Herr Ritter«, zischte die Lady ungnädig. »Ihr seid doch wenigstens ein Ritter?«, fügte sie geradezu beleidigend hinzu.

»Ihr sprecht mit Cyrus d'Aval, dem Waffengefährten Seiner Majestät und Lehnsherrn unseres Königs, Wilhelm des Zweiten von England«, nahm Benoît le Bras seinem Freund die Antwort in höfischem Zeremoniell ab. »Und er ist …«

»Lass gut sein«, unterbrach d'Aval seinen Freund und wandte sich mit schmalen Augen der Lady im Stuhl zu. »Man hat mir gesagt, Ihr seid Anfang zwanzig und stündet in der Blüte Eures Frauenlebens. Ihr könnt sicher verstehen, dass mich die Wahrheit erstaunt. Ihr seid nicht die Frau, die ich erwartet habe.«

»Heilige Mutter Gottes, wovon redet Ihr, Mann?«

Lady Margaux hielt es nicht länger auf ihrem Stuhl. Sie stand so schnell auf, dass sie eine der Damen zur Seite stoßen musste, die neben ihr standen. Eine Nonne offensichtlich. Anders konnte sich Cyrus das dunkle Gewand und den dichten Schleier nicht erklären, hinter dem die Frau ihre Züge völlig verbarg.

»Wollt Ihr mich beleidigen?« Margaux von Nansay deutete mit ausgestreckter Hand auf Cyrus d'Aval. »Ihr tragt das Wappen des Königs, das sichert Euch meine Aufmerksamkeit. Aber ich bin nicht bereit, dummes Geschwätz zu dulden. Kommt zur Sache, Seigneur.«

D'Aval gestand der Lady zu, dass sie eine imponierende Erscheinung war und in ihrer Jugend einmal wunderschön gewesen sein musste. Jetzt war sie nur noch eine gealterte Nobeldame mit mehr Hochmut, als ihr gut tat. Es war an der Zeit, auf Höflichkeit und diplomatische Erwägungen zu verzichten.

»Der König hat mir die Ehre erwiesen, mich zum Herrn von Nansay Hall zu machen«, erwiderte er ohne Umschweife und musste zusehen, wie die bleiche Dame noch eine Spur weißer wurde. »Er hat seine Gnade mit dem Befehl verknüpft, die verwitwete Gräfin von Nansay zu meiner Gemahlin zu nehmen und ihre Interessen gegen jedermann zu vertreten. Wie ist es Euch gelungen, ihn über all die Jahre hinweg über Euer wahres Alter zu täuschen?«

Er bemerkte schlecht verhohlene Unruhe unter den Frauen der Lady; auch die Männer von Nansay, die sich mit den Seinen in die Halle gedrängt hatten, um Zeugen der Ereignisse zu werden, traten unruhig von einem Fuß auf den anderen. Er hörte unterdrückte Rufe, Gemurmel und Geflüster. In gewisser Weise konnte er die Aufregung nachvollziehen. Er widerstand der Versuchung, sie alle mit einem strengen Blick zum Schweigen zu bringen, und konzentrierte sich ausschließlich auf die Reaktion der Frau im blutroten Samtkleid. Sie war beunruhigt. Ihre Augen glitten immer wieder zu der Nonne, die sie eben fast über die Empore gestoßen hätte. Was war so Besonderes an ihr? Auch hielten die anderen Damen einen winzigen, aber doch erkennbaren Abstand von ihr. Sie war eine Außenseiterin unter all den kostbar gekleideten Gefährtinnen der Lady. Eine traurige Witwe?

»Es liegt mir fern, unseren König zu täuschen, Herr Ritter«, erklärte Lady Margaux hochtrabend. »Ich kann es mir nur so erklären, dass er geurteilt hat, ohne die Verhältnisse von Nansay Hall zu kennen.«

»Dann klärt mich an seiner Stelle auf«, forderte d'Aval knapp. »Wenn Ihr die Lady von Nansay seid, dann müsst Ihr doch auch die Witwe des verstorbenen Seigneurs sein.«

Wieder dieser eigenartige Blick zur Seite. Dachte sie, er bemerke es nicht? Wann wollte sie endlich mit der

Wahrheit herausrücken, die er sich bereits ohne ihre Hilfe zusammengereimt hatte?

»Der letzte Herr von Nansay war mein einziger Sohn, Seigneur.« Ihrer Stimme war der Schmerz um den Jungen anzuhören, deswegen verzichtete er darauf, sie zu unterbrechen. »Die Schotten haben ihn im vergangenen Herbst getötet. Diese Wilden kamen über die Grenze und brachten Tod und Verderben an das Ufer des Esk. Mein Sohn hat sie um den Preis seines Lebens zurückgeschlagen. Sie brachten ihn mir zum Sterben nach Hause, und jene dort ist seine Witwe.«

Das Kopfnicken galt der vermeintlichen Gottesbraut. Diese wich unter der Erklärung sichtlich erschrocken zurück, bis die Umrandung des Kamins sie aufhielt. Ihre Röcke schwangen so nahe an der Glut, dass der stechende Gestank von brennender Wolle aufstieg. Niemand machte Anstalten, sich darum zu kümmern. Ein feiner Rauchfaden kräuselte in ihrem Rücken nach oben. Merkte sie denn nicht, dass ihre Röcke Feuer gefangen hatten?

Mit einem knappen Fluch sprang Cyrus d'Aval auf die Estrade, packte die junge Frau und stieß sie vom Feuer weg. Während er mit dem Absatz die Glut an ihrem Rocksaum austrat, musste er sie festhalten, damit sie sich nicht losriss. Wie närrisch kämpfte sie gegen seinen Griff, und er musste die schmalen Handgelenke mit so viel Kraft umfangen, dass er ihr sicher wehtat.

»So haltet doch still«, schimpfte er aufgebracht. »Was habt Ihr vor? Euch bei lebendigem Leibe zu verbrennen? Ist Euch der Gedanke, von neuem zu heiraten, so unerträglich, dass Ihr lieber sterben wollt?«

»Sie ist ein wenig einfältig, Seigneur«, hörte er die Lady ohne die geringste Wärme in der Stimme erklären. »Ihr könnt sie nicht zur Frau nehmen.«

»Überlasst das mir, diese Entscheidung zu fällen«, knurrte der Ritter.

Lady Margaux widersprach trotzdem. »Sie ist unfruchtbar, wenn Ihr es genau wissen wollt. Sie hat meinem Sohn in sechs Jahren der Ehe kein einziges Kind geschenkt. Eine solche Ehefrau würde ich meinem ärgsten Feind nicht wünschen.«

»Und deswegen rührt Ihr keinen Finger, wenn sie zu verbrennen droht?«, durchschaute d'Aval ohne Schwierigkeiten das gespannte Verhältnis zwischen der Lady und ihrer verwitweten Schwiegertochter. »Ihr habt eine seltsame Art, die Dinge zu handhaben, Lady.«

Die junge Frau hatte ihren Widerstand aufgegeben und stand nun völlig reglos mit gesenktem Haupt vor ihm. Durch den dichten Schleier konnte er ihr Gesicht nicht erkennen. Lediglich das schmale Handgelenk und ihre geringe Größe zeigten ihm, dass sie von zierlicher Gestalt sein musste, jedoch ängstlich und von der gebieterischen Lady allem Anschein nach völlig eingeschüchtert.

»Sagt mir Euren Namen«, bat er.

»Sie heißt Marierose von Nansay«, antwortete die Lady an ihrer Statt und fügte hinzu: »Ihr könnt sie nicht zur Frau nehmen. Das ist unmöglich.«

»Das habt Ihr schon einmal gesagt.«

»Dann hört auf mich. Ihr wollt doch sicher Söhne und Töchter. Von ihr bekommt Ihr sie nicht.«

Cyrus d'Aval legte wahrhaftig keinen Wert darauf, verheiratet zu werden, aber etwas in dem bedingungslosen Widerspruch der kühlen Lady zwang ihn dazu, ihr die Stirn zu bieten.

»Kümmert Euch nicht um meine Angelegenheiten, Madame. Gebt den Befehl, meine Männer unterzubringen, und lasst ein anständiges Gemach für mich richten. Dann verkündet, dass Nansay einen neuen Herrn hat. Ihr selbst habt die Wahl, ob Ihr weiterhin im Hause bleiben oder ob Ihr Euch in das Kloster von Whitby zurückziehen wollt. Mir ist beides recht.«

Es war nicht zu übersehen, dass die Hausherrin keine Freude daran hatte, so mir nichts, dir nichts entmachtet zu werden. Während sie noch nach den richtigen Worten suchte, zog d'Aval die königliche Urkunde aus seinem Wams. Das breite rote Wachssiegel mit dem Band bewies, dass sie aus der Schreibstube des Königs stammte und von diesem höchstpersönlich gegengezeichnet worden war.

»Falls Ihr Zweifel habt, gebt das Eurem Priester, er wird es Euch vorlesen, Madame.«

Lady Margaux gab das Pergament schweigend an die junge Verschleierte weiter. Verblüfft sah Cyrus es hinter dem Florstoff verschwinden und hörte eine leise, tonlose Mädchenstimme, die ohne zu stocken die Worte vorlas, die ihn als künftigen Herrn der Festung und der Ländereien an der Mündung des Esk bestätigten. Im Gegensatz zu ihrer Schwiegermutter konnte sie lesen. Eine höchst interessante Tatsache. Soweit er wusste, gab es nicht einmal bei Hofe viele Frauen, die diese Kunst beherrschten.

Er bemerkte auch, dass die Herrin der Burg halb erschüttert, halb zornig ihre Finger verschlang und die Lippen noch schmaler aufeinander presste. Bei Gott, er hoffte inständig, dass sie sich für das Kloster entschied. Mit dieser Dame unter einem Dach zu leben, versprach höchst ungemütlich zu werden.

»Seid bedankt«, wandte er sich an Marierose von Nansay, die wieder verstummt war und die Urkunde zusammenfaltete. »Damit sind wohl alle Fragen fürs Erste geklärt. Werdet Ihr den Schleier für mich heben, damit wir uns von Angesicht zu Angesicht kennen lernen können, Marierose von Nansay?«

Marierose unterdrückte den hysterischen Wunsch, auf dem Absatz kehrtzumachen und zu fliehen. Die schmerzhaften Folgen ihres Kennenlernens spürte sie bei jeder unvorsichtigen Bewegung. Welch ein aberwitziger Streich des Schicksals dies doch war! Der König hatte ihr einen Ehemann geschickt. Einen Ritter mit den Manieren eines Rüpels und der einschüchternden Autorität eines Mannes, der sich nicht von seinen Plänen abbringen ließ.

Sie zweifelte dennoch keinen Augenblick daran, dass Lady Margaux diese Ehe verhindern würde. Wenn Cyrus d'Aval annahm, dass er ihre Macht brechen konnte, würde er sich schnell getäuscht sehen. Es hatte keinen Sinn zu hoffen. Dennoch war sie einen Augenblick lang in Versuchung, lieber den Rüpel als die Verzweiflung zu wählen. Aber nein, sie konnte nicht heiraten. Sie durfte keinen neuen Gemahl nehmen, nur so vermochte sie ihr Geheimnis zu hüten.

D'Aval wartete geduldig, bis sie sich dazu entschied, seiner Aufforderung zu folgen. Mit bebenden Händen hob sie den Schleier über den Kopf und bot ihm ein spitzes, dreieckiges Antlitz, das von der weißen Leinenhaube eng umschlossen wurde. Ebenso blass wie das ihrer Schwiegermutter, mit züchtig nieder geschlagenen Augen, deren feine Wimpern fächerförmige Schatten auf die Jochbögen warfen. Der helle Schwung ihrer Brauen und das wächserne Rosa der Lippen wurden von all der Farblosigkeit geradezu verschluckt.

Umrahmt von der weißen Kopfbedeckung schien es ihm, als verblasste das Antlitz bei zunehmender Betrachtung noch weiter. Eine Frau wie ein Schatten. Kaum wahrnehmbar. Kein Wunder, dass sie dem Erben von Nansay keine Kinder geschenkt hatte. Sie schien kaum genug Kraft zu haben, sich auf den eigenen Beinen zu halten.

»Nun?« Einmal mehr mischte sich Lady Margaux in

das Geschehen. »Da seht Ihr es. Sie ist ein Schatten ihrer selbst. Seit mein Sohn verstorben ist, verbringt sie ihre Tage in Trauer und endlosem Gebet. Wollt ihr sie wirklich in ihrem Schmerz stören?«

Obwohl er ahnte, dass Lady Margaux in erster Linie für ihre eigenen Interessen sprach, konnte er die Richtigkeit ihrer Worte nicht von der Hand weisen. Gegen so viel erkennbare Verzweiflung kam er sich vor wie ein grober Klotz.

»Grämt Euch nicht länger, Madame«, sprach er sie in seinem schönsten höfischen Normannisch an. »Auch die größte Verzweiflung geht irgendwann zu Ende, und es ist nicht das Schlechteste, wenn sie es im Gehorsam für den König tut. Ihr müsst Euch nicht heute entscheiden, aber Ihr solltet es schnell tun. Es liegt mir daran, die Dinge nicht auf die lange Bank zu schieben.«

»Bitte ...« Marierose brach ab und machte eine hilflose Geste mit den Händen. Ihr war schwach vor Angst, denn sie rechnete bei jedem Herzschlag damit, erkannt zu werden.

Die Handbewegung machte Cyrus d'Aval auf die dunklen Male seines Griffes um ihre Handgelenke aufmerksam. Er konnte nicht ahnen, dass es ein anderer Griff gewesen war. Aber er war zutiefst beschämt wegen seiner eigenen Grobheit.

»Verzeiht, Mylady. Ich habe Euch wehgetan«, entschuldigte er sich zerknirscht.

Aber Lady Margaux erlaubte nicht, dass er weiter mit Marierose sprach.

»Lasst sie«, befahl sie schroff. »Wenn Ihr schon kein Herz für die Trauer einer Mutter und Witwe habt, dann entsinnt Euch wenigstens der Gesetze der Höflichkeit. Sie wird mit Euch sprechen, wenn sie dazu bereit ist. Nicht eher.«

Das wird nie sein, fügte Marierose stumm hinzu und zog den Schleier wieder über ihr Gesicht. Ihr war schwindelig vor Aufregung, und sie wusste kaum, wie ihre Beine sie noch tragen sollten. Eine Hand schob sich unter ihren Arm und stützte sie. Blanche von Bolton, die mit ihrer Mutter zu Lady Margaux' Damen gehörte, half ihr, sich zu fassen. Marierose dankte ihr mit einem Nicken, denn sie wagte nicht zu sprechen. Hätte Lady Bolton die mitleidige Geste ihrer Tochter bemerkt, sie hätte sie streng dafür gerügt. Sie war ihrer Herrin tief ergeben und teilte im Gegensatz zu ihrer Tochter sogar deren Vorlieben und Abneigungen.

Sobald Marierose sich wieder sicher fühlte, trat sie zur Seite. Lady Margaux und der Ritter setzten sich inzwischen über die Unterbringung von Rittern und Pferden auseinander. Eine Atempause, in der sie endlich versuchen konnte, die Geschehnisse zu begreifen.

Eigentlich hatte sie schon im Wald geahnt, dass die Burg sein Ziel war. Diese Mischung aus Stärke, Arroganz und selbstverständlicher Autorität passte nicht zu einem Mann der Kirche. So benahm sich nur ein Ritter, der sich seiner Stärke und seiner Stellung bewusst war.

*Der König hat dir einen neuen Gemahl geschickt, Marierose!*

Der Gedanke tanzte wie ein übermütiger Schmetterling durch ihren Kopf. Hatte sie diese Möglichkeit nicht in Betracht gezogen, seit sie wusste, dass Lady Margaux einen Boten an den Hof geschickt hatte? Wusste sie nicht von ihrem Vater, dass es das Recht des Königs war, ein Lehen neu zu vergeben, wenn der Ritter starb, der es verwaltete? Hatte sie nicht heimlich gehofft und gebetet, auf diese Weise von Nansay Hall fortzukommen?

Nur vor sich selbst konnte sie ihre dummen Träume zugeben. Träume, die sogar Gesichter gehabt hatten. Die Gatten ihrer älteren Schwestern waren schließlich gut aussehende und beeindruckende Edelmänner. Sie hatte sich als junges Mädchen nicht entscheiden können, ob sie lieber einen Sachsenprinzen wollte, wie ihn Ryan Fitzgeorge verkörperte, der Sophia Rose geheiratet hatte, oder einen edlen Normannen wie Justin von Amonceux, der ihre Schwester Roselynne auch nach Jahren noch auf Händen trug. Beide hatten die Sympathie des Königs gewonnen, und vielleicht befand sich ja unter seinen Rittern einer, der ihnen glich.

Fast hätte Marierose unter ihrem Schleier bitter aufgelacht. Cyrus d'Aval ähnelte weder dem einen noch dem anderen. Er war kantig, hart, männlich, doch es fehlte ihm jede Spur von Eleganz oder gar Charme. In der Rüstung eines Ritters mochte er vielleicht einschüchternd wirken, aber in schlichtem Leder kam er ihr vor wie ein wandernder Handwerker. Ein Kesselschmied, ein Gaukler, ein Zigeuner, mit einer Haut, die von der Sonne gebräunt war, und einem Gesicht, das die Spuren seiner Kämpfe trug. Mit Händen, die einem Gegner das Genick brechen konnten, ohne dass er dazukam, seine Waffe zu gebrauchen. Dazu die dichten braunen Haare, die gelben Raubtieraugen und die starken Zähne, die er immer dann entblößte, wenn ihm etwas missfiel …

Ein Mann zum Fürchten und nicht zum Heiraten. Ein Mann für Abenteuer und Aufregung. Lauter Dinge, für die sie viel zu ängstlich und zu schüchtern war. Sie würde auch aufhören, in den Wald zu gehen. Nach dem heutigen Erlebnis würde sie ohnehin nie wieder den Mut dazu aufbringen. Sie war nicht so abenteuerlustig wie ihre Schwestern. Sie war feige.

Oder lag ihre Furcht in der Tracht Prügel begründet, die er ihr erteilt hatte? Wie konnte der König von ihr erwarten, dass sie sich mit einem Flegel verband, der sie verdrosch wie einen Stalljungen?

Aber warum machte sie sich überhaupt solche Gedanken? Sie würde ihn nicht heiraten. Sie durfte ihn nicht heiraten. Wenigstens das war sie Gil schuldig. Sie hatte ihr Wort gegeben. Sie mochte vielleicht feige sein, aber sie würde niemals ihr Wort brechen.

# Drittes Kapitel

*Nansay Hall*
*21. Mai 1091*

»Es kommt nicht inFrage, dass du diesen Ritter heiratest«, verkündete Lady Margaux in einem Ton, der keinen Widerspruch duldete.

Marierose schwieg. Die Herrin von Nansay Hall mochte es nicht, wenn man ihr ins Wort fiel. Sie herrschte mit absoluter Gewalt über den Haushalt und die Burg. Marierose hatte es schon in den ersten Wochen ihrer Ehe aufgegeben, dagegen zu opponieren. Solange Gil noch gelebt hatte, war es ihr ohnehin leicht gefallen, der Lady aus dem Weg zu gehen. Sie hatte sich hinter ihrem Gemahl versteckt, und der wiederum hatte es hervorragend verstanden, eine Mutter, die ihn abgöttisch liebte, um den Finger zu wickeln.

Das Erwachen nach Gils Tod war grausam gewesen. Sie hatte zwar keinen Gemahl, sondern einen lieben Freund, einen fröhlichen Bruder verloren, aber dennoch hatte sie den Verlust des einzigen Menschen, der ihr Nansay Hall erträglich gemacht hatte, tief betrauert. Nichts hatte sie darauf vorbereitet, nach seinem Tod zum Opfer von Lady Margaux' Zorn gegen den Himmel, die Menschen und das Schicksal zu werden. Gils Mutter war wie eine Furie in ihr Leben gefahren und hatte ihr mehr genommen als nur ihre langen Locken und die gewohnte Freiheit.

Marierose stand vor den Trümmern eines Lebens, und sie hatte keine Ahnung, wie es weitergehen sollte. Sie durfte weder eine neuerliche Ehe eingehen, noch wollte sie den Rest ihrer Tage unter der Aufsicht einer tyrannischen Schwiegermutter verbringen. Allein, wann war es je um ihre Wünsche gegangen?

»Das hätte noch gefehlt, dass deine Person das Argument dafür liefert, dass der König Nansay Hall in fremde Hände übergibt«, fauchte die Lady. »Diese Burg wurde meinem Gemahl gegeben, und er hat sie erbaut. Er hat aus einem lächerlichen Küstenposten eine Feste gemacht, die keinen Vergleich mit einer normannischen Burg zu scheuen braucht. Dieser Mann hat kein Recht, mich zu vertreiben. Ohne mich wäre diese Festung nicht das, was sie heute ist.«

Marierose starrte auf ihre im Schoß gefalteten Hände und ließ die eigenen Gedanken wandern, während ihre Schwiegermutter mit schwingenden Röcken in ihrem Gemach auf und ab marschierte und ihrem Zorn Luft machte. Bis sie endlich mit schmalen Augen vor ihr stehen blieb und sie musterte, waren viele Worte gefallen.

»Du wirst d'Aval meiden, hörst du«, befahl sie knapp. »Es lässt sich nicht verhindern, dass du heute Abend beim Mahl an seiner Seite sitzen musst, aber ich erwarte, dass du ihm in Worten und Taten zeigst, wie wenig dir an einer neuen Ehe gelegen ist. Sag ihm, dass du dein künftiges Leben wohltätigen Werken und Gebeten widmen willst. Dass er sich eine andere suchen soll.«

»Wie Ihr wünscht«, murmelte Marierose die übliche Antwort, in der sie auf eine Anrede verzichtete.

Auch nach so vielen Jahren fiel es ihr immer noch schwer, Lady Margaux mit Mutter anzusprechen. Sie hatte so gar nichts von der Mutter, unter deren liebevoller Aufsicht Marierose und ihre Geschwister aufgewachsen waren.

»Dann geh.«

Marierose nickte gehorsam und verließ die prächtigen Gemächer des Hausherrn, die Lady Margaux nach dem Tode ihres Gemahls nicht für den Sohn und seine junge Frau geräumt hatte. Marierose mochte gar nicht daran denken, wie es war, in der sonnigen Kemenate zu leben, wo die Fenster nach Süden lagen und das Licht durch bunte Glasfenster hereinfiel. Sie hatte es sich abgewöhnt, über solche Dinge nachzugrübeln. So wie sie es sich abgewöhnt hatte, zu lachen, zu singen, zu träumen und zu wünschen.

»So in Gedanken versunken, liebste Kusine?«

Marierose entfuhr ein leiser Aufschrei. Lucien de Belcastel hatte eine Art, ihr aufzulauern, bei der ihr jedes Mal fast das Herz stehen blieb. Seit Gils Tod hielt er sich für den Herrn dieser Burg. Allerdings nur, wenn Lady Margaux davon nichts mitbekam. Sie wusste auch nichts von den hartnäckigen und höchst unliebsamen Aufmerksamkeiten, mit denen ihr Neffe die Witwe ihres Sohnes bedachte.

»Ich bin nicht Eure Kusine. Lasst mich vorbei.«

»Meine Tante ist Eure Mutter, das verbindet uns, Kusine.«

Das Wort allein machte Marierose schon wütend. Der Zorn half ihr, die instinktive Furcht vor dem Burghauptmann zu überwinden.

»Uns verbindet nichts.«

»So stolz, kleine Kusine? Weil ein neuer Freier unter unserem Dach weilt?«

Was geht's dich an?, hätte Marierose ihn am liebsten gefragt. Ihre Schwestern hätten so reagiert. Aber nicht sie. Sie fühlte das Böse, das in Lucien de Belcastel lauerte. Sie wusste, wie dünn die höfliche Fassade war und wie gefährlich es sein konnte, den Neffen der Lady Margaux zu provozieren. Also schwieg sie und sah ihn nur aus großen, hellen Augen an, während sie darauf wartete, dass er es müde wurde, wieder und wieder mit ihrer Angst zu spielen.

Dabei war es genau dieser Blick, der Lucien de Belcastel von Anfang an verfolgt hatte. Diese eigenartige Mischung aus Vorsicht und Unschuld, aus mühsam kontrollierter Furcht und rätselhafter Herausforderung. In den vergangenen Monaten war es ihm nicht gelungen, herauszufinden, ob ihre Augen nun blau, grün oder grau waren. Es schien fast, als glänzten sie mit jeder Stimmung in einer anderen Farbe. Im Augenblick wirkten sie fast silbern und verrieten mühsam unterdrückte Gefühle.

»Macht Euch keine Illusionen, Kusine, er wird Euch nicht bekommen. Ihr gehört mir.«

»Ich weiß nicht, was Ihr von mir wollt.« Marierose weigerte sich, auf das Thema einzugehen, das Belcastel angeschnitten hatte. Sie traute ihm nicht über den Weg. »Ich werde niemanden heiraten.«

Sie bezog ihn in diese Ablehnung mit ein, aber Belcastel hielt ihre Äußerung nur für die Ablehnung des Fremden. Eines bäuerischen Ritters, der weder so schöne Gewänder trug wie er noch so höfische Manieren zeigte. In einer gefährlichen Mischung aus Arroganz und Dummheit beurteilte er Cyrus d'Aval rein nach Äußerlichkeiten. Von ihm drohte seiner Meinung nach keine Gefahr im Spiel um die Witwe, die er nun umso dringlicher haben wollte, da er wusste, dass der König sie und Nansay verbunden hatte.

Marierose errötete unter seinem Blick. Sie fühlte sich beschmutzt und beleidigt, ohne dass er ein einziges Wort gesagt hatte.

»Was ist hier los? Was hast du mit Lucien zu tändeln? Habe ich dir nicht befohlen, in deine Kammer zu gehen und zu beten?«

Die kalten Augen Lady Margaux' erfassten die Situation mit einem einzigen Blick. Lucien strich schon seit Wochen wie ein läufiger Kater um Marierose herum. Sie würde nicht dulden, dass sich noch ein Mann in den Netzen dieser Sirene verfing. Sie hatte hilflos zusehen müssen, wie sie ihren Gemahl und ihren Sohn bezaubert hatte, aber inzwischen besaß sie die Macht, weitere Dummheiten zu unterbinden.

Marierose ersparte sich jede Rechtfertigung, Lady Margaux hörte ihr ohnehin nie zu. Sie raffte die Röcke, denn jetzt musste ihr der Burghauptmann wohl oder übel Platz machen. Sie hörte die Vorwürfe ihrer Schwiegermutter immer leiser werden, während sie die steinerne Wendeltreppe in den Turm hinaufeilte. Schnell schlug sie die Tür hinter sich zu, ehe sie sich heftig atmend dagegenlehnte und versuchte, zur Vernunft zu kommen. Inzwischen schmerzte nicht nur ihre Rückseite, sondern auch ihr armer Kopf. Wie sollte sie nur die übrigen Stunden dieses Tages überstehen?

*

»Du kannst diese Person nicht heiraten, Cyr!« Unter vier Augen hielt Benoît le Bras mit seiner Meinung über die befohlene Ehe nicht zurück. »Rufus wird es begreifen, wenn er die Umstände erfährt. Er will einen starken Lehnsherrn an dieser Grenze. Erinnere dich, wie wütend er war, als die Nachricht vom Tode Nansays eintraf.«

»Bei Gott, alle Welt ist so sehr daran interessiert, mir meine königliche Braut auszureden, dass es fast schon zum Lachen ist«, entgegnete sein Freund verdrossen. »Eigentlich sollte doch ich derjenige sein, der sich darüber empört und sich weigert, das Frauenzimmer zu heiraten.«

»Und warum tust du es nicht?«

»Was habt ihr nur alle gegen die Kleine?«

»Hast du nicht gehört, was die Lady gesagt hat? Sie kann keine Kinder gebären. Sie ist jetzt schon mehr Nonne als Frau. Sie gehört in ein Kloster und nicht in diese Burg. Was willst du mit einer Gemahlin, die nur betet und dir keine Söhne schenken wird?«

Cyrus d'Aval runzelte die Stirn. Er konnte den Worten seines Freundes schlecht widersprechen. Es verlangte ihn ohnedies nicht nach einer Ehefrau, und schon gleich gar nicht nach einer, die lieber mit Jesus Christus als mit ihm verheiratet war. Andererseits – hatte er nicht bei Hofe oft genug aus der Ferne erlebt, dass Ehefrauen ebenso lästig wie kostspielig sein konnten? Vielleicht war er mit einem frommen, bescheidenen und stillen Exemplar von Ehefrau besser dran als viele andere Männer. Die Nonne würde ihn nicht weiter stören.

Und was die Söhne betraf … Seine Brüder in der Normandie hatten genügend Kinder in die Welt gesetzt, damit sich unter ihnen ein Erbe fand, wenn es einmal nötig sein würde. Es drängte ihn nicht sonderlich danach, die eigene Blutlinie um jeden Preis fortzusetzen. Wenn es nach ihm gegangen wäre, er hätte ganz auf eine Ehefrau verzichtet. Die Dienste, für die er eine Frau benötigte, konnten ihm jede Magd und jede Dirne leisten, ohne dass er sich bis ans Ende seiner Tage an sie fesselte.

»Ich schätze es, dass sich alle Welt den Kopf über meine Probleme zerbricht«, erwiderte er dennoch sarkastisch. »Ich werde mir mit meiner Entscheidung Zeit lassen, wenn du gestattest. Und nun sag mir, was du über die Männer dieser Burg denkst, denn das scheint mir wichtiger als meine künftige Ehe.«

Le Bras verzog den Mund, aber er akzeptierte den Themenwechsel. Die Frage der Familiengründung machte seinen Freund ohnehin nur reizbar, und was er in der Kürze der Zeit über Nansay Hall erfahren hatte, trug sicher nicht dazu bei, dessen Laune zu bessern. Es war höchste Zeit, hier Ordnung und Disziplin einkehren zu lassen.

»Wenn der Schotte heute käme, würde er Nansay Hall trotz des doppelten Mauerringes überrennen, ehe sich die

Lady mit den roten Röcken in der Halle vom Stuhl erhoben hätte«, brachte er die Lage auf den Punkt. »Die Männer machen keine regelmäßigen Waffenübungen, der Schmied hämmert Kerzenleuchter für das Herrenhaus, und die Wachen glauben, es genügt, das Fallgitter vor das Tor zu senken. Ganz davon abgesehen, dass es niemand für nötig gehalten hat, die Männer zu ersetzen, die im Kampf gegen die Schotten gefallen sind. Hier herrscht eine Nachlässigkeit, wie ich sie selten erlebt habe.«

»Und Belcastel, der Burghauptmann?«

»Scheint öfter in den Hafenschänken von Whitby zu feiern, als seine Pflicht zu tun. Wie er die Lady von seinen Fähigkeiten überzeugt hat, ist mir ein Rätsel. Sie hat sich die kleine Ratte aus Rouen kommen lassen, nachdem ihr Sohn im Kampf gegen die Schotten gefallen ist. Mehr ein Ersatz für diesen als ein vernünftiger Anführer für ihre Männer.«

D'Aval trat an das Fenster das Gemachs, das nach Norden zeigte. Es mochte als versteckte Kränkung gedacht gewesen sein, dass man ihn hier einquartiert hatte, aber ihm gefiel der Blick über den Fluss und das Meer hinüber zur schottischen Grenze. Es erinnerte ihn daran, weshalb er hier war. Es galt, das Erbe des Eroberers vor Malcolm und seinen verräterischen Schotten zu schützen.

»Der Kerl ist mir höllisch zuwider. Er wird uns Ärger machen«, prophezeite Benoît.

Cyrus d'Aval dachte an die Worte seines Gefährten, als er wenig später am Kopfende der Tafel saß und den Blick über die Halle und die Gäste am Tisch schweifen ließ. Sein Tisch, das musste er sich im Stillen noch sagen, denn zu seiner Linken thronte Lady Margaux in einem geschnitzten Stuhl mit hoher Lehne und hielt Hof, wie es die Schwester des Königs in Winchester nicht besser gekonnt hätte. An ihrer anderen Seite saß Lucien de Belcastel in einem gelbroten, bestickten Samtwams, ähnlich wie es die Gecken bei Hofe trugen.

Gegen ihn sah die stille Witwe zu seiner Rechten wie ein schüchterner kleiner Spatz aus. Ganz dunkle Wolle, weißer Schleier und mit Ausnahme des goldenen Eherings kein einziges Schmuckstück.

»Gott schütze Cyrus d'Aval, den neuen Herrn von Nansay Hall!«

Benoît le Bras riss ihn aus seinen Gedanken. Er ließ es sich nicht nehmen, den ersten Trinkspruch auf seinen Freund auszubringen. Seine Männer wiederholten ihn mit donnernden Stimmen, sodass es nicht weiter auffiel, ob auch die Bewohner der Festung darin einfielen. Cyrus trank seinem Freund zu und hob den Becher in Richtung Lady Margaux', die den Gruß säuerlich lächelnd erwiderte. Der dunkle Rote war hervorragend, aber ihrer Miene nach hätte sie ebenso gut Essig trinken können. Er hatte Mühe, ein zufriedenes Lächeln zu unterdrücken. Wenn die Lady annahm, dass sie ihn mit ihrem hoheitsvollen Gehabe einschüchterte, so würde sie sich schnell getäuscht sehen.

»Habt Dank«, wandte er sich an seine Männer und noch mehr an die fremden Gesichter, die diese Tafel umgaben. »Wir werden gemeinsam unserem König dienen und seine Grenze vor den Eindringlingen aus Kaledonien schützen. Lang lebe unser König Rufus!«

Auch dieser Trinkspruch fand donnernden Widerhall bis hinauf zu den geschnitzten Balken der hohen Decke. Marierose zuckte vor Schreck zusammen und stieß gegen den Becher neben ihrem Teller, sodass der Rotwein in breitem Schwall auf das weiße Leinen des festlichen Tischtuches floss. Ein kleines Missgeschick, aber sie sah so verzagt zu ihrer Schwiegermutter und erntete einen dermaßen vernichtenden Blick, dass es sogar d'Aval auffiel.

Er beugte sich freundlich zu ihr hinüber und reichte ihr den kostbar verzierten Pokal, der seinen eigenen Wein enthielt. »Trinkt, meine Liebe. Ihr könnt ein wenig Farbe auf Euren blassen Wangen vertragen.«

Marierose spürte, dass ihr die Röte auch ohne den Wein ins Gesicht stieg. Seine Gleichgültigkeit war ihr lieber als Freundlichkeit, und sie wusste nicht, was sie darauf antworten sollte. Also nahm sie in ihrer Ratlosigkeit den Pokal entgegen und trank viel zu hastig, sodass sie sich prompt verschluckte.

Armes verschüchtertes Ding, dachte d'Aval und klopfte ihr wie einem Welpen zwischen die Schultern, damit sich ihr Husten wieder löste.

»Da habt Ihr es«, mischte sich Lady Margaux immerhin so leise ein, dass nur er und die Witwe es verstanden. »Ungeschickt und unfähig in jeder Beziehung. Sie wäre nie in der Lage, ein Haus für Euch zu führen.«

»Weshalb hat Euer Sohn sie geheiratet?«

»Jugendliche Dummheit«, erklärte die Lady vernichtend. »Er war beeinflusst von seinem Vater, der mit ihrem Vater zuvor den Eroberer nach England begleitete. Männerfreundschaft und Männertorheit.«

Der beißende Kommentar, der im Grunde auch ihm galt, provozierte den Ritter nicht. Er betrachtete Marierose beiläufig, aber immerhin so intensiv, dass ihm der flammende Blick auffiel, der für einen Herzschlag an ihm vorbei zu Lady Margaux flog, die sich bereits wieder ihrer Mahlzeit widmete. Ein Blick wie ein Pfeil, klar, zornig und keineswegs unterwürfig.

Schau an, die Witwe besaß immerhin eine Spur von Lebhaftigkeit. Mit jähem Interesse wandte er sich ihr zu, aber sie hatte sich bereits wieder in der Gewalt. Sie rückte ihren Zinnteller leicht zur Seite, sodass er den größten Teil des Rotweinflecks verdeckte, und säbelte mit ihrem schmucklosen kleinen Essmesser ein winziges Eck von der Fasanenbrust, die er ihr vorgelegt hatte. Sie aß kaum etwas, und er ertappte sich dabei, dass er Gefallen an den fließenden, eleganten Bewegungen ihrer schmalen Hände fand. Es waren schöne Hände, mit schlanken, rassigen Fingern, die in ihm die befremdliche Frage wach riefen, wie es sich wohl anfühlen mochte, von ihnen berührt zu werden.

Energisch rief er sich zur Ordnung. Er würde seine Position in Nansay Hall nicht festigen, indem er über die Anmut seiner farblosen Braut nachgrübelte. Es gab Wichtigeres in und um die Burg zu tun. Er musste sich nur an den Frechdachs erinnern, den er am Morgen beim Wildern ertappt hatte. Nun, der Junge würde sich ebenfalls eine Zeit lang an ihn erinnern. Er hatte ihn kräftig genug versohlt, damit die Warnung auf längere Zeit Wirkung tat.

Marierose hätte einen guten Teil ihrer ewigen Seligkeit dafür gegeben, dem prüfenden Blick der gelben Luchsaugen zu entkommen. Sie hatte den beunruhigenden Eindruck, auf einem abschüssigen, feuchten Hang ins Rutschen gekommen zu sein und keinen Halt mehr zu finden. Sie rückte angespannt auf ihrem Stuhl umher und konnte im letzten Moment einen Schmerzenslaut unterdrücken. Je länger sie saß, umso schlimmer wurde es. Zum Teufel mit diesem Kerl da neben ihr! Auch daran trug er die Schuld!

Cyrus d'Aval bemerkte ihr Unbehagen, aber er schrieb ihm andere Gründe zu. Es lebte sich vermutlich nicht gerade angenehm mit Lady Margaux. Auch er würde dem Himmel danken, wenn es ihm gelang, sie ins Kloster abzuschieben. Besser sie als dieses Schattenmädchen, das kaum ein paar Happen zu sich nahm. Immerhin würde er mit ihr eine Frau bekommen, die keinen Ärger machte, ihren Mund zu halten wusste und ihm nicht mit weiblichen Grillen auf die Nerven ging.

»Hier, nehmt wenigstens ein paar von den Zuckermandeln.« Er schob ihr das Schälchen mit den Süßigkeiten näher. »Ihr esst nicht mehr als ein Spatz, und wahrscheinlich wiegt Ihr noch weniger.«

»Ich faste«, erklärte Marierose leise.

»Es gehört sich nicht, in der Trauerzeit Zuckerwerk und Naschereien zu schlecken«, mischte sich einmal mehr Lady Margaux ein. Cyrus musste an sich halten, ihr nicht über den Mund zu fahren.

»Eure Trauerzeit ist vorbei«, wandte er sich an die Witwe und drehte der Lady halb den Rücken zu. »Habt Ihr es schon vergessen? Der König hat Euch zu meiner Gemahlin bestimmt. Ihr seid mir angelobt, und wir werden so schnell wie möglich heiraten.«

Marierose schlug die Augen nieder, um seinen Blick auszusperren. Gleichzeitig hörte sie, wie Lady Margaux scharf Luft holte, und wartete auf ihren heftigen Einspruch. Als er nicht kam, sah sie auf und erkannte, dass Cyrus d'Aval die Herrin der Burg mit seinen seltsamen goldenen Augen fixierte. Zu ihrem beträchtlichen Erstaunen klappte sie den halb geöffneten Mund wieder zu und griff mit leicht fahrigen Händen nach ihrem Weinbecher.

Seit Marierose die Dame kannte, hatte sie noch niemand mit einem Blick zum Schweigen gebracht. Spürte auch sie die geballte Wolke wütender Energie, die gleich einem drohenden Gewitter die Luft um diesen Mann zum Vibrieren brachte?

Cyrus d'Aval hob den Becher und prostete Marierose zu, als hätte er nichts von all diesen stummen Botschaften bemerkt.

»Erlaubt mir, dass ich auf die alte und die neue Herrin

von Nansay Hall trinke. Gott schütze Lady Marierose, meine edle Verlobte.«

Marierose hätte sich um ein Haar von neuem verschluckt. Dieses Mal konnte sie jedoch den Hustenanfall unterdrücken. Sie bedankte sich für den Trinkspruch mit einem kaum merklichen Neigen des Kopfes und kam zu der endgültigen Überzeugung, dass dieser Mann nicht nur ein Grobian, sondern auch ein Verrückter sein musste. Nur ein Narr legte sich mit Margaux von Nansay an.

# Viertes Kapitel

*Nansay Hall,*
*25. Mai 1091*

»Je eher wir diesen Menschen loswerden, umso besser wird es mir ergehen.«

Margaux von Nansay schäumte vor Zorn. Wenige Tage hatten genügt, um ihr zu zeigen, dass der neue Herr der Burg seine Macht nicht zu teilen gedachte. Jetzt ließ sie ihre Wut an Lucien de Belcastel aus, der Zeuge ihrer Demütigungen geworden war.

»Denkt Ihr, er lässt sich so einfach zum König zurückschicken, verehrte Frau Tante?«

»Lass den König aus dem Spiel«, fauchte die Lady. »Ich weiß, es war ein Fehler, diese Botschaft an den Hof zu schicken. Aber ich musste es tun. Ich wusste ja nicht, ob dieses Mädchen seinem Vater einen Boten geschickt hatte, als ich in meiner abgrundtiefen Verzweiflung noch nicht fähig gewesen war, die Dinge in meinem Sinne zu lenken.«

Allein an die Tage zu denken, die dem Tod ihres Sohnes gefolgt waren, brachte den Schmerz zurück. Zwar war es weniger das Leid einer liebenden Mutter als die zornige Verzweiflung einer machthungrigen Frau, die den Sohn als Werkzeug für die eigenen Pläne benötigt hatte, aber das Ergebnis blieb das Gleiche. Sie musste sich mit dem Scheitern ihre Träume abfinden. Eine Frau konnte in diesen Zeiten nicht ohne Mann über eine Festung herrschen oder gar dem König Trotz bieten. Es mochte ungerecht und dumm erscheinen, aber es war so.

»Marierose empfängt Briefe und Botschaften, aber sie beantwortet sie nie, habt Ihr das nicht gewusst?« Lucien klang ein wenig hämisch. Er mochte es, Dinge zu wissen, die seiner Tante entgingen.

»Das Mädchen ist nicht bei Trost«, erklärte die Lady in einem Ton, als erklärte dies alles. »Dennoch kommt es nicht infrage, dass Aval sie zur Gemahlin nimmt. Der König hat das Lehen mit ihrer Hand verknüpft, also wirst du sie heiraten. Basta.«

»Heiraten?«

Lucien hatte durchaus den Wunsch, Marierose zu besitzen, aber er hatte niemals eine Heirat in Betracht gezogen. Wenn er mit ihr fertig wäre, würde sie weder zur Ehefrau noch zur Geliebten taugen. Er liebte es, Schmerzen zu bereiten und Schrecken zu verbreiten, und Marierose schien ihm zum Opfer vorherbestimmt.

»Was sonst, Dummkopf«, zischte seine Tante ärgerlich. »Sie ist eine Tochter des Lords von Hawkstone. Das Mädchen selbst ist unwichtig, aber ihre Mitgift und ihre Person sind mit einer der einflussreichsten Familien des Königreiches verknüpft. Heirate sie, damit das Lehen in meinen Händen bleibt. Doch zunächst muss verhindert werden, dass Aval dir bei dieser Angelegenheit zuvorkommt.«

»Wie wollt Ihr das verhindern?«

»Ich werde ihm klar machen, dass sie beabsichtigt, in das Kloster von Whitby einzutreten, und dass die Mitgift dem Stift bereits übergeben wurde. Ehe die Äbtissin und ich diese Frage nicht geklärt haben, widerspricht es Recht und Sitte, sie zu verheiraten.«

Lucien zweifelte keinen Augenblick daran, dass die Lady die Äbtissin von Whitby mit einer geschickt angebotenen Spende dazu überreden könnte, diese Behauptung zu bestätigen. Sogar wenn Marierose dem Komplott widerspräche, wäre dies nur ein weiteres Zeichen für ihre vermeintliche Torheit.

»Doch zuerst müssen wir uns um Aval kümmern«, plante seine Tante inzwischen schon weiter.

Lucien hob die Brauen. »Kümmern?«

»Kannst du nicht aufhören, jedes Wort zu wiederholen wie ein Possenreißer?« Lady Margaux hatte Mühe, in ihrem Zorn nicht laut zu werden. »Er steckt seine krumme Nase in jedes noch so kleine Loch dieser Burg. Ich denke, dass es durchaus gefährlich für ihn ist, auf Baugerüsten und Mauerresten herumzuklettern, wenn er sie alle stopfen will.«

Belcastel betrachtete seine Tante mit einer Mischung aus Respekt und Abscheu. Man konnte sich wahrhaftig darauf verlassen, dass sie keinerlei Skrupel bewies. Der Tod ihres Sohnes hatte sie nicht geschwächt, sondern vielmehr gestärkt.

»Kann ich mich auf dich verlassen, Lucien?«, erkundigte sie sich, als hätte sie ihn lediglich danach gefragt, ob die Vorräte im Weinkeller noch ausreichten.

»Ich bin Euer gehorsamer Diener, verehrte Lady.« Belcastel verneigte sich und verließ die Kemenate in bester Laune. Ein zynisches Lächeln stand um seine schmalen Lippen, als er die breite Wendeltreppe zur Halle hinabstieg. Auch er hatte keine Skrupel, den Ritter zu beseitigen. Nansay Hall war unter der Herrschaft der Lady ein Reich für sich und der König im Süden weit entfernt. Bis ihn die Nachricht erreichte, dass der neue Lehnsherr einem bedauernswerten Unfall zum Opfer gefallen sei, würde noch viel Wasser aus dem Esk in das Nordmeer fließen.

Marierose sah das Lächeln auf Lucians Gesicht und wich in eine Fensternische zurück, damit er sie nicht entdeckte. Die Hand auf ihr rasendes Herz gepresst, schaute sie ihm nach. Weshalb nur musste sie bei seinem Anblick jedes Mal an Tod und Verzweiflung denken? Sie brachte es nicht einmal über sich, ihren Weg zum Zwinger fortzusetzen, wo sie nach Gils liebster Jagdhündin sehen wollte, die in diesen Tagen werfen musste. Lady Margaux hatte die Tiere ebenso in den Zwinger verbannt wie ihre Schwiegertochter auf den Betstuhl.

Marierose hatte Mühe zu atmen, die Wände schienen immer näher zu rücken. Obwohl sie sich vorgenommen hatte, nie wieder in den Wald zu gehen, zog es sie mit allen Fasern ihres Seins nach draußen, unter den freien Himmel. Ehe sie sich anders besinnen konnte, raffte sie die Röcke und lief in den Nordturm zurück. Lady Margaux würde sie mit Sicherheit nicht vermissen.

*

Cyrus d'Aval ließ Bylord die Zügel locker, sobald er die schmale gepflasterte Straße zur Festung hinter sich gelassen hatte. Das große Streitross warf schnaubend den Kopf zurück und streckte die mächtigen Beine. Auch Bylord war es Leid, im Stall eingesperrt zu sein und von lustlosen Stallknechten versorgt zu werden. Sein makelloses silbergraues Fell war nur nachlässig gestriegelt worden, und keiner hatte daran gedacht, seine Hufe zu säubern.

Sein Herr hatte einen Fluch gemurmelt, als er es entdeckt hatte, aber die Abrechnung mit den Stallknechten auf später verschoben. Für den Augenblick hatte er sich eine Stunde gestohlen, um Bylord zu bewegen und den eigenen Kopf frei zu bekommen. Nansay Hall entpuppte sich mehr und mehr als Fass ohne Boden. Die Waffenkammer war fast leer, und die Küchenmägde und Hausmägde zahlreicher als die Wachmannschaften. Er brauchte zusätzliche Männer, Waffen und Material, ehe die Schotten herausfanden, dass Nansay Hall längst nicht so wehrhaft war, wie es aussah.

Lucien de Belcastel war als Burghauptmann schlicht unfähig. Wenn man ihn brauchte, steckte er bei Lady

Margaux, und was er tat, wenn er nicht bei ihr war, wusste der Himmel.

Cyrus hatte vor der Wahl gestanden, seiner Wut freien Lauf zu lassen oder den eigenen Zorn bei einem stürmischen Galopp auf Bylords Rücken abzureagieren. Er hatte sich für Letzteres entschieden. Der graue Hengst stürmte am Waldsaum entlang, erschreckte ein paar Fasane und jagte einen Hasen im Zickzack über das nächste Feld. Erde und Gras flogen unter seinen Hufen davon. Sein Reiter duckte sich tief über den mächtigen Hals des Hengstes, ohne seinem Rasen Einhalt zu gebieten.

Erst als sie beide außer Atem waren, lenkte er Bylord in den Schatten des Waldes und sog in tiefen Zügen die würzige Luft ein. Es lag nahe, an den kleinen Wilddieb zu denken. Hoffentlich lief er ihm nicht wieder über den Weg; er legte keinen Wert darauf, zu einer noch schmerzhafteren Strafe übergehen zu müssen. Auch weil er an den fast leeren Vorratskammern von Nansay Hall entdeckt hatte, dass ein schwerer und langer Winter hinter den Menschen in dieser Gegend lag.

Im Norden Britanniens war das Wetter rauer, und die Jahreszeiten waren extremer als im Süden. Den Bäumen dieses Waldes sah man die Stürme an, die über die Klippen fegten. Aval bewunderte die mächtigen Stämme, die seit Jahrhunderten den Naturgewalten trotzten. Ein Wald, wie geschaffen für die Jagd. Rufus würde begeistert sein, wenn er ihn wirklich zum Ende des Sommers besuchen wollte, wie er es versprochen hatte.

Bylord schritt zielstrebig unter Bäumen hindurch und an Lichtungen vorbei, bis er einen kleinen versteckten Waldweiher fand. Eigentlich war es nur ein Tümpel, der von einer emsig rinnenden Quelle gebildet wurde, die über moosbedeckte Steine plätscherte und sich zwischen hohen Eiben, Weiden und Haselnusssträuchern in ein natürliches Becken ergoss.

Bezaubert von der unerwarteten Idylle, sprang Cyrus d'Aval aus dem Sattel und ließ seinen Hengst trinken. Auch er verspürte Durst, aber während sich das Pferd über den Weiher neigte, hielt der Ritter seine Hände unter den klaren Strahl der Quelle und neigte den Kopf über die Schale. Nachdem er seinen Durst gestillt hatte, wusch er sich den Schweiß von der Stirn und hielt kurzerhand den ganzen Kopf unter den kühlen Wasserfall.

Im Aufrichten entdeckte er aus dem Augenwinkel eine Bewegung hinter einer besonders dichten Eibe. Ein Tier? Nein, Tiere trugen keine Männerhosen und braune Kutten. Cyrus neigte sich erneut über die Quelle und ließ sich seine Vorsicht nicht anmerken. Er trat zu Bylord, klopfte dem mächtigen Streitross liebevoll auf die Flanke und gab sich den Anschein eines Mannes, der nur mit sich und seinem Ross beschäftigt ist. Seine Augen aber registrierten jede noch so kleine Bewegung, und seine Rechte schwebte in unmittelbarer Nähe des Dolches an seinem Gürtel. Er wusste seine Waffe nicht nur im Kampf einzusetzen, sondern auch mit beträchtlichem Geschick gezielt zu werfen.

Ein Rascheln erregte seine Aufmerksamkeit, und im nächsten Augenblick trat ein Reh auf der anderen Seite des Tümpels ans Wasser. Völlig furchtlos sah es den Mann und das Pferd aus großen Augen an, spielte mit den spitzen Ohren und wandte sich in vollendeter Majestät wieder ab.

Cyrus d'Aval stieß den Atem aus, den er unwillkürlich angehalten hatte. Die reine Schönheit des Waldgeschöpfes hatte ihn in den Bann geschlagen, und als er jetzt zu der Eibe hinübersah, wunderte er sich nicht, dass sein Opfer die Gelegenheit genutzt hatte. Es war ebenso lautlos verschwunden wie das Reh. Für einen Augenblick spielte er mit dem Gedanken, es zu verfolgen. Wenn es tatsächlich, wie er vermutete, wieder der lästige kleine Wilddieb gewesen war, schien das ratsam zu sein. Dennoch entschied er sich dagegen.

»Ich bin heute nicht in Stimmung, ungezogene Lümmel zu verdreschen, mein Freund«, gestand er Bylord mit leiser Stimme. »Lass uns dieses Geschenk von Ruhe und Einsamkeit genießen.«

Marierose hatte sich im hohlen Stamm einer alten Eiche in Sicherheit gebracht. Sie war schmal genug, um völlig darin zu verschwinden. Durch den winzigen Spalt an der Vorderseite konnte sie die Szene am Tümpel beobachten, ohne selbst entdeckt zu werden. Wie hatte er diesen kleinen Teich nur gefunden? Niemand außer den Tieren des Waldes kannte ihn, und die Haselsträucher, die in grauer Vorzeit Druiden und Priestern Zeichen für die Heiligkeit dieses Ortes gewesen waren, waren längst nicht mehr mit Opfergaben und Bändern geschmückt.

Man hatte diesen Hain vergessen, aber als Marierose zum ersten Mal in seinen behüteten Zauber getreten war, hatte sie einen Frieden empfunden, den sie in Nansay Hall vergeblich gesucht hatte. Hier fand sie Trost, wenn sie nicht mehr weiterwusste, und Linderung, wenn sie das Heimweh mit seinem scharfen Schmerz überkam. Es war ihr recht gewesen, diesen Ort mit den Tieren zu teilen, und bis heute hatte sie sich hier völlig sicher und unentdeckt geglaubt.

Ein Irrtum. Dort drüben stand der Ritter und kühlte sich das erhitzte Gesicht nach einem stürmischen Ritt mit dem Wasser der Quelle, während sein Ross die Frühlingskräuter am Ufer knabberte. Beide schienen angetan von dem kleinen Paradies, das sie gefunden hatten, und machten keine Anstalten, es wieder zu verlassen.

Marierose konnte die Augen nicht von dem Mann nehmen, der sich so ungezwungen gab, wie sie ihn noch nie erlebt hatte. Er dehnte die mächtigen Arme mit der Geschmeidigkeit eines Raubtiers und fuhr sich mit allen zehn Fingern durch die braunen Haare. Dann ließ er mit jungenhaftem Vergnügen ein paar flache Steine über die silberne Fläche des Wassers hüpfen. Sie hatte selten einen Mann beobachtet, der so mit sich selbst im Reinen und von der eigenen Fähigkeit überzeugt war. Er besaß eine Selbstsicherheit, die sie umso mehr bewunderte, weil sie ihr fehlte. Waren alle Männer so? Männer, die nicht wie Gil waren?

Ihr Vater vielleicht, aber den hatte sie verlassen, als sie ein Kind von fünfzehn Jahren war. Damals hatte sie ihn auch mit den Augen eines Kindes betrachtet, und es fiel ihr schwer, sich an Einzelheiten zu erinnern. Heute hatte sie die Augen einer Frau, und die entzückten sich an den kraftvollen Linien der athletischen Gestalt. Am flüssigen Ablauf seiner Bewegungen und der männlichen Ausstrahlung seiner Erscheinung.

Gil war ein Jüngling gewesen. Ein zierlicher, fast zu schöner Page mit goldenem Haar und dem unbeschwerten Charme eines Cherubs. Ihn mit dem Mann dort am Weiher zu vergleichen, bedeutete, Bylord und ein Pony auf die gleiche Stufe zu stellen.

Marierose wusste nicht, wie sie die Gefühle einordnen sollte, die sie beim Anblick des neuen Herrn von Nansay Hall beschlichen. Sie glichen in nichts den schwärmerischen Empfindungen, die sie in die Ehefalle mit Gil de Nansay gelockt hatten. Doch ihr Herzschlag kam aus dem Takt, und sie empfand ein vages Bedauern darüber, dass sie nicht an seiner Seite war und das unschuldige Vergnügen seiner Spiele teilen konnte.

Bist du verrückt?, rief sie sich selbst zur Ordnung. Es

liegt nur an deiner Furcht vor Lady Margaux, dass du ihn in einem so rosigen Licht siehst. Du glaubst, er könnte dich aus ihrem Joch befreien, weil er keine Angst vor ihr hat. Aber das wird nie geschehen, du weißt, was du geschworen hast. Es gibt keine neue Ehe für dich.

Sie unterdrückte einen Seufzer, weil es ihr vorkam, als könnte der Ritter dort drüben sogar diesen verstohlenen Laut hören. Neugierig beobachtete sie ihn, wie er sich bückte und ein paar der Maiglöckchen pflückte, die unter den Haselbüschen erblüht waren. Er roch an den zarten Blüten, machte eine Bemerkung zu seinem Ross, das leise schnaubte, und barg die weißen Kelche unter seinem Wams. Welch seltsamer Mann dies doch war, der mit ein und derselben Hand zuschlug und Blumen pflückte.

Immerhin passte es zu der Freundlichkeit, mit der er ihr bei Tisch begegnete. Es erinnerte sie immer ein wenig an die Art, mit der ihr Vater in Hawkstone die Hunde auf ihre Plätze verwies. Freundlich, amüsiert, aber man merkte ihm an, dass er sie nicht besonders wichtig nahm. Vielleicht konnte sie sich deswegen nicht darüber freuen. Sie sollte dankbar für seine Rücksicht sein, aber tief in ihrem Innern hätte sie ihn am liebsten am Wams gepackt und so lange geschüttelt, bis er sie endlich einmal richtig ansah. Auf jeden Fall nicht mit dieser erkennbaren Gleichgültigkeit, die sie in einen Einrichtungsgegenstand verwandelte und nicht in einen Menschen aus Fleisch und Blut. Er wollte sie zur Frau nehmen, aber nicht weil er sie liebte, sondern weil es der König befohlen hatte und dies seine Position als Herr von Nansay Hall stärkte.

Unwillkürlich ballte sie die Fäuste, während er sein Pferd bestieg, den Kopf ein wenig einzog, damit er nicht an den Ästen streifte, und dem stillen Waldteich den Rücken kehrte. Was hatte er hier gesucht? Lucien hatte von einer Jagd gesprochen, die in den nächsten Tagen abgehalten werden sollte, weil die Vorräte zur Neige gingen. Wollte sich der neue Herr von Nansay vorher im Wald umsehen? Vermeintliche Wilderer vertreiben?

Sie versuchte sich zu beruhigen, ihren Atem zu kontrollieren. Trotzdem verharrte sie in ihrem Versteck, bis sie sicher sein konnte, dass er nicht mehr zurückkam, obwohl sie am liebsten auf der Stelle in die Burg gelaufen wäre. Sie fühlte sich nicht länger sicher im Herzen des Waldes.

Sie legte zum Andenken an Gil am Rand der Quelle ebenfalls ein paar Maiglöckchen nieder, dann eilte sie so schnell ihre Füße sie trugen nach Nansay Hall zurück. Schluss mit den närrischen Ausflügen. Sie konnte von Glück sagen, dass sie Cyrus d'Aval heute nicht wieder in die Hände gelaufen war!

*

»Trauerzeit? Euer Sohn ist vor acht Monaten getötet worden, Lady. Das reicht wahrhaftig, seinen Tod zu beweinen. Sagt dem Priester Bescheid, dass er uns am Tag nach der Jagd zusammengibt.«

Lady Margaux erstarrte, aber sie hielt dem ungerührten Blick des neuen Burgherrn stand. »Ihr seid ungeduldig, Seigneur.«

»Ich habe die Dinge gern in Ordnung«, entgegnete Cyrus d'Aval mit derselben Kälte wie sie.

»Dennoch müsst Ihr Euch gedulden.« Die Lady bedachte ihn mit einem falschen Lächeln und widmete sich wieder ihrer Mahlzeit. »Ehe die Sache mit der Äbtissin von Whitby nicht geklärt ist, wäre es wider die guten Sitten und die Religion, wollte meine Schwiegertochter eine neue Ehe mit Euch eingehen.«

»Was wollt Ihr damit sagen?« Cyrus verengte die Augen. »Was hat das Kloster mit meiner Ehe zu tun?« Es widerstrebte ihm, an der Tafel in eine solche Unterhaltung verwickelt zu werden. Aber er wollte Antworten auf seine Fragen.

»Marierose hat nach Gils Tod den Wunsch geäußert, in einem Kloster um ihren Mann zu trauern. Es wurden alle nötigen Arrangements mit der Äbtissin von Whitby getroffen, aber Ihr versteht sicher, dass wir erst noch abwarten wollten, ob mein armer Sohn gegen jede Hoffnung seinen Samen in ihren dürren, unfruchtbaren Leib gepflanzt hat.«

Marierose errötete und senkte den Kopf so tief über ihren Teller, dass der zurückgeschlagene Schleier zu beiden Seiten herabfiel. Gedemütigt, zornig und stumm erboste sie sich über die Worte der Lady. Sie wusste nichts von einer solchen Abmachung, aber sie hielt es für möglich, dass ihre Schwiegermutter Vorsorge für den Augenblick getroffen hatte, da sie es müde wurde, sie zu tyrannisieren und sich an ihrem Elend zu weiden. Eine Erniedrigung, die in diesem Tischgespräch einen neuerlichen Höhepunkt fand.

»Ihr wollt ins Kloster?«, wandte sich Cyrus d'Aval jetzt direkt an die Witwe, die wie üblich keinen Ton von sich gab und winzige Bissen von Essen zu sich nahm.

Sie nickte, während die Lady schneidend erklärte: »Es wäre angemessener als eine neue Ehe.«

»Überlasst es mir zu beurteilen, was angemessen ist«, fuhr d'Aval sie an.

Dann mäßigte er seinen Ton und wandte sich wieder an Marierose. »Könnt Ihr nicht einmal selbst für Euch sprechen, Mylady?«

»Wenn Ihr es wünscht«, wisperte sie tonlos.

Am liebsten hätte er sie geschüttelt, aber etwas hielt ihn davon ab, dieses verschüchterte Wesen durch böse Worte oder kindische Angriffe zusätzlich zu kränken. »Ich respektiere Eure Trauer, aber es gibt in diesem Königreich wahrhaftig schon genügend Betschwestern. Nehmt Abstand davon, ihre Zahl vergrößern zu wollen, und gewöhnt Euch an den Gedanken, dass Ihr die Meine werdet, sobald diese Angelegenheit mit der Äbtissin geklärt ist.«

Marierose zwang sich, den Blick gesenkt zu halten. Sie spürte seinen Unwillen ebenso wie die Gewalt, mit der er sich zügelte, um sie nicht anzuschreien. Offensichtlich erlaubte er seinem heftigen Temperament nur in den seltensten Fällen, die Oberhand zu gewinnen. Wenn er Wilderer verdrosch, zum Beispiel. Die Folgen der Tracht Prügel hatten sich zwar verflüchtigt, aber ihr Ärger darüber war so frisch und heftig wie im Augenblick der Tat.

Sie hielt die Angelegenheit damit fürs Erste erledigt und erschrak heftig, als ihr Cyrus d'Aval nach der Mahlzeit den Weg zurück in ihre Kammer vertrat.

»Begleitet Ihr mich auf einem Spaziergang über die Wälle, Lady Marierose?«

Sie warf einen hilflosen Blick in den Saal zurück, wo ihre Schwiegermutter und Lucien die Köpfe zusammensteckten. Was sollte sie nur tun?

»Ich werde Euch weder in den Burggraben werfen noch mit rüpelhaftem Benehmen belästigen«, versprach d'Aval, den ihr Zögern verärgerte. »Hat Euch die Lady davor gewarnt, dass Ihr es bei mir mit einem ungezogenen Tölpel zu tun habt? Ich habe bei Hofe gelebt, und ich kann Euch versichern, dass ich sehr wohl weiß, wie ich einer Dame von Stand begegnen muss.«

»Entschuldigt.« Marierose errötete über die eigene Ungeschicklichkeit. »Ich wollte Euch nicht beleidigen. Ich dachte … es schicke sich nicht, dass ich allein …«

»Herr im Himmel, man könnte meinen, Ihr wolltet nicht nur eine Klosterschwester werden, sondern wärt längst eine«, brauste er auf. »Kommt mit nach draußen, ich möchte mit Euch reden, ohne dass dieser Drachen sich ständig einmischt. Ich will Eure Antworten hören und nicht die ihren.«

Die durchaus treffende Bezeichnung für Lady Margaux entlockte Marierose ein leises Glucksen, das sie schnell mit einem Hüsteln tarnte. »Wie Ihr wünscht, Seigneur.«

Bis sie auf den Wällen waren, fiel kein weiteres Wort zwischen ihnen. Die breiten Steintreppen auf die Mauerkrone der Inneren Burg hinauf hatten hohe Stufen, aber Marierose war keineswegs außer Atem, als sie oben ankamen. Ihre heimlichen Abenteuer hatten ihren Körper gestählt, und der Ritter wunderte sich flüchtig über die Unbeschwertheit, mit der sie die Anstrengung bewältigte. Sie atmete leicht und sah im Schein der untergehenden Sonne nach Westen, sodass das Naturschauspiel eine leise Röte auf ihre Wangen malte.

Mit den entsprechenden Kleidern und ohne diesen schrecklichen Schleier wäre sie durchaus erfreulich anzusehen, obwohl sie vermutlich nicht mit den Damen am Hof des Königs konkurrieren konnte. Aber die hatten ihn ohnehin noch nie verlockt. Sie waren ihm zu raffiniert, zu spitzzüngig, zu eitel, zu gewieft – lauter Eigenschaften, die man bei dieser jungen Frau wahrhaftig nicht fand. Sie erinnerte ihn auf seltsame Weise an den Teich, den Bylord an diesem Nachmittag entdeckt hatte. Rein, glänzend, aber doch ein wenig geheimnisvoll.

»Ich will Euch nicht befehlen, Euren Gemahl zu vergessen, Mylady«, begann er ohne große Vorreden mit dem, was er ihr sagen wollte. »Wie ich gehört habe, war er noch jung und Euch sehr ergeben. Ich bin kein Barbar, der sich Euch aufzwingt, aber ich muss auf dieser Ehe bestehen, was immer die Lady dagegen ins Feld führt. Der König hat mir Nansay Hall und Euch anvertraut. Ich habe einen Schwur getan, für beides gut zu sorgen, und ich bin nicht der Mann, der seine Eide bricht. Ihr habt mein Wort, dass ich Euch nichts Böses will und immer für Euch sorgen werde.«

Marierose lauschte seinen knappen Worten, während sie ihrerseits das kantige Gesicht betrachtete, das im Schein der untergehenden Sonne eine seltsame Wirkung auf sie ausübte. Sie verspürte plötzlich den närrischen Wunsch, seine Wangen mit den Fingerspitzen zu berühren und zu prüfen, ob sich der dunkle Bart, der sich dort abzeichnete, wirklich so kratzig und rau anfühlte, wie er aussah. Ob der unmerkliche Knick in seiner Nase nicht nur eine Täuschung war und ob die breiten Schultern einer Frau den Halt boten, die sie versprachen. Und ob das wirklich ein Funken von Humor war, den sie im Hintergrund seiner Augen entdeckte, deren Gelb die untergehende Sonne in dunkle Bronze verwandelte.

»Ich weiß nicht, was Ihr von mir erwartet, Seigneur«, sagte sie so leise, dass sie im ersten Augenblick annahm, er habe es überhört.

»Ihr könnt nicht so mit der Welt abgeschlossen haben, wie es die Lady behauptet«, widersprach er nach einem tiefen Atemzug. »Ihr wart mit einem jungen Edelmann verheiratet. Sagt, hat Euch die Ehe kein Vergnügen bereitet? Wenn Ihr so trauert, müsst Ihr doch glücklich gewesen sein?«

Glücklich? Welch eine Frage. Marierose seufzte, ohne dass ihr dieser Laut ins eigene Bewusstsein drang. Sie hatte sich nur eines von Gil erhofft: Liebe. Die bedingungslose Verehrung, die sie in der Ehe ihrer Eltern erlebt hatte, die Leidenschaft, die ihre Schwestern dazu gebracht hatte, über sich selbst hinauszuwachsen. Den tollen Rausch, der alles unwichtig machte und zwei Menschen im Feuer zusammenschweißte.

Sie wollte nicht an die Enttäuschung denken, die ihr die Wirklichkeit bereitet hatte. Lieber an die Freundschaft, das Lachen, die Fröhlichkeit, an einen sanften, liebenswürdigen Gil, der ihr das Haar kämmte und ihren Schmuck auswählte. Der sie mit Seiden und Florstoffen schmückte und alles Erdenkliche tat, damit sie ihm nicht gram war für den Verrat, den er an ihr als Frau beging.

»Ich habe meinen Gemahl geliebt, Seigneur«, fasste sie all das in wenigen Worten zusammen. »Er fehlt mir. Es ist nicht gerecht, dass der Himmel ihn mir genommen hat.«

Jetzt war es Cyrus d'Aval, der einen Seufzer unterdrückte. Was blieben ihm da noch für Argumente?

»Vermisst Ihr nicht den ganz gewöhnlichen Alltag einer Ehe, Mylady?«

Marierose wusste nicht, was er im Sinn hatte, als er einen Schritt näher trat. Sie standen nun so dicht beieinander, dass sie den Wein in seinem Atem roch, den er zum Mahl getrunken hatte, und etwas anderes. Etwas Süßes, Unverwechselbares ...

»Ihr riecht nach Maiglöckchen!«, rutschte es ihr verblüfft heraus.

Jetzt war er es, dem das Blut in den Kopf stieg und der zum ersten Male befangen nach Worten suchte. Er fasste in sein Wams und brachte einen Strauß zerdrückter, welker Blüten zum Vorschein.

»Ich habe sie vergessen«, bedauerte er. »Ich habe sie heute gefunden und wollte sie Euch neben den Teller legen. Meine Schwestern waren immer ganz närrisch auf die ersten Maiglöckchen des Jahres.«

Marierose sah auf die erschlafften Blütenkelche und schwankte zwischen Rührung und Verlegenheit. Die unerwartete Geste machte sie sprachlos. Sie hatte seit Monaten kein Geschenk und keine Aufmerksamkeit mehr bekommen. Sie hatte vergessen, dass es so etwas gab.

»Je nun, es war eine Dummheit.« Er warf die Blüten in hohem Bogen über die Brüstung, ehe sie danach greifen konnte. »Ich weiß nicht so recht, was ich tun muss, um Euch für mich einzunehmen, Mylady. Aber seid versichert, dass ich Euch ehren und respektieren werde.«

Die Empörung ließ Marierose die gewohnte Rolle vergessen. Er hatte ihre Blumen fortgeworfen, und er sprach von Ehre und Respekt statt von Liebe. Nein, sogar wenn sie es gekonnt hätte, einen so herzlosen Klotz wollte sie nicht zum Manne haben.

»Wenn Ihr keine Dummheiten machen wollt, dann dürft Ihr mich auch nicht heiraten«, sagte sie mit belegter Stimme. »Habt Ihr es immer noch nicht begriffen? Sie wird es nie erlauben, dass wir einander versprochen werden.«

Cyrus wusste sehr wohl, wer mit »sie« gemeint war. »Sie hat mir nichts zu befehlen. Ich bin hier der Herr, und Ihr werdet mir ebenso gehorchen wie sie.«

»Das glaubt nur Ihr.«

Der vermeintliche Spott machte ihn wütend. Was als sanfte Verführung geplant gewesen war, wurde nun zu einer Offenbarung männlicher Überlegenheit. Er riss Marierose in seine Arme und küsste sie ungestüm. Er rechnete mit ihrem Widerstand, mit Sträuben und Empörung, aber nichts von alledem geschah. Die kühlen, seidigen Lippen unter der Wärme des eigenen Mundes riefen stattdessen eine Fülle der unterschiedlichsten Empfindungen in ihm wach. Es waren zu viele, um sie zu ordnen, doch in ihrer Gesamtheit konnte er sie höchstens mit dem vergleichen, was ihn beim ersten Anblick von Nansay Hall gepackt hatte: Es war richtig. Es war das, worauf er immer gewartet hatte.

Marierose erstarrte in der zornigen Umarmung, doch der Kuss verblüffte sie dermaßen, dass sie vergaß, sich zu wehren. War das der Grobian, der sie im Wald übers Knie gelegt hatte? Der Seigneur, der Lady Margaux mit einem einzigen Blick zum Schweigen brachte? Der Ritter, der sein Schlachtross mit lässiger Hand bändigte? Die Wärme und Sanftheit, die unter so viel männlicher Autorität und Kraft verborgen lag, entwaffneten sie vollkommen. Erst als sie begriff, dass sie den Kuss erwiderte, befreite sie sich mit einem erstickten Laut von ihm.

Sie raffte ihre Röcke und stürmte blindlings die Treppe hinunter. Sie hatte nur den einen Impuls: Fliehen! Fort, ehe sie einen schrecklichen Fehler beging!

Cyrus d'Aval sah ihr in einer Mischung aus Enttäuschung und Zufriedenheit hinterher. Er war enttäuscht, dass sie sich ihm so schnell entzogen hatte, aber zufrieden, weil dies beileibe nicht der Kuss einer weltfremden Klosterfrau gewesen war. Marierose mochte ihm erzählen, was sie wollte, da war noch so viel Leben, so viel Süße und Sehnsucht in ihr, dass er am Ende den Sieg gegen Jesus Christus davontragen würde.

Er bekreuzigte sich hastig, damit ihn der Himmel für diesen blasphemischen Gedanken nicht strafte, und sah breit grinsend auf das Meer hinaus. Er hatte erfahren, was er wissen wollte.

Marierose stand heftig atmend auf ihrem Söller und blickte zum Horizont. Ihr Herz raste, während ihre Hände eiskalt waren und in ihrem Kopf ein einziges Durcheinander herrschte. Was, um Himmels willen, war in sie gefahren? Weshalb hatte sie diesen Kuss erwidert? Wie konnte sie vergessen, was sie Gil geschworen hatte? Verlor sie nun nach dem Lachen und der Freude auch noch ihr letztes Gut: ihre Ehre?

# Fünftes Kapitel

*Nansay Hall*
*26. Mai 1091*

»Wie ist das möglich?«

Marierose sah verwirrt in alle Ecken des Hundezwingers. Keine Spur von Gils Jagdhündin. Aber das Tier musste doch hier sein, keiner der Hundeführer würde es in diesem Zustand in die Jagdmeute aufnehmen! Sie stand kurz davor, zu werfen und …

Ihre Gedanken überschlugen sich, als sie den dunklen, getrockneten Fleck auf dem Lehmboden des Zwingers entdeckte. Unwillkürlich ging sie in die Knie, reckte die Hand durch die Stäbe und fuhr mit dem Finger über die Stelle. Nachdenklich verrieb sie den dunklen Staub zwischen den Fingern. Blut? Was war geschehen? Wo steckte Lexa, die ihren jungen Herrn mehr vermisste als alle Menschen, die in Nansay Hall um ihn trauerten?

Sie sah sich um, aber da war niemand, den sie fragen konnte. Alle hatten sich nach einem opulenten Morgenmahl im Burghof versammelt und waren zur Jagd aufgebrochen, welche die Vorratskammern wieder mit Fleisch füllen sollte. Sogar Lady Margaux hatte ihren lammfrommen Zelter satteln lassen und sich der Gruppe angeschlossen. Bis auf das niedere Gesinde und die notwendigen Wachmannschaften, die der neue Burgherr durch vertrauenswürdige Männer seiner eigenen Wahl hatte verstärken lassen, befand sich niemand von Bedeutung in den Mauern.

Marierose richtete sich auf und schritt an den Gittern des Zwingers entlang, als könnte sie sich auf diese Weise ein besseres Bild machen. An der Ecke, zwischen dem Zwinger und den Ställen, war ein Haufen Unrat aufgetürmt. Er bewies die Nachlässigkeit, mit der die Burg in den letzten Monaten geführt wurde. Zu Gils Lebzeiten hätte es so etwas nicht gegeben, und die Zwinger wären auch besser gesäubert gewesen. Im ersten Augenblick wollte sich Marierose mit gerümpfter Nase abwenden, aber dann sah sie einen Schimmer braun-weiß gefleckten Fells zwischen altem Stroh und zweifelhaftem Abfall.

»Nein …«

Sie trat näher und fand ihre schlimmste Ahnung bestätigt. Lexa lag dort, ein bedauernswertes Opfer von Pfeilen, die sie erbarmungslos getötet hatten, noch ehe sie ihre Kinder zur Welt bringen konnte. Kein Lebewesen mehr, sondern Kadaver und Zeugnis menschlicher Brutalität.

Marieroses Augen brannten, und das entsetzliche Bild verschwamm vor ihren Augen. Kein Zweifel, man hatte die Hündin als Zielobjekt für einen Schießwettbewerb missbraucht. Wer konnte eine so grauenvolle Tat zulassen? Ohne Rücksicht auf Schmutz und Gestank trat sie näher und legte ihre Hand auf den steifen, kalten Hundekörper. Etwas zwang sie dazu, mit dieser Berührung Abschied von Lexa zu nehmen. Während sie noch das glatte seidige Fell fühlte, überflutete sie ein solches Maß an Elend und Schmerz, dass ihre Hand zurückfuhr, als hätte sie in loderndes Feuer gefasst.

Was war das? Woher kam diese Qual, die sie tief ins Herz hinein traf? Sie war allein in dieser Ecke der Burg. Allein mit einer toten Hündin und Gefühlen, die auf sie einstürmten, als erlebte sie einen ihrer gewohnten Albträume in Wirklichkeit. Panik. Todesangst. Qual. Dunkelheit.

*Worüber wunderst du dich? Hast du vergessen, dass du eine Tochter des Rosenturmes bist?*

Marierose erzitterte und wusste nicht, ob sie sich diese Erklärung selbst gegeben hatte oder ob es die Stimme aus ihren Träumen war, die sie manchmal leitete, tröstete und noch öfter aufstachelte. Sie war selten mit ihr zufrieden, und sie klang auch in diesem Moment mahnend, wenn nicht gar rügend. So als gäbe es Wichtigeres zu tun, als sich über den Tod der Hündin zu grämen, so schrecklich er auch sein mochte. Nur ein Mensch, der Gefallen daran fand, andere Lebewesen zu quälen, konnte solch eine Tat begehen.

Lucien de Belcastel! Während der Name sie wie ein Frostschauer überlief, wusste Marierose aus tiefster Seele, dass sie Recht hatte. Sie schloss die Augen und zog einen der Pfeile aus Lexas Körper. Es waren einfache Pfeile, wie sie die schottischen Bogenschützen verwendeten; schlicht und zweckmäßig. Aber die Eisenspitze mit dem tödlichen Widerhaken war trotz des simplen Schaftes feinste Schmiedearbeit. Ein solcher Pfeil schlug in jedem Fall eine tödliche Wunde, sobald er einen lebenswichtigen Teil des Körpers traf. Man verschwendete keine solchen Spitzen aus Lust und böser Laune an eine Jagdhündin. Es sei denn, man wollte für wichtigere Zwecke ihre verheerende Durchschlagskraft prüfen.

Wofür? Ob ihr der Pfeil Antwort geben konnte? Marierose sah sich besorgt um. Sie wusste nicht, ob sie sich lächerlich machte, wenn sie sich auf diesen Pfeil konzentrierte. Aber war sie nicht oft genug Zeugin davon geworden, dass ihre Mutter Dinge vorausahnte, die erst in ferner Zukunft geschahen? Vielleicht hatte sie ja doch einen winzigen Teil dieser seltsamen Fähigkeiten von ihr geerbt? Was schadete es, einen Versuch zu machen?

Sie versteckte den Pfeil in den Falten ihrer einfachen Röcke und eilte in das Herrenhaus zurück. Welch ein Segen, dass alle fort waren. Dennoch verriegelte sie ihre Kammer, ehe sie den närrischen Versuch wagte.

Sie sank auf den Betstuhl und bat die Mutter Gottes um

Hilfe, bis sich ihr rasendes Herz beruhigt hatte. Dann umfasste sie den tödlichen Pfeil mit beiden Händen und schloss die Augen. Sie zwang sich, ihren Kopf ganz leer zu halten, an nichts zu denken, nichts zu glauben und noch weniger zu vermuten. Eben als sie aufgeben wollte, begann es … Es waren weder Worte noch Bilder, sie hatte vielmehr das erschreckende Empfinden, die Gedanken jenes Menschen zu kennen, der diesen Pfeil abgeschossen hatte.

Wüster Zorn, Blutrausch, Hass, Ehrgeiz und der bedingungslose Wille zu töten durchrieselten sie zu gleichen Teilen. Es waren hervorragende Pfeile, und die Tatsache, dass ihre Spitzen zusätzlich in Gift getaucht waren, würde auch die kleinste Wunde zum Todesurteil machen. Niemand würde Verdacht schöpfen, wenn er dem Wundfieber erlag. Das passierte immer wieder, und kein Mensch konnte sich davor schützen.

Welch ein Segen, die jaulende Töle war endlich verstummt. Jetzt blieben noch genügend Pfeile für die Jagd. Die Jagd würde ihm die größte Beute von allen verschaffen. Heute Abend gehörte ihm Nansay Hall für immer!

Marierose sank zitternd vom Betstuhl und warf den Pfeil entsetzt von sich. Sie schlug die Hände vors Gesicht und versuchte sich zu fassen. Ihr war übel, und am liebsten hätte sie sich übergeben, um all die grässlichen Dinge auszuspeien, die sie soeben gedacht und gefühlt hatte. Sie kam sich beschmutzt und missbraucht vor. Sie konnte erst wieder klar denken, nachdem sie sich den Mund ausgespült und die Hände gereinigt hatte.

So sehr es ihr widerstrebte, sie musste versuchen, dieses rätselhafte Wissen, das ihr zuteil geworden war, zu verstehen und zu erklären. Für einen grauenvollen Augenblick lang war sie Lucien de Belcastel gewesen. Er plante einen Mord! Und er plante ihn ohne Zweifel an Cyrus d'Aval, den er aus tiefster, schwarzer Seele hasste.

Die Jagd! Marierose zuckte erschrocken zusammen. Er wollte die Jagd dazu nutzen, den Ritter zu töten. Er hatte leichtes Spiel, denn d'Aval rechnete vielleicht mit Widerspruch und heimlichem Groll, aber sicher nicht mit heimtückischem Mord. Er glaubte sich bei Belcastel und Lady Margaux unter seinesgleichen. Unter Edelleuten, die an einen ritterlichen Ehrenkodex gebunden waren und gewisse Dinge niemals tun würden. Er konnte nicht ahnen, dass beide den dünnen Firnis ihrer guten Erziehung nur nutzten, um ihre schwarze Seele darunter zu verbergen.

Marierose rang die Hände. Was konnte sie tun, um das Verhängnis abzuwenden? Es gab nur eine Möglichkeit, sie musste in den Wald und Cyrus d'Aval vor dem Anschlag warnen. Da sie dies nicht als Marierose de Nansay tun konnte, musste sie noch einmal in die Maskerade schlüpfen, von der sie geschworen hatte, sie nie mehr tragen zu wollen. Sie hatte keine andere Wahl. Wenn ihm etwas zustieß, würde sie sich am Ende die Schuld dafür geben.

In ihrer eiligen Hast, die versäumte Zeit aufzuholen und so schnell wie möglich die Jagdgesellschaft zu erreichen, musste sie ein tollkühnes Wagnis eingehen. Zu Fuß hatte sie keine Chance. Sie brauchte eines der Pferde von der Weide draußen vor der Festung.

Wenn man sie erwischte, hatte sie die Wahl, als Pferdedieb gehängt oder demaskiert zu werden. Beides mutete ihr gleich verheerend an. Aber damit würde sie sich befassen, wenn es so weit kam. Jetzt war Eile geboten.

*

Cyrus d'Aval duckte sich tief über Bylords Hals, während die Jagdgesellschaft durch den Wald sprengte, vom heiseren Bellen der Hundemeute geführt. Lady Margaux und ihre Damen saßen wie die Amazonen im Sattel und scheuten kein Hindernis, um den Männern dicht auf den Fersen zu bleiben. Benoît le Bras hatte ihm die Liste ihrer Namen vorgelegt und ihre Schicksale in Erfahrung gebracht. Die meisten von ihnen hatte Lady Margaux anlässlich ihrer Heirat aus der Normandie mitgebracht: Söhne und Töchter verarmter Adeliger, die sich im neuen Königreich des Eroberers Reichtum und Ehren versprochen hatten und sich nun an der nördlichsten Grenze wiederfanden, fernab von Winchester und London, vom Glanz des Hofes und dem Reichtum der Hafenstädte im Süden. Sie hatten sich in einer normannischen Enklave in Luxus und Müßiggang um die Dame und ihren Gemahl geschart und wussten auch nach all den Jahren nichts Besseres zu tun, als über die sächsischen Tölpel die Nase zu rümpfen, deren Königreich inzwischen der Sohn des Eroberers regierte. Sie waren allesamt Parasiten, und er würde noch seine liebe Not haben, sie loszuwerden. Denn genau das hatte er im Sinn.

Bylord scheute unwillig, als ein kleiner Hase vor seinen Hufen aus einem Gebüsch flitzte. Der Hengst stieg auf die Hinterhand, und Cyrus hatte alle Hände voll zu tun, sein temperamentvolles Pferd zu bändigen, während die übrige Jagdgesellschaft an ihm vorbeistob. Erst als er den Hals des Rosses tätschelte und beruhigend auf es einredete, entdeckte er den Pfeil. Er steckte im Sattelholm und hatte einen Teil seines kurzen Reitumhangs aufgespießt. Eine Handbreit zur Seite, und er wäre wahlweise in seiner Seite oder in Bylords Hals gelandet.

Also war es nicht der Hase gewesen, der Bylord aus der Ruhe gebracht hatte. Cyrus wusste, dass das mächtige Streitross über eine ganz eigene Witterung verfügte, wenn ihnen Gefahr drohte. Er riss den Pfeil aus dem Sattel und wandte sich nach der Jagdgesellschaft um, doch der Lärm der Pferde, Hunde und Stimmen entfernte sich immer weiter.

Er wusste, dass Bylord sie alle mühelos einholen konnte, und deswegen nahm er sich die Zeit, den Pfeil zu prüfen. Als er jedoch mit der Daumenkuppe die Spitze berühren wollte, hielt ihn ein schriller Schrei davon ab.

»Nicht! Berührt sie nicht. Es ist Gift daran!«

»Was, zum ...« Der Rest des Satzes blieb ihm im Halse stecken, als er die schmale Gestalt erkannte, die nun hinter einem Baumstamm auftauchte. »Gift? Woher willst du das wissen, Lümmel? Habe ich etwa dir dieses gefährliche Geschenk zu verdanken?«

»Fasst die Spitze nicht an.«

D'Aval musterte den Jungen misstrauisch. Er trug denselben schlichten Kittel wie beim letzten Mal, und eine schmuddelige, unförmige Kappe bedeckte seinen Kopf. Vermutlich war auch der Dreck in seinem Gesicht derselbe. Wie kam er dazu, ihm Befehle zu erteilen? Und was war mit den Befehlen, die er ihm gegeben hatte? Glaubte er, sich darüber hinwegsetzen zu können?

»Habe ich dir nicht gesagt, dass ich dich im Wald nicht mehr sehen will?«

»Wäre es Euch lieber gewesen, ich hätte zugesehen, wie Ihr Euch mit eigener Hand tötet?«

Marierose war so empört über seine Reaktion, dass sie jede Vorsicht vergaß. Hatte sie sich dafür die Seele aus dem Leib gerannt und die eigene Sicherheit aufs Spiel gesetzt? Damit er sie zurechtwies und sich aufspielte? Ein wenig mehr Dankbarkeit könnte er schon zeigen.

»Du führst ein loses Mundwerk, Bürschchen«, fand der Ritter und lenkte Bylord näher, während sie zurückwich, bis ihr dichtes Buschwerk den Weg versperrte. Er sprang vom Pferd und ragte vor ihr auf, ehe sie die Gefahr begriff, in der sie sich plötzlich befand. »Was ist das für eine Geschichte mit dem Pfeil? Willst du davon ablenken, dass ich dich schon wieder im Wald erwischt habe?«

Sie starrte ihn an. Verstand sie ihn richtig? Er glaubte ihr nicht? Er verdächtigte sie? War ihm nicht klar, dass er sie nie zu Gesicht bekommen hätte, wenn sie es auf ihn abgesehen hätte?

»Ihr müsst verrückt sein, dass Ihr Euch so sicher fühlt«, platzte sie anklagend heraus. Sie versuchte ihrer Stimme einen dunkleren Ton zu geben. »Lucien de Belcastel will Euch ans Leder, habt Ihr das nicht gemerkt? Er sieht sich als Herr von Nansay Hall, und die Lady bestätigt ihn darin. Er ist alles andere als glücklich, dass Ihr aufgetaucht seid. Er will Euch loswerden.«

»Und woher willst *du* das wissen?«

Halb verblüfft, halb amüsiert betrachtete der Ritter den aufgeregten Burschen und fragte sich, wie er es fertig gebracht hatte, sich dermaßen mit Schlamm zu verunstalten, dass seine hellen Augen wie grüne Sterne aus dem Grau des Schmutzes leuchteten.

»Das weiß doch jeder in Whitby und darüber hinaus«, versuchte Marierose ihr Glück mit Kaltschnäuzigkeit. »Belcastel ist ehrgeizig, böse und von dem Wunsch besessen, ein großer Herr zu sein. »

Da sich diese Einschätzung des Burghauptmanns auf die Silbe genau mit seiner eigenen traf, hob Cyrus d'Aval nachdenklich den Pfeil und betrachtete ihn genauer. Auch ihm fiel das Missverhältnis zwischen dem einfachen, zweckmäßigen Schaft und der Spitze auf. Er achtete sorgsam darauf, sie nicht zu berühren. »Hast du ihn dabei beobachtet, wie er auf mich geschossen hat?«

Marierose zögerte. Sie war zu spät gekommen. Sie hatte ihn genau in dem Augenblick entdeckt, als Bylord auf die Hinterbeine stieg und auf diese Weise verhinderte, dass der Pfeil sein anvisiertes Ziel traf. Von wo aus

Belcastel geschossen hatte, ob er es selbst getan oder einen Helfershelfer beauftragt hatte, vermochte sie nicht zu sagen. Die Lüge lag ihr auf der Zunge, aber dann schwieg sie. Zu lügen hätte bedeutet, sich auf eine Ebene mit Lucien zu begeben, und dagegen bäumte sich alles in ihr auf. Sie log nie! Höchstens verschwieg sie einen Teil der Wahrheit.

»Ich hab nur den Pfeil gesehen«, gab sie zu. »Eine Hündin auf Nansay Hall wurde mit dem gleichen Pfeil getötet. Vermutlich wollte er wissen, wie das Gift wirkt. Er hat sie einfach umgebracht, ehe sie ihre Jungen zur Welt bringen konnte.« Ihre Stimme brach, und das ganze Elend von Lexas Tod stieg in ihr auf.

D'Aval sah die Tränen in den grünen Augen, und ein Gedanke führte zum anderen. Das waren nicht die Augen eines Burschen, der kühlen Herzens Schlingen legte und zum Wildern ging. Das waren Mädchenaugen. So wie die aufgeregte melodiöse Stimme eine Mädchenstimme war und nicht die eines Knaben.

»Du hältst mich zum Narren, kleiner Freund, nicht wahr?«, sagte er ruhig.

»Nein!« Marierose stampfte in ihrer Verzweiflung mit dem Fuß auf. »So glaubt mir doch, Ihr müsst vorsichtig sein. Ihr müsst Euch vor Belcastel schützen. Er ist gefährlich. Er wird nicht aufgeben, nachdem sein erster Versuch gescheitert ist.«

»Er ist auch nicht gefährlicher als Mädchen, die sich für Jungen ausgeben«, entgegnete er und riss ihr mit einem Ruck die Kappe vom Kopf.

Ihr Aufschrei ließ Bylord prusten, aber sein Herr pfiff nur viel sagend durch die bemerkenswert weißen Zähne. Das schmutzige Geschöpf hatte einen Kopf voller engelhaft kurzer Löckchen. Eine Knabenfrisur aus seidigen Mädchenhaaren. Nun erst richtig irritiert, packte er sie bei den Schultern und begegnete dem flammend grünen Blick, der ihn aus all dem Schmutz und Schlamm anloderte.

»Was du doch für ein Ferkel bist, Kind«, sagte er mehr zu sich selbst als zu ihr. »Komm mit.«

Ehe Marierose sich wehren konnte, hatte er sie auf Bylord gehoben und lenkte den Hengst schweigend und mit sicherem Gespür durch das dichte Unterholz, bis er den verstecken Waldteich erreicht hatte.

»Was wollt Ihr von mir?« Marierose kämpfte mit aller Kraft gegen seinen eisernen Griff. »Lasst mich. Ist das Euer Dank dafür, dass ich Euch das Leben gerettet habe? Lasst mich in Frieden.«

Was auch immer sie vorbrachte, wie sehr sie mit ihren Fäusten gegen seine Brust trommelte und zeterte, er widerstand allem, als hätte er nicht sein übliches Lederwams, sondern einen Harnisch an. Erst als er am Wasser vom Pferd stieg und sie wie eine Puppe mit sich zog, verließ ihn die Geduld. Eigentlich hatte er ihr nur das Gesicht waschen wollen, weil er neugierig war, was unter all dem Schmutz steckte. Jetzt aber war er am Ende seiner Langmut. Er zog ihr den Kittel über den Kopf und warf sie im hohen Bogen ins Wasser. Das würde sowohl ihr stürmisches Temperament abkühlen wie den Schmutz entfernen.

Marierose kam gar nicht dazu, zu protestieren, weil sich im nächsten Augenblick bereits das eiskalte Wasser des Tümpels über ihrem Kopf schloss. Sie konnte gerade noch rechtzeitig den Mund zuklappen und die Luft anhalten, dann sank sie schon in die Tiefe. In einem Anflug von wütendem Trotz hörte sie auf zu strampeln und ließ sich weiter sinken. Sie konnte sowohl schwimmen als auch tauchen, denn sie war inmitten einer übermütigen Kinderschar am Ufer des Cuckmere aufgewachsen. Aber das konnte Cyrus d'Aval nicht wissen. Sollte er doch glauben, dass er sie mit seiner Rücksichtslosigkeit ertränkt hatte.

Der Ritter starrte in zunehmender Besorgnis auf die Wasserfläche, deren Kreise sich beruhigten, bis nur noch vereinzelte Luftbläschen an die Oberfläche stiegen. Himmel Herrgott, hatte er den Fratz in seinem Zorn ersäuft? Seit wann hatte er sich selbst so wenig im Griff, dass er dem ersten dummen Impuls nachgab?

Er hatte gerade den ersten Schritt ins Wasser getan und seine Stiefel ruiniert, als sie wieder auftauchte. Mit eng anliegenden nassen Locken und funkelnden grünen Augen in einem kleinen dreieckigen Gesichtchen, das ihre Ähnlichkeit mit einer fauchenden Katze auf geradezu absurde Weise vervollständigte. Sie maß ihn mit einem stummen, vorwurfsvollen Blick, als sie auf ihn zuschwamm und sich im flachen Uferbereich aufrichtete. Da er ihr den Kittel heruntergerissen hatte, trug sie nur die Jungenhosen und ein schlichtes Leinenhemd. Beides klebte wie eine zweite Haut an einem Körper, der ihm den Hals eng werden ließ vor plötzlichem Begehren.

Unter dem unförmigen Kittel hatte sie die Figur einer zierlichen Sirene versteckt. Lange schlanke Beine, wohl gerundete Hüften und eine Taille, die ein Mann leicht mit zwei Handflächen umspannen konnte. Darüber wölbten sich überraschend volle Brüste, deren Spitzen sich der Kälte wegen so gegen den Stoff drückten, dass er die Augen gar nicht mehr davon abwenden konnte. Wie hatte er dies beim ersten Mal nur übersehen können?

»Bei Gott, es tut mir Leid, dass ich dich geschlagen habe«, platzte er mit dem Ersten heraus, was ihm einfiel. »Ich konnte doch nicht wissen, dass … Zum Henker, warum verkleidest du dich als Knabe, wenn du doch eine Frau bist?«

Marierose versuchte die Zähne zusammenzubeißen,

aber sie konnte das Klappern nicht verhindern. Es war erbärmlich kalt, und sie hatte wahrhaftig keine Lust, mit Kleidern vor ihm zu stehen, die wie Raureif an ihrer Haut klebten. Die Maisonne war noch nicht kräftig genug, um den versteckten Teich zu erwärmen.

»M-m-mir ist k-kalt ...«

»Hier, nimm das.« Ohne zu zögern öffnete er sein Lederwams und zog das Hemd aus, das er darunter trug. »Du solltest das nasse Zeug dort über den Busch zum Trocknen hängen. Die Sonne wird bestimmt ...«

Er brach ab, weil sie ihm das Kleidungsstück aus der Hand riss und hinter einer Eibe verschwand. Bylord schnaubte leise, und er wandte sich zu ihm um.

»Du hast Recht, mein Freund, ich bin ein Trottel«, sagte er, als könnte ihn das Ross verstehen.

Marierose hörte sein Gemurmel, während sie das nasse Leinenhemd herunterzerrte und in das feine Hemd schlüpfte, das, noch warm von seiner Haut, die ärgste Kälte vertrieb. Die Hose behielt sie an, denn sie wagte nicht, mit nackten Beinen vor ihn zu treten, da das Hemd nur bis zu den Knien reichte. Es hüllte sie in den Duft nach Cyrus d'Aval, nach Pferd und einer Spur Moschus, Aromen, die in ihr eine unbestimmte Sehnsucht weckten und sie noch unwirscher machten, als sie es ohnehin schon war. Jetzt würde er sie erkennen. Was, bei allen Heiligen, sollte sie ihm sagen, ohne Gil zu verraten?

Cyrus d'Aval starrte ihr entgegen, als sie zurückkam und ihre nassen Sachen über ein paar Zweige breitete, die voll im Sonnenlicht lagen. Wer war sie? In seinen Kreisen gab es keine einzige Frau, die das Haar so kurz trug. Sie konnte unmöglich aus guter Familie stammen. Diebinnen, Huren und Verbrecherinnen schor man die Haare, und ihr Kopf sah in der Tat so aus, als wäre er auf rüde

Weise seines ursprünglichen Schmuckes beraubt worden. Aber das reine, rosige Gesicht mit den verwirrenden grünen Augen gehörte keinem Menschen, der auf Abwege geraten war, das sagten ihm sein Gefühl wie auch seine Menschenkenntnis.

»Du bist nicht aus Whitby, stimmt's?«, vermutete er auf gut Glück und wurde mit einem vorsichtigen, stummen Nicken belohnt.

»Hast du die Schlingen gelegt, weil du Hunger hattest?«, setzte er das Verhör fort und rieb nachdenklich eins der kurzen silberhellen Löckchen zwischen den Fingern. Es fühlte sich wie feuchte Seide an.

Marierose wollte zurückweichen, aber dann begriff sie, dass er sie immer noch nicht erkannt hatte. Halb erleichtert, halb empört nickte sie erneut. So wenig hatte er sie also in Nansay Hall wirklich angesehen. Dabei hatte er sie auf den Wällen geküsst! Aber vermutlich hatte er es nur getan, um seine männliche Überlegenheit zu demonstrieren. Von Gil wusste sie, wie wichtig es den Männern war, diese Vorherrschaft zu besitzen.

»Es tut mir wahrhaftig Leid, dass ich dich geschlagen habe. Es ist nicht meine Art, Frauen wehzutun. Wenn du dich in deiner wahren Gestalt gezeigt hättest, wäre das nicht passiert. Warum treibst du eine solche Maskerade? Gehörst du zu einem Gauklertrupp?«

Marierose ergriff den Rettungsanker auf der Stelle. »Und wenn es so wäre?«

»Dann muss ich dich fragen, wo deine Gefährten sind. Versorgen sie sich ebenfalls aus meinen Wäldern?«

War das seine ganze Sorge? Marierose schlang die Arme um den Oberkörper, um sich zusätzlich zu wärmen und zu schützen.

»Sag schon, wo treiben sie sich herum?«

»Sie sind weitergezogen.« Sie zuckte mit den Achseln

und schmückte die Geschichte ein wenig mehr aus. »Ich wollte hier bleiben. Es gefällt mir.«

»Du kannst doch nicht ohne einen männlichen Beschützer leben. Keine Frau darf das. Du kannst auch nicht weiter wildern und stehlen. Du musst dich in eine Gemeinschaft einfügen. In ein Dorf, einen Haushalt, eine Familie.«

»Wer sagt Euch, dass ich stehle?« Marierose nahm nur zu einer Frage Stellung.

»Du siehst nicht so aus, als könntest du dir dein Essen in der nächsten Schänke kaufen, und ich möchte gar nicht wissen, wo du schläfst.«

»Es gibt Scheunen und Köhlerhütten ...«, erwiderte sie vage. Sie empfand immer größeren Gefallen an der Geschichte, die sich da entwickelte. Sie erschuf ein Mädchen aus dem Nichts. Eine Person, die nicht Marierose de Nansay war und deswegen auch ganz anders handeln und ganz anders fühlen konnte. Eine kühne, mutige Frau, die ihr Leben aus eigener Kraft bestimmte. Eine Frau, die sich selbst aussuchte, wo und wie sie den Tag verbrachte. Eine Frau, die sie nur zu gern gewesen wäre.

»Du bist närrisch, Kind«, schimpfte Cyrus d'Aval und war sich gleichzeitig der Tatsache bewusst, dass sie kein Kind war. Sein Körper reagierte auf sie als Frau, und er hatte größte Mühe, seine Hände bei sich zu behalten. Trotz ihrer kurzen Haare verströmte sie eine höchst verführerische Anziehungskraft. Er begehrte sie, daran gab es nichts zu leugnen. »Du kannst nicht so leichtsinnig sein. Der Wald ist gefährlich.«

»Der Wald ist mein Freund, macht Euch keine Sorgen um mich. Ich lebe schon so lange hier, dass ich jeden Busch und jedes Tier kenne«, widersprach sie ihm. »Der Wald ist freundlicher zu mir als die Menschen. Wollt Ihr mich vertreiben?«

Das klang so besorgt, dass er wider besseres Wissen den Kopf schüttelte. »Natürlich nicht. Aber es ist …«

»Vergesst mich, das ist das Beste, was Ihr für mich tun könnt.«

»Du verlangst Unmögliches.«

Marierose hätte gern gefragt, weshalb, aber sie ahnte, dass seine Antwort neue Fragen aufwerfen würde. Deswegen wandte sie sich ab und mied seinen Blick. Es genügte, dass sie seinen Duft mit jedem Atemzug in sich aufnahm.

»Ich wusste, dass es ein Fehler sein würde, Euch zu warnen«, seufzte sie mehr für sich selbst bestimmt als für ihn.

»Hier.« Der Ritter hatte sich zu Bylord umgewandt und brachte aus einer Satteltasche einen Weinschlauch und ein Paket zum Vorschein, das in reines Leinen eingewickelt war. »Das muss dir für heute genügen. Ich habe nur wenig Proviant dabei, denn die Jagd soll bloß ein paar Stunden dauern. Aber ich kann morgen wieder kommen und dir mehr zu essen bringen, dann brauchst du keine Schlingen mehr zu legen.«

Sie zögerte, die Gaben anzunehmen. War es nicht besser, wenn sich ihre Wege für immer trennten? Aber dann sah sie das Lächeln in den goldenen Luchsaugen und den amüsierten Schwung der Mundwinkel und fasste zu. Sie wusste nicht, was sie dazu trieb. Sie handelte, ohne nachzudenken und ohne den Blick von ihm zu nehmen. Es war die fremde neue Frau, die sie geschaffen hatte, und nicht die ängstliche, scheue Marierose de Nansay, die so handelte.

Erst jetzt fiel ihr auf, dass er mit blankem Oberkörper vor ihr stand, und sie verglich ihn unwillkürlich mit den römischen Marmorstatuen, die im Innenhof ihres Elternhauses in Hawkstone, vom Grün überwuchert, der neuen

Zeit und den neuen Herren trotzten. Bisher hatte sie gedacht, solche Vollkommenheit des Körpers sei nur möglich, wenn sie von Künstlerhand geschaffen werde. Dieses Exemplar jedoch lebte, atmete und strömte eine Wärme aus, die zum Greifen nah war. Wieder verspürte sie den eigenartigen Wunsch, ihn zu berühren, und hätte es fast getan, wäre nicht aus der Ferne ein Jagdsignal erklungen. Es riss sie beide aus dem stummen, gegenseitigen Betrachten.

»Sie rufen zum Sammeln. Ich muss dich verlassen. Willst du mir nicht wenigstens deinen Namen sagen, damit ich weiß, an wen ich bis morgen denken soll?«

Marierose schluckte und spürte ihren Herzschlag bis in die Kehle hinauf. Es bereitete ihr Befriedigung, dass er sie wenigstens jetzt genau ansah. Das kühne Mädchen am Teich würde er nicht so ohne weiteres vergessen wie die stille Witwe von Nansay Hall. Sie wusste, es war blanke Torheit, und doch konnte sie der Versuchung nicht widerstehen, das Spiel weiterzutreiben.

»Man nennt mich Liliana.«

Es war der Name ihrer Mutter, und er war ausgefallen genug, um auch für eine Gauklerin zu passen.

Das Signalhorn ertönte von neuem.

»Geht«, drängte sie ihn. »Sie werden Euch sonst suchen. Sicher denkt Belcastel bereits, dass sein Anschlag gelungen ist, weil Ihr verschwunden seid. Geht und bereitet ihm eine Überraschung.«

Es war nicht von der Hand zu weisen, dass sie Recht hatte. Aval zog sein Wams ohne das Hemd darunter an und fasste nach Bylords Zügeln. »Es ist Wahnsinn, dich hier allein zu lassen, Liliana.«

»Ich bin's gewohnt Seigneur«, entgegnete sie ernst. »Ich war schon allein, ehe Ihr kamt, und ich werde es wieder sein, wenn Ihr geht.«

Es war etwas an dieser stolzen Verabschiedung, das ihn davon abhielt, sie zu küssen, obwohl er es zu gern getan hätte. Er entdeckte Skrupel, von denen er nicht gewusst hatte, dass er sie besaß. So sprang er in den Sattel und betrachtete ein letztes Mal das feengleiche Geschöpf mit den unglaublichen silberhellen Haaren.

»Wirst du morgen hier sein?«

»Vielleicht.«

Sie legte sich nicht fest, sondern verschwand im Grün der Eiben, als hätte ihm seine Einbildung einen Streich gespielt.

Träumte er? Cyrus fuhr sich mit dem Handrücken über die Augen. Nein, die Ledernähte kratzten unangenehm auf seiner bloßen Haut. Sein Hemd war fort. Ein klarer Beweis, dass er es ihr gegeben hatte. Er zog den kurzen Reiterumhang enger um die Schultern, damit keinem auffiel, dass er ein Kleidungsstück eingebüßt hatte. Allein, was zählte ein Hemd, wenn man in Betracht zog, dass er auch seinen Verstand verloren hatte. Wie sonst war zu erklären, dass er dermaßen unsinnig auf eine Frau reagierte, die sich allen Regeln des normalen Lebens entzog?

Marierose erreichte Nansay Hall vor der Jagdgesellschaft. Sie dankte dem Himmel, dass niemand sie beobachtete, als sie die kleine Stute auf die Koppel zurückbrachte und zu den Klippen verschwand. Bis Lady Margaux zusammen mit ihrem Hofstaat und einem schweigsamen, mürrischen Cyrus d'Aval in den Innenhof der Burg ritt, hatte sie sich längst wieder in die stille Witwe verwandelt.

Durch einen Fensterschlitz im Nordturm beobachtete sie das Treiben vor dem Portal des Herrenhauses. Belcastel schnauzte die Jäger und Treiber an, trat nach den Hunden und benahm sich noch abscheulicher als sonst. Er brachte nicht einmal genügend Höflichkeit auf, Lady

Margaux in die Halle zu führen. Im Kreise ihrer Damen rauschte sie davon und ließ den neuen Herrn von Nansay Hall zurück. Marierose sah, dass er Bylord persönlich dem Stallknecht übergab und mit strenger Miene auf den Mann einredete. Dann fuhr er sich mit den Händen durch die braune Mähne und sah zum Tor zurück. Es schien, als verfolgte er den Weg, den er gekommen war. Woran dachte er? An Liliana?

Marierose wich von ihrem Aussichtspunkt zurück und presste die Hand aufs Herz, das mit einem Mal ungestüm pochte. Weshalb nur?

# Sechstes Kapitel

*Nansay Hall*
*29. Mai 1091*

»Du wirst heute nicht an der Tafel erscheinen.«

Lady Margaux bedachte Marierose mit einem so strafenden Blick, dass sie sich augenblicklich fragte, womit sie Gils Mutter dieses Mal verärgert hatte. Sie konnte nicht ahnen, dass es allein an der Art lag, wie sie vom Söller in das Gemach zurücktrat, um die Lady mit einer respektvollen Reverenz zu grüßen.

Sie hatte Mühe, ihr Erschrecken zu verbergen. Seit Lady Margaux das schöne Kabinett in eine kahle Klosterzelle verwandelt hatte, pflegte sie die ungeliebte Schwiegertochter zu sich zu bestellen, statt sie aufzusuchen. Die Möglichkeit, dass sie diese Gewohnheit womöglich zu ändern gedachte, versetzte Marierose in Panik. Wie sollte sie eine von innen verriegelte Tür oder gar ihre Abwesenheit erklären? Was, wenn sie tatsächlich irgendwann den Mut aufbrachte, jene Verabredung einzuhalten, die ihr nicht aus dem Sinn ging und die sie nun seit Tagen so feige versäumte?

»Du bist Witwe und in tiefer Trauer. Es gehört sich nicht, dass du Abend für Abend mit den Männern speist und ihre Aufmerksamkeit erregst.«

Marierose stimmte mit einem stummen Nicken des Kopfes zu. Noch eine jener Bewegungen, die Lady Margaux' Zorn anfachten!

Sie hatte ihrer Schwiegertochter allen Luxus genommen, das Haar geschoren und ihr das Singen und Lachen verboten. Aber sie sah sich außer Stande, etwas gegen die natürliche Eleganz und Grazie ihrer Bewegungen zu tun. Jede noch so unbewusste Geste strafte das blasse Antlitz und die frommen Gewänder Lügen. Lady Margaux ertappte sich sogar selbst dabei, einen Funken der Bewunderung für so viel Haltung und Anmut zu empfinden. Was musste erst ein Mann fühlen, der ohnehin wild entschlossen war, sie für sich zu gewinnen, egal, wie sie aussah oder sich bewegte?

»Es wird auch keine abendlichen Spaziergänge auf den Wällen mit dem Seigneur mehr geben«, fuhr sie deswegen scharf fort. »Setz dir bloß keine Flausen in den Kopf, Mädchen. Du wirst eine Braut Christi und niemals mehr die eines Mannes.«

Marierose beobachtete die Lady unter halb gesenkten Lidern. Hatte sie da neben der üblichen Verachtung nicht auch eine Spur von Nervosität vernommen? Etwas setzte ihrer Schwiegermutter zu. Aber was? Die Ereignisse der Jagd? Hatte sie Anteil am Mordkomplott Lucien de Belcastels? Unmöglich! Trotz ihrer Herzlosigkeit war sie schließlich eine Nobeldame. Eine Aristokratin und keine Mörderin …

»Hast du mich verstanden?«, fuhr sie Marierose an, von ihrem stummen Gehorsam gereizt. »Eine Magd wird dir das Essen heraufbringen.«

Grobes Brot, Hafergrütze und verdünnten Wein, Marierose wusste, was sie zu erwarten hatte. Sie senkte gehorsam den Scheitel. »Wie Ihr wünscht.«

Lady Margaux stieß einen gereizten Laut aus. Es gab nichts an Marieroses Reaktion auszusetzen, und genau das verärgerte sie mehr als alles andere. Die Ergebenheit ihrer Schwiegertochter glich der eines Opferlamms und verlieh jedem ihrer Siege einen schlechten Beigeschmack. Es wurde Zeit, Marierose loszuwerden. Lediglich die Tatsache, dass ihr Vater bei Hofe über Einfluss und Ansehen verfügte und sie vielleicht noch als Gemahlin für Lucien gebraucht wurde, hielt Lady Margaux davon ab, das ärgerliche Geschöpf schon morgen in die Abtei von Whitby abzuschieben.

»Ich wünschte, Gil hätte dich nie geheiratet«, sagte sie schroff. »Jede andere wäre besser gewesen als du.«

Der letzte Satz kränkte Marierose, obwohl sie dem ersten aus ganzem Herzen zustimmte. Schließlich hatte Gil in ihrer Ehe ein Glück gefunden, das ihm wohl keine andere Frau geschenkt hätte. Wenn es einen Menschen unter der Sonne gab, der diese Ehe bereuen musste, dann war das wohl eher sie. Doch warum musste ausgerechnet sie auch noch dafür büßen? Der rebellische Gedanke verlieh ihr den Mut, dem Verdacht nachzugehen, der sich hartnäckig in ihrem Kopf eingenistet hatte. Sie musste herausfinden, ob Lady Margaux nicht doch einen Anteil an dem Mordanschlag auf Cyrus d'Aval hatte.

»Gils Jagdhündin wurde getötet.«

Es kam so selten vor, dass Marierose von sich aus das Wort ergriff, dass die Lady mehr darüber die Stirn runzelte als über den verblüffenden Inhalt des Satzes.

»Ja, und?«, erwiderte sie schließlich unwirsch.

»Man hat Lexa mit Pfeilen gespickt, obwohl sie kurz davor stand, zu werfen«, fügte Marierose hinzu.

Lady Margaux zeigte sich irritiert. Für sie waren die Worte lediglich ein weiterer Beweis, dass es ihrer Schwiegertochter am nötigen Verstand fehlte. Wen kümmerte schon eine Jagdhündin? Und die Tatsache, dass das Tier kurz vor der Niederkunft gestanden hatte, war ihr nur einmal mehr Anlass zu einem Vergleich, der Marierose verletzen sollte.

»Da hast du es, jede Hündin in Nansay kommt ihren Mutterpflichten besser nach als die Gemahlin meines geliebten Sohnes«, schnaubte sie vernichtend und verließ die Kammer.

Marierose verzog den Mund. Es kam sie zunehmend

härter an, solche Behauptungen stumm hinzunehmen. Doch sie hatte keine Zeit, ihre eigenen Empfindlichkeiten zu pflegen. Es gab Wichtigeres zu bedenken. Hatte Lady Margaux geschickt von Lexas Tod abgelenkt oder hatte sie tatsächlich keine Ahnung von Luciens mörderischen Alleingängen?

Der kurze Anflug von Tapferkeit, der sie zu ihrer Frage getrieben hatte, verflog über der Erkenntnis, dass sie ohnehin nichts tun konnte, das Lucien oder die Lady dazu zwang, von ihren Plänen Abstand zu nehmen. Sie war allein in Nansay Hall. Es gab keine Menschenseele, der sie vertrauen konnte und die ihr im Notfall zur Seite stand. Sie musste es dem neuen Seigneur überlassen, sich selbst zu schützen.

Cyrus d'Aval mochte eine Anlage zum Jähzorn haben, aber er war ein kluger Kopf. Nachdem sie ihn auf die Gefahr aufmerksam gemacht hatte, würde er künftig besser auf sich aufpassen. Sie hatte ihm sogar den Namen seines potenziellen Mörders genannt und damit sichergestellt, dass er Lucien im Auge behielt. In diese Kammer verbannt, blieb ihr nichts anderes übrig, als ihm zuzutrauen, dass er sein Leben aus eigener Kraft verteidigte.

Unwillkürlich tauchte sein Bild vor ihrem Auge auf, wie sie ihn am Waldteich erblickt hatte. Beeindruckend männlich und kraftvoll, so willensstark und beherzt, dass der Gedanke geradezu lächerlich erschien, er benötige die Hilfe einer Frau, um zu bestehen. Noch dazu die einer Frau, die zu zittern anfing, wenn Lady Margaux sie ins Visier nahm.

Freilich war es nicht Marierose gewesen, die sich am Anblick seines nackten Oberkörpers und seiner männlichen Stärke geweidet hatte. Liliana, die andere, die leichtsinnige, abenteuerlustige, mutige Hälfte ihrer Person, hatte atemlos und fasziniert nach seiner Berührung gehungert. Das Fantasiewesen, das all die Dinge tun durfte, die der jungen Lady von Nansay verwehrt waren. Wie schade, dass sie trotz allem nicht den Mut aufgebracht hatte, ihre gefährlichen Wünsche zu verwirklichen. Alles in ihr hatte danach gedrängt, sich in seine kraftvollen Arme zu werfen und diese beeindruckenden Muskeln zu spüren, die sich unter seiner Haut wölbten und einer Frau Schutz und Versprechen zugleich zu bieten schienen.

Marierose legte beschämt die Handflächen auf ihre glühenden Wangen. Lilianas Wünsche entfachten eine jähe Hitze in ihrem Körper, die sie beunruhigte, wenn nicht gar ängstigte. Sie konnte sich nicht erinnern, dass sie ihren eigenen Körper jemals so intensiv verspürt hatte. Er entwickelte ein Eigenleben und schmerzte im Nachhall einer Sehnsucht, für die sie keine Worte hatte. Was geschah mit ihr? Wonach, um Himmels willen, sehnte sie sich eigentlich so schrecklich?

Sie wollte diese wirren Gefühle nicht, die sie ungeduldig und gereizt machten. Die alles änderten und dazu führten, dass sie die Wände ihres Gemachs wie ein Gefängnis empfand. Sie ertappte sich bei dem Wunsch, auf dem Rücken eines Pferdes an den Klippen entlangzujagen, bis sie nur noch das Brausen des Windes und das Donnern der Hufe hörte. Lady Margaux würde auf der Stelle der Schlag treffen, wenn sie eine solche Ungeheuerlichkeit wagte. Also blieb ihr nur zu beten.

Marierose sank auf das harte Holz des Betstuhls unter dem Kreuz. Aber auch als sie die Augen schloss und die Finger verkrampfte, bis der Nacken schmerzte, wollten ihr die vertrauten Litaneien nicht mehr einfallen. Stattdessen sah sie die goldenen Augen des Ritters vor sich, und ihre Lippen erinnerten sich an den Kuss auf den Wällen. Würde er auch Liliana so küssen?

*

»Ich kann keinerlei Unterlagen entdecken, die einen genauen Aufschluss über die Einnahmen und Ausgaben des Lehens geben.«

Cyrus d'Aval verschränkte die Arme vor dem Brustkorb und lehnte sich gegen den schweren Eichentisch, hinter dem noch vor kurzem Lady Margaux die Geschicke von Nansay gelenkt hatte. Er sprach geradezu beiläufig, ohne Fragen zu stellen, und überließ es der Lady, die Schlüsse daraus zu ziehen. Ihre verkniffenen Lippen verrieten ihm, dass sie sehr wohl die unausgesprochene Drohung verstand. Dennoch schwieg sie vorerst.

»Ihr werdet mir doch nicht erzählen wollen, dass in Nansay dermaßen dilettantisch gewirtschaftet wurde, dass es weder Aufzeichnungen noch flüssige Mittel gibt.«

»Was kümmert Euch, was in der Vergangenheit geschehen ist?« Endlich bequemte sich Lady Margaux zu einer bissigen Frage.

»Nachdem ich der Herr dieser Festung bin, sehr viel, werte Dame.«

»Der König hat Euch das Lehen von Nansay übereignet, nicht mehr«, entgegnete sie nach kurzer Überlegung frostig. »Ihr werdet Euch schon selbst zurechtfinden müssen. Ich bin nur eine arme Witwe, die Seine Majestät bei seinen Entscheidungen nicht zurate gezogen hat.«

Es war eine offene Kriegserklärung, und d'Aval nahm sie ohne Zögern an. Wenn ihm die Dame so in die Hände spielte, umso besser. Hielt sie ihn für einen Dummkopf, der ihre Märchen glaubte? Was war dies nur für ein Wespennest, in das ihn Rufus da entsandt hatte!

»Ich nehme an, dass die eisenbeschlagene Truhe, die Ihr in Eure Gemächer habt bringen lassen, das Gesuchte enthält«, vermutete er.

»Und wenn dem so wäre?«

»Würde ich es begrüßen, dass Ihr beides umgehend

wieder in meine Hände überantwortet. Ihr seid des Lesens und Schreibens nicht kundig, wie wollt Ihr ohne Hilfe kontrollieren, ob alles seine Ordnung hat?«

»Ich bin sehr wohl imstande zu zählen, Seigneur, und mein Neffe zeichnet das Nötige für mich auf.«

»Euer Neffe muss seine Eignung für das wichtige Amt des Haushofmeisters, mit dem Ihr ihn offensichtlich auch noch betraut habt, erst noch unter Beweis stellen, Madame. Bis dahin werde ich mich selbst um alles Wichtige kümmern.«

Der Ritter verschwieg, dass Belcastel bis zum Jüngsten Gericht auf eine solche Beförderung warten konnte. Eher würde er mit dem Henker Bekanntschaft machen.

»Was werdet Ihr tun, wenn ich mich weigere? Meine Türen aufbrechen? Euch mit Gewalt nehmen, was Euch nicht gehört?« Lady Margaux spielte die entrüstete Edeldame mit der Überzeugung einer Frau, die bisher noch jeden Mann eingeschüchtert und getäuscht hatte.

In Cyrus d'Aval fand sie ihren Meister. Er erwiderte den eisigen Blick so ungerührt, dass sie zum ersten Mal Zweifel an den eigenen Fähigkeiten beschlichen. Er hatte das Recht auf seiner Seite, und wenn sie nicht wollte, dass der König von ihren Machenschaften erfuhr, durfte sie den Konflikt nicht auf die Spitze treiben. Also traf sie eine schnelle Entscheidung und zwang sich zu einem einlenkenden Seufzer. Sie senkte die Lider, da sie ahnte, dass ihre Augen ihre wahren Gefühle verrieten.

»Verzeiht«, erklärte sie heuchlerisch. »Ihr seht in mir eine Frau, der das Schicksal böse mitgespielt hat. Ich habe nicht nur den Gatten, sondern auch den Sohn verloren, und in meinem ausweglosen Gram musste ich auch noch eine Festung für den König halten. Es fällt mir mittlerweile schwer, zu vertrauen und an die edlen Motive der Menschen zu glauben.«

Wäre der Ritter nicht in den vergangenen Tagen Zeuge geworden, mit welch eiserner Hand die Lady über Nansay regierte, er wäre möglicherweise in Versuchung geraten, ihr zu glauben. So aber musste er nur an den Platz zu seiner Rechten denken, der Mahlzeit für Mahlzeit leer blieb, um die Ränke der Dame zu durchschauen.

»Mein Gefährte Benoît le Bras wird Euch mit zwei Hausknechten in Eure Gemächer begleiten. Ihr könnt ihm Truhe und Schlüssel anvertrauen«, beendete er das diplomatische Scharmützel.

»Misstraut Ihr mir?« Lady Margaux zog in erkennbarem Zorn die Oberlippe über scharfe, gelbliche Zähne. Wenn sie wütend wurde, wandelte sich die Dame in eine Megäre.

»Ich misstraue sogar mir von Fall zu Fall, Madame«, entgegnete Cyrus d'Aval kurz angebunden.

Er löste die Arme vor der Brust und wandte ihr halb den Rücken zu, sodass sie einsehen musste, dass sie keine andere Wahl mehr hatte. Kaum hatte sie den Gang betreten, schloss sich ihr bereits le Bras mit den angekündigten Männern an. Man gönnte ihr keinen noch so winzigen Augenblick, etwas heimlich zur Seite zu schaffen, und Lady Margaux machte sich nicht länger die Mühe, ihren Unmut zu verbergen.

»Am liebsten hätte sie uns mit ihren Blicken erdolcht«, berichtete Benoît später, als Cyrus d'Aval den Inhalt der Truhe sichtete.

Wie erwartet fand er eine Menge gerollter Urkunden, wenige sorgsam verwahrte Briefe und Lederbeutel mit Münzen. Darunter lagen ein in Seide geschlagener, rechteckiger Gegenstand und eine schwere Kassette. Auf ihrem Deckel leuchteten helle Elfenbeinarabesken, und die Kanten waren mit goldenen Ecken geschützt. Bewundernd hob er sie hoch und stellte sie auf dem

Tisch ab, damit er das Kunstwerk bei Licht betrachten konnte.

Unzweifelhaft war es die Schmuckschatulle einer Dame. Aber die zierliche Handwerksarbeit passte nicht zu Lady Margaux. Man musste nur ihre überaus prächtigen Gewänder ansehen, um zu wissen, dass sie protzige Steine und überladene Kolliers schätzte. Zudem hätte sie Zeter und Mordio geschrien, hätte er sich an ihrem persönlichen Eigentum vergriffen. Es erforderte nicht viel Fantasie, zu vermuten, wem dieses exquisite Schatzkästlein gehörte.

Ehe er sich weiter damit beschäftigte, löste er jedoch unter den neugierigen Augen seines Gefährten die Seidenhülle von einem Buch; genauer gesagt von einer Bibel, die zwischen aus Gold gehämmerten, mit juwelenverzierten Deckplatten gebunden war. Es war ein wahrer Schatz, dessen Seiten Cyrus d'Aval mit einer gewissen Scheu aufschlug. Die lateinischen Worte sagten ihm wenig, aber die sorgfältig ausgeführte Handschrift mit ihren wunderschönen Illustrationen und den künstlerisch gezeichneten Versalien hätten sogar in den Klöstern von Winchester oder Canterbury Aufmerksamkeit erregt.

Als er Blatt für Blatt wendete, um die Bilder zu betrachten, fiel das Buch schließlich wie von selbst in der Mitte in zwei Hälften. Ein mehrfach gefaltetes Pergament steckte dort zwischen den Seiten verborgen. Der gelbliche Schimmer des Blattes und die brüchigen Faltstellen verrieten, dass es viele Jahre alt sein musste.

»Was hat das zu bedeuten?«

Benoît le Bras sah Cyrus neugierig über die Schulter, während der Ritter das Dokument vorsichtig ausbreitete und die Abmachung überflog, die zwei Unterschriften und ein altertümliches Siegel trug.

»Ein Vertrag, so wie es aussieht«, sagte d'Aval nach

kurzem Stutzen. »Ein Vertrag zwischen dem verstorbenen Lord von Nansay Hall und dem schottischen König Malcolm Canmore. Bei Gott, er hat den Frieden für sein Lehen schlichtweg erkauft!«

»Wie das? Frieden ist keine Handelsware.«

»Aber Getreide, Vieh und Salz sind Handelswaren«, erwiderte der Ritter und überflog den genauen Wortlaut des Schriftstückes gründlicher. »Der Herr von Nansay sagt die jährliche Lieferung von Wintervorräten und Vieh zu, und der schottische König verspricht im Gegenzug, dafür zu sorgen, dass seine Untertanen keine Raubzüge in Nansay Hall unternehmen.«

Benoît le Bras vermochte den Sinn dieses Paktes nicht zu begreifen. »Warum hat er nicht einfach gegen die Schotten gekämpft, wie es sich gehört, und sie zum Teufel gejagt?«

Im Gegensatz zu seinem Gefährten konnte sich Cyrus d'Aval sehr wohl einen Grund dafür vorstellen.

»Vielleicht war er des ewigen Kämpfens müde? Er hat dem Eroberer geholfen, dieses Königreich zu errichten. Wilhelm und seine Männer sind bei der Schlacht von Hastings förmlich im Blut gewatet, und die Jahre danach waren auch kein unbeschwertes Honiglecken. Ich könnte mir vorstellen, dass Nansay für ein einziges Leben genug getötet hatte.«

»Welch ein Feigling!« Benoît le Bras schäumte vor Verachtung.

»Findest du? Man könnte auch sagen, Gilbert von Nansay habe der Stimme der Vernunft den Vorzug vor überflüssigem Heldentum gegeben.«

»Und zum Dank haben ihm die Schotten im vergangenen Herbst den einzigen Sohn erschlagen.«

Auch dafür lag der Grund auf der Hand.

»Sicher ist die Abmachung nach dem Tod des Lords

nicht mehr eingehalten worden. Lady Margaux ist nicht die Frau, die einen solchen Vertrag respektiert. Andererseits fühlten sich die Schotten nach so langer Zeit vermutlich berechtigt, ihre Wintervorräte gewaltsam einzutreiben. Der Friede wurde gemeinsam mit Gilbert von Nansay zu Grabe getragen.«

»Ich bezweifle, dass Rufus davon weiß.« Benoît le Bras sah Cyrus fragend an. »Wirst du ihm davon berichten?«

»Es würde ihm zumindest erklären, warum sich die schottischen Übergriffe so hartnäckig auf dieses Gebiet konzentrieren.«

»Es könnte natürlich auch an der Unfähigkeit des Burghauptmanns liegen, die Menschen hier zu schützen.« Benoîts Verachtung für Belcastel schwang in jeder Silbe mit. »Was die Lady dazu veranlasst hat, diesen Schwachkopf mit der Verteidigung von Nansay zu beauftragen, ist mir ein Rätsel.«

»Er ist ihr Neffe.«

»Der Himmel bewahre mich vor solcher Verwandtschaft!«, rief Benoit erbost.

Cyrus ersparte sich die Antwort. Was würde sein Freund erst sagen, wenn er von dem Anschlag mit dem vergifteten Pfeil erfuhr? Er wusste selbst nicht genau, weshalb er dieses Geheimnis für sich behielt. Oder doch? War es, weil er sonst von Liliana sprechen musste und weil er die verführerische kleine Waldfee nicht einmal in Worten mit jemandem teilen wollte?

Sie spukte ständig im Hintergrund seiner Gedanken herum, und je mehr er sich bemühte, sie zu vergessen, umso lebendiger wurde sie. Er konnte sie mit keinem anderen weiblichen Wesen vergleichen, das er jemals getroffen hatte. Sie war weder Magd noch Edeldame, weder Frau noch Kind. Am ehesten noch Waldfee, Zaubergeschöpf, Ärgernis, Faszination und Ablenkung. Aber auch

Geheimnis. Seit Tagen ging sie ihm aus dem Weg, und obwohl er sich erbittert geschworen hatte, den Teich zu meiden, stahl er sich doch immer davon in der Hoffnung, dass sie irgendwann vor ihm stünde.

»Du solltest die Schwierigkeiten ernster nehmen«, fügte le Bras eindringlich hinzu. »Bitte den König um Kriegsknechte und Unterstützung. Berichte ihm von der schändlichen Abmachung.«

Cyrus warf ihm einen nachdenklichen Blick zu und kehrte schweren Herzens wieder zu den aktuellen Problemen zurück.

»Und was sollte das bewirken? Gilbert von Nansay ist tot und sein Sohn ebenfalls. Was bringt es, Rufus mit der Nase darauf zu stoßen, dass einer der treuen Vasallen seines Vaters im Norden sein eigenes Süppchen gekocht hat? Der König ringt ohnehin im Geheimen mit dem übermächtigen Vorbild seines Vaters. Wozu Dinge aufrühren, die seit Jahren vergessen sind? »

»Weil Rufus Ruhe an dieser Grenze haben will. Aber solange die Schotten glauben, sie hätten ein verbrieftes Recht, sich auf unserer Seite zu bedienen, ist diese Ruhe gefährdet.«

Benoît wunderte sich, dass er Cyrus diese Dinge erklären musste. Gewöhnlich verstand er es wie kein anderer im Gefolge des Königs, die Wünsche und den schwierigen Charakter des Herrschers einzuschätzen.

»Es ist meine Sache, Malcolm Canmores Männer in ihre Schranken zu verweisen«, widersprach d'Aval seinem Gefährten knapp. »Wenn ich dessen nicht fähig bin, verdiene ich es nicht, dieses Lehen in seinem Namen zu verwalten.«

D'Avals Ton machte klar, dass das Thema damit für ihn beendet war. Er trat an den Tisch und hielt das Pergament über die brennenden Kerzen, bis nur noch ein geschwärzter Rest davon übrig war, den er nachlässig in den Kamin warf. Dann öffnete er das Kästchen mit den Elfenbeinverzierungen. Wie erwartet enthielt es Frauenschmuck.

Sorgsam aufgerollte, mit erlesenen Juwelen geschmückte Haarbänder, Ketten, Gürtel, Mantelspangen und Ringe lagen in Fächern mit Samtbespannung. Trotz ihres unverkennbaren Wertes wirkten sie geschmackvoll und diskret. Es handelte sich zweifellos um feine Stücke, die eine junge Edeldame aus wohlhabendem Hause mit in ihre Ehe brachte. Weshalb befanden sie sich in dieser Truhe und nicht in der Kemenate der Witwe?

Er ließ den glitzernden Tand durch die Finger rieseln. Hatte die Lady ihrer Schwiegertochter diese Dinge abgenommen, weil eine Dienerin Gottes keinen Schmuck trug, oder hatte sich Marierose von Nansay selbst dazu entschieden, dem weltlichen Glanz zu entsagen? Noch ein Problem, das der dringenden Erledigung harrte. Er klappte den Kasten zu und klemmte ihn kurz entschlossen unter den Arm.

*

»Erlaubt, dass ich Euch Euer Eigentum zurückbringe.«

Marierose fuhr mit einem erschreckten Laut vom Betstuhl hoch und starrte den Mann an, der in der Tür zu ihrem Gemach stand. Dies war entschieden ein Tag der überraschenden Besuche. Obwohl sich ihre Gedanken ununterbrochen mit Cyrus d'Aval beschäftigt hatten, konnte sie es nicht fassen, dass er nun leibhaftig mitten in ihrer Kemenate vor ihr stand.

Der Ritter bemerkte, dass sie ängstlich vor ihm zurückwich. Das Licht fiel in ihrem Rücken durch schmale Maßwerkfenster herein, sodass ihr Gesicht im Schatten blieb. Er sah nur die Umrisse ihrer dunklen Gestalt.

»Ihr seid allein?« Verblüfft sah er sich in der kahlen Kammer um. »Wo sind Eure Frauen? Eure Mägde?«

»Ich habe keine«, erwiderte Marierose tonlos.

»Weil Ihr bereits wie eine Nonne leben wollt, obwohl Ihr noch keine seid und nie eine sein werdet?«

Cyrus d'Aval trat näher. Auch wenn er seinen Hang aufzubrausen unter Kontrolle hatte, machte es ihm Mühe, gelassen zu sprechen. Es verärgerte ihn, dass die junge Witwe nach wie vor ihren Wunsch bekundete, ins Kloster zu gehen. Hatte sie noch immer nicht begriffen, dass ihr Schicksal einen anderen Weg nahm?

»Warum versteift Ihr Euch auf diese Narretei?«, fragte er brummig. »Habt Ihr deswegen Euren Schmuck fortgegeben? Hier habt Ihr ihn zurück. Ich möchte, dass Ihr ihn tragt und dass Ihr die Nonnenkleider endlich ablegt.«

Marierose begriff halb erleichtert, halb ärgerlich, dass er ihr Doppelspiel noch immer nicht durchschaute. Was fiel ihm auf, wenn er in ihr Gesicht blickte? Er musste doch die Ähnlichkeit der Züge wahrnehmen, die feinen Knochen, die blasse Haut … Oder war sie so unwichtig für ihn, dass er keinen überflüssigen Gedanken daran verschwendete, wie sie aussah?

Im Gegensatz zu ihm nahm sie selbst jede Einzelheit an der Erscheinung ihres Besuchers wahr. Er schien eine Vorliebe für schlichte Oberteile aus weichem, aufgerautem Wildleder zu haben. Das heutige schimmerte im selben dunklen Braun wie seine dichten Haare und Brauen. Darunter trug er ein Hemd wie jenes, das sie in den Tiefen ihrer Truhe versteckt hatte und manchmal herausnahm, um das Gesicht darin zu vergraben und seinen Duft zu riechen.

»Ihr müsst mir antworten, Mylady«, forderte er unerbittlich. Er stellte ihr Schmuckkästchen auf den Tisch und nahm ihre Gestalt so gründlich in Augenschein, dass sich alle feinen Härchen in ihrem Nacken sträubten. Jetzt musste er es entdecken!

Cyrus d'Aval aber fiel lediglich auf, dass sie ihn belauerte wie eine arme kleine Maus, die sich vor dem ersten Tatzenhieb des Katers fürchtete. Ihr Gesicht leuchtete so weiß, dass es sich kaum vom Leinen der Haube unterschied. Es verärgerte ihn, dass sie so ängstlich und abwehrend war. Was trug sie ihm nach? Den Kuss auf den Wällen? Er hatte ihr gefallen, davon war er nach wie vor überzeugt.

»Kommt schon, redet mit mir«, forderte er unmissverständlich. »Es hat keinen Sinn, wenn Ihr Euch den Tatsachen verweigert. Ich kann Euch versichern, dass es kein Vergnügen wäre, würdet Ihr Euch bis ans Ende Eurer Tage hinter Klostermauern vergraben. »

»Es wäre angemessener für mich.« Die geforderte Antwort kam stockend und kaum hörbar.

»Überlasst es mir, künftig zu entscheiden, was für Euch angemessen ist. Ihr werdet es nicht bereuen.«

Ach ja? Marierose starrte hartnäckig auf den Boden und mied seinen Blick. Was hatte sie davon, Lady Margaux gegen einen Gatten einzutauschen? Beide forderten Unterwerfung und Gehorsam. Keiner fragte sie, wie ihre Wünsche aussahen.

»Ich nehme an, Ihr seid mit mir einer Meinung, weil Ihr mir nicht widersprecht. Nun, das ist immerhin ein Anfang«, versuchte der Ritter die Situation mit Humor zu entschärfen. »Vielleicht werdet Ihr es im Lauf unserer Ehe lernen, ein wenig mitteilsamer zu werden. Kann ich sonst noch etwas für Euch tun, Mylady? Habt Ihr besondere Wünsche? Eine behaglichere Ausstattung für diese Kammer vielleicht? Hübsche Kleider? Ein Musikinstrument? Zuckerwerk?«

Die Aufzählung entlockte Marierose einen erstickten

Laut. Er konnte nicht ahnen, dass er den Zustand ihrer Kemenate zu Gils Lebzeiten schilderte. Er wollte ihr das müßige Leben zurückschenken, das sie an Gils Seite geführt hatte und das sie heute bereute. Ganz sicher war es ein Fehler gewesen, sich damals in diesem Luxus einzurichten und so zu tun, als wäre alles in Ordnung, nur weil er sie darum bat und sie ihm nicht wehtun wollte.

Sie sah auf, begegnete einem fragenden, lohfarbenen Blick. Augenblicklich senkte sie wieder die Lider. Es war gefährlich, sich im Feuer dieser Augen zu verlieren.

»Ich habe alles, was ich brauche.«

»Das bezweifle ich. Auf jeden Fall solltet Ihr Gesellschaft haben, eine Gefährtin, eine Magd. Es ziemt sich nicht, dass Ihr allein seid.«

»Nein, bitte nicht … Ich bin gern allein …«

Marierose wusste zu gut, dass auf Nansay Hall nur Frauen lebten, die Lady Margaux zu Diensten waren. Sie alle folgten dem Beispiel ihrer Herrin und rümpften die Nase über die kinderlose Witwe, der sie die alleinige Schuld am Kummer ihrer Herrin gaben. Die Einzige die ihr im Alter nahe stand, war Blanche. Aber ausgerechnet ihre Mutter war die engste Vertraute der Lady. Sie würde nie erlauben, dass sie Marierose aufwartete.

»Und ich dachte immer, Frauen tun nichts lieber, als miteinander zu schnattern und die Köpfe zusammenzustecken«, hörte sie Cyrus d'Aval erwidern. »Ihr seid wahrhaftig ein höchst seltenes Exemplar Eurer Gattung, Mylady. Bescheiden, schweigsam, genügsam und fromm. Was kann ein Mann schon mehr von seiner künftigen Gemahlin verlangen?«

Marierose wusste nicht zu sagen, ob er ihr schmeicheln wollte oder ob er sich über sie lustig machte. Sein spöttisch neckender Ton sprach für Letzteres. In jäher Gereiztheit reckte sie die Schultern, verschränkte die Hände und trat an eines der Turmfenster, sodass sie ihm den Rücken zuwandte. Dennoch spürte sie seine Blicke wie eine Berührung auf sich.

Cyrus d'Aval unterdrückte einen Fluch. Wie schaffte die Witwe es nur, dass er sich wie der letzte Bauerntölpel vorkam, ohne dass sie ein Wort gesagt hätte? Ehe er ihr begegnet war, hatte er noch nie Probleme gehabt, eine Frau für sich einzunehmen. Ganz davon abgesehen, dass er noch nie mehr in einer Frau gesehen hatte als einen flüchtigen Zeitvertreib, eine vorübergehende Zerstreuung. Er würde auch ihr nicht erlauben, zu viel von seinen Gedanken und seiner Zeit in Anspruch zu nehmen, sobald er ihren kindischen Trotz besiegt hatte.

In jähem Entschluss trat er so dicht hinter sie, dass seine Stiefelspitzen ihre Rocksäume berührten, ehe er die Hände auf ihre schmalen Schultern legte. Die Haube versperrte ihm den Blick in ihr Gesicht, aber er spürte, wie sie sich unter seiner Berührung versteifte. Aus ihren Kleidern stieg ihm ein Hauch von Rosenduft entgegen, und die stolze Zerbrechlichkeit der eigensinnig durchgedrückten Schultern rührte ihn auf eine Weise, die er selbst nicht genau erklären konnte.

»Warum wehrt Ihr Euch so dagegen, in das Leben zurückzukehren, Mylady?«

»Weil ich Angst davor habe, von neuem verletzt zu werden«, offenbarte Marierose mit erstickter Stimme. So unmittelbar von ihm bedrängt, fing ihr Herz an zu rasen, und der Blick auf die Küste und das nördliche Meer verschwamm vor ihren Augen.

»Unter meinem Schutz wird es niemand wagen, Euch zu verletzen.«

»Ihr selbst werdet es tun«, widersprach Marierose, ohne zu wissen, woher sie die Überzeugung nahm, die in ihren Worten mitschwang.

»Narretei!«

Cyrus d'Aval drehte sie an ihren Schultern zu sich herum, aber sie weigerte sich hartnäckig, den Kopf zu heben.

Auch von vorn bot sie ihm nichts als den Blick auf eine steife, hässliche Haube. Erst ein Finger unter ihrem Kinn, der es unbeirrbar und kraftvoll nach oben drückte, besiegte ihren Widerstand. Der Ritter betrachtete das durchsichtig blasse Antlitz, die bebenden Lippen, die aus der Nähe viel rosiger schienen, die gesenkten Lider mit dem goldbraunen, seidigen Wimpernschleier. Sie hatte durchaus ein wenig Farbe und ein paar Vorzüge, welche die Tatsache angenehm machten, dass ihre Hand mit seinem Lehen verknüpft war. Es galt lediglich, ihre Bedenken zu besiegen.

Dieses Mal war Marierose auf den Überfall und den Kuss gefasst. Sie versuchte der zärtlichen Überredung der geschmeidigen Männerlippen zu trotzen, aber es war ihr nicht möglich. Unter der Liebkosung brach etwas in ihr auf, von dessen Existenz sie keine Ahnung gehabt hatte. Ein fremder Sog, der sie forttrug und erschauern ließ.

»So ist's gut«, hörte sie ihn zufrieden raunen, ehe er ihre Wangen, die geschlossenen Lider und die zarten, durchscheinenden Schläfen mit dem Mund streifte. »Welch eine hübsche, weiche Haut Ihr habt, meine Süße. Ich möchte wetten, dass nur mehr davon unter diesem abscheulichen Kleid versteckt ist.«

Marierose keuchte erstickt, als seine streichelnde Hand über ihre Taille nach oben glitt und die Brüste berührte. Der Schock verursachte ein eigenartiges Prickeln in ihren Knospen, fast einen Schmerz, der in den Tiefen ihres Körpers aufstieg und sie hilflos erbeben ließ. Aber jeder Protest wurde von heißen Lippen erstickt, die ihre Gegenwehr unterdrückten und jeden vernünftigen Gedanken auslöschten.

»Siehst du, es gefällt dir.«

Cyrus d'Aval konnte den Triumph in seiner Stimme nicht ganz unterdrücken. Wie erfreulich, dass unter dieser Kutte eine Frau steckte, die sehr wohl zu Lust und Leidenschaft überredet werden konnte. Doch so schwer es ihm auch fiel, die Vernunft riet ihm, nichts zu überstürzen. Er gab sie wieder frei und sah zufrieden, dass sie schwankte und ihn aus verschleierten, rätselhaften Augen anstarrte.

»Wir sehen uns an der Tafel, Mylady.«

Er widmete ihr eine höchst feierliche Reverenz und marschierte fröhlich pfeifend aus der Kammer – deutlich erkennbar mit sich und seinem Erfolg zufrieden.

Marierose sank mit zitternden Knien auf den nächsten Fenstersitz. Das Blut rauschte in ihren Ohren, und die Wände des Raumes drehten sich vor ihren Augen. Sie legte die Hände auf ihre Brüste, als könnte sie auf diese Weise das Rätsel lösen, das ihr der eigene Körper aufgegeben hatte. Aber sie fühlte nicht dasselbe wie unter seiner Berührung.

Ob sie Cyrus d'Aval nun als Liliana oder als Marierose de Nansay begegnete, er brachte sie in beiden Fällen völlig durcheinander. Umso mehr, als ihm selbst nie auffiel, dass er ein und dieselbe Person mit seinen Aufmerksamkeiten verwirrte. War dies nicht der beste Beweis dafür, dass er nichts von dem wirklich ernst und tief fühlte, was er sagte und tat, wenn er sie in die Arme nahm?

Sie durfte ihr Herz nicht an einen Mann hängen, der ihr nicht mehr Augenmerk schenkte als den Stiefeln, in die er des Morgens schlüpfte. Er umgarnte sie nur, damit er Nansay bekam. Zudem hatte er nicht die geringsten Skrupel, zur selben Zeit ein Gauklermädchen zu einem Stelldichein zu bitten und mit ihm zu tändeln.

Marierose stieß ein bitteres Lachen aus. War es nicht geradezu der Gipfel aller menschlichen Torheit, auch noch auf sich selbst eifersüchtig zu sein? Sie musste Lady Margaux leider Recht geben: Sie hatte den Verstand verloren und taugte für gar nichts mehr.

# Siebtes Kapitel

*Nansay Hall*
*30. Mai 1091*

»Bei Gott, wenn Ihr die Außenmauern ohne Bewachung lasst, brauchen wir das Tor gar nicht mehr schließen. Dann kann jedermann nach Nansay Hall hineinspazieren, dem es gefällt.« Cyrus d'Aval versuchte nicht zu brüllen, aber Lucien de Belcastel brachte ihn immerhin so weit, dass seine Stimme vor Grimm bebte. »Ich habe befohlen, Wachen aufzustellen, und wenn ich Euch einen Befehl gebe, erwarte ich, dass Ihr ihn ausführt, ist das klar?«

»Wir haben zu wenige Männer, um die Festung innerhalb ein paar Tagen in das Bollwerk zu verwandeln, das Euch vorschwebt, Seigneur«, antwortete Belcastel in seiner üblichen Mischung aus Unterwürfigkeit und heimlicher Herausforderung.

»Dann stellt die Faulpelze, die in der Halle herumlungern und ihre Zeit mit Ale und Würfelspielen verschwenden, hier auf die Wälle«, knurrte d'Aval.

»Aber das sind die Ritter unseres armen jungen Herrn.«

»Sie werden schon bald Hundefutter für die Schotten sein, wenn sie nicht bereit sind, ihren Dienst zu tun. Diese Burg hat mehr Schlupflöcher und Schwachstellen als ein mürbes Fischernetz.«

»Ich habe mich stets bemüht …«

»Die Vergangenheit interessiert mich nicht«, unterbrach ihn d'Aval rüde. »Tut, was ich befohlen habe, und tut es schnell – oder tragt die Folgen.« Er wartete nicht ab, bis Belcastel zustimmte, sondern setzte seine Inspektion fort und hatte Mühe, den Zorn zu bändigen. Obwohl

Nansay Hall von Hammerschlägen widerhallte, allenthalben Gerüste aufgebaut waren und die Sägen knirschten, fand er nirgendwo Anzeichen von getaner Arbeit und befolgten Befehlen. Offensichtlich waren die Renovierungsmaßnahmen genauso verdreht organisiert wie die Kontrollrunden der Wachen. Die meisten Männer standen sich selbst im Weg und richteten mehr Schaden als Nutzen an.

Der Verdacht, dass dies alles mit Absicht geschah, lag nahe, und dieser Umstand trug nicht dazu bei, d'Avals Laune zu verbessern, die sich ohnehin ihrem Tiefpunkt näherte. Seit er Nansay Hall eingenommen hatte, kam es ihm so vor, als versuchte er Wasser mit Sieben zu schöpfen. Seine eigenen Männer, denen er vertrauen konnte, berichteten alle dasselbe. In der Festung existierte, angefacht von Lady Margaux und ihrem unfähigen Neffen, ein ebenso heftiger wie unsichtbarer Widerstand gegen den neuen Herrn.

Seine persönliche Ehre erforderte jedoch einen hieb- und stichfesten Beweis für diese Vermutung, ehe er die beiden zur Rechenschaft zog. Mit Ausnahme des Pfeils und eines vagen Hinweises einer Waldfee hielt er jedoch nichts in Händen. Im Grunde hatte er nicht einmal mehr Letzteres, denn Liliana war wie vom Erdboden verschluckt. Inzwischen kam es ihm fast so vor, als hätte er die Existenz des Kobolds mit den Silberhaaren nur geträumt. Möglicherweise war auch der Pfeil nur ein unglücklicher Zufall gewesen. Er wusste nicht mehr, was er glauben sollte.

Cyrus d'Aval unterdrückte einen lästerlichen Fluch. Nansay machte es ihm schwer, jene Heimat zu finden, die er sich beim ersten Blick auf die Festung erhofft hatte. Er war auch nicht der Mann, der seine Macht durch die Anwendung körperlicher Gewalt und rigoroser Strafen demonstrieren wollte. Es musste andere Mittel geben, seine Position zu festigen und sich Respekt zu verschaffen, ehe er zu unnachsichtiger Härte griff.

»Was ist das für ein Unsinn dort am Torturm?«

Das nächste Ärgernis riss ihn aus seinen Überlegungen. Unterhalb des Wehrgangs war ein schweres Holzfuhrwerk, gezogen von zwei störrischen Ochsen, gegen das eiserne Rad gefahren, mit dem die Kette des Torgitters bewegt wurde. Die Ochsen stemmten sich unter den Knüppelhieben des Burschen, der das Unglück verursacht hatte, so panisch in ihr Geschirr, dass Cyrus um die Konstruktion fürchtete. Merkte dieser Narr denn nicht, dass er die Tiere in Raserei versetzte?

Mit finsterer Miene lief er zur nächsten Stiege, die nach unten führte, als eine Bewegung im Innenhof seine zusätzliche Aufmerksamkeit erregte. Eine schmale, dunkle Gestalt eilte in so stürmischem Schritt zur Unfallstelle, dass er innehielt. Noch nie hatte er die störrische Witwe in solcher Eile erlebt.

Der halb gereizte, halb spöttische Name, den er ihr in Gedanken gab, kennzeichnete sein Verhältnis zu ihr. Es widerstrebte ihm auch in diesem Fall, Gewalt anzuwenden. Sie war eine Edeldame, er konnte sie schlecht wie einen Sack Weizen vor den Priester schleppen. Er war nicht übermäßig begeistert davon, sie zur Gemahlin zu nehmen, aber wenn er es täte, so gedachte er sie mit Respekt zu behandeln. Allein, sie machte es ihm schwer …

In seiner Eile, ebenfalls nach unten zu kommen, achtete er nicht auf den Weg. Er stieß sich an der Mauer ab und sprang auf die erste Stufe. Im nächsten Augenblick brach das Holz krachend unter ihm ein, sein Fuß sackte weg, und er stürzte nach vorn. Einen erschreckenden Augenblick lang schwebte er zwischen Himmel und Erde. Als erfahrenem Reiter gelang es ihm jedoch, noch im Fallen den Körper zu kontrollieren und den harten Sturz abzurollen.

Der Schwung dieser geradezu akrobatischen Aktion trug ihn glücklicherweise über die Steinplatten am Fuße der Treppe hinaus. Fluchend landete er im Schlamm neben dem Aufgang und prellte sich hart die Schulter. Er kam umgehend wieder auf die Füße, obwohl sein Schädel ein wenig brummte und der gestauchte Arm höllisch schmerzte.

Erst die entsetzten Gesichter um ihn herum brachten ihm zu Bewusstsein, dass er sich um Haaresbreite den Hals gebrochen hätte. Allein die Kombination aus Kraft und körperlicher Geschicklichkeit, die er sich in den Diensten seines Königs errungen hatte, hatte ihn vor Schlimmerem bewahrt. Doch noch ehe er den Mund öffnen konnte, um die Umstehenden zu beruhigen, hörte er die sonst so tonlose Stimme der Witwe höchst energisch auf den Fuhrknecht einschimpfen.

»Bist du noch bei Trost? Hör sofort auf, die Tiere zu prügeln. Denkst du, sie spüren keine Schmerzen? Was bist du nur für ein Dummkopf! Lass mich …«

»Um Himmels willen, Lady!«

Cyrus vergaß auf der Stelle seine oberflächlichen Blessuren, als Marierose de Nansay in die Mitte zwischen die beiden Zugochsen trat, die mit rollenden, blutunterlaufenen Augen gegen das eiserne Zahnrad ankämpften, das sie aufhielt. Noch bevor er durch die Reihen der Gaffer hindurch zu ihr gelangen konnte, hatte sie jedem der beiden Tiere eine Handfläche auf die bullige Stirn gelegt. An ihrer Mundbewegung sah er, dass sie etwas sagte, aber das Kreischen des Fahrzeugs, das Knirschen des Rades und das Durcheinander der Menschenstimmen übertönten alles. Erst als er sie erreichte, fiel ihm auf, dass im Missklang des allgemeinen Lärmes das Brüllen der Ochsen fehlte.

Die gewaltigen Tiere standen mit einem Mal still und mit hängenden Köpfen da. Ruhig, ohne eine weitere Bewegung. Es dauerte einen Augenblick, bis auch die aufgeregten Burgbewohner begriffen, dass die Gefahr gebannt war. Marierose wandte sich um und entdeckte Cyrus d'Aval, der voller Schmutz und Schrammen war.

»Was ist geschehen?«, fragte sie erschrocken.

Cyrus wischte sich knurrend die Hände ab und musterte sie aufgebracht. »Das sollte ich besser Euch fragen, Lady! Habt Ihr den Verstand verloren? Ihr hättet unter die Hufe dieses Gespannes geraten und Euer Leben verlieren können. Wisst Ihr nicht, wie gefährlich gereizte Ochsen sind?«

»Nur wenn ein Schwachkopf auf sie einprügelt.« Sie winkte ab, als wäre sein Einwand völlig unwichtig. »Sagt mir lieber, was mit Euch geschehen ist!«

»Das wüsste ich auch gern«, antwortete er zähneknirschend. »Die Stiege zum Wehrgang ist unter meinen Füßen geborsten, als ich versuchte, Euch noch rechtzeitig vor dieser Dummheit zu bewahren.«

Neuerlich glitten seine Augen zwischen den Ochsen und der Witwe hin und her, die alle drei ein Bild völliger Gelassenheit und Beherrschung abgaben. Sogar die Gaffer ringsum hatten sich wieder zerstreut. Nur der Fuhrknecht stand da wie vom Donner gerührt. Er begriff ebenso wenig wie der Ritter, was Marierose mit den Tieren getan hatte.

»Wäre es Euch lieber gewesen, die Ochsen hätten das Rad aus der Verankerung gerissen?«

Marierose verriet ihm nicht, dass sie gar nicht darüber nachgedacht hatte, was sie tat. Sie hatte gehandelt, um eine Katastrophe zu verhindern. Sie liebte Tiere, und sie verstand die Panik der geprügelten Kreaturen. Ihre beruhigenden Hände hatten die beiden Ochsen ebenso besänftigt wie die Tatsache, dass die Schläge aufgehört hatten.

»Es war purer Leichtsinn«, warf der Ritter ihr vor. »Ihr könnt dem Himmel danken, dass er einen Schutzengel gesandt hat, der Euch vor einem schlimmeren Schicksal bewahrt hat.«

»Es ist immer gut, dem Himmel zu danken«, hörte er sie sanft sagen, und für einen Augenblick glaubte er eine Spur von Ironie in ihrer Stimme zu hören. Aber nein, er musste sich täuschen ... Spottlust passte nicht zu dem reinen, unbescholtenen Gemüt einer Gottesbraut.

»Macht so etwas nie wieder«, mahnte er und rieb sich mechanisch die Schulter.

Der Schmerz erinnerte ihn an ein weiteres Problem. Nachdenklich trat er an die Stiege und sah zu den beiden durchgebrochenen Stufen hinauf. Er war kein Zimmermann, aber Holz, das so exakt in der Mitte brach wie dieses, tat das mit Sicherheit nicht aus natürlichen Gründen. Er hätte Bylord darauf verwettet, dass die beiden Stufen angesägt worden waren. Für ihn?

»Sie sehen nicht morsch aus ...«, sagte eine ruhige Stimme in diesem Augenblick neben ihm.

Die Witwe war ihm gefolgt, und als er ihr den Blick zuwandte, entdeckte er eine feine, zerstreute Falte zwischen den hellbraunen Bögen ihrer Brauen. Die turbulenten Ereignisse hatten einen pfirsichzarten Schimmer auf ihre Wangen gezaubert, der ihn dazu verlockte, mit dem Finger darüber zu streichen. Im letzten Moment unterdrückte er den unerwarteten Impuls und ließ die Hand wieder sinken. Wie es aussah, hatte er sich den Kopf doch stärker angeschlagen, als er anfangs geglaubt hatte.

»Ihr solltet eher auf Euch achten, statt mir Vorschriften zu machen«, sagte sie vorwurfsvoll. »Ihr hättet Euch schlimmer verletzen können.«

Kein Zweifel, ich hätte sogar tot sein können, stimmte ihr Cyrus d'Aval im Geheimen zu. Er warf einen Blick zum Wehrgang hinauf und sann darüber nach, ob ihn sein Rundgang mit dem Burghauptmann rein zufällig zu dieser präparierten Stiege geführt hatte. Fügung oder geschickte Planung?

»Wenn Ihr mir folgt, kann ich Euch einen Balsam für Eure Schulter geben«, unterbrach die Witwe unerwartet gesprächig seine Überlegungen.

»Ich bin nicht verletzt«, knurrte er gereizt, weil er nicht wusste, wie er mit ihrer Besorgnis um sein Wohlergehen umgehen sollte. »Was habt Ihr überhaupt hier bei den Männern zu suchen? Frauen gehören ins Haus, dort ist ihr Platz.«

Marierose presste die Lippen aufeinander und senkte schnell die Lider, damit er nicht sah, wie sehr er sie kränkte. Ein wenig mehr Freundlichkeit und Dankbarkeit für ihr Eingreifen hatte sie sich schon erwartet. Ganz davon zu schweigen, dass sie es abscheulich fand, wenn er sie wie eine dumme Gans ins Haus schickte. Wenn das ein Vorgeschmack darauf sein sollte, wie er seine Ehefrau behandeln wollte, dann musste sie Lady Margaux vielleicht sogar dankbar dafür sein, dass sie diese Verbindung um jeden Preis verhindern wollte.

»Wie Ihr meint.« In ihrer Stimme klang eine Spur von Vorwurf mit. »Aber glaubt nicht, dass es meine Absicht war, Euch zu helfen. Mir taten lediglich die armen Tiere Leid. Der Fuhrknecht hat den Fehler gemacht, und sie mussten darunter leiden.«

Sie wandte ihm den Rücken zu und schritt grußlos davon. Ihre Bewegungen, die aufrechte Gestalt und die heftige, ungewohnt lange Rede bewiesen eine Lebhaftigkeit, die der Ritter ihr nie zugetraut hätte. Er sah ihr nach. Die Szene mit den beiden brüllenden Zugtieren stand ihm in aller Deutlichkeit vor Augen. Es hätte nicht viel gefehlt, und der harmlose Zwischenfall wäre zum Drama geworden. Die Witwe benötigte dringend einen Gemahl, der sie davon abhielt, ähnlichen Unsinn zu wiederholen. Was fiel ihr nur ein, sich dermaßen in Gefahr zu bringen, weil ein Fuhrknecht seine Ochsen prügelte?

Ein Stück hinter ihm hatte eben dieser Fuhrknecht seine Zugtiere endlich wieder auf den richtigen Weg gebracht. Die massigen Tiere trotteten mit ihrer Fracht weiter. Es kam ihm vor, als bebte die Erde unter ihren Hufen. Der Gedanke, dass sie fast das zierliche Rückgrat der störrischen Witwe gebrochen hätten, machte ihm mehr zu schaffen als der eigene Unfall.

*

Warum glaubte ihr dieser Holzklotz von einem Mann eigentlich nicht, dass sein Leben in Gefahr war? Marierose entdeckte zu ihrer Überraschung, dass sie sich sehr wohl einerseits um den neuen Burgherrn sorgen und ihn andererseits aus tiefster Seele verabscheuen konnte. Frauen gehörten ins Haus … Wenn Lady Margaux solche Dinge sagte, dann war das nicht weiter überraschend. Aber dass *er* sie dermaßen rüde abwies, obwohl sie nichts anderes als Hilfe im Sinn gehabt hatte, tat weh.

Wann begriff der Ritter endlich, dass Nansay Hall eine Welt mit eigenen Gesetzen und Gefahren war? Was musste sie tun, damit er ihre Warnungen ernst nahm? Und warum konnte sie nicht einfach in ihrer Kammer bleiben, die Hände falten und den Dingen ihren Lauf lassen? Was trieb sie dazu, jeden seiner Schritte zu belauern und sich um einen Kerl zu sorgen, der in seiner selbstherrlichen Arroganz gar nicht merkte, dass sich weder Lady Margaux noch ihr Neffe und deren Helfershelfer einen Deut um ritterliche Tugenden scherten?

Gils Mutter hatte ihrem Gemahl nie verziehen, dass er sie nicht an den Hof gebracht hatte. Ihr Drang nach Macht und Einfluss – ihr Anspruch auf Bedeutung – hatte sich in den vergangenen Jahren keineswegs abgeschwächt. Nach dem Tod ihres Gatten hatte sie die Herrschaft über Burg und Lehen an sich gerissen; Gil hatte nie einen Versuch unternommen, sich gegen seine Mutter zu behaupten. Jetzt hielt sie das, was von Anfang an nur Eigenmächtigkeit gewesen war, für ihr gutes Recht. Sie war so überzeugt von diesem Recht, dass sie nicht einmal Skrupel hatte, den Befehl des Königs zu missachten.

»Was … was tut Ihr hier?«

Marierose starrte Blanche von Bolton an, die in ihrer Kammer in einer Fensternische saß und eine Stickarbeit im Schoß liegen hatte.

»Der Seigneur hat befohlen, dass ich Euch Gesellschaft leiste.« Blanche lächelte unbeschwert; die zahllosen Sommersprossen auf ihrem feinen Nasenrücken tanzten bei der Bewegung. »Meine Mutter schäumt, Lady Margaux grollt, aber keine von ihnen hat gewagt, ihm zu widersprechen. Ich kann gar nicht sagen, wie froh ich bin, den Damen dort unten zu entkommen.«

Marierose ertappte sich dabei, dass sie das Lächeln des jungen Mädchens erwiderte. Nur Blanche wagte ihr manchmal Freundlichkeit zu zeigen. Im nächsten Augenblick jedoch wurde sie wieder ernst.

»Ich brauche keine Gesellschaft. Sagt das dem Ritter und lasst mich allein.«

»Aber …« Blanche stand verwirrt auf. Ihr Stickzeug fiel zu Boden.

»Es geht nicht gegen Euch. Aber ich kann besser allein beten. Geht zu Eurer Mutter, Blanche.«

Blanche von Bolton hob ihr Sticktuch auf. »Ich dachte,

wir könnten Freundinnen werden«, sagte sie tonlos und verließ die Kammer.

Marierose tat das Mädchen Leid, aber sie wagte die Freundschaft nicht anzunehmen, die ihr angeboten wurde. Sie kannte Blanche zu wenig und fürchtete Lady Margaux zu sehr. So schwieg sie und legte den Riegel um, ehe sie mit einem erleichterten Aufatmen gegen die Tür sank. In Blanches Beisein wäre es unmöglich gewesen, den Plan in die Tat umzusetzen, der in ihrem Hinterkopf Gestalt annahm.

Bei aller Entrüstung wollte sie dennoch nicht tatenlos zusehen, wie Cyrus d'Aval in diesem Spiel unterlag, nur weil er die Regeln des Ritterstandes achtete und seinem König gehorchte. Rigoros brachte sie die Stimme der Vernunft zum Schweigen, die ihr davon abriet, sich für einen Mann in Gefahr zu begeben, der ihr dies nicht einmal dankte. Wenn er nicht auf Marierose hörte, so müsste ihm Liliana den Ernst der Lage vor Augen führen.

Es trieb sie förmlich hinaus in den Wald und an das Ufer des alten Druidenteiches. Würde er dort auf sie warten, obwohl Tage seit der Jagd vergangen waren?

Mit einem Mal wollte sie nicht länger ehrenwert und gelangweilt, fromm und gehorsam sein. Sie sehnte sich nach dem Duft des Waldes und nicht nach jenem von kalter Asche und muffigem Kampfer, den Lady Margaux mit ihren Rocksäumen verteilte. Das Blut in ihren Adern floss seit dem Streit im Burghof schneller. Alles war unwichtig geworden – außer der Tatsache, dass Cyrus d'Aval an Liliana mehr Gefallen fand als an Marierose.

Wenig später eilte sie auf dem Klippenpfad zum Buschwerk am Waldrand. Über ihr zeichnete die schräg stehende Sonne scharfe Schatten auf die Erde, während das Meer zu Füßen der Klippen wie der silbern beschichtete Spiegel glänzte, den sie einmal besessen hatte. Eine leichte Brise zerrte an ihrem Wams, und sie drückte die Kappe fester auf ihre kurzen Locken.

Ungewohnte Eitelkeit hatte ihr verboten, die übliche Schutzschicht aus Schmutz und Lehm auf Gesicht, Hände und Haare aufzubringen. Es hatte ihr ohnehin widerstrebt, die Maskerade mit diesen unerfreulichen Mitteln auf die Spitze zu treiben.

Der Wald von Nansay umfing sie mit dem weichen, besonderen Licht eines späten Mainachmittages. Die vielfältigen Stimmen des Vogelkonzerts mischten sich mit dem Rauschen der Blätter und kaum hörbaren Lebenslauten der übrigen Waldbewohner, die unter Blättern und Nadeln, Erde und Rinde nach Nahrung und Schutz suchten. Marierose verlangsamte die Schritte und sog die balsamische Luft in tiefen Zügen ein. Die besänftigende Wirkung des Waldes tat ihr gut und half ihr die Dinge zu ordnen, welche die Ankunft des Ritters durcheinander gebracht hatten.

Bis zu seinem Erscheinen hatte sie sich in ihr Leben eingefunden und die unabänderlichen Tatsachen akzeptiert. Nun aber brachen so viele Fragen, Möglichkeiten und Hoffnungen in ihr auf, dass sie kaum noch wusste, woher sie die Fügsamkeit und die Geduld genommen hatte, die ihr der Alltag in Nansay Hall abgefordert hatte.

Die Lähmung, die sie seit Gils unerwartetem Tod umfangen hielt, war mit einem Mal verschwunden. Sie empfand etwas, das sie so fremd und seltsam anmutete, dass sie nicht sicher war, wie sie es benennen sollte. Konnte es Hoffnung sein?

# Achtes Kapitel

*Im Wald von Nansay*
*30. Mai 1091*

»Wo bist du gewesen?«

Er klang mürrisch, dennoch atmete Marierose ein wenig schneller. Ihr Gefühl hatte sie nicht getrogen. Er war gekommen – und lastete ihr all die anderen Male an, die er umsonst auf sie gewartet hatte.

»Ihr habt mich erschreckt.« Sie vermied die direkte Antwort auf seine Frage.

»Und ich habe mir Sorgen um dich gemacht. Wo hast du gesteckt? Warum hast du mich warten lassen?«

»Ich bin Euch keine Rechenschaft schuldig.«

Sie wagte einen vorsichtigen Blick in die goldenen Luchsaugen und gewahrte voller Unbehagen, dass er sie wütend fixierte. Sein Zorn erschreckte und erfreute sie zugleich. Liliana hatte die Macht, ihn zu verärgern, wo Marierose nur auf gleichgültige Freundlichkeit traf. Um ihre Gedanken zu verbergen, drehte sie ihm den Rücken zu und ließ das vertraute Bild des Weihers auf sich wirken.

Die schräg stehende Sonne berührte die Baumspitzen und färbte das Wasser zu heller Bronze. Kleine Mücken flirrten im goldenen Licht, und ein paar Frösche quakten auf der Suche nach Gesellschaft. Das träge Summen wilder Bienen füllte die Luft. Es roch nach Moor und Moos, nach frischen Kräutern, nach Pferd und Leder. Ihr Herz beschleunigte sich auf die bereits vertraute Weise, als sie spürte, dass er hinter sie trat.

»Verzeih!« Berührt von dem blassen zierlichen Nacken, der so zerbrechlich und so weiblich aussah, rutschten Cyrus d'Aval die Worte gegen seinen Willen heraus.

»Es scheint, ich vergesse jedes Mal mein Benehmen, wenn wir uns treffen. Halt es meiner Sorge um dich zu Gute. Ich wusste nicht, ob dir etwas zugestoßen ist.«

Marierose bemühte sich, tief durchzuatmen. Es war bestimmt nicht gut, wenn er herausfand, wie seltsam sie auf seine Gegenwart reagierte. Ihre Glieder schienen weich zu werden, und ihre Haut glühte, wo sein Blick sie traf. Sie fühlte sich benommen, und seine unerwartete Entschuldigung trug nicht dazu bei, dass sie ihre Fassung schnell wiederfand.

»Ich bin hier, und ich bin heil und gesund«, entgegnete sie in ihrer Befangenheit viel zu schroff. »Was man von Euch wohl nicht sagen kann, Seigneur. Ich habe gehört, dass Ihr Euch fast den Hals gebrochen hättet.«

Cyrus d'Aval runzelte die Stirn. »Du weißt Dinge, von denen ich dachte, dass sie nicht über die Burg hinausgetragen werden.«

»Ihr vergesst, dass das Gesinde zum großen Teil aus Whitby stammt.« Marierose log nicht, und das verlieh ihren Worten überzeugende Glaubhaftigkeit. »Die Leute tratschen gern. Sie fragen sich, ob sie unter einem neuen Herrn ein besseres Los zu erwarten haben als unter dem alten Regiment. Sie sind wortkarg und schwer zu überzeugen hier im Norden. Sie mögen keine Veränderungen. Sie haben gerade erst akzeptiert, dass sie nun von Normannen regiert werden.«

»Willst du mir damit sagen, dass sie keine Tränen an meinem Grab vergießen werden?«

Marierose gab einen verdrossenen Laut von sich, der vor vielen Jahren für ihren kleinen Bruder reserviert gewesen war. Der Erbe des Rosenturmes, der nach vier älteren Schwestern das Leben erblickt hatte, hatte es bestens verstanden, die Mädchen zur Weißglut zu treiben. Auch Cyrus d'Aval schien dieses zweifelhafte Talent zu besitzen. War es allen Männern eigen? An Gil erinnerte sie sich nur als freundlichen, liebenswürdigen und gutmütigen Kameraden.

»Ich will damit sagen, dass sie vorerst keine Partei für oder gegen Euch ergreifen werden, Seigneur. Wieso habt Ihr Lucien de Belcastel nicht einfach in das Verlies von Nansay Hall geworfen?«

Jetzt war der Ritter an der Reihe, seinen Unmut zu äußern. »Mit welcher Begründung?«

»Genügt es Euch nicht, dass er mit vergifteten Pfeilen nach Euch schießt? Dass er Treppenstufen ansägt und vermutlich bereits eifrig dabei ist, den nächsten Unfall für Euch zu ersinnen? Liegt Euch daran, für Euer neues Lehen gleich zu sterben?«

Marierose wandte dem Ritter ihr empörtes Antlitz mit den flammenden Augen zu. Die letzten Sonnenstrahlen verwandelten das helle Grün in zorniges Blitzen. Fürchtete sie tatsächlich so sehr um seine Sicherheit?

Cyrus d'Aval hatte schon eine sarkastische Bemerkung auf der Zunge, dann jedoch schluckte er sie hinunter. Der letzte Mensch, der sich um ihn gesorgt hatte, war seine Mutter gewesen. Sie war schon so lange tot, dass er sich kaum mehr an ihr Gesicht erinnern konnte. Nur an ihre Wärme, ihre Weichheit, ihre Sanftheit, ihre grenzenlose Güte und Zärtlichkeit.

Von ihr hatte er nur Gutes erfahren, im Gegensatz zu seinem Vater, der den jüngsten seiner Söhne schon mit sechs Jahren zum Knappendienst geschickt und aus seiner Erinnerung gestrichen hatte. Söhne waren gut, aber das Haus d'Aval war zu klein, um auf fünf junge Wölfe aufgeteilt zu werden. Seit jener Zeit hatte es keine Frau mehr gegeben, die sich um sein Wohlergehen gekümmert hätte. Einige hatten seinen Weg gekreuzt, die ihn als Mann geschätzt, die seine Stärke und die Fähigkeit bewundert hatten, einer Frau Genuss zu bereiten. Aber keiner war es ein so leidenschaftliches Anliegen gewesen, ob er lebte oder starb, wie Liliana.

»Schtscht …«, versuchte er sie zu beruhigen. »Ich beabsichtige nicht so schnell zur Hölle zu fahren. Weder für Nansay Hall noch für irgendeinen Menschen. Und schon gar nicht, ehe ich dich in meinen Armen gehalten habe, meine wilde Waldfee.«

Er sah die Röte in ihre blassen Wangen steigen und ihre Lider mit den unendlich feinen, dichten Wimpern flatterten, als könnte sie selbst nicht entscheiden, ob sie ihn ansehen wollte oder die Gefahr lieber meiden.

»Sagt nicht solche Dinge, Ihr versündigt Euch gegen Gott den Herrn.«

Die Tatsache, dass sie nur den ersten Teil seiner Rede kommentierte, entlockte ihm ein leises Lachen. »Vergessen wir die Hölle, meine Schöne, wenden wir uns der Wirklichkeit zu. Wo bist du gewesen?«

Genau die Frage hatte Marierose gefürchtet. Sie hatte Liliana zum Leben erweckt, ohne sich Gedanken über deren Leben zu machen.

»Lasst mir meine Geheimnisse, Seigneur …«

»Was bietest du mir im Austausch dafür?«

»Ich besitze nichts, das für einen Seigneur von Interesse sein könnte.«

»Das möchte ich bestreiten.«

Marierose vergaß zu atmen. Diesmal rettete sie kein Jagdhorn. Sie erschauerte, als seine Hände über ihre Arme und Schulten nach oben glitten, bis sie ihre Wangen mit langen, geschmeidigen Fingern umfassten. Rau und beschützend, sanft und so warm, dass ihren Lippen ein leiser Seufzer entfloh, ehe er sie mit dem Kuss versiegelte, auf den sie wartete.

Es geschah ohne bewusstes Überlegen, dass sie sich in

diese Umarmung und diesen Kuss hineinschmiegte. Für diesen Kuss war sie gekommen, denn Liliana war frei. Sie konnte sich nehmen, was sie wollte. Sie wusste zwar nicht unbedingt, was es im Einzelnen war, aber sie wusste, dass sie es von Cyrus d'Aval haben wollte.

»Liliana«, raunte er mit heiserer Stimme, und der nächste Kuss wurde heißer, inniger. Seine Zunge drang in die Tiefen ihres Mundes und verwirrte sie mit seinem ungewohnten Geschmack nach Mann und Leidenschaft. Der Kuss rief ein brennendes Echo irgendwo tief in ihrem Innersten hervor, sodass sie die Arme um die breiten Schultern des Ritters schlang, weil sie nach Halt suchte und ihn nur hier finden konnte.

Cyrus d'Aval hatte keinen großen Widerstand erwartet, aber die sinnliche, andächtige Hingabe, mit der Liliana auf seine Liebkosungen reagierte, überraschte ihn dennoch. Ihre Küsse hatten das Aroma wilden Honigs, und ihre zierliche Gestalt fühlte sich in der Umarmung nicht länger zerbrechlich, sondern geschmeidig an. Sie war genau die Art von Muße, die ein Mann benötigte, der den lieben langen Tag nichts als Ärger gehabt hatte.

»Wie bezaubernd du bist, meine Schöne.« Er zog ihr die Kappe von den Haaren und pustete in die feinen silberblonden Löckchen, die ihr das Aussehen eines Kobolds gaben und sie so einmalig und unverwechselbar machten. »Sag, hast du bei den Gauklern einen Mann gehabt? Wieso hat er dich allein gelassen?«

»Er ist gestorben«, erwiderte Marierose der Wahrheit entsprechend. »Lass uns nicht von ihm reden. Es macht mich traurig, an ihn zu denken. Er hatte ein verschwendetes Leben, das ihm wenig Glück brachte.«

Cyrus sah den Schatten, der ihre Augen für einen Augenblick farblos und grau machte und ihn auf irritierende Weise an etwas erinnerte. Etwas, das er wissen und berücksichtigen sollte … Nur fiel ihm nicht ein, um was es sich dabei handeln konnte. Wie sollte er auch denken, wenn sich eine sanfte Hand an seine Wange legte und liebevolle Finger über seine Haut strichen. Liliana besaß eine Kühnheit in ihren Gesten, die ihn faszinierte.

»Ich will nicht, dass du traurig bist«, raunte er und drehte den Kopf, sodass er die Innenfläche ihrer Hand küssen konnte.

Marierose spürte die Berührung der warmen Lippen und erschauerte. Sie versuchte sich zu erinnern, weshalb sie gekommen war, aber ihr Verstand gehorchte ihr inzwischen ebenso wenig wie ihr Leib. Beide hatten sich verschworen, sie Dinge fühlen zu lassen, die jeden Funken Vernunft vertrieben und nur noch Wärme, wenn nicht gar Feuer unter ihrer Haut entfachten.

»Hab keine Angst.« Cyrus d'Aval umfing sie in einer Umarmung. »Ich weiß, wie man eine Frau glücklich macht, kleine Waldfee.«

Eine lästige kleine Stimme in ihrem Kopf mahnte Marierose, dass das nur schöne Worte waren, die sie einlullen sollten, aber sie setzte sich darüber hinweg. Was hatte sie schon zu verlieren? Und wie viele Erinnerungen konnte sie stattdessen gewinnen, an denen sie sich in langen einsamen Stunden in einem Kloster oder einer abgeschiedenen Kammer wärmen konnte? Wenigstens einmal wollte sie den Zauber kennen lernen, der zwischen Mann und Frau entfacht werden konnte und um den Gil sie so tragisch betrogen hatte.

»Zeigt es mir, Seigneur«, hauchte sie. »Ich würde gern einmal richtig glücklich sein.«

Sie sah ihn aus den großen, glänzenden Augen an, die nun das dunkle Grün der Eiben widerspiegelten, aber in ihren Tiefen lag trotz aller Herausforderung ein eigenartiger Hauch von Verletzlichkeit. Er mahnte Cyrus d'Aval dazu, die eigenen Wünsche in Zaum zu halten, die nichts von Zärtlichkeit und Verzögerung wissen wollten.

Jeden Tag dieser vermaledeiten Woche war er mit dem Ziel in den Wald gegangen, Liliana zu finden und zu besitzen. Auch wenn ihm dieser Umstand jetzt erst klar wurde, änderte er nichts an der Dringlichkeit des Wunsches. Er presste die Lippen auf die schlanke Säule des Halses, der ihn von Anfang an zu dieser Liebkosung gereizt hatte, und spürte das Pulsieren ihres Blutes, den schnellen Schlag ihres Herzens unter ihrer Haut.

Liliana ließ sich fallen. Sie erlaubte ihm, dass seine Hände die Geheimnisse ihrer Weiblichkeit entdeckten, eines nach dem anderen. Kaum bemerkte sie, dass er sie auf einen umgestürzten Baumstamm zog, dessen Wipfel halb im Wasser lag und der mit seiner breiten, moosbedeckten Fläche eine natürliche Bank abgab. Sie kam auf Cyrus' Schoß zu sitzen und vergrub ihr brennendes Gesicht an seiner Schulter, während er die Schnur ihres Wamses löste und unter dem groben Stoff seidige Haut erkundete.

Ein leises Stöhnen stieg aus ihrer Kehle. Es wurde von einem gierigen Kuss erstickt. Zielstrebige Hände umfassten ihre vollen Brüste. Die erregende Berührung sorgte augenblicklich dafür, dass sich die Spitzen verhärteten; unmissverständlich pressten sie sich gegen seine Handflächen, die vom Gebrauch der Zügel und des Schwertes rau, aber unendlich verführerisch und raffiniert waren. Die Liebkosung rief die unglaublichsten Gefühle in Marierose wach.

»Was tut Ihr …«

Die naive Frage entlockte ihm ein Lachen. »Was wohl, mein Herzchen? Ich liebe dich. Ich liebkose deine hübschen Brüste, weide mich an deinem Körper und werde mich mit dir vereinen, wenn wir beide genug vom Spielen haben. Hast du mich denn nicht eben darum gebeten?«

Da er während des Sprechens zahllose Küsse über ihre Nasenspitze, die Stirn, die Wangen, den Mund und ihre Kehle tupfte, kam Marierose gar nicht dazu, darüber nachzudenken, dass er unter »lieben« wohl etwas anderes verstand als sie. Etwas Handgreiflicheres – denn nun trug sie nicht einmal mehr ihr Wams, und die Abendbrise strich über ihre erhitzte Haut.

»Wie schön du bist, Liliana. Eine Prinzessin aus Mondschein und Silber. Nie hab ich ein Mädchen wie dich im Arm gehalten …«

Liliana. Marierose hielt sich an diesem Namen fest. Das hier geschah Liliana, der Gauklerin. Es hatte nichts mit Marierose de Nansay zu tun. Liliana hatte schließlich keinen Schwur getan.

Die Küsse wanderten tiefer, kosteten ihre Brüste und umschmeichelten die stolzen Knospen, sodass feurige Pfeile der Lust bis in die Tiefen ihres Schoßes zuckten. Als sich seine Lippen um eine der Spitzen schlossen und seine Zungenspitze sie neckte, wurde ihr Atem schwerer. Ihre Finger krallten sich tief in die Muskeln seiner Schultern. Ihr leises Wimmern verriet Cyrus, wie sehr sie Gefallen an seinen Liebkosungen fand, und die unruhige Bewegung ihres hübschen, festen Hinterteils in seinem Schoß entlockte ihm seinerseits einen heiseren Laut der Begierde.

»Bei Gott, Liliana, du bist geschaffen, einen Mann um den Verstand zu bringen«, ächzte er und knirschte mit den Zähnen. »Du machst mich wahnsinnig.«

Der Vorwurf drang dunkel in den Nebel des sinnlichen Begehrens, das Marierose umfangen hielt. Machte sie etwas falsch? Sie wollte nicht, dass er aufhörte. Sie würde sterben, wenn er sie jetzt verließe.

»Verzeiht«, entschuldigte sie sich im Versuch, ihn zu besänftigen. Sie erntete ein atemloses Lachen, das den Ritter für einen Augenblick davon abhielt, die Bänder der Knabenhose zu lösen, die über ihren schmalen Hüften geknüpft waren.

»Kein Grund dafür«, schmunzelte er und amüsierte sich über die Mischung aus sinnlicher Betörung und treuherziger Unschuld, die sie verströmte. »Ich leide gern, wenn ich von einer so bestrickenden kleinen Hexe gefoltert werde. Mach nur weiter.«

Während Marierose sich noch fragte, wie er diese Worte gemeint haben konnte, befreite er sie mit dem Geschick eines Mannes, der eine gewisse Übung in diesen Dingen hatte, von ihren Knabenkleidern. Im Stillen sagte er sich, dass er noch nie eine so verführerische Gestalt aus ländlichen Kleidern befreit hatte. Wie würde sie erst aussehen, wenn sie Seide und Schleierstoffe trug, Bänder, Schmuck und all die törichten Kleinigkeiten, die Frauen anlegten, um ihre Schönheit zu betonen?

»Du hast all dies nicht nötig«, raunte er, als könnte sie an seinen Gedanken teilhaben. »Der Himmel hat Vollkommenheit walten lassen, als er dir Leben einhauchte. Wie schön du bist, Liliana.«

In seinen goldenen Augen stand so viel schrankenlose Bewunderung, dass Marierose ihre Scheu vergaß und sich unwillkürlich ein wenig aufrichtete. Gils Kostüm hatte eine winzige Taille, überraschend volle, feste Brüste und lange, schlanke Beine verborgen. Sie hatte ihrem Körper nie besonders viel Aufmerksamkeit geschenkt. Er war nicht begehrenswert; sie wusste, dass es ihr an etwas Wichtigem mangelte, sonst hätte Gil doch …

Gewaltsam zwang sie sich von diesen Gedanken fort. Dann schon lieber in das Antlitz des Ritters sehen, dem sie gefiel. Sie war noch nicht oft bewundert worden. Bei ihrer Heirat war sie eine knabenhaft schlanke Fünfzehnjährige gewesen, noch ein wenig ungelenk wie ein junges Fohlen und bereit für ein Abenteuer, das sie dann doch nicht kennen gelernt hatte. Ihr Körper mochte inzwischen der einer Frau geworden sein, ihre Seele aber gehörte noch dem ungestümen Mädchen, das den Schatten des Rosenturmes viel zu früh verlassen hatte.

»Ich muss dich haben«, hörte sie den Ritter mit so angestrengter, fremder Stimme keuchen, dass sie sich augenblicklich wieder um ihn sorgte. Die Sonne hatte jetzt die Spitzen der Bäume erreicht, und ihr rötliches Licht ließ Flammen in seinen goldenen Augen leuchten. Seine Blicke brannten sich in ihre blasse Haut, als wollte er sie für immer als die Seine markieren. War dies die Liebe, die ihre Schwestern gefunden hatten?

»Komm, meine Kleine …«

Cyrus d'Aval breitete den kurzen Reitumhang auf dem Moos aus und schlüpfte ungeniert aus seinen Kleidern. Ehe sie sich von dem Schock erholt hatte, den ihr der Anblick des muskulösen Männerkörpers und seines unverkennbaren Begehrens versetzte, befand sie sich bereits in seinen Armen und lag unter ihm.

In einem Anflug von jäher Panik stemmte sie die Handflächen gegen seine breite, warme Brust und versuchte sich unter ihm hervorzuwinden. Wieso setzte er nicht das zärtliche Spiel der Küsse und Berührungen fort? Was hatte seine Züge auf so eigenartige Weise verhärtet, dass er ihr mit einem Mal fremd und bedrohlich erschien?

»Es ist zu spät …« Er ließ keine Gegenwehr zu. »Du kannst nicht mehr zurück, Liliana. Hast du schon vergessen, wie Männer sind?«

Marierose biss sich auf die Lippen. Sie wusste nicht, wie Männer waren. Aber sie spürte, wie seine Hand über ihren Rücken strich und sich zwischen ihre Körper stahl.

Seine Lippen pflückten jeden Widerspruch von ihrem Mund, und seine Zunge drängte sich unerbittlich tief in die warme, süße Tiefe. Der leidenschaftliche Ansturm aus Küssen und erotischen Zärtlichkeiten entwaffnete sie. Ihr Körper war hungrig und wollte nichts von Vorsicht wissen. Er antwortete mit hitzigem Begehren und bog sich der Hand entgegen, die sich an ihren Schoß drängte, um zu streicheln, zu suchen und zu plündern.

Mehr an Aufforderung bedurfte es für Cyrus d'Aval nicht. Er spreizte die schlanken Beine und vollendete die Eroberung mit dem heißen Speer seiner Männlichkeit. Er war so erschüttert von seinem eigenen Drängen, dass er nicht bemerkte, wie jäh Liliana unter ihm erstarrte. Als er zustieß und jenen Schmerz verursachte, der Marierose wie ein scharfes Messer aus dem Glühen ihrer Leidenschaft riss, verströmte er sich bereits in den Tiefen ihre Leibes.

Ernüchtert, enttäuscht und wütend über sich selbst, blieb Marierose reglos unter ihm liegen, obwohl sie kaum Atem bekam und ihr Herz in viel zu schnellen Schlägen hämmerte. Was war geschehen? Was hatte sie falsch gemacht? Irgendetwas musste sie doch falsch gemacht haben, sonst hätte sie doch kaum solche Pein verspürt. Sonst läge Cyrus d'Aval doch nicht wie ein gefällter Baum über ihr und stöhnte, als hätte seine letzte Stunde geschlagen.

Als er sich endlich von ihr rollte und mit geschlossenen Augen liegen blieb, nutzte sie die Gelegenheit. Sie erhob sich so schnell und so lautlos, dass er es im ersten Moment gar nicht wahrnahm. Der Nachhall einer nie erlebten Leidenschaft schwächte seine Sinne. Keine Frau hatte ihn jemals in solche Verzückung versetzt wie Liliana.

»Meine Süße«, murmelte er und tastete nach ihr.

In dem Augenblick, als ihm klar wurde, dass die Dinge

nicht so waren, wie sie sein sollten, war es schon zu spät. Er fuhr hoch und sah eben noch einen blassen Schatten zwischen den Eiben verschwinden. Seine Waldfee hatte in Windeseile ihre Kleider zusammengerafft und floh Hals über Kopf. Aber weshalb, bei allen Heiligen?

Er starrte auf die Stelle, wo sie eben noch gelegen hatte. Ein paar Ameisen und Käfer flitzten über den Stoff zu einem dunklen Fleck. Neugierig rieb er mit dem Finger darüber. Blut … Blut von Liliana?

# Neuntes Kapitel

*Nansay Hall*
*30. Mai 1091*

Benommen stützte sich Marierose auf das Geländer des Söllers. Sie starrte auf das Meer hinaus, ohne etwas zu sehen. Unter ihrer gewohnten Rüstung aus dunkler Wolle und sittsam gefaltetem Leinen raste ihr Herz noch immer, als könnte es den normalen Rhythmus nie wieder finden. Sie hätte gern in einen Spiegel geblickt, um herauszufinden, ob man es ihr ansah. Was hatte sie getan? Welche Kühnheit! Welche Dummheit …

Des ungewohnten Schmerzes in ihrem Leib hätte es gar nicht bedurft, um die ständige Erinnerung an die Geschehnisse in ihr wach zu halten. Mit welchem Bann hatte Cyrus d'Aval sie belegt? Was war das nur für eine Wirrnis der Gefühle und Gedanken, die er in ihr hervorgerufen hatte und die nun wie ein Bündel verwickelter Stickfäden in alle Richtungen gleichzeitig führten und keine Ordnung mehr erkennen ließen?

»*Nein!* Lasst mich …«

Der schrille Schrei riss Marierose aus ihren Gedanken. Eine Frauenstimme in ihrem Gemach? Nein, auf der Treppe draußen. Sie trat in die Kammer zurück, durchquerte sie mit schnellen Schritten und riss den Riegel ihrer Tür zurück. Im Zwielicht des Ganges dauerte es einen Augenblick, bis sie die dunklen Schatten erkennen konnte: Lucien de Belcastel und eine Frau, die sich mit Händen und Füßen gegen seinen Übergriff wehrte.

»Lasst sie los! Hört sofort auf!«

Marierose erhob so selten die Stimme, dass Belcastel, verblüfft von dem scharfen Befehl, von seinem Opfer abließ. Blanche von Bolton taumelte mit hochrotem Gesicht aus seiner Reichweite. Der Schleier war von ihren Haaren geglitten und das Vorderteil ihres Kleides eingerissen, sodass ihre Brüste cremig blass zwischen hellgrünem Samt leuchteten. Hastig legte sie die Hände darüber und flüchtete an Marieroses Seite. In ihrem Gesicht stand helles Entsetzen.

»Ihr seid schlimmer als der gemeinste Strauchdieb!« Marierose vergaß, sich wie üblich zu zügeln. Der Übergriff des Burghauptmanns auf eine wehrlose Jungfer war der Tropfen, der das Fass zum Überlaufen brachte. »Schert Euch fort, Ihr habt in meinem Turm nichts zu suchen.«

»Schau an, unsere Äbtissin zeigt Feuer.« Belcastel grinste hinterhältig und richtete so herausfordernd seine Beinkleider, dass Blanche noch tiefer errötete.

Marierose spürte die Bedrohlichkeit der Geste. Sie bekam Angst vor dem eigenen Mut. Hastig zog sie Blanche in ihre Kammer und schlug die Tür hinter ihnen beiden zu. Während Belcastel draußen hämisch lachte und sich schließlich entfernte, sahen die beiden jungen Frauen sich an und suchten gemeinsam nach Worten.

Blanche fand sie zuerst. »Ich weiß nicht, wie ich Euch danken soll, Mylady«, schluchzte sie, und die Tränen sprangen ihr förmlich aus den Augen. »Ich hatte noch nie so viel Angst. Er hätte mich geschändet, wenn Ihr mich nicht gerettet hättet. Ich hätte nie gedacht … Hier im Haus glaubte ich stets sicher zu sein, aber er hat mich einfach gepackt, als wäre ich eine Küchenmagd, die ihm zu Diensten sein muss.«

Marierose wusste nichts anderes zu tun, als ihr beruhigend über den Rücken zu streichen. »Er hat es ausgenutzt, dass Ihr allein wart. Wieso seid Ihr nicht bei Lady Margaux und ihren Damen?«

Blanche schluchzte noch heftiger. »Ich hab gewartet,

dass Ihr es Euch vielleicht anders überlegt«, verriet sie, kaum verständlich vor Weinen. »Ich ... ich wollte nicht zu diesen alten Frauen und ihren ständig gleichen Klagen zurück. Ich war doch so froh, dass ich ihnen endlich entkommen bin. Aber ... dann hat es so lange gedauert, und ich habe nichts von Euch gehört. Also hab ich mich auf die Treppenstufen gesetzt, und da bin ich wohl ein wenig eingenickt. Bis plötzlich der Burghauptmann ...«

»Ja, schon gut«, beruhigte Marierose das Mädchen. »Am besten vergesst Ihr die ganze Sache auf dem schnellsten Wege.«

»Er hat mein Kleid zerrissen«, protestierte Blanche entrüstet. »Meine Mutter wird mich schelten, wenn sie es sieht. Sie wird mir nicht glauben, dass ich nichts dafür kann. Sie wird mich bestrafen.«

Marierose verzog das Gesicht. Lady Margaux und ihre liebste Gesellschafterin hatten auch die Art gemeinsam, mit der sie ihre Probleme lösten.

»Wir werden sehen, ob man es nähen kann, Blanche. Nun beruhigt Euch doch endlich. Es tut mir Leid, dass ich Euch fortgeschickt habe. Ich werde es nie wieder tun. Das verspreche ich.«

»Oh, ich danke Euch!« Unter Blanches Tränen breitete sich ein zaghaftes Lächeln aus. »Ihr werdet es nicht bereuen. Ich will Euch eine gute Freundin und Gefährtin sein.«

»Ja, sicher.« Marierose wollte in diesem Augenblick nichts weniger als eine Freundin und Gefährtin, aber sie konnte Blanche nicht im Stich lassen. Also öffnete sie ihre Truhe und suchte nach Nadel und Faden. »Dort im Krug ist Wasser. Wascht Euch das Gesicht, dann werdet Ihr Euch gleich besser fühlen.«

Blanche folgte dem Rat und sah sich um. »Wo habt Ihr Euren Spiegel? Ich muss meinen Schleier richten.«

»Es gibt keinen Spiegel«, erwiderte Marierose knapp. »Setzt Euch hier ans Licht, damit wir sehen können, wie der Schaden behoben werden kann. Ich helfe Euch bei Eurem Schleier.«

»Sie hat ihn Euch genommen, nicht wahr?« Da Blanche sich mehr und mehr beruhigte, begann sie zu plaudern. »Wie den Schmuck, die Kleider, die Teppiche und alles andere. Sie ist eine böse Frau. Sie will, dass alle anderen leiden, nur weil sie leidet.«

Marierose verzog den Mund. »Sie leidet nicht, sie zürnt. Dem Himmel, dem Schicksal, dem König ...«

»Den Männern«, fügte Blanche naseweis hinzu.

Marierose stutzte. »Was weißt du von Männern, Kind?« Blanche war kaum siebzehn, und gegen sie kam sich Marierose uralt und erfahren vor.

»Nun, sie grollt ihrem verstorbenen Gatten, dass er ihr keinen Platz am Hofe des Königs verschafft hat. Ihrem Sohn, dass er Euch geheiratet hat, und Monsieur de Belcastel, dass er nicht imstande ist, unseren neuen Seigneur in die Schranken zu weisen. Das sind doch alles Männer, nicht wahr?« Blanche warf ihrer neuen Herrin einen fragenden Blick zu. »Aber am meisten hasst sie Euch, und das verstehe ich am allerwenigsten. Jeder konnte sehen, wie sehr der junge Seigneur Euch geliebt hat.«

»Ach, Blanche.« Marierose unterdrückte ein Seufzen. Sie war es nicht gewohnt, über diese Dinge zu sprechen. Sie hatte geschworen, darüber zu schweigen. Und mochte sie auch feige, schwach und dumm sein, sie war keine Frau, die ihren Eid brach.

»Es stimmt Euch traurig, von ihm zu sprechen, nicht wahr?« Blanche machte sich ihren eigenen Reim auf die knappe Antwort. »Das kann ich verstehen. Er war so liebenswürdig, so fröhlich und unbeschwert, man konnte kaum begreifen, dass eine Mutter wie Lady Margaux einen solchen Sohn geboren hat.«

Marierose schloss die Augen. Sie hatte kein Talent für diese Art von liebenswürdigem Geschnatter. »Tut mir einen Gefallen«, bat sie mit zusammengebissenen Zähnen. »Redet mir nicht pausenlos von Lady Margaux.«

Blanche klappte augenblicklich den Mund wieder zu. Sie kannte offenkundig nur ein Bemühen, Marierose zu Gefallen zu sein, die jetzt mit schnellen, präzisen Stichen den Riss an der Seitennaht ihres Kleides vernähte.

»Es ist nur die Naht«, erklärte sie, weil Blanche so eingeschüchtert dasaß, dass ihr das eigene Verbot schon wieder Leid tat. »Niemand wird etwas davon merken. Vielleicht habt Ihr ein hübsches, hellgrünes Seidenband, mit dem Ihr den Ausschnitt einfassen könntet, dann ist der Schaden noch zum Vorteil dieses Kleides geraten.«

»Ihr versteht viel von modischen Dingen«, wagte Blanche leise zu erwidern.

Marierose antwortete nicht. Vor ihrer Ehe hatte sie sich mehr für die Geschehnisse in den Ställen von Hawkstone interessiert statt für Gewänder und Schmuck. Doch es war Gils größtes Vergnügen gewesen, sie zu schmücken und sich an ihrem Bild zu erfreuen. Aber diese Freude hatte ihn dennoch nicht dazu verleitet, mehr als Freundschaft für sie zu empfinden. Aufgrund ihrer neuen Erfahrung fragte sie sich, ob er gewusst hatte, dass er ihr somit Schmerz erspart hatte. Vielleicht grämte sie sich wegen Dingen, die sie bisher gar nicht verstanden hatte?

»Habt Ihr Euch schon überlegt, welches Kleid Ihr tragen werdet, wenn Ihr Cyrus d'Aval den Eheschwur gebt?« Blanche hatte die Ermahnung von eben schon wieder vergessen. »Ihr werdet doch nicht in diesem schmucklosen Arbeitsgewand vor den Altar treten?«

»Bei allen Heiligen des Himmels, stellt mir keine solchen Fragen«, platzte Marierose heraus und stach sich aus Versehen. Sie steckte hastig den verletzten Finger in den Mund, um den kostbaren Samt nicht zu beschmutzen, und sah Blanche empört an. Dann sagte sie ein wenig undeutlich: »Lady Margaux wird nie erlauben, dass er mich zur Frau nimmt.«

»Es bleibt ihr nichts anderes übrig«, widersprach Blanche. »Ich hab's gehört, wie sie sich mit meiner Mutter darüber ausgetauscht hat. Der König hat die Festung und Eure Hand an Cyrus d'Aval versprochen. Ein solches Wort kann nur der Tod lösen.«

»Der meine oder der seine«, bestätigte Marierose und unterdrückte vergeblich einen Schauer.

»Da Ihr beide in der Blüte Eurer Jahre steht, ist damit nicht zu rechnen«, erwiderte Blanche sonnig. »Macht Euch keine Sorgen, bis zur Mittsommerwende seid Ihr spätestens seine Lady, und vielleicht tragt Ihr dann schon bald Euren ersten Sohn unter dem Herzen.«

Jetzt war es an Marierose zu erröten. »Redet keinen Unsinn. Ihr wisst, was Lady Margaux sagt. Ich bin taub, unfähig, unfruchtbar.«

»Der Fehler kann sehr wohl auch bei Eurem Gemahl gelegen haben.« Blanche dämpfte die Stimme. »Es gibt Männer, die können keine Kinder zeugen. Die Frauen haben darüber getuschelt. Vielleicht war der Lord mit dieser schlimmen Krankheit geschlagen. Meist sind nur ältere Männer von ihr befallen, aber es soll vorkommen, dass auch junge Männer darunter leiden …«

Marierose wagte nicht zu antworten. Sie konnte dieser netten Tratschliese schlecht sagen, dass sie mit Gil zwar das Lager geteilt hatte, aber nie jene erregenden, unglaublichen Zärtlichkeiten, die sie vor wenigen Stunden erst kennen gelernt hatte. Gil hatte sie nie besessen. Er hatte ihr auch nie Schmerz bereitet. Freilich, je mehr das scharfe Ziehen nachließ, umso mehr fragte sie sich, ob die Pein nicht doch ein angemessener Preis für so viel Wonne war.

»Es gehört sich nicht, dass wir über solche Dinge reden.« Marierose schwankte zwischen Neugier und schlechtem Gewissen über die eigene Neugier.

Blanche sah sie erstaunt an. »Die Frauen der Lady reden ständig über solche Dinge. Sie vergessen manchmal, dass ich als Einzige nicht verheiratet bin, und nehmen kein Blatt vor den Mund. Aber vielleicht ändert sich das jetzt.«

»Warum sollte es?«

»Nun, bisher gab es keine Partie in Nansay Hall für mich, die meine Mutter für angemessen gehalten hätte, und Besuche kommen nur selten so hoch in den Norden. Aber jetzt, nachdem der neue Seigneur über uns herrscht, kann sich doch alles ändern. Es wird sogar davon getuschelt, dass er im Sommer den König zu Besuch erwartet. Den König und seinen ganzen Hofstaat!«

»Sehnst du dich wirklich so dringlich nach einem Gemahl?« Marierose rutschte in ihrem Entsetzen das vertraute Du heraus, und Blanche freute sich über den Vertrauensbeweis dermaßen, dass sie ihr auf der Stelle das ganze Herz ausschüttete.

»Wer tut das nicht? Ich möchte zu gern endlich meine eigene Herrin sein.«

»Dein Gemahl könnte eine Mutter wie Lady Margaux haben«, warnte Marierose.

Blanche lächelte mutwillig. »Es gibt auch Männer, deren Mütter fern sind.«

»Du sprichst aber wohl nicht von Belcastel?« Marierose erschauerte bei dem bloßen Gedanken.

»Heilige Mutter Gottes, nein!« Blanche bekreuzigte

sich hastig. »Aber … bitte verratet mich nicht. Benoît le Bras … nun, er lächelt mich auf eine Weise an, die mir schon gefallen könnte.«

Marierose beendete ihre Näharbeit und versorgte Nadel und Faden wieder in der Truhe, ehe sie sich aufrichtete und Blanche betrachtete. Auch sie war einmal so jung, so naiv und so vertrauensvoll gewesen. Verliebt in ein reizendes Lächeln und einen noblen Namen. Geblendet von der Aussicht auf den eigenen Hausstand und die eigene Machtvollkommenheit, die jene ihrer Mutter und ihrer Schwestern weit übertreffen sollte. Waren alle jungen Frauen so blind?

»Der Ehestand ist kein Freibrief für die eigenen Wünsche, Blanche«, warnte sie schließlich. »Du tauschst die allumfassende Macht deines Vaters gegen jene deines Gemahls ein. Er darf mit dir tun, was er möchte, und du musst es erleiden. Er ist auf immer dein Herr. »

»Erleiden?« Blanche runzelte die Stirn. »Ihr meint die Hochzeitsnacht? Ei, das ist ein Schmerz, den ich beim ersten Mal gern auf mich nehme. Danach soll das Vergnügen nur umso größer sein.«

»Ich kann nicht glauben, dass wir so miteinander reden.« Marierose glättete verwirrt die Falten ihres Rockes. »Weißt du das auch von den Frauen?«

Blanche kicherte. »Nein, das hat mir die Kammermagd erzählt, die mir aufwartet. Ann ist einem Schmiedegesellen in Whitby versprochen, und dem dauert das Warten zu lang, bis sie genügend für einen eigenen Hausstand zusammengelegt haben. Er hat sie an Lichtmess überredet, das Lager mit ihm zu teilen, und seitdem kommen sie ein jedes Mal zusammen, wenn ich ihr erlaube, nach Whitby zu laufen.«

Marierose schüttelte fassungslos den Kopf.

»Ihr könnt es doch sicher bestätigen«, forschte

Blanche, von ihrem Schweigen verunsichert. »Euer junger Gemahl hat Euch bestimmt nur Freude bereitet, wenn er Euch beigewohnt hat.«

»Das ist nun wahrlich kein Thema für zwei Frauen aus noblem Hause«, erwiderte Marierose in ihrer Verlegenheit so streng, dass es Lady Margaux nicht besser gekonnt hätte. Allerdings verdarb sie die Wirkung, weil sie Blanche gleichzeitig anlächelte. Sie konnte der Fröhlichkeit nicht widerstehen, die ihre Gefährtin verbreitete, obwohl sie kurz zuvor noch geweint hatte, als wollte sie die nächste Sintflut herbeiführen.

»Lasst mich Eure Freundin sein«, erwiderte Blanche, von diesem so seltenen Lächeln erobert. »Ich schwöre Euch bei meiner Seligkeit, dass ich Euch immer dienen, Euch nie verraten und zu jeder Zeit beistehen werde.«

»Das ist fast ein Lehnseid.«

»Wer behauptet, dass Frauen einander keine Eide schwören dürfen?«

Marierose sah in das ernste Gesicht mit den heiteren Sommersprossen auf der Nase. Die hellblauen Augen blickten so offen und bittend, dass sie nach Blanches Händen griff und es zuließ, dass ihre Gefühle sich mit den ihren vermengten. Die Wärme, die aus diesem Griff bis in ihr Herz strömte, machte es leicht, Blanche in die Arme zu schließen und als Freundin anzunehmen.

Welch ein Tag! Schrecken, Furcht, Freude, Leidenschaft, Schmerz und Freundschaft in einem hatte er ihr gebracht. Marierose schloss überwältigt die Augen.

*

Die störrische Witwe trat unter den Rundbogen in den Kapellenturm. Cyrus d'Aval sah eben noch den weißen Schleier wehen. Schon wieder Gebete. So schön er das kleine Gotteshaus auch fand, das in das Rund des Kapellturms eingefügt worden war, er verspürte nicht den Wunsch, ständig dort seine Gebete zu verrichten. Genau genommen verspürte er ohnehin eher das Bedürfnis zu fluchen als zu beten. Wie hatte es nur geschehen können, das aus seinem geordneten Leben ein solches Chaos geworden war?

Sein Anstand und seine Ehre sagten ihm, dass er der Witwe folgen und die Gelegenheit nutzen sollte. Er musste sie auf seine Seite bringen, damit ihr sanftes Herz den Mut aufbrachte, Lady Margaux zu trotzen. Gleichzeitig befahl ihm seine Ehre, dass er sich von ihr fern halten sollte, solange er von einer verwirrenden kleinen Gauklerin träumte, die ihn mit ihrem Körper und ihren Küssen verhext hatte.

Es gehörte sich nicht, einer Frau wie Marierose von Nansay den Hof zu machen, während er gleichzeitig des Nachts keinen Schlaf fand, weil er jeden einzelnen Augenblick seiner berauschenden Begegnung mit Liliana in Gedanken nachvollzog. Dann war da auch noch das Rätsel dieser Blutspuren. Es war doch wohl kaum möglich, dass sie ihm ihre Jungfräulichkeit geschenkt hatte? Ein Mädchen, das mit Gauklern durch die Lande zog, musste mit allen Wassern gewaschen sein. Und doch ... Warum war sie geflohen, ehe er ihr all diese Fragen hatte stellen können? Hatte er sie enttäuscht?

»Ihr sucht nach meiner Herrin? Sie ist zum Beten gegangen.«

Blanche von Bolton knickste in aller Ehrerbietung vor ihm, aber der schelmische Zug in ihrem Mundwinkel sagte ihm, dass sie sowohl seinen Blick als auch sein Zögern bemerkt hatte und es falsch auslegte. Wenn er nicht wie ein Tölpel dastehen wollte, der nicht den Mut aufbrachte, sich einer Frau zu nähern, musste er ihr für die Auskunft danken und der Lady folgen.

»Seid bedankt, mein Fräulein«, hielt er sich an die Gebote der Höflichkeit und eilte hinter Marierose her, als wäre dies genau seine Absicht gewesen.

Im Dämmerlicht des schlichten Gotteshauses, das nur durch zwei dünne Schlitze zu beiden Seiten des Kreuzes ein wenig Licht erhielt, verharrte er einen Herzschlag lang und bekreuzigte sich. Ob der Himmel ein Einsehen mit einem Mann hatte, der zwei Frauen zugleich an sich binden wollte? Wohl kaum.

Er fand Marierose von Nansay vor der Steinplatte der Gruft, die das Grab ihres jungen Gemahls anzeigte. Sie schien nicht zu beten. Sie stand mit geneigtem Kopf und betrachtete die Schriftzeichen des Steinmetzen, der den jungen Herrn von Nansay dort verewigt hatte. Im Grunde ihres Herzens wollte sie sich wahrscheinlich ebenso wenig mit ihm verbinden wie er sich mit ihr. Aber wann fragte einen das Leben schon nach den eigenen Wünschen?

»Mylady.«

Marierose fuhr mit einem leisen Aufschrei zusammen und trat augenblicklich aus der schmalen Lichtbahn, die genau auf Gils Grab fiel. Erst aus dem Halbdunkel heraus wagte sie Cyril d'Aval anzusehen, aber auch da bot sie ihm nur ein vages Profil.

»Verzeiht, wenn ich Euch erschreckt habe. Es ist schwierig, Eure Gesellschaft zu suchen.«

Marierose versuchte ihr jagendes Herz unter Kontrolle zu bringen. Die Tatsache, dass er nicht sie, sondern die Grabplatte besah, zeigte ihr, dass er einmal mehr ihre Nähe suchte, ohne ihre Person richtig wahrzunehmen. In ihre Aufregung mischte sich Empörung, und es fiel ihr schwerer als sonst zu schweigen.

»Seid Ihr mir denn immer noch böse? Ich war ein wenig heftig zu Euch, aber könnt Ihr das einem Mann verübeln, der zusehen muss, wie Ihr Euch mit einem rasenden Ochsengespann anlegt?«

Erst nach und nach erkannte Marierose, dass er auf den Vorfall mit den Ochsen anspielte und nicht auf die Schmerzen, die er ihr bei einer anderen Gelegenheit zugefügt hatte … Himmel, wie sollte sie ihre fünf Sinne beieinander halten, wenn er sie schon durch seine bloße Gegenwart so in Aufruhr versetzte?

»Ich habe nicht das Recht, Euch böse zu sein«, sagte sie so leise und tonlos, dass er die Worte nur verstand, weil er über ein außergewöhnlich gutes Gehör verfügte.

»Macht Euch nicht geringer, als Ihr es seid, Mylady.« D'Aval trat näher, doch sie wich augenblicklich vor ihm zurück. »Ihr habt keinen Grund, mich zu fürchten.«

Wenn du wüsstest, schoss es Marierose durch den Kopf, und sie biss die Zähne zusammen, um nicht etwas Falsches zu sagen. Sie musste ihren ganzen Mut aufbieten, um stehen zu bleiben. Das verwirrende Erlebnis im Wald hatte sie noch empfänglicher für seine überwältigende männliche Ausstrahlung gemacht. Seine Gegenwart ließ sie Dinge wünschen, die nicht unter dieses heilige Dach gehörten. Seit sie seine Schultern mit den Händen umspannt hatte, kamen sie ihr noch breiter vor. Die Tatsache, dass sie nun wusste, wie die vollen Lippen schmeckten, die sich soeben vor Ärger über ihre Reaktion verzogen, machte ihr das Leben ebenfalls nicht leichter.

»Ich fürchte Euch nicht«, hauchte sie mit einer Spur von Trotz.

»Umso besser.«

Der Ritter griff nach ihrer Hand und umfasste die kleine Faust, ehe er ihre Finger mit der anderen Hand einen nach dem anderen löste. Marierose erschauerte unter seiner Berührung und schloss unwillkürlich die Augen.

Sie fürchtete ihn nicht, sie liebte ihn! Die Erkenntnis kam so plötzlich und unerwartet, dass sie um Luft rang.

Es war ein Gefühl so elementar und gewaltig, dass es sich ihrem Begreifen entzog. Es hatte nichts mit der kindlichen Schwärmerei zu tun, die sie für den armen Gil empfunden hatte. Nichts mit der warmen Zuneigung, die sie für Eltern und Geschwister empfand, und wenig mit der Achtung, die sie jeder lebenden Kreatur entgegenbrachte. Wie hatte sie nur je das Wort Liebe dafür gebrauchen können? Echte Liebe war mächtig, schmerzvoll, sehnsüchtig und bereits so sehr mit ihr verwachsen, dass es keinen Sinn hatte, sich gegen sie zu wehren.

Cyrus d'Aval bemerkte nichts von dem Aufruhr, der die stumme Witwe durchtobte. Es fiel ihm lediglich auf, dass die zierliche Frauenhand in seinem Griff, bebte. Sie war so schmal, so klein und schutzbedürftig. Er musste sie nur ansehen, um zu wissen, dass Marierose von Nansay ihn und den Schutz seines Namens dringend benötigte. Ohne ihn würde sie von Lady Margaux bis ans Ende ihrer Tage gepiesackt und drangsaliert werden. Das durfte er nicht zulassen.

Dennoch hielt ihn etwas davon ab, sich ihr zu erklären. Liliana. Was war er nur für ein Schurke, dass er sich in diesem Augenblick nach einer anderen Frau sehnte? Es war pure Charakterlosigkeit, die Witwe zu umwerben und gleichzeitig eine andere zu begehren. Er verachtete sich selbst für so viel Schwäche. Deswegen verneigte er sich knapp, gab die Hand wieder frei und trat zurück, ehe er noch mehr Lügen aussprach.

»Schließt mich in Eure Gebete ein, Mylady. Ich kann es gebrauchen.« Mit eiligen Schritten ging er davon.

Marierose sank vor der Grabplatte ihres verstorbenen Gemahls in die Knie. Weshalb hatte er sie so jäh verlassen?

Welche Frage. Sie wusste doch, dass er ihre Gefühle nicht teilte. Er wollte die Witwe, weil er Nansay wollte, und Liliana, weil sie ihn in seiner Männlichkeit herausforderte. Wenn er entdeckte, dass beide Wachs in seinen Händen waren, wie würde er dann mit diesem Wissen umgehen?

# Zehntes Kapitel

*Nansay Hall*
*1. Juni 1091*

»Ich kann mich nicht daran erinnern, dass es jemals zu dieser Jahreszeit ein solches Gewitter gegeben hätte.« Blanche zuckte unter dem nächsten Donnerschlag zusammen, obwohl sie mit ihm gerechnet hatte.

Marierose hingegen saß stumm und in sich versunken auf dem Fenstersitz. Alle Arbeiten auf den Wällen und in der Vorburg waren eingestellt worden, als eine schwarze Wolkenwand von Westen über das Meer herangetrieben war. Seit sie Nansay Hall erreicht hatte, stürzten wahre Fluten von Wasser über die Mauern herab. Mächtige Blitze, gefolgt von hallenden Donnerschlägen, spalteten ein ums andere Mal den Regenvorhang.

Im Gegensatz zu Blanche fürchtete Marierose weder Blitz noch Donner. Im Gegenteil, das Toben spiegelte den Aufruhr in ihrem Inneren wider. Jeder neue Morgen, der sich über Nansay Hall erhob, schien ihre Schwierigkeiten zu verdoppeln. Die Tatsache, dass sie ihren Gefühlen für Cyrus d'Aval jetzt einen Namen geben konnte, machte das Leben nicht leichter. Wenn Lady Margaux herausfand, dass sie den Ritter liebend gern zum Gemahl nähme, würde sie sich noch mehr bemühen, die mögliche Verbindung zu hintertreiben.

Wenn es eines gab, auf das sich Marierose verlassen konnte, dann auf die Tatsache, dass Gils Mutter jedes noch so kleine Fünkchen Glück in ihrem Leben auslöschen wollte. Aber auch ohne die böswilligen Machenschaften ihrer Schwiegermutter hatte sie keine Hoffnung, dass ihre Gefühle jemals Erfüllung finden würden. Dazu war die Lage einfach zu verfahren.

Früher oder später würde der Ritter das Doppelspiel aufdecken, in das sie sich ohne böse Absicht verwickelt hatte. Sie war sich sicher, seine Reaktion vorhersagen zu können. Der Edelmann in ihm würde vor der waghalsigen Person zurückschrecken, die sich einem Fremden im Wald hingab. Schlimmer noch, er musste sie für eine Dirne halten. Eine Dirne, die kein Mann von Stand zur Gemahlin nehmen konnte.

So wie sie ihn kennen gelernt hatte, würde er jedoch nicht auf Nansay Hall verzichten wollen. Er betrachtete Burg und Lehen längst als die seinen. Um beides zu halten, blieb ihm nichts anderes übrig, als ihren Bruch von Sitte und Moral dem König mitzuteilen. Rufus würde sie unter diesen Umständen noch schneller in das nächste Kloster befördern als Lady Margaux. Was immer sie tat, am Ende würde sie für den Rest ihres Lebens hinter unüberwindlichen Mauern landen.

»Was bekümmert Euch so sehr?«

Blanche hatte schnell gelernt, die feinen Anzeichen der Stimmungen zu deuten, die sich in Marieroses traurigen Augen und den gesenkten Schultern spiegelten. Sie ließ auch nicht locker, als ihre stumme Herrin abwinkte und weiterhin in den Regen starrte, als würden dort die Rätsel der Welt gelöst.

»Er wird unversehrt zurückkommen, dessen könnt Ihr gewiss sein«, versicherte Blanche eindringlich. »Bei diesem Gewitter finden keine Kämpfe statt.«

»Kämpfe?« Marierose schrak auf. »Was willst du damit sagen?«

»Ihr wisst nichts davon?«, wunderte sich Blanche erstaunt. »Die Nachricht kam kurz vor dem Gewitter. Man hat die Kaledonier am anderen Ufer des Esk erspäht. Der Seigneur ist schneller als das herannahende Unwetter aufgebrochen.«

»Allein?«

»Natürlich nicht.« Blanche zählte an den Fingern auf: »Der Großteil der Ritter, die restlichen Kriegsknechte und der Burghauptmann sind mit ihm geritten. Ein stattlicher Trupp, der nichts zu fürchten hat.«

Marierose schluckte. Sie sah das anders, wenn Lucien de Belcastel zu diesem Aufgebot gehörte. Wieso hatte Cyrus d'Aval ausgerechnet seinen ärgsten Feind auf eine solche Mission mitgenommen? Woher wusste er überhaupt, dass es seine Richtigkeit mit dieser Information hatte?

»Wer hat die Schotten gesehen?«

»Ein Kundschafter des neuen Herrn. Niemand wusste, dass er an den Grenzen des Lehens zu Schottland Wachposten aufgestellt hat«, berichtete Blanche eifrig. »Ein kluger Schachzug, um den räuberischen Plänen von Malcolms Männern zuvorzukommen.«

»Woher weißt du solche Dinge?«, wunderte sich Marierose. Sie bemerkte, dass die hellen Sommersprossen ihrer Gefährtin in dem rot glühenden Gesicht fast verschwanden.

»Der Ritter hat es mir gesagt.«

»D'Aval?«

»Aber nein, sein Gefährte, Benoît le Bras.«

»Dann hat sein Lächeln Erfolg gehabt? Du sprichst mit ihm?«

Blanche errötete noch tiefer. »Ich ... ich dachte, ich könnte auch Euch damit helfen. Er ist der Freund unseres neuen Herrn. Er weiß um seine Wünsche und Pläne.«

Marierose war sich nicht sicher, ob sie sich über Blanches Anteilnahme ärgern oder freuen sollte.

»Beide sind kein Geheimnis«, erwiderte sie deswegen schroffer, als es sonst ihre Art war. »Die Herrschaft über Burg und Lehen liegt d'Aval am meisten am Herzen. Für sie wird er alles tun.«

»Besser, er gibt die Befehle in Nansay Hall als Lucien de Belcastel.« Blanche erblasste schon, sobald sie den Namen nur aussprach. »Ich hoffe inständig, dass einer der schottischen Pfeile ihn trifft, damit ein anständiges Mädchen wieder durch diese Burg gehen kann, ohne von ihm belästigt zu werden.«

Blanche schoss in ihrer Abneigung ein wenig über das Ziel hinaus. Ein erstickter Laut am Fenster brachte ihr zu Bewusstsein, dass sie mit diesem bösen Wunsch eine schreckliche Erinnerung aufgerührt haben musste. Schuldbewusst sank sie vor Marierose auf die Knie und versuchte den Fehler ungeschehen zu machen.

»Entschuldigt, Mylady. Himmel, ich bin wirklich eine schlimme Schwatzliese. Meine liebe Mutter hat wohl Recht, wenn sie mich ständig schilt. Es tut mir Leid, ich habe nicht daran gedacht, dass ja Euer Gemahl ...«

»Schon gut!«

Marierose hob die Hand, um sie zum Schweigen zu bringen. Blanche konnte nicht wissen, dass sie im ersten Augenblick nicht Gil, sondern Cyrus d'Aval verletzt vor sich gesehen hatte. Die Möglichkeit, dass man auch ihn auf der Bahre nach Haus brachte und sie ihn für immer verlor, ehe sie ihn überhaupt besessen hatte, machte sie ganz krank vor Elend. Ein Gefühl, das umso berechtigter war, weil Lucien die Schar begleitete. Er würde die günstige Gelegenheit eines Kampfes mit den Schotten zu nutzen wissen, skrupellos wie er war.

Marierose begegnete Blanches besorgten Augen und versuchte ein Lächeln, das völlig misslang.

»Lass uns beten. Das ist das Einzige, was uns Frauen zu tun bleibt. Lady Margaux hat ganz Recht.«

»Wäre es nicht besser, sich mit einem erfreulicheren Zeitvertreib abzulenken?«, wagte Blanche heiter vorzuschlagen. »Wenn wir einmal so alt sind wie Lady Margaux, können wir immer noch beten. In meinem Stickkorb ist auch ein Würfelbecher …«

»Glücksspiel ist eine Sünde.«

»Noch seid Ihr keine Nonne«, entgegnete Blanche unnachgiebig. »Und wenn der Himmel auch nur eine Spur von Gerechtigkeit kennt, dann wird er nicht zulassen, dass Ihr als Klosterfrau endet.«

»Wie sollte ich diesem Schicksal entkommen?«

»Indem Ihr kämpft!« Blanche sah sie mit blitzenden Augen an. »Warum lasst Ihr alles mit Euch geschehen? Wo bleibt Euer Mut?«

»Er ist zusammen mit meinem Gemahl gestorben«, seufzte Marierose.

»Das vermag ich nicht zu glauben. Meine Mutter hat gesagt, dass Lady Margaux nur über Euch herrscht, weil Ihr es zulasst. Es liegt an Euch, ihre Macht zu brechen.«

Marierose schwieg. Wie konnte sie Blanche erklären, dass Lady Margaux' Vorwürfe Hand und Fuß hatten? Es war ihre Schuld, dass Gil auf seiner seltsamen Vorliebe für das eigene Geschlecht beharrt hatte. Nach dem ersten Schock hatte sie die unnatürliche Kameradschaft ihrer jungen Ehe akzeptiert, weil sie nicht gewusst hatte, was ihr fehlte. Auch hatte ihr das unbeschwerte Leben auf Nansay Hall unter Gils Schutz zugesagt. Es hatte jenem geglichen, das sie vor ihrer Ehe geführt hatte, nur dass es keine Geschwister gab, die ihr den Rang und die Aufmerksamkeit ihres Gefährten streitig gemacht hätten. Mit den Jahren hatte sie gelernt, die aufkommenden Zweifel beiseite zu schieben und in den Tag hinein zu leben, ohne an das Morgen zu denken.

»Ihr kommt aus einer Familie, die unserem König nahe steht«, erinnerte Blanche sie und ließ sich nicht einmal von einem neuerlichen Donnerschlag in ihrer Argumentation verunsichern. »Deswegen hat Euch Seine Majestät einen Gemahl geschickt. Lady Margaux wettert dagegen, weil sie mit Recht fürchtet, dass am Ende sie im Kloster landet und nicht Ihr.«

»Es ist nicht das Schlechteste, im Kloster zu landen. Es bietet frommen Seelen die Aussicht auf Frieden.«

»Heilige Mutter Gottes!« Blanche rang über so viel fehlgeleiteten Eigensinn die Hände. »Was muss ich tun, um Euch aufzurütteln?«

»Ich weiß es nicht.«

Marierose lauschte dem Rauschen des Regens, das sie von den übrigen Geräuschen in der kahlen Kammer trennte. Die Gewalt des Unwetters schien langsam nachzulassen. Es kam ihr vor, als spürte sie die Feuchtigkeit den eigenen Nacken hinunterrinnen. Die Angst aus ihren Albträumen griff mit klebrigen Spinnenfingern nach ihr. Ihr Herz raste, sie rang vergeblich nach Luft, und ein Gesicht tauchte vor ihren Augen auf. Ihre Furcht war nicht länger namenlos. Cyrus d'Aval. Er war in Gefahr, in tödlicher Bedrängnis.

Sie versuchte seinen Namen zu rufen, seine Aufmerksamkeit zu erregen, ihn zu warnen. Im selben Augenblick spaltete ein gewaltiger Blitz den Himmel und lud die Luft um sie herum mit so viel Spannung auf, dass sich alle feinen Härchen auf ihrer Haut sträubten. Geblendet schlug sie die Hand vor die Augen.

*

*Weiler Nansay Bridge*
*1. Juni 1091*

Cyrus d'Aval beugte sich über den reglosen Schotten, fraglos der Erbe einer bedeutenden Familie. Dafür sprachen sowohl die Stiefel als auch das kurze Schwert, das der jugendliche Krieger im Fallen verloren hatte. Um ihn herum ragten die geschwärzten Reste des kleinen Dorfes auf, das entstanden war, als der normannische Herr von Nansay Hall die steinerne Brücke über den Esk hatte errichten lassen. Der Regen hatte die Flammen erstickt, aber es gab nicht viel zu retten.

Sie waren zu spät gekommen, obwohl sie ihre Pferde fast zu Schanden geritten hatten. Die flüchtenden Schotten hatten zwar das erbeutete Vieh und ihre Toten im Stich gelassen, aber Nansay Bridge bestand bis auf die Scheune des sächsischen Thans und die Mühle am Fluss nur noch aus rauchenden Ruinen. Auch den Jungen mussten seine Kameraden für tot gehalten haben, obwohl sich seine breite Brust kaum merklich hob und wieder senkte.

Die wenigen Bewohner des Flussdorfes, die unverletzt geblieben waren oder sich noch auf den Beinen halten konnten, musterten den Ohnmächtigen mit Blicken, die den Ritter Schlimmstes befürchten ließen. Sie glaubten ein Opfer gefunden zu haben, an dem sie ihren Zorn auslassen konnten.

»Niemand rührt ihn an«, befahl er streng. »Wir nehmen ihn mit nach Nansay Hall.«

»Aufknüpfen sollte man ihn«, widersprach eine Frauenstimme schrill vor Wut und Entsetzen. »Er und die Seinen haben unsere Männer und Kinder getötet, unser Vieh gestohlen, unsere Häuser zerstört!«

»Es macht keine Seele lebendig und baut kein Haus wieder auf, wenn Ihr ebenfalls zu Mördern werdet, gute Frau«, erwiderte d'Aval streng. »Aber es rettet vielleicht andere Leben, wenn wir diesen Burschen verhören können. Die Schotten sind eine verschworene Gemeinschaft. Eine Geisel aus ihren Reihen ist ein Glücksfall.«

Er beugte sich erneut über den Schotten. Außer einer gewaltigen Beule am Hinterkopf fand er keine weiteren Verletzungen.

»Kümmert Euch darum, dass man ihn fesselt und bewacht. Sobald er zu sich kommt, wird er zu fliehen versuchen«, wies er einen der Kriegsknechte an, die mit Lucien de Belcastel tatenlos zusahen, wie die Dorfbewohner die Reste ihrer Habe unter glühenden Balken und nasser Asche hervorsuchten. »Muss ich Euch erst Beine machen?« Es lag ein derart stählerner Ton in seiner sonst gemäßigten Stimme, dass der Mann auf der Stelle gehorchte.

Während d'Aval seine Befehle gab und gemeinsam mit seinen Männern den verstörten Dorfbewohnern half, die Toten zu beerdigen und die Lebenden in Sicherheit zu bringen, bezähmte er mit äußerster Mühe seinen Zorn. Er hatte Rufus um ein Lehen gebeten, weil er Kriege und Kämpfe zur Genüge erlebt hatte und Frieden suchte. Stattdessen befand er sich mitten in einem neuen Krieg. Welcher Teufel ritt die Schotten, sich mit dem englischen König anzulegen? Begingen auch sie den Fehler, Rufus zu unterschätzen?

Das heftige Gewitter des späten Nachmittags war bis zum Abend einem leichten, aber stetigen Dauerregen gewichen, der auch die letzten Funken der Brände gelöscht hatte. Das ganze Dorf tropfte vor Nässe, was nicht dazu verlockte, ein Lager unter freiem Himmel aufzuschlagen. Cyrus d'Aval kümmerte sich persönlich darum, dass Frauen und Kinder in der trockenen Sicherheit einer Scheune schlafen konnten, die Belcastel und seine Kriegsknechte schon zu Anfang für sich requiriert hatten.

»Es ist die vornehmste Pflicht eines Ritters, für die Schwachen und Schutzlosen zu sorgen«, erinnerte er den entrüsteten Burghauptmann und seine murrenden Männer an die selbstverständlichsten Aufgaben eines Edelmannes. »Wer diese Pflichten verletzt, verdient es nicht, Sporen und Schwert zu tragen.«

Er ließ Belcastel in dem Bewusstsein stehen, dass dieser es nach der strengen Rede nicht wagen würde, seine Befehle zu unterlaufen. Lilianas Warnungen mahnten ihn zur Vorsicht, wenngleich er ihre Angst vor dem Burghauptmann für übertrieben hielt. Man musste schon eine Frau sein, um einen Heuchler dieser Sorte für bedrohlich zu halten. Es widerstrebte ihm, die paar unglücklichen Zufälle für Anschläge zu halten. Die Sache mit dem vergifteten Pfeil hatte Liliana vielleicht nur als Vorwand gedient, seine Aufmerksamkeit zu erregen. Rätselhaft und unberechenbar, wie sie war, hatte sie vielleicht auch eine sehr ungewöhnliche Art, sich einen Liebsten zu erobern.

Cyrus merkte nicht, dass der bloße Gedanke an Liliana ein versonnenes Lächeln um seine Mundwinkel legte und seine Augen zum Leuchten brachte. Noch keine Frau hatte je so nachhaltig seine Gedanken beherrscht und – er musste es eingestehen – seine Leidenschaft geweckt. Die zierliche Geschmeidigkeit ihres Körpers, die reine Glut ihrer Hingabe und nicht zuletzt ihre ärgerliche Flucht hatten ihn ebenso fasziniert wie unbefriedigt zurückgelassen. Er musste sie wiedersehen, von neuem in den Armen halten … doch zu allererst musste er sich um seine Männer kümmern.

Nachdem er sich davon überzeugt hatte, dass der Schotte noch immer in tiefer Bewusstlosigkeit lag und mit kräftigen Stricken an einen tragenden Balken im Innenhof der Mühle gebunden war, ging er trotz des Regens zum Fluss hinunter. Benoît und seine Ritter hatten die Nachtwache übernommen. Er sah eine Gestalt, die auf der Brücke in langsamen Schritten auf und ab ging.

Die Römer hatten Brücken wie diese überall auf der Insel hinterlassen, und Gilbert de Nansay hatte offensichtlich einen Baumeister gefunden, der ihre alte Kunst auch heute noch beherrschte. In Friedenszeiten waren Dorf und Mühle sicher ein einträgliches Geschäft für die Bewohner wie auch für den Lehnsherrn, da ein solcher Flussübergang sowohl Reisende wie Händler magisch anzog.

Einmal mehr bewunderte er das Geschick des verstorbenen Normannen, diesem Fleck Erde Frieden und Wohlstand zu sichern. Nachdem er dabei geholfen hatte, die Toten des Überfalls zu begraben, ertappte er sich bei der Überlegung, ob es auch ihm möglich sein könnte, den Frieden mit den Schotten zu erkaufen. Vielleicht sogar mithilfe der jugendlichen Geisel, die in der Mühle lag. Wenn er den Jungen nach einem ausgiebigen Verhör mit einer Botschaft nach Hause schickte, die …

D'Avals Überlegungen explodierten in einem heftigen Schlag auf seinen Hinterkopf, in dessen Folge er um ein Haar in den Fluss gestürzt wäre. Er merkte nicht mehr, dass der Wachposten auf der Brücke das Geplätscher vernahm und mit scharfer Stimme Alarm gab. Er konnte auch nicht sehen, wie ein zweiter Mann eine leblose Gestalt herbeischleppte und neben ihn ans Ufer legte, ehe beide im Dunkel der Nacht verschwanden. Als Benoit le Bras und zwei seiner Männer mit einer Fackel heraneilten, war die Szene klar und unmissverständlich.

Das Messer des Seigneurs steckte in der Brust des jungen Schotten, dem es irgendwie gelungen sein musste, seine Fesseln zu lösen. Die schwere Keule, mit der er den Ritter niedergeschlagen hatte, lag blutbesudelt im nassen Gras. Allem Anschein nach gab es keinen Sieger in diesem blutigen Zweikampf.

»Herr im Himmel, wie konnte das geschehen?«

Le Bras zog die leblose Gestalt seines Freundes vom Ufer des Esk fort. Seine Augen brannten, und unter seinem Harnisch schlug sein Herz schwer vor Kummer.

»Der Seigneur muss den Schotten bei seiner Flucht ertappt haben«, vermutete die Brückenwache.

»Er lebt! Helft mir, ihn in die Mühle zu bringen. Schnell, bewegt euch!«

Keiner der Ritter kümmerte sich in diesem Augenblick um den jungen Schotten. Er blieb am Ufer zurück.

Aber als Le Bras am nächsten Morgen den Befehl gab, seinen Körper zu beerdigen, war er verschwunden. Niemand zweifelte daran, dass ihn die Schotten geholt hatten. Doch keiner verschwendete einen weiteren Gedanken an ihn. Sie hatten einen wichtigeren Grund zur Sorge. Cyrus d'Aval war noch immer nicht aus seiner todesähnlichen Ohnmacht aufgewacht. Man bettete ihn auf einen Karren, um ihn nach Nansay Hall zu bringen. Bylord schritt mit leerem Sattel nebenher.

# Elftes Kapitel

*Nansay Hall*
*2. Juni 1091*

Auf dem Wehrgang über dem Torturm glänzte die Sonne in den Wasserpfützen, die das Unwetter vom Vortag hinterlassen hatte. Ein paar Spatzen wuschen sich darin und flogen tschilpend und frech um die einsame Gestalt, die seit dem frühen Morgen zwischen den Zinnen stand und das Band der Landstraße verfolgte, die nach Nansay Hall führte. Sie stand starr und bewegte sich nicht, und die Vögel hatten sich an ihre Gegenwart gewöhnt.

Marierose wollte nicht darüber nachdenken, worauf sie so beklommen und ängstlich wartete. Sie hatte alle fortgeschickt, die sie vom Wehrgang hatten holen wollen, Blanche ebenso wie deren Mutter und sogar Lady Margaux, die sich nicht erklären konnte, welche Narretei die Witwe mit dieser stummen Wache im Sinn führte.

Die Sonne stand fast im Zenit, als sie den Reitertrupp entdeckte. Er kam langsam und schwerfällig, denn alle passten sich dem Tempo eines Bauernkarrens an, der in ihrer Mitte dahinrumpelte. Marierose erkannte augenblicklich das reiterlose Pferd an der Seite des Gefährts. Bylord. Ihre Furcht hatte sie nicht getrogen. Diesmal brachten sie ihr Cyrus d'Aval, und dieses Mal schmerzte es tausend Mal mehr als bei Gil, denn sie liebte den Mann, dessen Leben die Schotten genommen hatten, mit der ganzen Kraft ihres einsamen Herzens.

Marierose raffte die Röcke, eilte die Stiege hinunter und lief vom Innentor über die Vorburg bis zum Tor hinaus. Sie stand im Staub des Weges und schaute ihnen entgegen. Eine schmale, dunkle Gestalt mit stolz erhobenem Kopf und den schmerzvollen Zügen einer Madonna unter ihrer steifen, schmucklosen Haube. Der Zug teilte sich um sie wie die Strömung des Wassers um einen Felsen im Fluss. Erst als der Wagen sie erreichte, blieb Bylord stehen und hinderte alle, die Wagen und Pferd folgten, am Weiterreiten.

»Was ist geschehen?«

Marierose wandte sich mit so viel Autorität an Benoît le Bras, dass niemand der Anflug von Bösartigkeit in den Augen des Burghauptmanns auffiel. Lucien de Belcastel führte den Tross an. Jetzt wandte er sich im Sattel um und betrachtete aus schmalen Augen Marieroses bleiches Gesicht.

»Ein Schlag mit einer Kriegskeule, Mylady«, erwiderte le Bras. »Er traf ihn ohne Helm. Seit dem gestrigen Abend liegt er ohne Bewusstsein, wenngleich die Wunde aufgehört hat zu bluten und sein Herz stetig schlägt. Betet für ihn, dass er das Bewusstsein wieder erlangt.«

»Er ist nicht tot?«

Marierose schloss in unsäglicher Erleichterung die Augen, während der junge Ritter die bloße Frage schon als Angriff auf seine Ehre wertete.

»Nein. Wäre dies der Fall, Ihr würdet uns nicht hier sehen. Wir wären seinen Mördern bis ans Ende der Welt gefolgt.«

Die schlichte Freundschaft und Loyalität dieser Auskunft rührte Marierose. Gleichzeitig erwachte sie zu ungewohntem Leben. Sie versöhnte le Bras mit einem Lächeln, das diesem vor Erstaunen die Sprache verschlug. »Helft mir, Euren Seigneur in die Krankenstation neben der Kräuterkammer zu bringen. Dort kann ich mich um seine Wunde kümmern.«

»Wäre sein Gemach …«

»Es hat keine Feuerstelle, und man müsste jeden Tropfen Wasser viel zu lange dorthin tragen. Hinzu kommt, dass er lange genug in diesem Karren durchgeschüttelt wurde. Bei Kopfverletzungen ist Ruhe angebracht.«

»Der Bader muss ihn untersuchen.«

»Das überlasst nur mir«, widersprach Marierose in ungewohnter Energie. »Meine Mutter hat mich die Grundbegriffe des Heilens gelehrt. Der Bader würde ihm die Wunde ausbrennen und mehr Schaden als Nutzen anrichten.«

Kurze Zeit später musste Benoît le Bras einräumen, dass die scheue Witwe tatsächlich unvermutete Fähigkeiten besaß. Nie hätte er ihr so viel Autorität und Sachverständigkeit zugetraut. Sie scheuchte Blanche und eine kleine Magd hin und her, als hätte sie nie etwas anderes getan. Kurz darauf lag der leblose Ritter, nur noch mit Hose und Hemd bekleidet, auf dem Bauch auf einem reinen Leinentuch, das den frischen Strohsack einer schlichten, rechteckigen Bettkiste bedeckte.

Blanche hielt eine Tonschüssel mit dampfend heißem Wasser, in das Marierose immer wieder ein sauberes Tuch tauchte und auswusch, ehe sie es zusammenlegte, um damit sanft die verkrustete Wunde zu säubern. Die Prozedur wurde so lange wiederholt, bis die blanke, aufgeplatzte Kopfhaut nur noch die Spuren des zerfaserten Risses zeigte. Erst dann reinigte Marierose die Verletzung noch einmal mit Rotwein.

Während all dieser Emsigkeit lag Cyrus d'Aval wie tot vor ihnen. Benoit le Bras musste sich immer von neuem versichern, dass sich seine Brust in langsamen, regelmäßigen Atemzügen hob und senkte. Inzwischen hatte Marierose in der Kräuterkammer eine Paste aus getrockneten Kräutern und heilenden Ölen gemischt, die sie nun zwischen zwei dünne Leinenlagen strich und auf die Wunde legte. Damit die Kompresse nicht verrutschte, befestigte sie diese mit einer leichten Binde um den Kopf.

»Fürs Erste ist es wichtig, die Schwellung zu lindern. Die Wunde an sich heilt vermutlich von selbst zu.« Marierose sah dem jungen Ritter an, welche Fragen ihn quälten. »Was ihn in der Bewusstlosigkeit hält, ist mit Sicherheit der Druck der Geschwulst und die Heftigkeit des Schlages. Dass weder Blut in den Ohren noch in der Nase zu sehen ist, halte ich für ein gutes Zeichen.«

»Wieso kommt er nicht zu sich?«

»Die Ohnmacht erspart ihm Schmerzen. Der menschliche Leib schützt sich manchmal selbst, indem er die Seele, die in ihm wohnt, gewaltsam zur Ruhe zwingt.«

»Woher wisst Ihr solche Dinge?«

»Es gehört zu den Aufgaben einer Edelfrau, sich um die Gesundheit aller zu kümmern, die zu ihrem Hausstand gehören. Das wisst Ihr doch.«

»Aber die wenigsten tun es mit solcher Befähigung, Mylady.«

Marierose nahm das Kompliment mit einem Neigen des Kopfes an. Dann warf sie einen schnellen Blick in die Runde und stellte fest, dass sie gerade allein waren. Blanche trug das schmutzige, blutige Wasser fort. Die Magd holte frisches Wasser, und die übrigen Waffenbrüder d'Avals hatten sich zurückgezogen, nachdem sie sich davon überzeugt hatten, dass ihr Anführer in guten Händen war.

»Seid Ihr sicher, dass es der Schotte war, der ihm diese Wunde zufügte?«, fragte sie so leise, dass le Bras erst mit Verzögerung die Frage begriff.

»Sein Dolch steckte in der Brust des Schotten.« Der junge Ritter hätte am liebsten geflucht, wagte es aber nicht im Angesicht der ernsthaften, kleinen Witwe. »Allerdings ist es mir nach wie vor ein Rätsel, wie sich der Junge von seinen Fesseln befreien konnte. Ich habe sie mit eigener Hand verknotet. Cyr wollte ihn als Geisel und erhoffte sich viel von seiner Befragung.«

Marierose presste die Lippen aufeinander. Sie hatte die Gefahr für ihn gespürt, aber sie hatte Lucien de Belcastel für den Mordbuben gehalten und nicht einen namenlosen Schotten. Hatte sie sich getäuscht?

»Habt Ihr genügend vertrauenswürdige Männer, um eine ständige Wache vor die Tür dieser Kammer zu stellen?« Sie sah Benoît le Bras eindringlich an. »Wenn Ihr Euch täuscht, und es war nicht der Schotte, könnte der Seigneur auch in Nansay Hall in Gefahr sein. Erinnert Euch an seinen Sturz von der Wehrmauer ...«

Le Bras zögerte und sprach dann doch seine geheimsten Gedanken aus. »Es kann nicht schaden, vorsichtig zu sein, da stimme ich Euch zu. Aber wie ist es mit Euch? Man sagt, Ihr bereitet Euch vor, in ein Kloster einzutreten und Euch sei nicht an einer Verbindung mit ihm gelegen. Was kann Euch Besseres passieren als sein Tod?«

Für eine atemlose Spanne Zeit fixierten sich klare graue und misstrauische blaue Augen. Benoît le Bras war sich nicht ganz sicher, was er in den ihren sah. Schmerz. Einsamkeit. Leid. Aber auch eine so absolute Wahrhaftigkeit und Reinheit, dass er sich für seinen Verdacht auf der Stelle schämte. Diese Frau würde Cyrus d'Aval niemals ein Haar krümmen.

»Verzeiht«, fuhr er fort, ehe sie sich gegen seine Unterstellung wehren konnte. »Ich rede dummes Zeug. Es ist Eure Christenpflicht, einem kranken Mann zu helfen, und Ihr habt nur das Beste für ihn im Sinn.«

»Ihr besitzt in überreichlichem Maße das Misstrauen, das ihm bedauerlicherweise fehlt«, stellte Marierose trocken fest. »Doch Ihr könnt versichert sein, dass ich mit meinem Leben für seine Gesundheit einstehe. Gebt bekannt, dass er absolute Ruhe benötigt. Keine Aufregungen, niemand, der ihn besucht oder Fragen stellt. Auch nicht Lady Margaux oder ihr Burghauptmann. Außer

Euch, Blanche und der Magd will ich niemanden in dieser Kammer sehen.«

»Wie Ihr wünscht.« Nach einem letzten Blick auf den Verletzten wandte sich der junge Ritter zum Gehen. Erst im Burghof fragte er sich, wie aus der stummen, furchtsamen Nonne diese befehlsgewohnte, gebieterische Frau geworden war.

*

»Was hast du mit dem Mann zu schaffen? Es gehört sich nicht, dass du ständig an seinem Krankenlager sitzt. Sollen ihn die Mägde pflegen. Ich wünsche nicht, dass du wie eine Magd durch die Burg streifst.«

»Der König hat ihm meine Hand gegeben«, erwiderte Marierose leise. »Wollt Ihr, dass man Seiner Majestät berichtet, ich hätte einem königlichen Befehl widersprochen und meinem Bräutigam nicht jene Sorge zukommen lassen, die ihm gebührt? Denkt Ihr nicht, seine Ritter werden ihm berichten, was in Nansay Hall geschah, wenn er nicht wieder aufwachen sollte?«

Lady Margaux bedachte sie mit einem vernichtenden Blick. »Deine Christenpflicht ist Gehorsam. Du bist leider Gottes eine Nansay, und ich bin die Letzte dieses Namens, was nicht meine Schuld ist.«

Marierose zuckte unter dem gewohnten Vorwurf zusammen, aber sie wagte dennoch Widerspruch. »Auch mein Gemahl und sein Vater haben dem König ihren Lehnseid geleistet. Habt Ihr das schon vergessen?«

Sie hatte das richtige Stichwort gefunden. Lady Margaux gab ihr nach kurzem Überlegen den Weg durch die große Halle frei. »Meinetwegen, spiel die besorgte Braut. Er wird ohnehin nicht wieder aufwachen. Glaube nicht, dass du dein Schicksal ändern kannst.«

Gefolgt von Blanche, eilte Marierose so schnell zu ihrem

Patienten, dass sie beide außer Atem waren, als Benoît le Bras zur Seite trat und ihnen den Weg in die Kammer frei gab. Wenn es seine Zeit zuließ, bewachte er die todesähnliche Ohnmacht seines Gefährten am liebsten selbst. Inzwischen lag d'Aval schon mehr als vierundzwanzig Stunden in diesem Zustand, und er hatte Mühe, die Sorge um den Freund und Anführer in Zaum zu halten.

»Glaubt Ihr wirklich, dass er wieder zu sich kommt?«, fragte er angespannt, aber nur Blanche antwortete ihm.

»Wie könnt Ihr daran zweifeln?«, erwiderte sie energisch. »Ihr sorgt Euch umsonst. Meine Herrin weiß genau, was sie tut.«

Marierose hörte ihre Worte und wünschte, sie hätte die bedingungslose Überzeugung teilen können. Im Halbdunkel der Kammer starrte sie mit brennenden Augen auf das unbewegte Gesicht. Das halblange, dichte Haar lag noch so auf dem Kissen, wie sie es gekämmt hatte, und dunkle Bartschatten betonten die männlichen Züge. Die Wunde auf dem Hinterkopf hatte sich wie erwartet verkrustet, und es schien ihr, als entwickelte sich auch die Schwellung des Schlages zurück. Warum also öffnete er nicht die Augen und kam zurück ins Leben?

Ohne sich Rechenschaft über diese Geste abzulegen, griff sie nach einer seiner Hände, die still zu beiden Seiten des Körpers ruhten. Die kräftigen Finger lagen warm und vertraut zwischen ihren Handflächen. Sie hatten sie berührt, gestreichelt, ihr Entzücken bereitet, aber sie hatten sie auch grob gepackt und geschlagen. Eine Hand mit vielen Fähigkeiten. Eine gefährliche Hand, die ebenso Wonne wie Qual bereiten konnte.

Sie legte ihre kühle Wange in die Innenfläche dieser Hand und schloss die Augen. Sie versuchte zu beten, aber es wurde nur eine einzige heftige Forderung daraus: Lass ihn nicht sterben, Gott! Ich ertrage es nicht, wenn er stirbt. Ich brauche ihn so sehr. Ich liebe ihn so sehr! Raube mir nicht die einzige Hoffnung auf Glück, die ich jemals gekannt habe! Ich werde alles tun, was du verlangst, wenn du ihn nur leben lässt. Alles, ich schwöre es dir!

»Wollt Ihr die Kräuterpackung erneuern?«

Das diffuse Licht der Kammer erlaubte Blanche nicht zu sehen, was ihre Herrin da tat. Ebenso wenig, wie sie die tiefe Röte sah, die auf Marieroses Wangen brannte, als sie sich hastig aufrichtete.

»Erst zur Nacht«, antwortete sie ein wenig atemlos und legte die Hand zurück.

»Wie dunkel es hier ist! Wäre es nicht besser, eine Kerze zu entzünden?« Blanche stieß gegen einen Hocker und rieb sich das Schienbein.

»Nein.« Marierose schüttelte den Kopf. »Wenn er die Augen aufschlägt, würde das Licht ihn blenden und ihm Schmerzen bereiten.«

»Ich glaube nicht, dass es für die Pein in meinem Schädel noch eine Steigerung gibt«, erklang in diesem Moment eine leise, angestrengte Stimme. »Was, zur Hölle, ist mit mir geschehen? Hat jemand meinen Kopf zum Holzspalten benutzt? Wo bin ich?«

»Schscht, bleibt liegen.«

Marierose fuhr herum und drückte Cyrus d'Aval an den Schultern auf sein Lager zurück. Sie musste nicht viel Kraft dafür aufwenden, denn der scharfe Schmerz, der seine erste kleine Bewegung begleitet hatte, ließ ihn ganz von selbst zurücksinken und reglos liegen bleiben. Im diffusen Licht sah er eine helle Haube und ein helles Gesicht. Vertrauter Rosenduft stieg in seine Nase. Die Witwe!

»Was, zum Henker, macht Ihr an meinem Bett?«

»Wenn Ihr endlich aufhören würdet, wie ein Stallknecht zu fluchen, könnte ich Euch vielleicht antworten«, erwiderte sie spitz.

»Das ist nicht mein Bett«, beschwerte er sich dennoch.

»War das seine Stimme?« Benoît le Bras polterte in die Kammer, das Gesicht ein einziges Strahlen, als er die offenen Augen seines Freundes entdeckte. »Dem Himmel sei Dank, du bist wieder bei uns. Verdammt, du hast uns vielleicht einen Schrecken eingejagt.«

»Könntet Ihr bitte alle beide aufhören zu fluchen und zu lärmen«, fuhr Marierose empört dazwischen. »Der Seigneur ist krank, und ebenso wenig, wie er grelles Licht verträgt, kann er Lärm und Aufregung brauchen. Gebt mir lieber einen Becher von diesem Wein dort. Ich würde meinen, Ihr habt Durst, Herr Ritter.«

Fast schon eingeschüchtert von ihrem Befehlston, folgte le Bras der Bitte und sah zu, wie die Witwe den Kranken beim Trinken stützte und Blanche anwies, das Wasser auf dem Tisch mit Kamillentinktur zu versetzen. Dann tauchte sie ein frisches Leinentuch in die duftende Flüssigkeit und faltete es zu einer breiten Binde, die sie über Stirn und Augen des Kranken legte.

»Jetzt könnt Ihr mit Eurem Herrn sprechen«, sagte sie und trat vom Bett zurück. »Und Ihr lasst das Tuch, wo es ist«, wandte sie sich an den Kranken, der bereits die Hand zu dem lästigen Hindernis gehoben hatte. »Es lindert Euren Kopfschmerz. Reden könnt Ihr auch, ohne zu sehen.«

Sie zog sich mit Blanche in den Hintergrund der Kammer zurück und lauschte der stockenden Schilderung des Seigneurs, der vergeblich versuchte, sich an die Ereignisse am Ufer des Esk zu erinnern, die ihn auf dieses Krankenlager gebracht hatten.

Benoît füllte zögernd die Lücken in d'Avals Erinnerung. »So wie wir euch gefunden haben, machte es den Anschein, als hättest du den jungen Schotten bei der

Flucht ertappt und in einen Kampf verwickelt. Sein Hieb mit der Kriegskeule muss dich im selben Augenblick getroffen haben, als du ihm das Messer in die Brust gestoßen hast.«

»Unmöglich. Ich entsinne mich, dass ich kurz zuvor seine Fesseln geprüft habe. Ich hatte den Eindruck, dass er nicht einmal richtig bei Besinnung war. Wie hätte er sich in einem solchen Zustand befreien, bewaffnen und auch noch zum Kampfe stellen können?«

»Das musst du mich nicht fragen.« Le Bras zuckte mit den Achseln und begann eine gereizte Wanderung durch die kleine Kammer. Fünf Schritte zur Tür und wieder zurück. »Alles, was ich weiß, ist, dass dein Dolch in der Brust des Jungen steckte.«

»Welch eine Narretei! Ich hätte den Burschen doch nie getötet, und das weißt du. Ich kämpfe nicht gegen halbe Portionen. Der Junge war kaum den Kinderhemden entwachsen. Ich wollte ihn als Geisel.«

»Nun ja, vielleicht hast du ihn im Dunkeln nicht erkannt ...« Der Ritter brach ab, weil ihm selbst klar wurde, wie lahm diese Erklärung klang.

»Habt ihr die Taschen des Toten durchsucht, ehe ihr ihn beerdigt habt? Gab es einen Hinweis, um wen es sich bei ihm gehandelt hat?«

Le Bras räusperte sich unbehaglich. »Nicht den kleinsten, denn wir konnten ihn weder in die Erde legen noch durchsuchen. Am nächsten Morgen war seine Leiche verschwunden. Wir hatten uns natürlich zuerst um dich gekümmert.«

»Zum Henker, also ein Desaster auf der ganzen Linie«, knurrte Cyrus d'Aval übel gelaunt und zog das Tuch von seiner Stirn. »Ich kann nicht im Bett liegen und meinen Schädel pflegen, während die Dinge dermaßen drunter und drüber gehen.«

»Und ob Ihr das könnt«, mischte sich Marierose aus dem Hintergrund ein. »Mit Kopfverletzungen ist nicht zu spaßen. Ihr habt einen ordentlichen Hieb einstecken müssen und wart mehr als einen Tag ohne Bewusstsein. Da kommt es auf die nächsten paar Stunden auch nicht mehr an. Bleibt liegen, oder ich bitte Eure Männer, Euch an diese Bettstatt zu fesseln. Wenn ich ihnen klar machen kann, dass es dazu dient, Eure Gesundheit und Euren Verstand zu erhalten, werden sie es sicherlich tun.«

Marierose errötete unter den verblüfften Blicken Blanches und des jungen Ritters. Vom Bett her erklang eine Mischung aus Stöhnen und Glucksen. Offensichtlich überraschte den Verletzten die Tatsache, dass sich hinter ihrer sanften Hülle ein stählerner Wille verborgen hatte, am wenigsten von allen dreien. Sie sah, dass d'Aval sich aufzurichten versuchte, aber in derselben Bewegung wieder zurücksank. Vermutlich tanzte die Kammer vor seinen Augen. Seine Stimme hingegen hatte keinen Schaden gelitten. Sie troff vor spöttischer Anerkennung.

»Bei Gott, Ihr seid schlimmer als der alte Drachen, Mylady. Wie lange, glaubt Ihr, könnt Ihr mich in Eurer Heilkammer einsperren?«

»Bis die Geschwulst zurückgegangen ist und Ihr Euch aufrichten könnt, ohne dass sich das Zimmer vor Euren Augen dreht, wie es soeben der Fall gewesen ist.«

»Was bleibt mir anderes übrig«, knurrte d'Aval missmutig, denn sie schätzte sein Befinden völlig richtig ein. »Ist noch Wein in diesem Krug?«

»Genügend«, beruhigte ihn Marierose. »Und Blanche wird Euch auch eine leichte Mahlzeit aus der Küche bringen. Ein wenig Eierspeise und Suppe, Ihr müsst Hunger haben. Sag der Köchin, es sei für mich, Blanche. Und verrate niemandem, dass der Seigneur wieder bei Bewusstsein ist. Darum bitte ich auch Euch, Ritter le Bras.«

»Sie glaubt, man will dir ans Leben«, fühlte sich Le Bras bemüßigt zu erklären. »Sie hat um eine Wache vor dieser Kammer gebeten und behütet dich wie eine Glucke ihr Junges.«

Marierose erröte bei der Schilderung. Sie sah, dass der Kranke in ihre Richtung schaute und sich bemühte, mehr von ihr zu sehen als einen dunklen Schatten. »Es ist nichts gewonnen, wenn Ihr dem Verletzten mehr Probleme aufladet, als er im Moment lösen kann«, mahnte sie den jungen Ritter. »Geht und beruhigt Eure Männer, soweit dies nötig ist, aber gönnt Eurem Seigneur ein wenig Zeit, seinen Kopf auszukurieren. Blanche, die Mahlzeit! Worauf wartest du?«

Es lag etwas in der ruhigen Stimme, das augenblicklichen Gehorsam erforderte, obwohl weder Blanche noch Benoît le Bras es genau benennen konnten. Auf jeden Fall mahnte es, die Sanftmut und Scheu der Witwe nicht für Schwäche zu halten. Auch Cyrus d'Aval kam zu einem solchen Schluss, während sich die Kammertür hinter seinem Gefährten und dem Edelfräulein schloss, das er seiner zukünftigen Gemahlin als Gefährtin aufgedrängt hatte.

Marierose spürte, wie er sie beobachtete, prüfte und sich Fragen stellte. Sie bemühte sich, außerhalb des schwachen Lichtscheins zu bleiben, der durch das kleine Kammerfenster fiel, dessen Holzrahmen mit dünn geschabter Tierhaut bespannt war. Das auf diese Weise gefilterte Licht erlaubte kaum Einzelheiten zu erkennen, und sie hoffte inständig, dass der Kranke genug mit sich selbst beschäftigt war und keine Kraft fand, unliebsame Schlüsse zu ziehen.

»Warum so schweigsam, meine Liebe, nachdem Ihr uns eben noch mit Eurer Redefreudigkeit verblüfft habt?«

Marierose gab einen zornigen Laut von sich. Sie hatte

ihn unterschätzt. Auch mit brummendem Schädel und frischen Wunden war dieser Mann imstande, zu denken und zu forschen.

»Es gibt nichts mehr zu reden, Seigneur«, erwiderte sie beherrscht. »Ihr müsst ruhen. Lasst Euch das Tuch wieder auf die Stirn legen, es dämpft Eure Schmerzen.«

Geschäftig tauchte sie das Leinen erneut ins Wasser, wrang es aus und legte es zu einem Wickel zusammen, der Stirn und Augen bedeckte.

»Muss das sein«, knurrte er unwillig, wehrte sich jedoch nicht gegen die kühle Linderung, die tatsächlich das Hämmern hinter seinen Schläfen auf ein erträgliches Maß dämpfte.

»Ihr braucht Eure Kraft und Eure gesunden Sinne, wenn Ihr Nansay Hall beherrschen wollt«, erwiderte sie sanft und bekämpfte den närrischen Wunsch, die zerzausten Haare aus seiner Stirn zu streichen, die seine erste Bewegung über Stirn und Wangen hatte fallen lassen. Wann hatte es begonnen, dass sie ihn so sehr liebte? Dass sie kaum an sich halten konnte, ihn zu berühren? Dass sich sogar ihre Fingerspitzen nach ihm sehnten?

»Setzt Euch zu mir«, forderte er jetzt nicht mehr ganz so mürrisch, aber doch keinen Widerspruch duldend. »Es gefällt mir nicht, blind zu sein.«

»Ich nehme an, das gefällt niemandem«, erwiderte Marierose nüchtern. Doch sie zog gehorsam den dreibeinigen hölzernen Hocker heran, der vor dem Kräutertisch stand. Wenn ihn ihre Gegenwart zur Ruhe brachte, umso besser. Sie würde alles tun, um ihm Schmerzen zu ersparen, und sie war nirgendwo lieber als bei ihm.

Aufrecht, die Hände im Schoß gefaltet, nahm sie Platz.

»Reicht mir Eure Hand«, befahl er knapp.

Marierose zögerte, legte dann aber doch ihre kleine Hand in die große, sehnige des Ritters, deren Berührung ihr einen Schauer heimlicher Erregung verursachte. Sie fühlte das prüfende Streicheln, als überließe er es seinen Fingerkuppen, sich ein Bild von ihr zu machen.

Was ging hinter seiner Stirn vor? Hatte er trotz seiner Bewusstlosigkeit bemerkt, dass sie versucht hatte, ihm durch die Wärme ihrer Hand Kraft und Heilung zu übermitteln? War er schon wach gewesen, als sie ihre Wange in seine Hand geschmiegt und sich ein wenig Zärtlichkeit und Nähe von ihm gestohlen hatte?

»Nun sagt schon, was Euch auf der Zunge brennt. Es wird Euch nicht bekommen, all die lästigen Ermahnungen ungesagt hinunterschlucken zu müssen. Das macht Euch sicher Beschwerden im Magen.« Sein unterdrücktes Lachen trieb ihr die Hitze in die Stirn.

»Ich hatte nicht vor, Euch zu schelten«, sagte sie in dem Versuch, gelassen zu bleiben.

»Wie kann eine junge Frau, die ihr Leben dem Gebet weihen will, so dreist lügen?«

Marierose verspürte den närrischen Wunsch zu lachen. Woher nahm er die Fähigkeit, ihre Gedanken zu lesen? Verspürte er dieselbe Verbundenheit, die auch sie empfand? Ein gefährliches Gefühl. Sie durfte nicht zulassen, dass er ihr so nahe kam.

»Sagen wir, ich wollte Euch im Moment nicht schelten. Es würde Eure Genesung behindern«, rückte sie die Dinge spröde zurecht.

»Mich behindert viel eher der Gedanke, wer meinen Dolch dazu benutzt hat, einen jungen Schotten zu töten, der eine prächtige Geisel für uns abgegeben hätte.«

»Derselbe Mann, der Euch mit vergifteten Pfeilen, angesägten Stufen und Keulenhieben nach dem Leben trachtet«, erwiderte sie ohne großes Nachdenken. »Ihr macht einen Fehler, wenn Ihr gemäß dem ritterlichen Ehrenkodex erst nach Beweisen und Geständnissen urteilen wollt. Ihr habt es mit einer Ratte zu tun, die keine Ehre besitzt. Ein solches Geschöpf müsst Ihr mit den Methoden einer Ratte bekämpfen.«

Das Streicheln auf ihrer Handfläche hielt inne. Sie spürte, wie Cyrus d'Aval ihren Worten nachlauschte, als könnte er mehr hören als ihre Stimme. Sie ahnte, dass er das Echo von Lilianas Worten vernahm und nicht einordnen konnte, was er fühlte. Sie verwirrte ihn, und früher oder später würde er ihr genau dies zum Vorwurf machen. Heilige Mutter Gottes, welch ein Durcheinander.

»Ihr unterschätzt mich, Mylady.« Das Streicheln setzte von neuem ein und verbreitete sehnsüchtige Schwäche in ihren Gliedern. »In den Diensten des Königs lernt man ebenso gegen Ratten zu kämpfen, wie man es lernt, den lieblichen Damen seines Hofes eine Freude zu machen. Also überlasst mir das Ungeziefer und widmet Euch uneingeschränkt der Freude. Denkt nur, was geschehen wäre, wenn der König mich nicht zu Euch geschickt hätte.«

Marierose fühlte, dass er ihre Hand jetzt in festem Griff umspannte. Noch tastete er sich mit seinen Gedanken durch undurchdringliches Dickicht, aber es war nur eine Frage der Zeit, bis er die Lügen aufdeckte. Wenn sein Kopf nicht länger unter den Nachwehen des verheerenden Schlages litt, würde er keine Mühe haben, die richtigen Schlüsse zu ziehen. Genau davor fürchtete sie sich. Er war zu klug und zu stolz, um ein Possenspiel gelten zu lassen.

»Ihr hättet jetzt keine Kopfschmerzen«, erwiderte sie kurzerhand. Sie würde nicht so einfältig sein, ihm zu bestätigen, dass er ihr Leben aus der Bahn geworfen hatte.

D'Aval umfasste die Hand noch eine Spur härter. »Welch bewundernswert logische Antwort«, sagte er ein wenig rau. »Ihr seid eine Frau mit vielen Talenten, Mylady. Und umso faszinierender, weil Ihr sie meist versteckt.

Was verbergt Ihr noch unter diesem klösterlichen Gewand?«

»Ihr wollt es nicht wissen«, erwiderte Marierose ebenfalls heiser und befreite ihre Hand aus seinen Fingern. »Seid versichert, Herr Ritter, dass Ihr es nicht wissen wollt. Und nun schlaft. Ich werde Euch wecken, wenn Blanche die Mahlzeit bringt.«

»Wer könnte einem Befehl aus so berufenem Munde Widerstand leisten?«

Verflixter Kerl, schoss es Marierose halb gereizt, halb bewundernd durch den Kopf. Musste er denn immer das letzte Wort haben?

# Zwölftes Kapitel

*Nansay Hall*
*4. Juni 1091*

»Befehl der Lady, niemand darf ohne ihre Erlaubnis die Kammer betreten.«

In den vergangenen Tagen hatte Cyrus d'Aval die Stimmen der Männer zu unterscheiden gelernt, die seine Tür bewachten wie die Pforten des Paradieses. Ein Vergleich, der sich ihm ganz selbstverständlich aufdrängte, wenn er an die kühlen, helfenden Hände des Engels dachte, der sich seiner Wunden angenommen hatte. Oder jene der Hölle, wenn er endlich aufhörte, sich selbst zu belügen. Die sanften Hände lösten zwar himmlische Gefühle in ihm aus, aber die damit verbundenen Wünsche waren unzweifelhaft irdisch und nicht die eines Ehrenmannes.

Er konnte es nicht lassen, sie zu berühren, sobald sie ihm nahe kam. Es gefiel ihm, ihr Erschauern zu fühlen, das sie stets durchlief, wenn sie ihm nicht ausweichen konnte. Ihre Gegenwart ließ das Bild des silberblonden Kobolds mehr und mehr verblassen, den er im Wald geliebt hatte. Er musste sich ohnehin entscheiden und kam unabwendbar zu dem Entschluss, dass nicht nur ritterlicher Gehorsam, sondern auch seine persönliche Neigung eher für Marierose von Nansay sprachen. Sie war die ideale Ehefrau für einen Ritter, sanft, scheu, fromm und still.

Irrlichter wie Liliana machten einen Mann nur verrückt. Eine Gauklerin passte nicht in sein Leben. Aber all diese vernünftigen Argumente änderten wenig daran, dass er sich wie ein Betrüger vorkam, wenn er ganz ehrlich mit sich selbst war. Dass sich ein Teil seiner Person nach dem ungewöhnlichen Geschöpf sehnte, das er für einen zauberhaften Augenblick im Wald für die andere

Hälfte seines Seins gehalten hatte. Was sie wohl tat? Ob sie sich sorgte, weil er seit Tagen die Burg nicht mehr verlassen hatte? Oder wusste sie längst, was geschehen war? War sie weitergezogen?

Wie er diese Fragen hasste! Fast ebenso sehr, wie er es hasste, reglos auf diesem Lager zu liegen und darauf zu hoffen, dass sein persönlicher Zerberus ihm endlich die Erlaubnis erteilte, wieder am Leben teilzunehmen. Bisher hatte er ihr gehorcht, weil jede Bewegung ein Feuerwerk der Qual unter seiner Schädeldecke explodieren ließ. Heute indes kam es ihm zum ersten Mal so vor, als könnte er mehr wagen, als nur zu leiden und zu gehorchen.

An einem Ort gefangen zu sein, der ausschließlich vom Willen der Witwe beherrscht wurde, verärgerte und gefiel ihm zu gleichen Teilen. Es war reizvoll, ihr zuzusehen, wie sie in eiserner Sanftheit in diesem kleinen Reich gebot. Sogar Benoît hatte sich angewöhnt, erst ihre Erlaubnis einzuholen, ehe er ihn mit den Problemen behelligte, die während seiner Abwesenheit in der Burg zur Lösung anstanden. Er spielte das Spiel mit, das alle anderen über die Schwere seiner Wunde täuschen sollte. Und er war es auch gewesen, der Lady Margaux diesen Bescheid gegeben hatte und sich nun stumm die eisige Entgegnung der Dame anhörte.

»Ihr solltet Eure Loyalitäten klüger wählen, junger Mann«, drohte sie unverhohlen. »Besonders in Anbetracht der Tatsache, dass Euer Anführer so schwer verletzt zu sein scheint, dass er dem Tode näher ist als dem Leben. Könnt Ihr es Euch leisten, die Hilfe der Lady dieser Burg für ihn abzulehnen?«

»Mein Seigneur hat alles, was er braucht, und er wird in Kürze wieder gesunden«, entgegnete Benoît in stoischer Ruhe.

»Wer sagt das? Die Gemahlin meines armen Sohnes?

Muss ich Euch an sein Schicksal erinnern, um Euch klar zu machen, dass es tödlich sein kann, sich mit ihr zu verbinden?«

Cyrus d'Aval horchte auf. Da war ein neuer Klang in der Stimme der hohen Frau. Das Halbdunkel schärfte seine Empfindungen und ließ ihn Dinge wahrnehmen, die ihm bisher entgangen waren. Unter der kühlen Kompresse war er darauf angewiesen, dass ihm sein Ohr verriet, was das Auge nicht sah. Margaux von Nansay überspielte ihre Gefühle mit gnadenloser Arroganz, aber er hatte es dennoch gehört. Sie hatte Angst. Die Dinge liefen nicht so, wie sie es wollte.

»Ihr verleumdet eine Lady, die meinem Herrn nur Gutes getan hat«, widersprach Benoît le Bras in diesem Moment und erntete ein so höhnisches Lachen, dass der Verwundete die Spur eines neuen Gedankens aufnahm.

Er verabscheute Lady Margaux, aber war sie deswegen auch eine Lügnerin? Hatte er je geprüft, was hinter ihrer heftigen Abneigung gegen die ungeliebte Schwiegertochter stand? Fragen über Fragen, die ein jähes Misstrauen in ihm wachriefen. Beschlich ihn nicht immer wieder selbst das eigentümliche Gefühl, dass Marierose von Nansay etwas vor ihm verbarg?

Alarmiert von seinen unerwarteten Befürchtungen, fiel es ihm noch schwerer als sonst, auf seinem Lager auszuharren, bis ihm leises Röckerascheln und vertrauter Rosenduft verrieten, dass sie gekommen war, nach ihm zu sehen. Je besser es ihm ging, umso sparsamer teilte ihm die Witwe ihre Zeit zu. Zum ersten Mal fragte er sich, was sie mit dem Rest davon tat. Beten? Gereiztheit färbte seine ungnädige Begrüßung.

»Wo wart Ihr?« Er fuhr sie wie einen säumigen Knappen an. »Ich warte seit Stunden auf Euch! Nehmt endlich dieses Tuch von meinem Gesicht! Ich stinke wie ein Kräutergarten. Vermutlich werde ich noch unter einer frisch geölten Turnierrüstung Kamillendünste verbreiten.«

»Ihr erspart mir die Frage nach Eurem Befinden.« Nach kurzem Stutzen über so viel Unfreundlichkeit klang ihre Antwort gutmütig, fast amüsiert. »Es geht Euch besser, wenn Ihr schon wieder bellen könnt.«

»Ich bin kein Hund.«

»Aber ein Edelmann auch nicht. Die haben besseres Benehmen.«

»Zum Donner!«

Cyrus d'Aval stützte sich auf seinen Arm, nahm das lästige Tuch von der Stirn und stellte eine Menge Dinge auf einmal fest. Er hatte sich also nicht getäuscht, seine rasenden Kopfschmerzen waren verschwunden. Geblieben waren ein unbehagliches Dröhnen, ein wenig Wundschmerz und das instinktive Wissen darum, dass er sich besser nicht zu hastig bewegen sollte. Dennoch konnte er die Augen wieder auf einen bestimmten Punkt konzentrieren, ohne dass sein Schädel zu platzen drohte. Das Leben hatte ihn zurück. Augenblicklich erwachte sein Wille und gemahnte ihn, wieder in die Geschehnisse einzugreifen.

Als Erstes nahm er die Witwe ins Visier. Sie war bei seiner ersten Bewegung zum Tisch zurückgewichen. Das diffuse Licht zeichnete einen hellen Umriss um die schmale Gestalt mit der biederen Haube, aber es ließ Gesicht und Miene im Schatten. Lediglich die straffen Schultern verrieten ihre Vorsicht.

»Es ist zu früh. Ihr dürft Euch noch nicht erheben«, warnte sie eine Spur zu atemlos.

»Ich hab Euch schon viel zu lange gehorcht«, widersprach der Ritter und setzte sich am Rand seines Lagers vorsichtig auf. »Man könnte fast meinen, es gefällt Euch nicht, dass ich schneller gesunde, als Ihr es gedacht habt.«

Marierose spürte die Kante des Tisches in ihrem Rücken und zermarterte sich vergeblich den Kopf nach der richtigen Antwort, der passenden Reaktion. So streitsüchtig, wie er klang, war vermutlich jedes Wort das falsche.

Cyrus d'Aval stand bedachtsam auf und dehnte den athletischen Körper. Nur mit einem engen Beinkleid angetan, war er ein einschüchterndes Gebirge aus Muskeln und Kraft, das sich in ihre Richtung in Bewegung setzte. Marierose fühlte seine Wärme wie ein offenes Kaminfeuer. Sie atmete in hastigen, kurzen Zügen, und ihr Herz jagte so sehr, dass sie die einzelnen Schläge nicht mehr auseinander halten konnte. Die Schlinge zog sich zu, hatte sie es nicht geahnt? Unaufhaltsam trat er näher.

»Nun, wollt Ihr mir nicht antworten?«

Marierose schluckte. Sie ballte die Fäuste, damit sie nicht aus Versehen die Hände nach ihm ausstreckte und ihren Kopf an der breiten, nackten Schulter barg, die so unwiderstehlich vor ihr aufragte. Sie wollte nicht sprechen, nicht lügen, nicht erklären. Die letzten Tage hatten ihr alles an Kraft abgefordert, was sie besaß. Jetzt wünschte sie sich inständig, die Verantwortung abgeben zu können und die Augen zu schließen. Aber so wie es aussah, stand ihr der schlimmste Kampf noch bevor.

»Es gibt nichts zu antworten …« Sie erkannte die eigene Stimme kaum wieder, so tonlos klang sie. »Wenn Ihr erst halb genesen den Kampf wieder aufnehmen sollt, so ist das Eure Sache. Ich habe für Eure Gesundheit getan, was mir möglich war. Der Rest ist Eure Angelegenheit.«

»O nein!«

Ehe sie reagieren konnte, hatte seine Hand eine ihrer Fäuste umfasst und hob sie hoch. Mit der anderen löste er die verkrampften Finger einen nach dem anderen. Noch nie war ihr Widerstand auf solche Weise gebrochen worden. Verhängnisvolle Schwäche verwandelte das Blut in ihren Adern in schmelzenden Honig.

»Was ficht dich an, kleine Witwe?«, drang seine melodiöse Stimme in ihr Bewusstsein und setzte fort, was die Berührung begonnen hatte. Noch ein paar Herzschläge weiter, und sie würde kraftlos in seine Arme sinken. »Hast du Angst vor einem neuen Ehemann? War ich zu gutgläubig? Zu sehr bemüht, einer frommen Lady keine Seelennot zu bereiten? Zu einfältig, um wahrzunehmen, dass auch hinter Schleier und Kreuz gelogen werden kann? Geht deine Abneigung gegen jeglichen Ehemann so weit, dass du ihn lieber töten lässt, als seine Aufmerksamkeiten zu erdulden? Was hast du Lucien de Belcastel für seine Hilfe versprochen, wenn er mich umbringt?«

»Ihr ... Ihr seid verrückt ... » Marierose starrte ihn aus weit aufgerissenen Augen an. Der Verdacht war so ungeheuerlich, dass sie nur noch stottern konnte. »Ich würde Euch nie Schaden zufügen. Ich ...«

Im allerletzten Moment biss sie sich auf die Zunge und erstickte die Worte »Ich liebe Euch doch!«, mit denen sie im ersten verräterischen Zorn fast herausgeplatzt wäre. Sie hätte ihr Leben für das seine gegeben, aber das musste er nun wahrhaftig nicht wissen.

»Ja ...«

Der gedehnte, nachdenkliche Laut verriet, dass sie ihn nicht überzeugt hatte. Cyrus d'Aval bemühte sich, die Zartheit ihrer Hände zu ignorieren und den Rosenduft aus seinem Bewusstsein zu verbannen. Vielleicht hatte er sich von Anfang an von ihrer Stellung und ihrer unzweifelhaften Vornehmheit und Frömmigkeit einlullen lassen. Von jener Aura aus weiblicher Wärme, die eine Saite in ihm zum Klingen brachte, die er längst für verstummt gehalten hatte. Es war an der Zeit, auch sie ausschließlich nach den Regeln der Vernunft zu beurteilen.

Das unmerkliche Zucken ihrer Finger veranlasste ihn, die blasse Hand genauer zu betrachten. Sie hatte den Ehering ihres verstorbenen Gemahls abgelegt. Warum? Weil sie sich entschieden hatte, mit der Vergangenheit abzuschließen? Weil sie annahm, dass der Schutz dieses Ringes nicht mehr nötig sein würde?

Auf der Suche nach einer Antwort fand er sich einmal mehr von einem gesenkten Kopf und einer ausladenden Haube behindert. In einem jähen Anflug von Ärger packte er die lästige Kopfbedeckung und zog sie nach hinten, damit er ihr Antlitz sehen konnte. Haarnadeln klapperten zu Boden, und er hielt auf einmal das ganze steife Gebinde in der Hand.

»Zum Henker, was hat das zu bedeuten?« In seinen fassungslosen Ausruf mischte sich ein leiser Aufschrei Marieroses. Im Zwielicht der Kräuterkammer starrte er auf silberblonde, weiche Locken, die einen stolz erhobenen Kopf schmückten. Zerdrückt von der Haube, an den Schläfen feucht, aber kurz und so unverkennbar wie der Sonnenaufgang. Mit offenem Mund starrte er die junge Frau an.

»Grobian! Tölpel!« Marierose riss erbittert ihre Hand frei und fuhr sich prüfend mit den Fingern durch die wirren Strähnen. »Genügt es Euch nicht, dass ich ohnehin kaum noch Haare auf dem Kopf habe? Müsst Ihr mir die wenigen auch noch ausreißen?«

Mit Mühe unterdrückte sie ein Schluchzen. Sie wollte keine Schwäche zeigen. Dann schon lieber zornig sein und den eigenen Stolz bewahren, wenn ohnehin alles um sie herum zusammenbrach!

»Liliana?«

Immer noch fassungslos wich d'Aval vor der Gestalt im düsteren Wollgewand zurück, die ihm die Erinnerung an eine bezaubernde Gauklerin vorspiegelte.

»Mein Gott, jetzt habe ich auch noch den Verstand verloren«, murmelte er erschüttert. »Ich sehe Gespenster. Das kann nicht sein.«

Eine andere Möglichkeit fiel ihm nicht ein. Er fuhr sich mit dem Handrücken über die Augen und taumelte zum Bett zurück. Schwäche und Unglauben setzten ihm so zu, dass er mit weichen Knien auf das Lager sank.

Marierose lachte trostlos auf, aber in ihren Augen stand die Verzweiflung. »Ihr sorgt Euch umsonst, Herr Ritter. Euer Verstand wie auch Euer Blick sind ohne Fehl. Ich bin Liliana.«

Cyrus d'Aval hob den Kopf und schaute sie so ungläubig an, dass sie die Beleidigung bereits fürchtete, ehe er sie in Worte fasste. Es dauerte ein paar Herzschläge, und dann fand er in seinem dröhnenden Kopf die einzige Erklärung, die seiner Meinung nach einen Sinn für diese unglaubliche Maskerade ergab.

»Du bist gar keine Edelfrau, nicht wahr? Deswegen ist Lady Margaux auch so dagegen, dass ich dich zur Frau nehme. Du bist nicht die Lady, die der König für mich bestimmt hat. Du warst nur die Buhle des jungen Lords, mit der er sich vergnügt hat und von der die Mutter erst nach seinem Tod erfuhr, stimmt's? Was ist mit der armen Lady geschehen, die er geheiratet hat? Ist sie im Kindbett gestorben, wie so viele andere?«

Marierose hörte in wachsender Verblüffung zu. Mit allem hatte sie gerechnet, aber nicht mit diesem Sammelsurium aus Verdächtigungen und Dummheiten. Jetzt war sie also nicht nur eine Betrügerin für ihn, sondern auch noch eine Dirne. Am Ende der Tirade hatte sie nur den einen Wunsch: ihn so zu verletzen, wie er es eben mit ihr getan hatte. Wenn er sie für eine Schwindlerin, für eine Gauklerin hielt, dann verdiente er die Wahrheit nicht.

»Wenn es je einen dummen Menschen auf dieser Insel

gegeben hat, dann gebührt Euch dieser Titel, mein Ritter«, fauchte sie aufgebracht.

»Nur zu, zeig dein wahres Gesicht«, knurrte Cyrus d'Aval und beobachtete grimmig, wie das blasse Antlitz rosa erglühte und die hellen Augen wahre Blitze nach ihm schleuderten. »Mich täuschst du nicht länger, mein Mädchen. Du hast dir die Tracht Prügel wahrlich verdient, die ich dir im Vorgriff auf deine Streiche bei unserer ersten Begegnung gegeben habe. Es juckt mich in den Fingern, an dieser Stelle weiterzumachen.«

»Barbar!«

Marierose schleuderte ihm dieses eine Wort mit der ganzen fürstlichen Verachtung zu, die das Erbteil ihrer edlen sächsischen Mutter in ihrem Blut entzündete. Liliana von Hawkstone hatte ihren Töchtern nicht nur Schönheit und Magie vermacht, sondern auch eine unheilvolle Portion Stolz. Im Angesicht der jüngsten Ereignisse wurde Marierose ausschließlich von diesem Erbe gesteuert. Erziehung, Schüchternheit und Zurückhaltung, alles erstickte in reinem, ursprünglichem Zorn. Zorn auf diesen Dummkopf, der sich in seinem männlichen Selbstwertgefühl getroffen fühlte, Zorn auf sich selbst, weil sie einen solchen Narren auch noch liebte.

In diesem Augenblick war sie weder Witwe noch Nonne, weder Tochter noch Ehefrau, sondern nur Eva. Im Feuer ihrer Rage wurde eine neue Persönlichkeit gehärtet. Wurde endlich die Frau in ihr geweckt, deren Anlagen bisher geschlummert hatten.

Cyrus d'Aval konnte nicht umhin, die Veränderung zu bewundern. Unabhängig von Kleidung, Haarlänge und der vermeintlichen Zartheit der äußeren Erscheinung begegnete ihm diese Frau mit einer Herausforderung, die er bisher nur im Zweikampf mit Männern kennen gelernt hatte. Der feine Kopf mit dem absurden Haarflaum tat ihrer reinen Schönheit ebenso wenig Abbruch wie das hässliche Gewand. Sie stand vor ihm in der Haltung einer heidnischen Göttin und ebenso gewappnet.

»Das ist absurd«, rutschte es ihm heraus.

Wie konnte er solche Dinge denken? Der Schlag auf den Kopf hatte wohl größere Wirkung gehabt, als er angenommen hatte. Wie kam er dazu, sie auf dieser gleichberechtigten Ebene zu sehen? Frauen waren nicht so. Frauen waren schwach, wehrlos und bedurften der männlichen Führung. Gerade solche, die es wagten, die Grenzen zu überschreiten, welche Anstand und Sitte ihrem Geschlecht zogen, brauchten die Hilfe eines aufrechten Mannes, um wieder auf den rechten Weg zu finden.

»Diese ganze Komödie ist absurd«, wiederholte er nach einem tiefen Atemzug. »Was treibt dich hinaus in den Wald und zu solchen Abenteuern, Mädchen? Kein Wunder, dass die Lady versucht, dich gewaltsam zu Frömmigkeit und Anstand zu zwingen.«

Marierose rang nach Atem. Die überhebliche Art, wie er die Geschehnisse zu ihren Ungunsten wendete, war schlichtweg empörend.

»Ein Abenteuer, am dem auch Ihr beteiligt wart, Herr Ritter«, erinnerte sie ihn böse. »Ich habe Euch mit keiner Silbe gebeten, mir nachzustellen.«

»Frauen brauchen keine Worte, um einen Mann zu verführen.«

»Und warum habt Ihr nicht Eure viel gepriesene männliche Überlegenheit dazu verwendet, mir zu widerstehen?«

»Ein Krieger wie ich ergreift die Gelegenheiten, wenn sie ihm geboten werden, Mädchen.«

»Ein Krieger? Wohl eher ein unverschämter Flegel ...«

Marieroses Hand flog hoch und wurde in einem erbarmungslosen Griff abgefangen, ehe sie, wie beabsichtigt, zuschlagen konnte. Der Ritter zog sie so heftig an sich, dass sie hart gegen ihn prallte und jäh erstarrte. Hatte sie wirklich vorgehabt, ihn zu züchtigen? Sie war so verblüfft über das eigene Ungestüm, dass sie reglos still hielt und ihn reden ließ.

»Du treibst ein böses Spiel mit mir, kleine Hexe. Eine wilde Scharade, die du mit den Gefühlen eines ehrlichen Mannes nährst. Was ist wahr in diesem Gaukelspiel aus Lügen und Verdächtigungen? Das meiste hast du zweifellos erfunden, um meine Aufmerksamkeit zu erregen. Der Pfeil, der tote Hund und weiß der Himmel was noch alles. Es diente nur dazu, mir die Sinne zu vernebeln und meinen Verdacht einzuschläfern, bis du dir deiner Herrschaft über mich sicher sein konntest.«

Marierose schnaubte verächtlich durch die Nase. »Glaubt doch, was Ihr wollt.«

»Wenn ich daran denke, dass ich mir Vorwürfe gemacht habe, weil ich Liliana genommen habe, während ich gleichzeitig einer tugendsamen Witwe die Ehe versprochen habe ... Es ist der reine Hohn, weißt du das? Wie kannst du solches Schindluder mit der Ehre eines Mannes treiben?«

Sie hatte mit Vorwürfen gerechnet, aber das Ausmaß seiner Verdächtigungen schlug alle Vermutungen um Längen. Warum fragte er nicht einmal, warum sie das alles getan hatte? Hielt er sie für eine dumme Gans, die nicht über den Augenblick hinaus dachte?

Marierose stand stocksteif und versuchte sich der zunehmenden Wärme seiner körperlichen Nähe zu entziehen, indem sie hartnäckig seine charakterlichen Fehler aufzählte und seinen Verstand anzweifelte. Umsonst. Wie sie diese verhängnisvolle, sehnsüchtige Schwäche hasste, die sie unter seinem Einfluss ein jedes Mal überfiel. Gab es denn kein Mittel dagegen?

Sie rettete sich in Hohn und Spott, ohne zu bedenken, dass sie ihn damit nur noch mehr reizte. »Wenn Ihr so leicht abzulenken seid, mein Herr, müsst Ihr auch die Folgen davon tragen lernen.«

Cyrus d'Aval schwankte seinerseits zwischen dem Wunsch, ihr den zierlichen Hals umzudrehen, oder sie einfach in die Arme zu nehmen. Auch er kämpfte gegen den verheerenden Einfluss ihrer gefährlichen Berührung an. Er spürte die Spannkraft ihrer geschmeidigen Gestalt und seine eigene, verräterische Reaktion auf so viel geheime Verführungskunst. Im Zwielicht der Kräuterkammer glänzten ihre hellen Augen wie poliertes Silber, und der feuchte Schimmer ihrer rosigen Lippen ließ ihn an Küsse und nicht an Flüche denken. Er konnte überhaupt nicht denken, wenn sie ihn so anblitzte. Er war auf rein animalisches Drängen beschränkt, auf Erobern und Besitzen. Egal, ob sie nun Marierose oder Liliana sein sollte, sie gehörte ihm!

Mit einem lästerlichen Fluch gab er es auf, gegen die eigenen Wünsche anzukämpfen, und riss sie in seine Arme. Marierose wehrte sich nicht. Im Gegenteil, sie hob ihm die Lippen entgegen, vom selben leidenschaftlichen Wahnwitz getrieben, der auch ihn jählings erfüllte. Sie schlang den freien Arm um seine Hüften und erwiderte seinen Kuss. Es war keine Lösung ihrer Probleme, aber es war auf jeden Fall besser, als einander zu beschimpfen.

Die Leidenschaft ihrer unverhofften Reaktion entwaffnete den Ritter fast noch mehr als die Süße ihres Kusses. Die Hitze war Liliana, der Kuss Marierose. Beides vermischte sich in seinem schmerzenden Kopf auf so unglaubliche Weise, dass er nur noch eines wusste: Er wollte sie haben. Jetzt und auf der Stelle! Er wollte sie verschlingen, besitzen, brandmarken, strafen, alles gemeinsam und alles sofort.

Marierose bot ihm im Gegenzug nur reine Liebe. Mochte ihr Herz auch vor Traurigkeit schmerzen, weil er sie nur aus gekränkter Männlichkeit eroberte, Hauptsache, er wollte sie überhaupt. Auch wenn die Gefühle in den goldenen Raubtieraugen im Dämmerlicht der Kammer kaum ablesbar waren, sie konnte fühlen, was ihn bewegte. Er war verärgert und verwirrt zugleich, weil er sich keinen Reim auf seine eigenen Empfindungen machen konnte.

Auf einer fernen Ebene ihres Bewusstseins hatte sie sogar Verständnis für seinen Zorn. Er konnte ebenso wenig über seinen Schatten springen, wie sie es vermochte. Lediglich die magnetische Anziehungskraft, die sie aufeinander ausübten, überbrückte diese Schwierigkeiten. Mit einem Mal zählte nichts anderes, als dass er sie hastig aus ihren Kleidern schälte und diese auf die zerstörte Haube warf, die ihren Untergang besiegelt hatte. Er suchte Liliana unter den Stoffen und wurde erst ruhiger, als sie in schimmernder Nacktheit auf dem bescheidenen Krankenlager ruhte, das nach Kamillenumschlägen und Cyrus d'Aval roch. Ihre reine Schönheit leuchtete im Halbdunkel, und sein Atem wurde zu einem rauen Keuchen.

»Warum musst du nur eine Lügnerin sein«, hörte sie ihn zürnen, ehe er sich zu ihr legte und seine zärtlichen Küsse die Vorwürfe Lügen straften. »Ich hätte dich auf Händen getragen, wenn du es mir nur erlaubt hättest. Warum musstest du mich zum Narren halten?«

Merkte er denn nicht, dass seine Vorwürfe jeder Basis entbehrten? Dass es nicht in ihrer Macht gelegen hatte, die Lügen zu vermeiden? Marierose wand sich unter seinen Küssen und versuchte zu antworten, aber es gelang ihr nicht. Sie brachte nicht einmal die Mahnung zur Vorsicht über die Lippen. Er war kaum genesen, er musste Kopfschmerzen haben und …

Stattdessen entfloh ihrer Kehle ein leiser Seufzer, als seine Hände ihre Brüste umfingen und die seidige Haut ihres Leibes streichelnd wiederfanden. Das Gemach verschwamm vor ihren Augen. Ihr Körper brannte, und nicht einmal der Gedanke an die Schmerzen, die er ihr bereiten würde, vermochte sie noch abzuschrecken. Sie hätte sterben mögen, heiß vor Leidenschaft und ihrer geheimen Liebe mit allen Fasern ihres Seins auf immer ausgeliefert.

Cyrus d'Aval spürte die neuerliche Wandlung von der wütenden Furie zur hingebungsvollen Geliebten und machte ihr auch diese Tatsache zum Vorwurf. Es erboste ihn, dass sie so geschickt von einer Rolle in die nächste wechselte. Er fühlte sich noch mehr hintergangen, und sein gekränkter Zorn erstickte die anfängliche Zärtlichkeit. Jetzt lauschte er nur noch dem Fieber des eigenen Blutes. Er spreizte ihre Beine mit der Rücksichtslosigkeit eines Eroberers und drang mit einem einzigen, wütenden Stoß in die geheimen Tiefen ihrer Weiblichkeit.

Marierose hieß ihn willkommen. Seine Rohheit stachelte ihre Begierde nur an. Sie wollte ihn ja spüren. Je härter, umso besser. Sie wölbte sich der Vereinigung entgegen und wappnete sich gegen eine Pein, die zu ihrem grenzenlosen Erstaunen ausblieb. Sie spürte nur die lebendige Härte seiner Leidenschaft mit ihrem engen Schoß und erbebte unter dem ungeheuerlichen Gefühl, das dieses Gleiten und Drängen in ihr auslöste. Es fühlte sich an, als schürten sie beide mit jeder neuen Bewegung ein Feuer, dessen Flammen höher und höher loderten. Eine Glut, die sie verbrannte, bis sie in winzige Lichtpunkte zerstoben und erlöschend in die Dunkelheit sanken. Nie hatte sie etwas so Wundervolles empfunden.

Mit jagendem Herzen, schmerzendem Kopf und wirrem Verstand tauchte Cyrus d'Aval aus dem Strudel dieser fieberhaften Vereinigung wieder auf. Wenn er ehrlich mit sich selbst war, musste er es fast eine Vergewaltigung nennen. Noch nie hatte er sich einer Frau so gewaltsam aufgezwungen. Dennoch hatte Marierose keinen Widerstand geleistet. Im Gegenteil, er hatte den unzweifelhaften Beweis dafür verspürt, dass sie in diesem wilden Liebesrausch dieselbe Erfüllung gefunden hatte wie er.

Nun, er musste seine Meinung über sie ohnehin ändern. Sie war nicht die scheue, fromme Witwe, die sie ihm vorgespielt hatte. Sie war in erster Linie Liliana. Heftig, ungestüm und gefährlich wie das Gift der glänzenden Tollkirsche.

»Warum hast du dich Liliana genannt?«, rutschte ihm die unwichtigste aller Fragen zuerst heraus.

»Es ist der Name meiner Mutter«, erwiderte Marierose heiser. Sie hatte Mühe, in die Wirklichkeit zu gelangen. Sie tastete nach einer Decke, einem Kleidungsstück, mit dem sie sich bedecken konnte. Mit einem Mal war ihr die Nacktheit nicht mehr selbstverständlich, sondern peinlich. Die Zeit der Liebe war vorbei. Wenn die Vorwürfe von neuem begannen, wollte sie gewappnet sein.

Sie lagen beide auf der Decke, und ihr mürrischer Liebster sah nicht so aus, als wollte er auch nur eine Bewegung machen, damit sie darunter schlüpfen konnte. Also rutschte sie hastig vom Lager und huschte zu ihren Kleidern. Sie zog bereits die Schnüre des Untergewandes an, als Cyrus d'Aval die Augen öffnete. Sein Blick blieb verhangen und rätselhaft. Ihre Hände zitterten ungeschickt, und sie brauchte mehr Zeit als sonst, während kein einziges Wort zwischen ihnen fiel. Sie steckte gerade die Haube wieder fest, als das Alarmsignal von den Wällen tönte.

»Die Schotten! Die Schotten marschieren auf Nansay

Hall zu!« Benoît le Bras stürzte in den Raum, als wären die Kaledonier bereits in der Burg.

Marierose wich tiefer in den Schatten zurück. Musste sich der junge Ritter nicht fragen, warum sein Freund unbekleidet auf dem Lager ruhte? Noch dazu im Beisein einer Frau, die er im Gegensatz zu d'Aval für eine ehrenwerte Witwe hielt?

Aber Benoît le Bras war fern solcher Mutmaßungen. Er war ein Ritter, und das Hornsignal erforderte augenblickliche Maßnahmen, die über Kleinigkeiten wie Kleidung und Moral hinausgingen.

»Lass das Tor schließen, die Gitter senken und schick die Männer auf die Wälle. Ich möchte wetten, dass dies kein Höflichkeitsbesuch ist«, befahl Cyrus d'Aval unverzüglich. »Und schick einen der Männer in meine Kammer. Ich brauche meine leichte Kampfrüstung, den Helm und meine Waffen.«

»Sofort.«

Benoît le Bras eilte davon. Marierose schloss die Tür, die er in der Eile offen gelassen hatte, und wandte sich zum Bett. »Ihr könnt nicht kämpfen. Ihr seid noch nicht gesund.«

»Das lass meine Sorge sein.«

»Wie Ihr wünscht.«

Die sanfte Erwiderung entlockte dem Ritter einen leisen Fluch. »Ich wünschte, ich wäre dir nie begegnet, weißt du das?«

Marierose sah ihn an und unterdrückte ein Seufzen. »Ich weiß, dass Ihr lügt, Seigneur.«

D'Aval lachte bitter auf und zog seine Hose an. »Dann passen wir ja prächtig zusammen, meine kleine Gauklerin. Geh in deine Gemächer und bete, dass die Schotten mehr Mut als Waffen haben. Diese Burg ist nicht für eine Belagerung bereit. Sie ist mehr schöner Schein als wehrhafte Festung. Und was uns beide betrifft, mein Mädchen, über dieses Problem werden wir uns auseinander setzen, wenn wir gesiegt haben.«

Marierose senkte den Kopf und verließ stumm die Kräuterkammer. Wie auch immer der Kampf auf den Wällen ausging: Sie hatte in jedem Fall verloren und konnte von Glück sagen, wenn am Ende nur ihr Herz auf der Verlustliste stand.

# Dreizehntes Kapitel

*Nansay Hall*
*5. Juni 1091*

»Keine Angst, wir sind in Sicherheit. Kein Schotte wird den Burgfrieden von Nansay Hall brechen.« Lady Margaux beruhigte die aufgeregte Schar ihrer Gefährtinnen mit solcher Überzeugung, dass Marierose sie dafür bewundern musste. Die Damen der Lady schienen in den langen Jahren vergessen zu haben, dass das Leben auf einer Burg im Grenzland seine Gefahren barg. Auch sie selbst hatte noch nie einen solchen Überfall erlebt.

Sie war in Hawkstone im Süden des Königreiches aufgewachsen, in der Nähe des großen Schlachtfeldes, auf dem Wilhelm der Eroberer die Blüte des sächsischen Adels vernichtet hatte. Auch ihr eigener Großvater war unter den Toten gewesen. Dieser Teil des Reiches war als Erster befriedet worden, und der Lord von Hawkstone hatte alles dafür getan, dass seine Kinderschar Krieg und Blutvergießen nur mehr aus Erzählungen kannte.

Nun aber stürmten die Männer des schottischen Königs gegen die Mauern von Nansay Hall. Der Regen aus Brandpfeilen hatte bisher zwar keinen nachhaltigen Schaden angerichtet, aber für reichlich Aufregung und Panik gesorgt. Die wenigen Dächer, die nicht mit Schieferplatten gedeckt waren, hatten bereits Tribut gezahlt und waren in Flammen aufgegangen. Die ersten Verwundeten lagen im Stroh der Halle, wo sich der Bader der Burg unter Lady Margaux' Regiment um ihre Verletzungen kümmerte.

Allerdings taten weder sie noch ihre Damen dabei mehr, als die Hände zu ringen und Unruhe zu verbreiten. Das Geflüster und Geseufze der Edelfrauen, die sorgsam ihre Säume vor den blutenden Männern in Sicherheit brachten, trug nicht dazu bei, Mut und Zuversicht zu verbreiten. Da mochte die Lady noch so tapfere Worte finden.

Marierose und Blanche waren die Einzigen, die dem völlig überforderten Bader zur Hand gingen. Viele der Männer hatten Brandwunden, und Marierose versorgte all jene, die trotz ihrer Blessuren noch stark genug schienen, anschließend wieder in den Kampf zu ziehen. Eben strich sie sorgsam einen Balsam auf die Schulter eines Kriegsknechtes, der mit den Zähnen knirschte, damit ihm kein Laut entkam.

Blanche schnupperte an dem Tiegel. »Was ist in dieser Salbe?«

»Wacholder, ausgelassenes Schweinefett und feines, im Mörser zerriebenes Salz«, zählte Marierose die wichtigsten Zutaten auf. »Es fördert die Heilung und lindert den Schmerz, nicht wahr?«

Die Frage galt dem Mann, der ihren Blick dankbar erwiderte. »Der Herr wird's Euch lohnen, Mylady. Wir werden alles tun, damit die Schotten Nansay Hall nicht überrennen und Euch Schaden zufügen.«

Marierose runzelte kurz die Stirn. Obwohl ihnen niemand Genaues über die Kämpfe sagte und es ihr natürlich nicht erlaubt war, auf die Wälle zu steigen und sich dort ein eigenes Bild zu machen, konnte sie zählen. Es wurden immer mehr Männer, die im Stroh lagen. Viele waren so schwer verwundet, dass man nicht mehr für ihr Leben garantieren konnte. Die Pfeile der Schotten trugen nicht nur Feuer, sondern auch Tod in die Burg. Die Kaledonier waren meisterhafte Bogenschützen. Ihre Geschosse durchschlugen Panzerungen ebenso wie gepolsterte Lederwesten und rissen hässliche Wunden. Wenn schon ein einziger Tag so viele Opfer forderte, dann war leicht abzusehen, dass der Kampf nicht lange dauern und auch nicht so enden würde, wie Lady Margaux es gern gehabt hätte.

»Aber unsere Chancen dafür stehen nicht besonders gut, oder?« Marierose dämpfte die Stimme, damit nur der Verletzte und Blanche sie hörten.

»Ich hab die Kaledonier noch nie so in Rage erlebt«, räumte der Kriegsknecht zögernd ein. »Sie fordern Rache. Der Seigneur hat den jüngsten Sohn des McDowell getötet. Sie sagen, er hätte ihn feige erstochen. Niemand weiß Genaues. Sicher ist nur, dass die Schotten nicht ruhen werden, bis sie den Jungen gerächt haben.«

Marierose kannte die Geschichte des Dolches und des verschwundenen Gefangenen. Sie kannte auch Cyrus d'Aval und hätte ihre ewige Seligkeit darauf verwettet, dass er keinen gefesselten Halbwüchsigen erstach. Ein solches Schurkenstück trug viel eher die Handschrift von Lucien de Belcastel. Bisher waren seine Versuche gescheitert, d'Aval zu beseitigen. Übertrug er nun dieses mörderische Geschäft den Schotten? Marierose mochte es nicht ausschließen, aber es blieb die Tatsache, dass Lucien dabei auch sein eigenes Leben in Gefahr brachte, und das passte ganz und gar nicht zu ihm. Was also steckte hinter dem feigen Mordanschlag auf den jüngsten McDowell?

»Woher wisst Ihr all diese Dinge?« Blanche stellte die neugierige Frage, die Marierose gut zupass kam.

»Sie haben einen Pfeil mit einer Botschaft geschickt«, berichtete der Mann. »Sie würden abziehen, wenn man ihnen den Seigneur in Ketten nach draußen schickt. Nur Schotten können auf eine solche Idee kommen.«

»Sie haben keine Ehre im Leib.« Blanche nickte und plapperte brav die Vorurteile nach, die ihr Lady Bolton eingeimpft hatte.

»Findest du?« Marierose schnaubte leise. »Man könnte

auch sagen, dass Männer das Recht auf ihrer Seite haben, wenn sie einen feigen Mord rächen wollen.«

»Da mögt Ihr wohl Recht haben, Mylady«, mischte sich der Kriegsknecht wieder ein, der vorsichtig die verbrannte Schulter bewegte und dabei das Gesicht verzog. »Aber es werden eine ganze Menge mehr Tote sein, die diesem Jungen in die Ewigkeit folgen. Betet, dass nicht auch wir diesen schweren Weg gehen müssen. Es wär nicht gerecht, wenn Euch der Himmel Eure Wohltaten so vergelten würde. Aber was ist schon gerecht auf dieser Welt ...«

»Passt auf Euch auf, guter Mann«, riet Marierose sanft.

Seine Antwort ging im Stöhnen der anderen Verwundeten unter. Währenddessen merkte Marierose, dass Blanche sie heftig am Ärmel zog, um ihre Aufmerksamkeit zu erregen.

»Meint Ihr wirklich, die Burg wird fallen? Aber die Lady hat doch eben gesagt ...«

Marierose sah in die weit aufgerissenen Augen ihrer Gefährtin und las Angst in ihnen. »Lady Margaux ist vieles, aber sie ist kein Kriegsherr. Diese Frage könnte dir höchstens der Seigneur beantworten, aber der steht seit Stunden im Kampf.«

»Heilige Mutter Gottes!« Blanche bekreuzigte sich hastig. »Wenn die Schotten über uns herfallen ...«

»Rede keinen Unsinn«, fiel ihr Marierose scharf ins Wort. »Niemand fällt über uns her, und sogar im schlimmsten Fall wird sich eine Möglichkeit finden, wenigstens unser Leben und unsere Ehre zu retten.«

Blanche fuhr zusammen. Diese Art von Befehlston hatte sie von ihrer jungen Herrin noch nie vernommen.

»Habt Ihr denn gar keine Angst?«, fragte sie fassungslos. »Was wird sein, wenn die Festung fällt? Wenn Euer künftiger Gemahl stirbt und seine Männer mit ihm?«

Marierose stutzte. Da war ein Anflug von Verzweiflung in Blanches Worten, der mehr verriet als nur die Panik eines jungen Mädchens. Erst jetzt fiel ihr auf, wie Blanche bei jedem Mann erblasste, der in die Halle wankte oder getragen wurde, und wie sie ein erleichtertes Aufatmen verbarg, wenn sie ihn nicht kannte. In den letzten Tagen hatte sie ihre Gefährtin zur allzu oft im vertraulichen Geplauder mit Benoît le Bras gesehen. Ihre Hilfe in der Krankenstube hatte ihr ausreichend Gelegenheit dazu verschafft.

»Kann es sein, dass du dein Herz an einen ganz bestimmten jungen Ritter verloren hast und dir Sorgen um ihn machst?«

Blanche wurde noch blasser. »Woher wisst Ihr …«

Weil ich selbst unter dieser schlimmen Krankheit leide, hätte Marierose am liebsten gesagt, aber sie verbot sich eine solche Vertraulichkeit. Blanche war nicht geholfen, wenn sich ihre Herrin auch schwach zeigte. So wählte sie die diplomatischere Antwort. »Es gehört nicht viel Fantasie dazu, die Richtung deiner Blicke herauszufinden, meine Freundin. Aber wenn du wirklich daran denkst, dich mit einem Ritter des Königs zu verbinden, musst du lernen, eine würdige Gefährtin für ihn zu sein. Es ist nun einmal die Aufgabe der Frauen, sich um die Folgen der Kriege zu kümmern, die ihre Männer führen. In solchen Zeiten ist kein Raum für die eigenen Sorgen und Probleme und schon gar nicht für etwas so Überflüssiges wie Angst.«

Ob Blanche dieser tapferen Rede glaubte? Marierose wagte nicht sie anzusehen. Sie hatte selbst die größte Mühe, Beherrschung zu wahren. Sie zitterte um Cyrus d'Aval, der im Gegensatz zu seinen Kampfgefährten unter den Nachwirkungen seiner Kopfwunde litt. Sie würde ihn als Liebsten verlieren, sie wusste es. Aber er sollte wenigstens leben und seinem König dienen können. Er würde eine andere, würdigere Gemahlin finden als das dumme Ding, das Gil von Nansay geheiratet hatte. Es wäre einfach zu ungerecht, wenn Luciens Intrigen diese stolze Zukunft zerstören würden.

»Ihr müsst einen Boten zum König schicken«, ertönte in diesem Augenblick Lady Margaux' befehlende Stimme. »Rufus darf uns nicht im Stich lassen.«

»Wenn Ihr mir sagt, wie Ihr diesen Boten aus der Burg und auf den Weg bringen wollt, bin ich gern dazu bereit«, antwortete eine raue, müde Stimme, die Marierose tief ins Herz schnitt.

Cyrus d'Aval hatte soeben die Halle betreten, und er taumelte vor Müdigkeit. Schwarze Rußspuren zogen sich über sein Gesicht, und seine Augen brannten gerötet und überanstrengt unter halb gesenkten Lidern. Sie zweifelte keinen Moment daran, dass er höllische Kopfschmerzen litt und keinen Wert auf hysterische Vorwürfe legte. Allem Anschein nach hatte er selbst eingesehen, dass er nicht stundenlang auf den Wällen sein konnte, ohne zu essen und zu schlafen. Die hereinbrechende Dunkelheit hatte die Kämpfe zum Erliegen gebracht. In der Nacht galt es, nur Wache zu halten, Verwundete zu pflegen und die eigenen Waffen zu schärfen und auszubessern.

Marierose wischte sich die Handflächen an ihrem ohnehin beschmutzten Gewand ab und trat zu ihm, ohne Lady Margaux sonderliche Aufmerksamkeit zu schenken. Die Dame überschüttete den Ritter mit Vorwürfen, Ratschlägen und Beanstandungen, während er sich in der Halle umsah und sichtlich erschrocken die Vielzahl der Verwundeten zur Kenntnis nahm.

»Ihr seid erschöpft«, stellte Marierose fest und griff nach seinem Arm. »Kommt mit in Euer Gemach. Ihr braucht Essen und Schlaf, und ich werde einen Umschlag für Euren schmerzenden Kopf bereiten.«

In einer Mischung aus Verblüffung und Ratlosigkeit starrte Cyrus d'Aval in das reine, stille Gesicht der Witwe. Wie hatte er sie jemals für unscheinbar halten können? Im Licht der Fackeln und Öllampen schimmerte ihre Haut wie cremefarbene Seide, und in den hellen Silberaugen stand echte Besorgnis. Seltsame Augen, die offensichtlich die Farben ihrer Umgebung annahmen, wie die polierte Oberfläche eines Spiegels. Der fein geschnittene Mund war energisch zusammengepresst, und zwischen den elegant gewölbten Brauen stand eine steile Falte.

Jetzt, wo er sie ansah, wusste er, dass er allein ihretwegen gekommen war. Dass er sich davon überzeugen musste, dass es ihr gut ging und dass sie in der allgemeinen fiebrigen Panik einer Burg, die um ihr Überleben kämpfte, ein Pol der Ruhe und des Friedens war.

»Kommt!«

Lady Margaux brach mitten im Wort ab, als ihr klar wurde, dass der Ritter diesem sanften Befehl ohne weiteren Widerspruch folgte.

»Das könnt Ihr nicht tun«, kreischte sie wütend. »Wer ist auf den Wällen? Wer verteidigt uns?«

»Die Nacht, Madame«, entgegnete er ruhig. »Wenn es dunkel ist, findet der beste Schütze kein Ziel mehr, und ich habe Befehl gegeben, alle Lichter zu löschen. Aber es wäre ein Dienst der Barmherzigkeit, wenn Ihr veranlassen könntet, dass den Männern auf den Wällen Essen und Trinken gebracht wird. Eure Frauen und Mägde können sich zur Zeit gefahrlos aus dem Haus wagen.«

»Kommt!« Marierose zerrte heftig an seinem Arm. »Ihr könnt Euch mit der Dame streiten, wenn Ihr wieder bei Kräften seid. Blanche, du kümmerst dich um eine Mahlzeit für den Seigneur. Schick mir eine Magd mit einem Eimer frischem Brunnenwasser auf seine Kammer. Eil dich!«

Benommen vor Müdigkeit und Schmerzen ließ sich Cyrus d'Aval nur zu gern bevormunden. Am Ende wusste er selbst nicht genau, wie er in die stille Kammer des Nordturms gekommen war. Er lag auf den reinen Laken der Bettstatt, die nach Lavendel und Sommer dufteten. Marierose hatte mit seinen Stiefeln, den Schlaufen des Harnischs und der Kampfrüstung gehadert, aber am Ende doch gesiegt.

Kaum damit fertig, hatte sie Blanche das Tablett mit dem Essen abgenommen und sie augenblicklich wieder davongeschickt. »Sieh zu, dass du deinen Ritter findest. Vielleicht benötigt er ebenfalls eine freundliche Seele, die ihm durch diese Nacht hilft.«

»Du schickst sie zu Benoît?«, murmelte er und fand trotz aller Erschöpfung noch die Kraft, sich zu wundern. »Wie kannst du das tun? Sie ist ein Edelfräulein, sie muss auf ihren Ruf achten. Sie kann nicht wie ein Trossweib einem Ritter nachlaufen, auch wenn deinesgleichen dafür kaum Verständnis hat.«

»Der Himmel bewahre mich vor Euren Vorurteilen«, murmelte Marierose verärgert. »Könnt Ihr nicht wenigstens für ein paar Herzschläge lang aufhören, mir zu zürnen? Ich wollte Euch nichts Böses, und ich habe Euch auch nie Böses getan.«

Sie hielt sein Schweigen für Widerspruch, dabei gab er ihr im Grunde seines Herzens Recht. Sie hatte ihn verärgert, fasziniert, gereizt und beschäftigt, aber wenn er von dem absurden Gedanken Abstand nahm, dass sie hinter allem steckte, was auf Nansay Hall mit ihm passiert war, hatte sie ihm nie Böses zugefügt. Sie hatte ihn nicht einmal zu dieser Heirat gedrängt, die ihn für immer an eine Person unterhalb seines Standes gekettet hätte, war sie doch wohl nichts weiter als eine Gauklerin, eine Abenteurerin.

»Esst«, forderte sie und zwang sich, nicht gekränkt zu klingen. Dies war nicht der Zeitpunkt für sinnlose Debatten. Er benötigte seine Kraft für Nansay Hall. Sie spürte die Gefahr, in der sie alle schwebten, auch wenn sie sich zwang, sie nicht zur Kenntnis zu nehmen.

»Würdet Ihr wirklich einen Boten zum König senden, wenn es eine Möglichkeit gäbe, die Burg zu verlassen?«, erkundigte sie sich, während er schweigend und mit der klaren Vernunft eines Mannes, der nicht weiß, wann er die nächste Nahrung bekommt, alles aufaß, was ihm Blanche gebracht hatte.

Der Ritter betrachtete sie aus nachdenklichen, goldfarbenen Augen. »Was kümmern dich diese Einzelheiten?«

»Ich darf mich doch wohl fragen, ob wir mit Rettung rechnen können oder ob wir hier bis zur letzten Stallkatze von den Schatten abgeschlachtet werden«, entgegnete Marierose schroffer, als sie es beabsichtigt hatte. Sein Misstrauen kränkte sie. Waren sie nicht alle gleich bedroht? Konnte er ihr nicht einmal unter diesen Umständen trauen? Und war es nicht ihre Pflicht, ihm die Existenz des Geheimgangs zu verraten?

»Und wenn du nun wüsstest, dass der König plant, in diesem Sommer nach Norden zu kommen, und dass es sehr wohl sein könnte, dass er sich bereits auf York zubewegt, was würdest du mit einem solchen Wissen anfangen, kleine Lügnerin?«

Seine Stimme klang rau und beansprucht, weil er den ganzen Tag auf den Wällen Befehle gebrüllt und Männer angetrieben hatte. Marierose unterdrückte einen Seufzer. War dies eine Information oder eine Falle? Vermutlich Letzteres.

»Ich würde die Botschaft von den Wällen rufen, mich wie ein Vogel in die Lüfte erheben und davonfliegen«, schnappte sie bissig zurück. Der vergangene Tag hatte auch ihrer Gelassenheit zugesetzt, und die Sorge um ihn trug nicht dazu bei, dass sie nachsichtiger wurde. »Wofür haltet Ihr mich, für eine Spionin des schottischen Königs?«

»Ich trau dir nicht länger«, erwiderte er knapp und trank den letzten Wein aus seinem Becher. Dann ließ er sich auf das Bett zurücksinken.

»Verständlich. Wer bin ich schon«, entgegnete Marierose bitter. »Im besten Fall eine dumme Person, der daran liegt, dass Ihr am Leben bleibt.«

»Und warum liegt dir daran?«

»Erspart mir die Antwort, Ihr würdet es mir doch nicht glauben«, sagte sie bekümmert. »Können wir die Schotten zurückschlagen?«

»Es hängt davon ab, wie gut wir uns verteidigen«, erwiderte der Ritter erschöpft. »Die Kaledonier sind auf Feindesland, sie können uns nicht wochenlang belagern. Sie müssen schnell siegen, oder die Zeit läuft ihnen davon. Wenn es uns gelingt, ihre Geduld zu zermürben ... Sei versichert, dass meine Männer und ich alles tun, um jede Menschenseele in dieser Burg zu retten.«

»Und Hilfe aus der Stadt, aus dem Kloster ...«

»Mädchen, das sind Handwerker, Bauern, Mönche. Keiner von ihnen hat das Kriegshandwerk gelernt. Der Schutz der Grenzen, Städte und Dörfer obliegt dem König und seinen Rittern, nicht dem gemeinen Mann.«

»Warum sagt Ihr ihnen nicht, dass Ihr den Jungen nicht ermordet habt ...«

»Weil es sinnlos ist. Es würde sie nicht aufhalten. Zudem war es in jedem Fall jemand aus Nansay Hall. Diese Burg ist ein Zeichen der Macht des englischen Königs, gegen dessen Einfluss sie aufbegehren. Und nun erspar mir bitte weitere Ratschläge und Fragen. Als zukünftige Nonne warst du mir lieber, du hast mehr geschwiegen.«

Marierose wandte sich verletzt ab. Ein Ächzen und leises Rascheln sagten ihr, dass der Ritter sich auf seinem Lager ausstreckte.

Bis zu diesem Zeitpunkt hatte Cyrus d'Aval die Kraft seines eisernen Willens aufrechterhalten, aber nun erreichte auch er seine Grenzen. Er musste schlafen, er hatte keine Zeit, sich mit diesem weiblichen Stachel in seinem Fleisch auseinander zu setzen. Das musste warten.

Die Schotten würden nicht warten. Mit dem Sonnenaufgang käme ihr nächster Angriff, daran konnte nicht der kleinste Zweifel bestehen. Wie lange Nansay Hall mit seiner erbärmlich geringen Zahl waffenfähiger Männer diese Belagerung überstehen konnte, wusste der Himmel. Eines jedoch stand fest, die Entscheidung würde schneller fallen, als jeder Bote reiten konnte, sogar wenn der König bereits in York sein sollte. Nansay Hall war ihm zum Schicksal geworden, so wie er es beim ersten Anblick gefühlt hatte.

»Ruht Euch aus«, drang Marieroses sanfte Stimme in seine düsteren Überlegungen. Ein kühler Umschlag legte sich auf seine Stirn und milderte das Toben unter seiner Schädeldecke. Sie mochte ihm böse sein, aber sie sorgte dennoch für ihn.

»Bleib hier!«

Er streckte die Hand nach ihr aus, weil er nicht wollte, dass sie die Kammer verließ. Mit geschlossenen Augen wartete er darauf, dass sie sie ergriff.

Marierose zögerte. Die Hand war schmutzig, von Russ und Waffenfett verschmiert, und hatte eine neue rötliche Schramme quer über den Handrücken. Eine Hand, deren bloßer Anblick sie Stolz, Schamgefühl und Widerstreben vergessen ließ. Wie immer der verzweifelte Kampf ausging, dies war nicht der Zeitpunkt, einander zu verletzen. Vielleicht waren es gar die letzten gemeinsamen Stunden, die ihnen das Leben überhaupt schenkte. Sie umfing seine Finger mit ihren Händen und strich behutsam über die geplatzte Haut des Handrückens.

Die unendliche Zärtlichkeit der kleinen Geste entlockte dem Ritter ein seltsames Geräusch. Marierose vermochte nicht zu sagen, ob es ein unterdrücktes Lachen, ein Ächzen oder ein schneller Fluch gewesen war.

»Ich weiß immer noch nicht, wer du eigentlich bist«, bemerkte er heiser. »Täter oder Opfer? Dirne oder Nonne? Lügnerin oder die Einzige, die unter diesem Dach die Wahrheit sagt?«

Marierose schluckte. »Das müsst Ihr schon selbst herausfinden.«

»Willst du es mir nicht wenigstens jetzt verraten? Ich würde ungern im Kampf fallen, ohne dieses Rätsel gelöst zu haben.«

»Wenn es Euch am Leben erhält, dann werde ich es Euch nie sagen«, erwiderte Marierose leise, aber mit so viel Eindringlichkeit, dass der Ritter nicht zu widersprechen wagte.

Sie schwiegen beide und lauschten in die jähe Stille, die sie umgab. Die Kämpfe ruhten. Es kam Marierose vor, als könnte sie den Atem von Nansay Hall spüren. Die Menschen, die Tiere, die Mauern um sie herum suchten sich nach dem Schrecken des Tages zu fassen. Der leise Flügelschlag eines Nachtvogels, der vor dem offenen Fenster vorbeiflog, war der einzige Laut, den sie neben dem Schlagen ihres eigenen Herzens vernahm. Die Zeit stand still.

Der regelmäßige Pulsschlag unter ihren Fingerkuppen verriet Marierose, dass ihr erschöpfter Ritter eingeschlafen war. Niedergeworfen von Anstrengung und Schmerzen, entspannten sich seine Züge nur zögerlich. Marierose löschte bis auf die Stundenkerze alle Lichter im

Gemach und kehrte an das Bett zurück. Sie konnte nichts anderes für ihn tun als seinen Schlaf bewachen. Vorsichtig setzte sie sich auf die freie Seite des leinenbedeckten Strohsacks und streifte die Schuhe von den Füßen, dann streckte sie sich neben ihm aus.

Sie wusste nicht, ob er es bemerkte, aber er drehte sich zu ihr und bettete seinen schmerzenden Kopf mit einem Seufzer in die sanfte Kuhle zwischen Arm und Brust. Sie hielt ihn und fühlte sein Gewicht wie auch die regelmäßigen Atemzüge, die über das kleine Stückchen Haut flüsterten, das ihr Gewand zwischen Hals und Schlüsselbein frei ließ. Es war ganz selbstverständlich, dass sie den Arm um ihn legte und ihn festhielt.

*Schlaf, mein Liebster! Wie wäre es wohl gewesen, wenn wir uns in Hawkstone begegnet wären? Wenn du um mich geworben hättest und es keine Missverständnisse zwischen uns gegeben hätte, sondern nur Zuneigung, Freundschaft und Liebe …*

Ganz am Rand seines Bewusstseins empfand Cyrus d'Aval Erstaunen über seinen Traum. Wie konnte er unter diesen Umständen träumen? Und dann auch noch Szenen wie aus einem kostbar illustrierten Stundenbuch? Er lag unter den grünen Zweigen einer mächtigen Weide, die ihn und seine Liebste von der Welt abschirmten. Einer Welt, in der die Sonne schien und ihre Pferde unweit des Flusses friedlich grasten, während ihn eine bezaubernde Nobeldame in grünsilbernen Seidenkleidern mit winzigen aromatischen Walderdbeeren fütterte und sich jede Frucht mit einem Kuss bezahlen ließ. Unter dem silbernen Stirnreif mit dem Smaragd in der Mitte flossen mondlichtfarbene Locken wie ein seidiger Wasserfall über ihre bloßen Schultern, und in ihren hellgrünen Augen blitzte der Schalk.

Wie er sie liebte, wie er sie begehrte! Welch ein Wunder, dass sie sein war und dass sie seine Gefühle erwiderte. Es mochte alles Traum und Illusion sein, aber diese Gefühle waren echt. Sie hüteten seine Träume, und er wollte nie wieder ohne sie sein!

Marierose hielt ihn, obwohl ihr Arm einschlief und ihre Schulter im Lauf der Stunden schmerzte. Sie konnte nur das für ihn tun, und sie tat es gern. Während die stille Nacht ihr Helfer war, hüllte sie ihn ein in ihre Liebe. Sie hatte nicht geahnt, dass es so viele Facetten dieses unglaublichen Gefühls geben konnte. In diesen Stunden fand sie eine Erfüllung, die der fiebrigen Leidenschaft in nichts nachstand.

# Vierzehntes Kapitel

*Nansay Hall*
*6. Juni 1091*

Cyrus d'Aval erwachte von einem Herzschlag auf den anderen, obwohl er weder die lautlosen Schritte noch das Schließen der Tür gehört hatte. Er war allein. Die Wärme war fort. Dies und der Instinkt des Heerführers, der ihm sagte, dass der Sonnenaufgang nahte, hatten ihn geweckt. Die Stundenkerze war herabgebrannt, der Umschlag auf seiner Stirn getrocknet. Er fühlte sich beileibe nicht gesund, aber doch imstande, der Welt ins Auge zu sehen.

Im Bemühen, seinen Kopf zu schonen, erhob er sich langsam und rieb sich die Benommenheit mit den Handflächen aus dem Gesicht. Er hatte so tief und fest geschlafen, dass es ihm Mühe machte, in die Wirklichkeit zurückzufinden. Sein Körper stand einwandfrei noch im Bann der verführerischen Träume. Das Trugbild einer Liliana, die ihn in den Gewändern einer Edeldame und mit geziemender Haartracht anlächelte, hatte sich wie ein Brandmal in sein Herz gegraben.

Mit einem unterdrückten Fluch stieg er in die Stiefel und befestigte den leichten Harnisch über seinem Wams, den Marierose am Abend zuvor auf die Truhe unter dem Fenster gelegt hatte. Er bot nicht so viel Schutz wie eine schwere Rüstung, aber dafür schenkte er ihm mehr Bewegungsfreiheit, und das war auf den Wällen von Nansay Hall wahrhaftig erforderlich.

Mit jedem Handgriff wurde das Dunkel draußen vor dem Fenster grauer und lichter. Der Tag brach an, und d'Aval konnte nur ein flüchtiges Gebet an seinen Schöpfer richten, dass es nicht sein letzter werden würde. Er bekreuzigte sich eben, als Benoît le Bras hereinkam und zufrieden nickte.

»Du bist wach, und es geht dir besser«, stellte er fest. »Ich wollte es kaum glauben, als sie es mir sagte.«

»Sie?«

»Nun, die junge Lady, die Witwe, deine Braut«, zählte le Bras die verschiedenen Titel auf und zeigte damit, dass er selbst nicht so genau wusste, welchen er gebrauchen sollte, wenn von Marierose de Nansay die Rede war.

»Wo hast du sie gesehen?«

»In der großen Halle bei den Verwundeten. Sie und Lady Blanche sind die einzigen Damen, die sich wirklich um die armen Kerle dort kümmern. Die anderen wollen lediglich die eigene Haut retten. Was man ihnen wohl auch nicht verübeln kann. Es steht schlecht um uns. In dieser Festung sind Waffenübungen ein Fremdwort gewesen, und die Ritter haben ihre Dolche höchstens zur Jagd gezückt. Dass wir uns bisher behauptet haben, ist nur unseren eigenen Männern zu verdanken.«

Cyrus d'Aval überprüfte seine Waffen und stimmte düster zu. »Aber die sind zu wenig, ich weiß. Was uns retten könnte, wäre ein überraschender Besuch von Rufus oder ein Wunder des Himmels. Beides können wir nicht ernsthaft erwarten, also werden wir uns auf die eigenen Kräfte besinnen müssen. Lass uns gehen.«

In der großen Halle hielt er dennoch kurz inne. Marierose beugte sich soeben im Schein einer Fackel über einen stöhnenden Mann und reichte ihm zu trinken. Haube und Gesicht rötlich überhaucht, zeigte sie ihm das Bild einer barmherzigen Madonna. Ohne sich Rechenschaft über sein Handeln abzulegen, trat er zu ihr und legte ihr die Hand auf die Schulter.

Marierose sah zögernd auf. Sie hatte seine Anwesenheit gespürt und sich gefragt, ob er an ihr vorbeigehen würde, als ob es die vergangene Nacht nie gegeben hätte. Dass er es nicht tat, überraschte und freute sie, aber ihre innere Stimme riet dennoch zur Vorsicht. Niemand hatte so viel Macht, sie zu verletzen, wie Cyrus d'Aval. Sie hatte ihre Wahl getroffen, aber sie hatte Angst vor den Wunden, die in der Folge auf sie warteten.

»Hab Dank«, hörte sie ihn überraschend sagen. »Ich weiß, dass du meinen Schlaf bewacht und die Dämonen von meiner Schwelle vertrieben hast.«

Marierose bettete den Verwundeten zurück auf das Lager und erhob sich. Das blutige, schmutzige Stroh raschelte unter ihren Rocksäumen, und sie spürte unter dem Druck seiner Hand Ungesagtes und Neues. Es hatte sich etwas verändert von dem Moment an, da er die Augen geschlossen hatte. Er machte ihr keine Vorwürfe mehr! Konnte sie es wagen, ihm zu vertrauen?

»Geht mit Gott«, erwiderte sie leise. »Und erinnert Euch daran, dass Ihr am Leben bleiben müsst.«

»Das Geheimnis, ach ja …« Ihre Blicke trafen sich. Seiner goldfarben und auf sonderbare Weise sanft, der ihre in der klaren Frische einer morgendlichen Quelle. Was auch immer ihr Geheimnis sein mochte, es hatte keine Spuren in ihrer Seele hinterlassen. Cyrus d'Aval beugte sich vor und küsste ihre Stirn.

»Dies ist nicht der Tag für Geheimnisse, meine Kleine. Dies ist der Tag der Schotten. Bete für uns, dass es nicht auch der Tag unserer Niederlage sein wird.«

Er wandte sich zum Gehen. Marierose fasste nach seinem Arm. »Wartet, da ist noch etwas, das ich Euch sagen muss. Wenn Ihr einen Boten zu König schicken wollt, dann …«

»Dann werde ich dies mit meinen Ratgebern entscheiden, aber nicht mit einer Frau. Tu du deine Arbeit, ich werde die meine tun.«

Ehe Marierose ihren heftigen Widerspruch hinuntergeschluckt hatte, war er gegangen. Dabei hatte sie ihm doch die Existenz des Geheimgangs anvertrauen wollen! Wütend presste sie die Lippen aufeinander und nahm sich des nächsten Verwundeten an. Was musste sie noch tun, damit er sie nicht wie ein hirnloses Spielzeug, sondern wie einen wichtigen Teil seiner selbst behandelte? Wenn Frauen wirklich so unwichtig und nebensächlich waren, wie die Männer es behaupteten, warum hatte ihnen der Schöpfer dann Stimme und Verstand gegeben? Damit sie sich über die Hartherzigkeit der Männer aufregen konnten? Damit sie sich ihr Leben lang nach etwas sehnten, das sie nie erhalten würden?

»Welch eine närrische Dummheit dies doch ist …«, murmelte sie ärgerlich vor sich hin und erntete einen zustimmenden Blick des älteren Ritters, dem sie die hässliche Pfeilwunde neu verband, die er am Vortrag erlitten hatte.

»Da habt Ihr wohl Recht, Mylady«, ächzte er. »Narren sind wir allesamt. Sie hat unseren Gehorsam gefordert, bei unserer Ritterehre und dem Vasalleneid, den wir ihrem Gemahl geschworen haben, aber wir hätten uns dennoch widersetzen müssen. Ein Eid ist unwürdig, wenn er zu Tod und Vernichtung führt und der Dummheit die Macht gibt.«

»Ihr sprecht von Lady Margaux?« Noch nie hatte Marierose einen der Männer so reden hören. Aber vielleicht lag es auch daran, dass sie noch nie einem von ihnen so nah gekommen war. Zuerst hatte ihr Gemahl sie vor dem Alltag in der Burg beschützt, und nach seinem Tod hatte Lady Margaux dafür gesorgt, dass sie wie eine Aussätzige behandelt wurde.

»Sie will die Macht in dieser Burg nicht abgeben. Sie hat Belcastel geholt und glaubt, in ihm ein Werkzeug gefunden zu haben, aber sie unterschätzt ihn. Er wird uns alle ins Verderben reißen. Er ...«

»Was schwatzt du da, alter Mann!«

Marierose stieß einen leisen Laut des Schreckens aus, als Belcastel in den Schein des Lichts trat. Er hatte jedes Wort gehört.

»Auf die Wälle mit dir, dort wird jede Hand gebraucht.«

»Er ist verletzt«, protestierte sie eilig. »Ihr seht doch, dass er sich kaum auf den Beinen halten kann. Warum seid Ihr nicht dort, um den Verteidigern zu helfen?«

Während Belcastel wegen ihres unerwarteten Angriffs stutzte, wankte der Ritter eilig davon, wohl wissend, dass es besser war, dem Burghauptmann künftig aus dem Weg zu gehen.

»Weil ich Wichtigeres zu tun habe, Täubchen. Komm mit mir!« Marierose, die vom Ton wie auch vom Inhalt seiner Worte verblüfft war, reagierte zu langsam. Der Burghauptmann packte sie am Handgelenk und riss sie, ohne auf ihren Protest zu achten, quer durch die Halle zur Treppe des Nordturms. Sie stolperte, fiel fast über die eigenen Röcke und wurde dennoch rücksichtslos weitergezerrt.

»Was habt Ihr vor? Was soll das? Lasst mich auf der Stelle los!« Marierose kämpfte erbittert dagegen an, einfach davongeschleppt zu werden, aber ihre Kräfte konnten sich nicht mit denen des Mannes messen.

Immerhin verärgerte ihre Gegenwehr den Burghauptmann. Er blieb stehen und schüttelte sie so grob, dass sie ihre Haube festhalten musste, um sie nicht zu verlieren. Sogar in diesem grässlichen Augenblick gab es noch etwas Schlimmeres, nämlich vor allen Menschen in Nansay Hall geschoren und gedemütigt dazustehen. Wobei kaum jemand Notiz von dem Vorfall nahm ... Die Verwundeten hatten mit ihrem eigenen Elend zu tun, der Bader stopfte Brot und Käse in sich hinein, und Blanche wich erschrocken hinter eine Säule zurück, als sie Lucien de Belcastel entdeckte.

Sie hasste sich dafür, dass sie ihrer Herrin nicht zu Hilfe eilte, aber ihre Furcht überwog jeden natürlichen Impuls. Was hatte ihre arme Herrin nur getan, um Belcastel so gegen sich aufzubringen?

*

»Das ist unmöglich.«

Cyrus d'Aval starrte im Kreis seiner Gefährten zwischen den Zinnen von Nansay Hall hindurch auf das weite Glacis vor der Burg. Menschenleer erstreckte es sich im Morgengrauen, so weit das Auge reichte. Ein paar Möwen hatten einen Ausflug an Land gemacht und pickten mit gravitätisch wippenden Köpfen im Gras. Ihre heiseren Schreie erhoben sich über das gewohnte Rollen und Rauschen des Meeres, das die Bewohner von Nansay Hall längst nicht mehr zur Kenntnis nahmen.

»Sie können sich doch nicht über Nacht in Luft aufgelöst haben?«

Auch Benoît le Bras misstraute den eigenen Augen. Dort, wo noch am Abend zuvor Feuer gebrannt hatten, waren nur mehr schwarz verkohlte Stellen auszumachen. Ein paar Reisigbündel, Unrat von Mensch und Tier sowie ein Wagen mit gebrochener Achse gaben die einzigen Hinweise darauf, dass die Burg angegriffen und bedrängt worden war.

Cyrus d'Aval warf einen prüfenden Blick in die Runde. Die Festung ragte hoch über der See auf und war von Land aus nur von Süden, Norden und Westen zu erreichen. In allen drei Richtungen zeigte die aufgehende Sonne hinter ihm nicht die kleinste Spur vom Feind. Die

Belagerer, die Nansay Hall eineinhalb Tage lang in ihrem Würgegriff gehabt hatten, mussten im Schutz der Nacht ihren Rückzug angetreten haben. Er hätte zu gern an ein Wunder geglaubt, aber sein Verstand sagte ihm, dass dies eine ausgemachte Dummheit wäre. Im besten Fall war es ein Ablenkungsmanöver. Die Frage war nur, wovon?

»Wir bleiben unter Waffen«, befahl er. »Ich möchte nicht wissen, was ...«

*»Die Schotten in der Buuur ...«* Der laute Schrei brach mit einem grässlichen Gurgeln ab, dann folgten schauerliches Gebrüll, Waffengeklirr und die entsetzten Schreie der überraschten Burgbewohner. Cyrus d'Aval und seine Männer erhielten die Antwort auf ihre Fragen schneller, als ihnen lieb sein konnte.

»Vorwärts!« Cyrus zückte sein Schwert und eilte zur Treppe. »Wir sind von Verrätern und Feinden umzingelt, aber wir werden uns unserer Haut zu wehren wissen. Für Gott und König Rufus!«

Sein Schlachtruf mischte sich mit dem Kampfeslärm und den Schreien der ahnungslosen Menschen von Nansay Hall. Plötzlich quollen aus allen Ecken der Festung Männer mit wilden Bärten, die ihre Streitäxte schwangen und Schlag um Schlag alles niedermetzelten, was ihnen in den Weg kam. Bis die Sonne ihren Weg über den Horizont angetreten hatte, war die verzweifelte Gegenwehr auf eine Gruppe von Kriegsknechten zusammengeschmolzen, die Cyrus d'Aval und seinen Rittern zur Seite standen.

Der Seigneur kämpfte sich in wütender Raserei zur Halle durch, gedeckt von Benoît le Bras, der in ähnlicher Angst wie sein Freund nach einer jungen Frau Ausschau hielt, die in diesem unerwarteten Gemetzel seines Schutzes bedurfte. Es war weniger die Angst vor dem eigenen Tod, die sie beide antrieb, als das demütigende Gefühl, jene nicht schützen zu können, die sie so dringend in Sicherheit wissen wollten.

Aus zahllosen Schrammen, Kratzern und oberflächlichen Wunden blutend, gelang es ihnen immerhin, die Stellung an der Treppe zu den Frauengemächern zu halten und die Angreifer so lange zurückzuschlagen, bis ein junger Schotte mit einem Beilhieb die Halterung zertrennte, welche die gekreuzten Standarten von Nansay Hall genau über diesem Bodengang schmückten. Die schweren Stangen glitten aus der Halterung. Eine schmetterte den kämpfenden d'Aval zu Boden, nachdem sie zuvor die kaum verheilte Wunde an seinem Kopf gestreift hatte. Die Welt um ihn herum ertrank in Schmerz und Dunkelheit. Er hörte Benoits Aufschrei, und dann fühlte er gar nichts mehr.

*

»Dem Himmel sei Dank, du lebst. Ich hatte die größten Befürchtungen, dass …«

Benoîts Stimme schwankte. Sie hörte sich an, als dränge sie mal aus weiter Ferne und dann wieder ganz aus der Nähe zu ihm. Ein besorgtes Geraune, das nicht zulassen wollte, dass er den dünnen Faden ausließ, der ihn mit der Wirklichkeit verband. Was war geschehen? Das Hämmern in seinem Kopf kam ihm nachgerade schon vertraut vor, aber die Nässe, die klamme Kälte, die Dunkelheit und der abscheuliche Gestank waren neu. Auch die Ketten um seine Handgelenke und die engen Fußfesseln, die zu einer Halterung irgendwo im Dunkeln führten, verdienten dieses Prädikat.

»Hör auf zu lamentieren und sag mir, was geschehen ist«, krächzte er unter Aufbietung all seiner Kräfte und sank mit dem Gesicht in die ekelhaft schmierige Masse zurück, die den Boden unter ihm bedeckte. Es war ihm gerade noch möglich, Nase und Mund zur Seite zu drehen, um wenigstens nicht daran zu ersticken.

»Lucien de Belcastel hat die Schotten in die Burg gelassen.« Benoît garnierte die Information mit einer Reihe von anschaulichen Flüchen. »Der Schweinehund hat sich mit den Kaledoniern verbündet.«

Die Ungeheuerlichkeit dieses Verrats verschlug d'Aval die Sprache. Reglos lauschte er der Schilderung seines Gefährten bis zum bitteren Ende. »Wir sind kaum noch eine Hand voll Überlebender, und was mit den Frauen geschehen ist, das weiß der Himmel. Ich habe nur die alte Lady gesehen, die Gift und Galle gespuckt hat, als ihr klar wurde, wer die Schotten in die Burg gelassen hatte. Ich nehme an, man hat sie ebenso eingesperrt wie uns. Wir sind Geiseln für König Malcolm von Schottland.«

Ein unterdrücktes Ächzen Benoîts und das Klirren weiterer Ketten beendeten die trostlose Bestandsaufnahme. »Du bist verletzt?«, vermutete d'Aval.

»Ein Stich in die Schulter und ein Axthieb am Oberschenkel«, zählte Benoit nüchtern auf. »Bisher hat mich das Wundfieber verschont. Aber frage mich nicht, wie lange wir schon hier unten sind. Man verliert das Gefühl für Zeit und Raum in dieser ach so behaglichen Herberge.«

Er musste nicht mehr sagen. Angekettet im tiefsten Verlies von Nansay Hall, dessen Boden bei Flut nass wurde, waren sie übel dran. Ihre einzige vage Hoffnung bestand darin, dass König Malcolm seine Geiseln für einen politischen Schachzug benötigte und sie aus diesem Grund nicht sofort der Rache des wütenden Vaters auslieferte, der seinen Sohn am Esk verloren hatte.

Halb ohnmächtig vor Schmerz und Zorn, versuchte Cyrus d'Aval sich wenigstens an diesen Funken Hoffnung zu klammern, als die Tür aufsprang und der unerwartet grelle Schein einer Fackel ihn dermaßen blendete, dass er die Augen schließen musste.

»Gott zum Gruße, die Herren Ritter!« Lucien de Belcastel baute sich hämisch grinsend vor den beiden Männern auf, die angekettet und hilflos im Schlamm lagen. »Wie Ihr seht, haben die Fronten gewechselt. Ich bin jetzt der Herr von Nansay Hall.«

Der gesunde Menschenverstand gebot es, sich nicht provozieren zu lassen; d'Aval aber kochte dermaßen vor Zorn, dass ihm jeder Funke Diplomatie oder Vernunft abhanden kam. Hier hatte er seinen Beweis, aber jetzt nutzte er ihm nichts mehr. Es war zu spät, sich zu wünschen, er hätte auf Liliana gehört. Womöglich hatte er mit seinem dummen Festhalten an ritterlicher Ehre und Gerechtigkeit sogar ihren Tod verschuldet.

»Ein feiner Herr seid Ihr, der seine eigenen Leute in einen sinnlosen Kampf schickt und nicht davor zurückschreckt, die Edeldamen seiner Familie in Gefahr zu bringen. Ihr seht mich beeindruckt von so viel schmählichem Heldentum und Verräterblut. Vermute ich richtig, dass wir Euch auch das Desaster von Nansay Bridge zu verdanken haben?«, spie er seine ganze Verachtung vor Belcastels Füße.

»In der Tat.« Der Burghauptmann lachte verschlagen. »Ihr habt mir prächtig in die Hände gespielt mit Eurem einsamen Abendspaziergang. Ich musste nur noch den jungen McDowell zu Euch bringen und Euer Messer richtig platzieren. Es war mir ein Vergnügen, den Schotten die Leiche zu übergeben und sie darauf hinzuweisen, dass dieser Dolch dem Seigneur von Nansay Hall persönlich gehört. Sie werden sich bestimmt eine hübsche Todesart für Euch ausdenken. Immerhin haben sie sich große Mühe gegeben, Euch lebendig in Ketten zu legen.«

»Ihr könnt nicht glauben, mit einer solchen Lüge durchzukommen.« D'Aval spuckte verächtlich vor ihm aus, obwohl ihm bei der Bewegung fast der Schädel platzte.

»Ich bin es schon, mein Freund. Wie Ihr seht, kann ich in dieser Burg frei herumlaufen, während Ihr in Ketten auf Euren Tod wartet.«

»Eure Tante wird solchen Verrat an England und dem König nicht dulden. Oder wollt Ihr sie ebenfalls beiseite schaffen?«

»Ich gebe zu, dass mir die Idee gefällt«, lobte Belcastel spöttisch. »Kein Mensch wird ihr nachweinen. Nicht einmal Ihr. Immerhin hat sie mir den Auftrag gegeben, Euer baldiges Ableben in die Wege zu leiten. Wäre nicht Euer geradezu teuflisches Glück, Ihr müsstet Euch nicht einmal mehr den Kopf darüber zerbrechen, welche Todesart die Schotten für Euch erwählen.«

»Ihr seid ein Teufel«, rief Benoît le Bras empört. »Habt Ihr denn gar keine Ehre im Leib?«

»Ehre?« Belcastel genoss das Gespräch, man sah es ihm an. »Mit Ehrgeiz kommt man weiter. Und der meine ist befriedigt, wenn ich der Herr dieser Burg bin und die junge Witwe in meinem Bett liegt.«

»Wenn sie das Massaker, das Ihr unter diesem Dach angerichtet habt, überlebt hat«, warf d'Aval herausfordernd ein.

»Solltet Ihr Euch gar um Eure ehemalige Braut sorgen, Seigneur?« Belcastel war so berauscht von seiner Macht über den Ritter, dass ihm gar nicht auffiel, wie er eine Information lieferte, an der diesem unendlich viel lag. »Keine Angst, ich habe sie in ihrem Gemach eingesperrt, ehe die Schotten kamen. Ich werde sie zum Weib nehmen, sobald wir einen Priester auf die Burg bringen können. Es wird mir ein Vergnügen sein, zwischen ihren lilienweißen Schenkeln zu liegen und ihr zu zeigen, was ein richtiger Mann dort zu vollbringen vermag.«

»Schurke!« Der Ritter knirschte so laut mit den Zähnen, dass es sogar über dem Geräusch der gespannten Ketten zu hören war. Auch wenn er nach wie vor davon überzeugt war, dass Liliana die Rolle der Witwe auf Befehl von Lady Margaux nur spielte, so wollte er sie doch in Sicherheit wissen. Sie hatte es nicht verdient, einem Schurken wie Belcastel zu Gefallen sein zu müssen.

»Und was tut Ihr mit den übrigen Damen Eurer Tante?« Benoît le Bras konnte es sich nicht versagen, diese Frage einzuwerfen. Die fröhliche Blanche mit den zarten Sommersprossen hatte sein Herz erobert, und der Gedanke, sie in den Pranken eines Schotten zu wissen, brachte ihn ebenso an den Rand der Beherrschung wie seinen Gefährten.

»Sie werden lernen müssen, schottischen Herren zu dienen«, entgegnete Belcastel wegwerfend. »Unter ihren Kilts tragen sie die gleiche Ausrüstung wie ein Ritter unter seinem Waffenrock. Wenn sie nicht gerade von der Sorte des jungen Herrn sind, der uns glücklicherweise im letzten Herbst verlassen hat.«

»Wie ist das zu verstehen?« Benoît hatte im Schein der Fackel den mächtigen Reif mit den Schlüsseln entdeckt, den Belcastel am Gürtel trug. Wenn dies die Schlüssel ihrer Ketten waren …

Der Schurke fühlte sich offenkundig geschützt. Belcastel war ohne Begleitung gekommen und achtete gar nicht darauf, sicheren Abstand von ihnen zu halten. Er glaubte sie in Ketten und wehrlos. Wenn es Benoît freilich gelingen sollte, sich nach vorn zu werfen und seine Füße zu packen, konnte er ihn möglicherweise zu Fall und sich selbst in den Besitz der Schlüssel bringen. Für einen solchen Angriff galt es ihn jedoch erst einmal abzulenken.

»Redet«, forderte er knapp. »Was habt Ihr Gil von Nansay vorzuwerfen?«

»Ich? Nichts … Seine Gemahlin aber vielleicht eine Menge. Der Erbe von Nansay war einer jener hübschen Pagen, die nicht den schönen Damen zu Gefallen sind, sondern vielmehr jenen Rittern, die die griechische Spielart der Knabenliebe bevorzugen.« Belcastel goss bereitwillig auch diesen Kübel Schmutz vor ihnen aus. »Sein Vater wollte es nicht wahrhaben, deswegen fädelte er seine Heirat mit der Tochter eines Freundes ein. Er dachte, wenn er ihm diesen kleinen jungfräulichen Leckerbissen ins Bett legt, besinnt sich der Junge auf seine Männlichkeit. Wisst Ihr, warum die Alte dem Mädchen so sehr zürnt? Nicht weil sie keine Kinder bekommen kann, sondern weil sie es nicht fertig gebracht hat, ihren kostbaren Sohn anderen Sinnes zu machen. Sie hält es für Ungehorsam und versäumte Pflicht.«

»Bei allen Heiligen, woher wollt Ihr all dies wissen?« Jetzt hatte der Burghauptmann d'Avals volle Aufmerksamkeit. »Wer sagt mir, dass Ihr nicht lügt? Wer sagt mir überhaupt, dass die Frau, die sich als seine Witwe ausgibt, jene Demoiselle aus Hawkstone ist? Kennt Ihr sie so gut?«

»Wen kümmert das? Hauptsache, der König hält sie dafür. Wenn sie sich mit mir verbindet, macht mich das zum Herrn der Festung.«

»Vielleicht solltet Ihr Euch zuvor entscheiden, welchem König Ihr nun eigentlich dienen wollt«, spottete d'Aval böse. »Dem der Schotten oder Rufus.«

»Dem, der mir die besten Bedingungen bietet«, erklärte Belcastel überheblich. »Nansay liegt strategisch hervorragend an der Mündung des Esk. Beide werden Wert auf diese Burg legen. Wer nach diesem Sommer im Norden herrschen will, braucht Nansay Hall. Wenn es Rufus ist, wird er die Tatsache respektieren müssen, dass die Witwe meine Gemahlin ist. Sie wird meine Fürsprecherin beim König werden.«

Es lag eine so gemeine Drohung in seinen Worten, dass beide Ritter um das Wohl der jungen Frau fürchteten, wenn die Dinge tatsächlich diesen Weg nehmen sollten.

»Sie wird lieber sterben, als Euch zu Willen zu sein«, murmelte Cyrus d'Aval erstickt.

»Sie stirbt, wenn ich es will.«

»Das möchte ich denn doch bezweifeln«, keuchte Benoît le Bras und schwang sich mit dem Mut der Verzweiflung gegen Belcastels Beine, der, von dem unvermuteten Angriff überrascht, ins Taumeln geriet und zu Boden stürzte. Die Fackel fiel ihm in hohem Bogen aus der Hand und blakte halb erloschen im Schlamm, während Cyrus d'Aval im Nu begriff, was sein Gefährte plante. Seine Füße mochten an die Wand gefesselt sein, aber die angeketteten Hände waren in einem beschränkten Radius beweglich.

Ohne auf seine Verwundungen zu achten, strebte er so eilig vorwärts, wie die Fußfesseln es zuließen. Er umfing den Hals des stürzenden Mannes mit der schweren Kette, kreuzte sie im Nacken seines Opfers und zog gnadenlos zu. Belcastels Schrei wurde zum Ächzen, seine Beine zuckten hilflos. Dann drang nur noch das erstickte Keuchen der beiden angeketteten Männer durch das Verlies. Benoît fasste sich als Erster.

»Die Schüssel an seinem Gürtel! Ich bin sicher, sie passen für unsere Ketten ...«

Genau in diesem Augenblick verlosch die Fackel endgültig. Sie tasteten im Dunkel nach der leblosen Gestalt und zogen sie mit einem hässlichen Geräusch durch den Schlick näher. Cyrus d'Aval sprach ein stummes Gebet für den Toten und tastete ihn sodann nach dem Schlüsselbund ab. Er mochte ein mörderischer Halunke gewesen sein, aber er blieb dennoch ein Mensch. Sollte der Himmel über ihn richten, er selbst hatte mit den eigenen Sünden genügend zu tun. Wenngleich dies eine verdiente Hinrichtung gewesen war …

Es klirrte, als er fündig wurde, aber in der vollkommenen Schwärze dieses Verlieses unter so vielen Schlüsseln den richtigen zu finden, entpuppte sich als Nerven aufreibendes Geduldsspiel. Als das vierte Exemplar jäh in das Schloss von Benoîts Fußmanschette glitt, stieß er einen heiseren Ruf der Erleichterung aus.

»Bei Gott, ich dachte schon …«

»Das genügt, Ihr Herren.«

Die Tür wurde aufgestoßen, und die mächtige Gestalt eines bärtigen Schotten zeichnete sich im Schein einer neuen Fackel ab.

»Ich dachte mir schon, dass es sinnvoll wäre, dieser verräterischen Ratte zu folgen«, sagte er mit dem harten Akzent der Kaledonier, aber doch im korrekten Französisch des normannischen Hofes.

Der Mann trat näher und riss Benoît den Schlüssel und den dazugehörigen Bund so rücksichtslos aus der Hand, dass der junge Ritter hilflos auf dem Rücken landete. Cyrus d'Aval verengte die Augen und schwieg. Er erkannte eine Demonstration der Macht, wenn er eine sah.

Der Schotte richtete sich auf und bedachte ihn mit einem langen Blick, ehe er zur Tür trat und schweigend hinausging. Sie hörten die Riegel einrasten und blieben allein mit dem Toten, dem der Schotte keinen Blick gegönnt hatte. Ein harter Mann, zweifellos McDowell. Cyrus d'Aval hatte sein eigenes Todesurteil in dem Gesicht gelesen.

# Fünfzehntes Kapitel

*An der Straße nach York*
*8. Juni 1091*

»Bei Gott, was haben wir denn da für ein windiges Bürschchen? Wolltest du neugierig sein, mein Kleiner? Ehe du für den König Waffen tragen kannst, musst du aber schon noch eine gute Handbreit wachsen.«

Die beiden Wachhabenden kreuzten die Hellebarden vor dem Eingang zu den Räumen des Königs. Es war eine bescheidene Tür aus grob geschlagenem Eichenholz, denn die Herberge an der Straße nach York war nicht dafür gerüstet, den mächtigsten Mann der Insel und seine Begleiter aufzunehmen. So mussten sich die meisten Ritter mit einem Lager unter freiem Himmel zufrieden geben und der engste Hofstaat des Königs mit den schäbigen drei Räumen des einfachen Wirtshauses, die gewöhnlich reisende Händler, Pilger und Handwerker beherbergten. Dennoch waren die Wachleute nicht bereit, einen abgerissenen Landstreicher vor dieser Tür zu dulden, der staubig, erschöpft und hartnäckig darauf bestand, Seine Majestät persönlich zu sprechen.

»Lasst mich durch! Es eilt, so glaubt mir doch. Ich muss unbedingt …«

Das schallende Gelächter der beiden Männer lockte einen der Edelmänner herbei, die im Nebenzimmer ihre Mahlzeit einnahmen. Er besaß die lässige Geschmeidigkeit des geborenen Kriegers, vereint mit scharfen Augen und guten Ohren. Etwas in der gepressten, hohen Stimme des Jungen hatte eine Saite in seiner Erinnerung angeschlagen, die ihn dazu trieb, näher zu treten.

»Warum willst du so dringend Seine Majestät sprechen, Kleiner?«, erkundigte er sich im Sächsisch der einfachen Inselbewohner, das er mit der Vertrautheit eines Mannes sprach, der mit dieser Sprache aufgewachsen war. Seiner Meinung nach verstand ihn der kleine Strolch vielleicht besser, wenn er sich in Sächsisch an ihn wandte. Und wenn sich sein absurder Verdacht gar bestätigen sollte, dann würde er seine Antwort ebenfalls in akzentfreiem Sächsisch erhalten … »Also, Freundchen, was hast du vorzubringen? Du solltest antworten, sonst fliegst du hochkant aus dieser Schänke.«

Marierose musste den Kopf in den Nacken legen, um dem hoch gewachsenen Hünen ins Gesicht blicken zu können. Sie hatte ihn über fünf Jahre lang nicht gesehen, aber sie wusste, wer vor ihr stand. Ryan Fitzgeorge, der Lord von Aylesbury, der geliebte Gatte ihrer ältesten Schwester Sophia Rose. Was, bei allen Heiligen, hatte ihn so weit in den Norden getrieben, fern von Frau und Kindern? Im Aufblitzen seiner unglaublichen blauen Augen stand Verblüffung. Auch er wusste, wen er vor sich hatte.

»Der König muss Nansay Hall vor den Schotten retten, Seigneur«, sagte sie knapp, ohne auf das überraschende Wiedersehen einzugehen und die eigene Rolle zu vergessen. »Wenn er nicht augenblicklich mit seinen Männern aufbricht, verliert er nicht nur Land und Burg, sondern auch den Ritter, dem er beides zum Dank für seine Dienste anvertraut hat.«

»Was, zum Donnerwetter …«

Ryan Fitzgeorge reagierte mit der Schnelligkeit eines Mannes, der auch die Schattenseiten des Lebens kennen gelernt hatte, ehe er in den engsten Kreis um den König aufgestiegen war. Er zerrte den schmutzigen kleinen Landstreicher nach draußen und wagte erst zu sprechen, als sie unter den Apfelbäumen des Gasthauses standen, wo ihnen nur ein paar neugierige Schafe Gesellschaft leisteten.

Dann packte er die schmale Gestalt bei den Schultern und suchte die vertrauten Gesichtszüge unter der alles verbergenden Kappe.

»Marierose? Bist du das wirklich, oder spielen mir meine Augen einen Streich? Wie siehst du denn aus? Warum trägst du diese unpassende Knabenkleidung? Zum Donner, so sprich doch endlich!«

Der Lord hatte Mühe, sein Erschrecken zu verbergen. Er erinnerte sich an ein feenhaft zartes, bildhübsches Kind mit einem Wasserfall silberblonder Locken. An eine verwöhnte Prinzessin in Seide und bunten Bändern, die großen Wert darauf legte, dass man ihr wie eine Dame begegnete, obwohl sie kaum den Kinderschuhen entwachsen war.

Bis auf die silberne Klarheit des Blickes entdeckte er in dem abenteuerlichen Geschöpf wenig von der Marierose de Cambremer, die an der Seite ihres jugendlichen Gemahls so glücklich und zufrieden in den Norden gereist war. Kein Wunder, dass ihn die geballte Macht von Gemahlin, Schwägerin und Mutter davon überzeugt hatte, den König auf seiner Reise nach Norden zu begleiten. Es war schon immer die besondere Gabe der Lady des Rosenturmes gewesen, zu wissen, wann jene, die sie liebte, in Bedrängnis waren und ihrer Hilfe bedurften.

Marierose von Nansay sah so unzweifelhaft nach Schwierigkeiten aus, dass er einen Seufzer nicht unterdrücken konnte. Sie schien sich nur noch mithilfe des Apfelbaumes in ihrem Rücken auf den Beinen halten zu können, und unter ihren unverwechselbaren Augen lagen tiefe Schatten der Erschöpfung.

»Berichte!«, forderte er so knapp, dass Marierose ein Lächeln unterdrücken musste, ehe sie ebenso kurz und bündig antwortete.

»Ich habe ein Pferd zu Schanden geritten und bin zu

Fuß weitergerannt, auf die bloße Hoffnung hin, York und den König zu erreichen. Er ist der Einzige, der Nansay Hall und seinen Bewohnern noch helfen kann.«

Fitzgeorge runzelte die Stirn. »Woher wusstest du, dass der König in York sein wird? Er hat sein Möglichstes getan, diesen neuerlichen Feldzug gegen die Schotten geheim zu halten. Er will nicht, dass König Malcolm zu früh gewarnt wird.«

»Cyrus d'Aval hat etwas gesagt, das mich glauben ließ, es könnte möglich sein, beim König Hilfe zu finden«, antwortete Marierose tonlos.

»Cyr? Wo steckt er? Warum lässt er zu, dass du allein durch die Lande reist? Der König hat ihn dir als neuen Gemahl geschickt. Willst du dich etwa beiden widersetzen?« Da der Lord die Töchter des Rosenturmes aus eigener Erfahrung kannte, wusste er um ihren Stolz. Sie beugten sich nur schwer den Befehlen eines Mannes.

Marierose schnaubte, als wäre sie wirklich der ungezogene Landstreicher, den sie so erfolgreich spielte. »Das Schicksal widersetzt sich dieser Verbindung. Es plant Beerdigungen und keine Hochzeiten.«

»Wo ist Cyr?« Ryan Fitzgeorge hatte an der Seite des normannischen Ritters gekämpft. Er kannte ihn gut genug, um zu wissen, dass er Marierose nie erlaubt hätte, allein davonzustürmen.

»Ich weiß es nicht.« Marierose bemühte sich, ihre Stimme von allen Gefühlen freizuhalten. Sie hatte reichlich Gelegenheit gehabt, diese Fähigkeit bei Lady Margaux zu üben. »Gefangen. Verletzt. Tot. Der Möglichkeiten gibt es viele.«

Sie verdarb die nüchterne Wirkung ihrer Worte, indem sie ermattet die Stirn an seine Schulter legte, wortlos davon überzeugt, bei ihm Hilfe und Unterstützung zu finden. Ihr Vertrauen rührte und erboste ihn zu gleichen

Teilen. Was sollte er mit diesem Häufchen Komödiantin tun, das annahm, er werde all ihre Schwierigkeiten lösen? Ganz zu schweigen davon, was ihm ihre Schwestern und seine Schwiegermutter erzählen würden, wenn er bei dieser Aufgabe versagte.

Er stieß einen abgrundtiefen Seufzer aus. »So kannst du auf jeden Fall nicht vor den König treten und deine Botschaft überbringen. Es ist gegen jede Sitte. Ist dir eigentlich klar, wie du aussiehst?«

Marierose lächelte bitter. »Mein Aussehen ist schon lange nicht mehr wichtig.«

»Das sagt ein Mädchen, das ganz Hawkstone in Aufregung versetzte, weil es nicht wusste, welche Bänder es bei seiner Hochzeit im Haar tragen wollte? Ich kann es nicht fassen.«

Auch Marierose konnte es nicht fassen. Freilich aus ganz anderen Gründen. »Es ist mir peinlich, dass ich einmal so närrisch und dumm war«, gestand sie leise. »Ich lege keinen Wert darauf, persönlich vor das Angesicht des Königs zu treten. Berichte du ihm, dass die Schotten Nansay Hall durch Verrat erobert und besetzt haben. Lucien de Belcastel, Lady Margaux' Neffe, hat sich mit ihnen verbündet, weil der König einen fremden Ritter zum Herrn der Festung gemacht hat.«

»Wie ist es dir gelungen, dem Überfall zu entkommen?«

»Belcastel wollte nicht nur die Burg, sondern auch mich.« Abscheu verzerrte Marieroses Lippen, und sie musste tief Luft holen, ehe sie weitersprechen konnte. »Er hat mich in meiner Kammer eingesperrt, ohne zu wissen, dass es von dort einen Geheimgang nach draußen gibt.«

»Wie standen die Dinge, als du davoneiltest?«

»Nimm das Schlimmste an, und du denkst das Richtige«, sagte sie rau und berichtete in wenigen Sätzen von dem Überfall auf Nansay Bridge, der dem Kampf um die Burg vorangegangen war. »Die Schotten glauben, dass Cyrus d'Aval den Sohn des McDowell ermordet hat, und sie werden nicht ruhen, bis sie diesen Tod gerächt haben. Dabei wurde d'Aval selbst schwer verletzt und hat noch längst nicht seine alte Stärke zurückgefunden. Vielleicht ist es ohnehin schon zu spät für ihn ...«

»Warte hier«, befahl Fitzgeorge knapp. »Und schwör mir bei deinem Leben, dass du dich nicht vom Fleck rührst, hast du mich verstanden? Ich komme dich holen, sobald ich weiß, was der König entschieden hat.«

»Geh ...« Marierose sank in das Gras unter dem Apfelbaum, zog die Knie an und legte müde den Kopf darauf. Es fiel dem Lord schwer, sie so erschöpft und unglücklich zurückzulassen, aber er sah keine andere Möglichkeit. Im Tross des Königs befand sich keine einzige Frau. Wenn bekannt wurde, dass die junge Lady von Nansay in Männerkleidern mit den Rittern des Königs reiste, war ihr guter Ruf für immer ruiniert.

Als er eiligen Schrittes zurückkam, fand er sie im Grase liegend und tief schlafend. Die Wehrlosigkeit ihrer schmalen Gestalt und der Schmutz, der die feinen Wangen und Hände bedeckte, rührte und verärgerte ihn zugleich. Hatte sich denn niemand gefunden, der ihr zur Seite stand? Der sie beschützte und behütete? Was hatte die unmerklichen Linien von Schmerz und Verzweiflung in ihre Mundwinkel gegraben und ... Bei Gott, sah er richtig? Ihr Haar war rüde gekürzt worden und stand in schlammfarbenen Strähnchen ab, wo die Kappe verrutscht war.

Sie sah aus wie .... Ihm fehlten die Worte, denn jene, die ihm in den Sinn kamen, wollte er nicht aussprechen. Ihre Blutlinie zählte zu den ältesten und ehrenhaftesten der Insel. Ihre Vorfahren hatten geherrscht, ehe Römer und Normannen gekommen waren, und sie war die geliebte Tochter einer nach wie vor mächtigen Familie. Was hatte sie in einen solchen Zustand versetzt?

Marierose spürte den Blick, und sie konnte sich unschwer die Gedanken vorstellen, die Fitzgeorge durch den Kopf gingen. Sie schlug die Augen auf und beantwortete die stummen Fragen mit einer Gegenfrage.

»Was wird der König tun?«

»Er hat den Befehl gegeben, augenblicklich aufzubrechen. Binnen einer Stunde reiten wir los. Da bleibt genügend Zeit für eine Mahlzeit und die Beantwortung einiger Fragen.«

Fitzgeorge stellte einen Korb neben Marierose und sah schweigend dabei zu, wie sie sich augenblicklich über den Inhalt hermachte. So zerbrechlich und dünn, wie sie aussah, hatte er den Eindruck, als hätte sie schon geraume Zeit keine vernünftige Nahrung mehr zu sich genommen. Aus Trauer um ihren verstorbenen Gemahl? Aus den Nachrichten, die ihre Eltern erreicht hatten, war eine solch abgrundtiefe Verzweiflung nicht herauszulesen gewesen.

»Alle Welt glaubte dich glücklich in deinem kleinen Königreich im Norden, nachdem du sogar nach Gils Tod dort bleiben wolltest und deine Familie um Verständnis für diesen Entschluss batest. Du siehst aber nicht so aus, als hättest du in Nansay deinen Seelenfrieden gefunden«, begann er behutsam seine Nachforschungen.

»Was hätte es geändert, euch die Wahrheit mitzuteilen?« Marierose hob fragend die Brauen. »Es hätte mein Missgeschick nur nach Süden getragen und ungerecht vermehrt. Mir war nichts als mein Stolz geblieben, und den wollte ich mir bewahren.«

Das Erstaunen des Lords wuchs mit jedem Wort, das über ihre Lippen kam. Die kleine Prinzessin war erwachsen geworden, und sie trug die Bürde ihrer Erfahrungen mit einer Würde, die Schmutz und unpassende Kleidung vergessen ließ.

»Du hättest nach Hause kommen können.«

»Mein Schicksal ist mit Nansay Hall verknüpft«, entgegnete Marierose schlicht.

»Jetzt ja. Du wirst mit uns zurückreiten müssen, denn nur du kennst die geheimen Wege in die Burg. Es sei denn, du verrätst sie mir …«

»Es steht nicht in deiner Macht, mich davon abzuhalten, nach Nansay zu gehen.«

»Warum?« Fitzgeorge versuchte auch jenen Rest der Wahrheit zu provozieren, den sie erkennbar für sich behielt. »Wenn wir zu spät kommen sollten, wird dir der Anblick Pein bereiten. Du warst einmal glücklich in dieser Festung. Willst du dir nicht wenigstens diese Erinnerungen bewahren?«

Marierose stopfte sehr undamenhaft ein großes Stück kalten Braten in den Mund und kaute mit beiden Backen darauf herum. Niemand konnte von ihr erwarten zu sprechen, solange ihre Kiefer dermaßen beschäftigt waren. Es hatte keinen Sinn, ihrem Schwager zu sagen, dass sie das Ende dieses Dramas mit eigenen Augen sehen musste. Ehe sie nicht erfahren hatte, welches Schicksal Cyrus d'Aval erlebt oder erlitten hatte, würde sie keine Entscheidung über ihr künftiges Leben treffen können.

Noch lebte er, das glaubte sie zu wissen. Aber der unsichtbare Kontakt, der sie mit ihm verband, wurde von Stunde zu Stunde schwächer. Da konnte sie ihn mit aller Kraft ihres Herzens und ihrer Konzentration noch so beschwören, nicht aufzugeben und auf sie zu warten. Die Zeit rann wie in einer Sanduhr davon …

»Ich muss es zu Ende bringen«, sagte sie schließlich, von der Geduld entwaffnet, mit der Ryan Fitzgeorge darauf wartete, dass sie das Wort ergriff. »Nansay Hall und die Menschen, die dort leben, haben es nicht verdient, für einen Verräter wie Belcastel zu leiden und zu sterben. Es wird nie Frieden an der Grenze geben, solange dort Männer herrschen, die eine Seite gegen die andere ausspielen.«

»Dann komm.« Fitzgeorge hielt ihr die Hand zum Aufstehen hin. »Wirst du den Ritt durchstehen? Rufus sorgt sich um Cyr und seine Männer, also wird er sein übliches Höllentempo einschlagen und kaum Pausen einlegen. Er macht sich Vorwürfe, dass er ihm nicht mehr Bewaffnete mitgegeben hat … Zieh diese hässliche Kappe in die Stirn! Der König hat ein scharfes Auge. Er könnte sogar unter Schmutz und falsche Kleider sehen.«

Rufus war der Ehrengast bei ihrer Vermählung gewesen, und Marierose konnte nicht von der Hand weisen, dass er sich möglicherweise an sie erinnerte. Wie weit dieses prächtige Fest doch zurücklag! Wie jung und einfältig sie damals gewesen war!

»Sorge dich nicht«, beruhigte sie ihren Schwager dennoch. »Die Menschen sehen meist nur das, was sie sehen wollen. Die wenigsten machen sich die Mühe, hinter das Offensichtliche zu blicken. Er wird nicht mehr als einen jämmerlichen Burschen zur Kenntnis nehmen, der, von Angst und Ehrgeiz getrieben, für seine Heimat um Hilfe bittet.«

Ryan Fitzgeorge behielt seine Zweifel für sich. Ihm erschien es geradezu unmöglich, den anmutigen Stolz zu übersehen, mit dem Marierose von Nansay sich bewegte. Es fiel ihm schwer, sie an diesem Unternehmen teilhaben zu lassen, aber er wusste, dass es sinnlos war, ihr die Sache auszureden. Die Töchter Lilianas von Hawkstone hatten ihren eigenen Kopf, und man sparte Zeit und Nerven, wenn man dies respektierte.

»Dann komm, der König will Einzelheiten von dir wissen, ehe er einen Plan macht. Wirst du es schaffen, wie ein einfacher … Ja, was bist du überhaupt?«

»Pferdeknecht auf Nansay Hall«, bot Marierose wie aus der Pistole geschossen an.

Ryan knurrte. »Hast du auch einen Namen?«

»Wie wäre es mit Bill?«

»Meinetwegen. Ich muss den Verstand verloren haben, den König auf diese Weise hinters Licht zu führen. Wenn ich nicht wüsste, dass deine Schwester darauf bestünde, dass ich es tue …«

Marierose warf ihm einen schnellen Blick unter halb gesenkten Lidern zu. Da war er wieder, jener Anflug von Neid, den sie immer dann verspürte, wenn sie begriff, wie sehr ihre Schwestern geliebt wurden. Gil hatte sie gemocht, aber erst jetzt wusste sie, dass es eher die Liebe gewesen war, die man für ein hübsches Schoßtier oder einen edlen Zelter empfand. Ein angenehmes Gefühl, aber nichts, für das es sich zu sterben lohnte.

Wenigstens hatte sie die Leidenschaft kennen gelernt. Eine Leidenschaft, die alles aufwog, sogar die Tatsache, dass Cyrus d'Aval sie nur begehrt, aber nie geliebt hatte. Sie hatte genügend Liebe für sie beide, und solange noch ein Atemzug in ihr war, würde ihr diese Liebe die Kraft geben, ihn zu retten. Sogar die Kraft, vor den König zu treten und seine unverhohlene Geringschätzung vor dem schmutzigen Stallburschen zu ertragen, den zu sein sie vorgab. In diesem Augenblick zählte nicht einmal mehr der eigene Stolz.

*

»Wenn Nansay Hall in der Hand schottischer Aufständischer ist, wie können wir dann die Burg erobern, ohne Leben und Waffenkraft zu verschwenden?«, wandte sich der König an seine Ratgeber. »So wie es aussieht, können *wir* nicht auf einen Verräter zurückgreifen, der uns des Nachts die Ausfallpforten öffnet.«

»Dafür habt Ihr einen Spion unter Euren Männern, der einen geheimen Weg in den Nordturm von Nansay Hall kennt«, sagte Marierose mit rauer, gepresster Stimme in die Stille hinein. »Das Geheimnis war nur dem verstorbenen Lord und seinem Sohn bekannt. Nicht einmal Lady Margaux hat je davon erfahren.«

Rufus blieb der Mund offen stehen, und es dauerte ein paar Herzschläge, bis er diese Auskunft in ihrer Tragweite erkannt hatte. Er sah den Burschen prüfend an. »Fürwahr, es herrschen seltsame Zustände in Nansay Hall, wenn die Pferdeknechte Geheimgänge kennen und Burghauptmänner ihren Lehnsherrn und den König verraten. Vielleicht sollte ich besser zusehen, wie die Schotten diesen Ort der Schande dem Erdboden gleichmachen.«

»Das könnt Ihr nicht tun, Sire! Habt Erbarmen mit den Menschen, die dort leben.«

»Hm.«

Rufus fuhr sich mit allen zehn Fingern durch die störrische Haartracht und bedachte den vermeintlichen Pferdeknecht mit einem finsteren Blick. Marierose wusste nicht, woher sie den Mut dazu nahm, diesem Blick standzuhalten. Sie hatte sich bisher eher für ängstlich und zaghaft gehalten.

Die völlige Ruhe in den klaren Augen gab dem König mehr zu denken als alles andere. Er schaute zu Ryan Fitzgeorge hinüber und begegnete derselben Gestalt gewordenen Ausdruckslosigkeit. Erst die Unruhe unter den anderen Männern, die mit dieser stummen Konfrontation nichts anzufangen wussten, brachte ihn zu einem Entschluss.

»Man soll mir nicht nachsagen, dass ich nur ein Ohr für die Bitten meiner Untertanen im Süden habe. Ich werde tun, was du von mir verlangst ... äh, Bill!«

Marierose errötete unter ihrer Schmutzschicht und hoffte, dass es wenigstens nur dem König auffiel. War es möglich, dass er sie durchschaut hatte und trotzdem nicht entlarvte? Dass er wie Ryan gezwungenermaßen auf das Doppelspiel einging, um ihr den Verlust von Ruf und Ehre zu ersparen? Oder bildete sie sich das alles nur ein?

»Brechen wir auf«, befahl der König knapp. »Und du, mein Freund«, er packte Marierose an der Schulter, als wäre sie tatsächlich der Stallbursche, für den sie sich ausgab. »Du wirst mit Fitzgeorge reiten. Nehmt den Hänfling vor Euch aufs Pferd. Da wir uns beeilen müssen, möchte ich nicht das Risiko eingehen, unseren kleinen Spion unterwegs zu verlieren.«

»Wie Majestät wünschen.«

Ryan Fitzgeorge konnte Marierose eben noch auffangen, als sie der König mit einem unerwartet barschen Stoß in seine Richtung beförderte. Über dem Kopf mit der Kappe trafen sich die Blicke beider Männer, und der Lord senkte in resigniertem Gehorsam die Lider. Er würde seinem König Rechenschaft ablegen müssen. Im Grunde hatte er geahnt, dass man ihn nicht hinters Licht führen konnte. Aber es gab immerhin einen Aufschub für dieses Geständnis. Erst mussten die Dinge in Nansay Hall in Ordnung kommen.

»Einen Herzschlag lang hab ich gezittert, dass er alles herausfindet«, flüsterte Marierose, als sie sich im Schutz von Ryans Armen auf dem Streitross zurechtsetzte. Der mächtige Hengst nahm das zusätzliche Gewicht kaum zur Kenntnis. Er erinnerte Marierose schmerzlich an den stolzen Bylord. Ob die Schotten den Hengst mit nach Norden genommen hatten? Der Verlust würde Cyrus d'Aval hart treffen. Vermutlich sogar härter als der Verlust einer Frau wie Liliana.

»Der König weiß es, nur keine Angst«, hörte sie ihren Schwager antworten.

Sie erstarrte. »Unmöglich! Woher?«

»Hattest du auf Nansay Hall keinen Spiegel? Eher vergisst ein Mann den eigenen Namen als Augen wie die deinen.«

Marierose tat das Kompliment mit einem unwirschen Laut ab und war froh, dass sich der Reiterzug in Bewegung setzte. Rufus hatte die Elite seiner Ritter ausgewählt, und er gedachte den fast vollen Mond zu nutzen, um die Nacht durchzureiten.

»Ich bete zum Himmel, dass du dich täuschst«, sagte sie schließlich. »Der König soll mich vergessen. Das wäre das Beste für uns alle.«

»Er hat dir Cyr d'Aval als neuen Gemahl zugedacht«, erinnerte Fitzgeorge. »Wir hielten es alle für eine gute Wahl. Cyr ist ein tapferer und ehrenwerter Mann, der dieses Lehen und eine freundliche Ehefrau verdient hat. Sogar dein Vater nahm an, dass es ihm gelingen würde, dich über den Tod deines jungen Gemahls hinwegzutrösten. Ich wundere mich, dass Cyr dich nicht gleich nach seiner Ankunft in Nansay zur Frau genommen hat.«

»Er hatte Wichtigeres zu tun«, erwiderte Marierose spröde. »Außerdem bin ich nicht die Art von Frau, die er an seiner Seite sehen möchte.«

Ryan hörte sehr wohl den gekränkten Unterton heraus. »Aber warum setzt du dann dein Leben und die Unversehrtheit deiner Person aufs Spiel, um ihn zu retten?«

Marierose schloss die Augen und zwang sich völlig unbeteiligt zu sprechen. »Ich habe es ebenso viel und ebenso wenig für ihn getan wie für jedes andere Lebewesen in Nansay Hall auch. Ich will keinen neuen Gemahl. Ich habe dem ersten Treue über das Grab hinaus geschworen.«

»Welch ein Unsinn, du bist kaum erwachsen. Du kannst dein Leben nicht auf solche Art verschwenden, auch wenn du den jungen Gil geliebt hast.«

»Ich halte meine Schwüre«, erwiderte Marierose und knirschte heimlich mit den Zähnen. Hatte sie nicht schon genügend Probleme? Musste sie der Himmel auch noch mit einem besorgten Schwager strafen, der glaubte, ihr Vorschriften machen zu dürfen?

Immerhin spürte er die Abwehr, die ihr aus allen Poren strömte, und schwieg. Nach und nach gab Marierose ihre feindselige Haltung wieder auf. Als geübte Reiterin konnte sie sich dem regelmäßigen, schnellen Trab des Pferdes leicht anpassen und ihre Gedanken vorausschicken. Voraus nach Nansay Hall.

*Halte durch, mein Geliebter! Lebe!*

# Sechzehntes Kapitel

*Nansay Hall*
*10. Juni 1091*

Die Halle dröhnte vom brüllenden Gelächter der Schotten. Fackeln loderten in den eisernen Wandhalterungen und warfen bizarre Schatten an die Wände. Bis vor wenigen Tagen hatten dort die Standarten und Wimpel des Hauses Nansay geprangt, gemeinsam mit den neuen grün-silbernen Fahnen von Aval. Immer wieder glitt der Blick der stummen Frau im hohen Lehnstuhl zu diesen kahlen Stellen, ehe er sich wieder auf den bärtigen Schotten richtete, der dieses pöbelhafte Festmahl in ihrer Halle befohlen und die Anwesenheit der Frauen erzwungen hatte.

Die schottischen Krieger machten sich einen Spaß daraus, die völlig verängstigten Edeldamen zu drangsalieren, von denen manche gar ihre Ehemänner im zurückliegenden Kampf verloren hatten. Ihre Herrin hatte keine Möglichkeit, für sie einzutreten. Lady Margaux mochte eine kostbarste Robe tragen, aber sie war nicht weniger eine Gefangene als ihre Frauen, ihr Gesinde und die wenigen Kriegsknechte und Ritter, die den Gewaltstreich überlebt hatten. Die Burg duckte sich unter den Eroberern, und von der Lady bis zur letzten Küchenmagd fragte sich ein jeder besorgt, welches Schicksal ihn erwartete.

Vielleicht waren jene, die in der Runde fehlten, von ebendiesem Schicksal bevorzugt. So saß Lady Bolton mit aschfahler Miene neben einem schottischen Krieger und sah starr in ihren Becher. Ihre Tochter wurde seit dem Überfall vermisst, niemand hatte sie danach gesehen. Auch das Los von Lady Margaux' eigener Schwiegertochter hatte nicht geklärt werden können. Lucien hatte versprochen, sie in Sicherheit zu bringen, aber mittlerweile zweifelte die Lady daran, denn ihr Neffe stand ebenfalls auf der Liste der Verschwundenen.

»Esst!«, forderte McDowell Lady Margaux auf, als er merkte, wie tief sie vor sich hin grübelte. Er erntete einen eisigen Blick der Dame und fügte kalt hinzu: »Ich ehre in Euch das Andenken Eures Gemahls, Lady. Er war ein vernünftiger, kluger Mann, der dieses Land und seine Menschen liebte. Warum habt Ihr sein Erbe einem Verräter anvertraut?«

Obwohl Lady Margaux von der Hinterlist ihres eigenen Neffen ebenso tief getroffen war wie vom Verlust ihrer Burg, verbarg sie ihren Schmerz vor dem Schotten. Ihr Stolz ließ nicht zu, dass sie dem Sieger Schwäche zeigte. »Wo ist mein Neffe? Habt Ihr ihn eingekerkert wie die anderen Männer?«

»Er hat sich in Gefahr begeben und ist darin umgekommen«, erwiderte der Schotte knapp. »Vergesst ihn. Er ist Eure Fragen nicht wert.«

»Mörder!«, zischte Lady Margaux hasserfüllt. Es gab nur diese Erklärung für eine solche Auskunft. »Er war der Letzte meines Blutes!«

»Dann könnt Ihr wohl begreifen, weshalb mir so viel daran liegt, den Tod *meines* Sohnes zu rächen.«

»Ich hatte nichts damit zu schaffen.«

»Deswegen dürft Ihr ja auch an dieser Tafel sitzen und hängt nicht an einer Säule wie jener dort hinten.«

Lady Margaux sah zu Cyrus d'Aval hinüber, der nun seit mehr als einem Tag an eine der steinernen Säulen neben dem Eingang zur Halle gebunden war. Im flackernden Schein der Fackeln, die seit Stunden brannten und immer schwächer wurden, erkannte sie, dass er noch immer aufrecht stand. Die Schotten verweigerten ihm Essen und Trinken, doch er begegnete ihrem Hass wie ihrer Folter mit dem herausfordernden Mut eines Mannes, der nichts zu verlieren hatte. Sie mochte ihn nicht, aber sie musste seine Haltung bewundern. Einmal mehr ertappte sie sich bei dem Wunsch, dass Gil etwas von dieser Kraft und Integrität besessen hätte. Was hätten sie für Kinder haben können, das schöne Mädchen aus Hawkstone und ihr wunderbarer Sohn! Welches Erbe hätte auf sie gewartet!

»Was habt Ihr mit ihm vor?«, zischte sie aus dieser Wut heraus und deutete auf den Ritter, der trotz seiner Verletzungen und seiner zunehmenden Schwäche imponierend blieb. »Er ist ein Ritter des Königs. Wenn Ihr ihn im Kampf getötet hättet, wäre das eine ehrenhafte Sache gewesen. Dieser Pranger jedoch beleidigt die Macht der englischen Krone, und Euer König ist ein Vasall dieser Krone.«

»Nicht mehr lange«, erwiderte McDowell knapp.

»Ihr seid ein Narr, wenn Ihr das glaubt«, entgegnete die Lady verächtlich.

»Und Ihr seid eine Närrin, wenn Ihr glaubt, dass Ihr das Recht habt, so mit einem McDowell zu reden, Weib!«

Ehe Lady Margaux wusste, wie ihr geschah, hatte der Schotte sie am Arm gepackt und vom Stuhl gestoßen, damit sie auf Knien vor ihm im schmutzigen Stroh lag. Niemand machte sich in diesen Tagen die Mühe, den Boden der großen Halle zu säubern oder gar das Stroh zu erneuern. Die Lady hatte Mühe, im Gestank aus Speiseresten, menschlichem Unrat und tierischen Hinterlassenschaften die paar Bissen bei sich zu behalten, die sie gegessen hatte.

»Das ist der Platz, der Euch gebührt«, bellte der Schotte.

Margaux von Nansay wurde erst hochrot, dann blass,

und am Ende blieb sie mit stolz erhobenem Kopf dort, wo er sie hingeworfen hatte.

McDowell reagierte mit einem dröhnenden Lachen auf ihren leidenschaftlichen, wenn auch stummen Ausbruch. »Wie schade, dass Ihr kein Mann geworden seid, Lady!«

Sein Lachen drang in das Bewusstsein des gefesselten Mannes, der Auge und Ohr vor der wüsten Feier verschlossen hatte. Nachdem er weder Marierose noch Blanche unter den Frauen an der Tafel entdeckt hatte, war er in ein erschöpftes Dämmern geglitten, das gnädigerweise sein körperliches Unbehagen ebenso in den Hintergrund drängte wie seine ständige Sorge.

McDowells dröhnende Belustigung riss ihn aus diesem Zustand. Mit einem Schlag war er wieder in der Wirklichkeit und Zeuge des ungezügelten Festes, das die Überlebenden auf so schändliche Weise demütigte. Er empfand sogar eine Spur von Mitleid für die Lady, die im Stroh kniete und mit ansehen musste, wie all die normannische Kultur und Zivilisation, die sie in diese Festung getragen hatte, von den Schotten verhöhnt und zerstört wurde.

Gleichzeitig fragte er sich, was McDowell vorhatte. Es passte nicht zur gewohnten Taktik der Schotten, sich in dieser Burg niederzulassen. Gewöhnlich rafften sie Beute und Geiseln an sich und flohen über die Grenze in ihre Heimat. Auch den Wunsch nach Rache hätten sie diesem Brauch untergeordnet. Immer mehr kam es ihm so vor, als wäre die Eroberung von Nansay Hall Teil eines größeren Planes. Eines Vorhabens, das nur der diabolische Kopf Malcolm Canmores ausgeheckt haben konnte …

Seit dem Frieden von Abernathy hatte der schottische König immer wieder Vorstöße gemacht, sein Gebiet zu erweitern. Die Tatsache, dass er in zweiter Ehe Margarete geheiratet hatte, die fromme Schwester von Edgar

Aetheling, dem Erben König Harolds, gab seinen Ambitionen immer wieder neue Nahrung. Harold war in der Schlacht von Hastings gefallen, aber sein Erbe Edgar besaß immerhin einen nominalen Anspruch auf die Krone Englands, den er auf seine Kinder übertragen hatte. Und war nicht der Eroberer, der ihm den demütigenden Frieden von Abernathy aufgezwungen und seinen Vasalleneid gefordert hatte, schon seit fünf Jahren tot? Wagte Malcolm in diesem Sommer die endgültige Kraftprobe mit König Wilhelm Rufus?

Ein betrunkener Schotte taumelte nach draußen, um sich zu erleichtern, und stieß dabei rüde gegen den gefesselten Ritter. Cyrus d'Aval grub die Zähne in die Unterlippe, damit ihm weder Fluch noch Schmerzensschrei entkamen. Er wusste selbst nicht genau, was ihn dazu trieb, den Kaledoniern so hartnäckig Widerstand zu leisten. Da war eine ständige Mahnung in seinem Kopf. Halt durch. Gib nicht auf. Bleib am Leben.

Wozu eigentlich? Wer würde auch nur einen Gedanken darauf verschwenden, ob er lebte oder starb? Benoît? Um den stand es im Verlies vermutlich keinen Deut besser. Der König und seine Gefährten bei Hofe? Er schätzte Rufus, aber die privaten Freundschaften des Monarchen und sein seltsames Gefallen am eigenen Geschlecht konnte er nicht nachvollziehen. Er war erleichtert gewesen, den Hof zu verlassen. An manchen Tagen war es schwierig, die Launen des Königs zu begreifen. Vielleicht war Rufus froh, einen so kritischen Geist losgeworden zu sein.

Blieb nur noch die Witwe, Marierose, Liliana, wie immer sie sich nannte. Die kleine Waldfee, deren Spuren sich im Chaos der Belagerung und des Überfalles verloren hatten. Belcastel hatte behauptet, sie in Sicherheit gebracht zu haben, aber wo war sie? Ebenfalls eingesperrt, ohne Möglichkeit zur Flucht? Der bloße Gedanke brachte ihn dazu, sich mit aller Gewalt gegen die Lederriemen zu stemmen, die ihn verlässlich an diese Säule bannten.

Er hörte zwar das leise Knacken, aber seine Arme waren längst abgeschnürt und längst gefühllos. Erst als sie nach unten fielen, ging ihm auf, dass der Riemen gebrochen sein musste. Verdutzt vom Erfolg des eigenen Kraftaktes, blieb er stehen und wusste im ersten Moment nicht, was er mit der jähen Freiheit anfangen sollte. Im nächsten Augenblick spürte er, dass sich auch die Fessel um seine Fußgelenke löste. Eine Stimme raunte hinter der Säule: »Lass dich fallen, wenn dich deine Beine nicht tragen. Wir werden versuchen, dich ins Dunkel zu ziehen und dir zu helfen. Die meisten dieser Kerle sind inzwischen so hinüber, dass sie nicht mehr geradeaus schauen können, und die Fackeln erleuchten kaum noch den oberen Teil der Tafel.«

Benoît! Cyrus d'Aval taumelte, fiel auf die Knie und konnte sich eben noch auf seinen Freund stützen, um nicht vollends zu Boden zu sinken. Er ertastete ein mit Ale getränktes Plaid, den rauen Wollstoff eines Kilts. Hätte er seinen Freund bei besserer Beleuchtung gesehen, er hätte ihn nach Kleidung und Gestank für einen der Schotten gehalten. Eine zweite Hand langte helfend zu, und ehe d'Aval wusste, wie ihm geschah, hing er, gleichfalls von einem Plaid bedeckt, wie einer der betrunkenen Kaledonier zwischen zwei Freunden, die ihn zum Ausnüchtern nach draußen schleppten.

Gleichzeitig spürte er, wie das Blut schmerzend in seine abgeschnürten Glieder zurückkehrte. Bis sie ihn endlich ausließen, griff er nur noch dankbar nach einem Weinschlauch, der ihm in aller Eile gereicht wurde. Erst als sein größter Durst gelöscht war und er sich imstande fühlte, wieder auf eigenen Beinen zu stehen, konnte er sich in dem dunklen Gewölbe umsehen, in das man ihn gebracht hatte.

»Wo sind wir?«

»Im unteren Brunnenhaus neben dem Weinkeller«, erwiderte zu seiner Überraschung eine weibliche Stimme. Im selben Augenblick flammte eine Kerze auf, und die modrige Finsternis bekam hellere Konturen. Cyrus sah ein Mädchen im einfachen Gewand einer Küchenmagd, mit dicken braunen Zöpfen, die ihm bis zur Taille hinabreichten. Sie kam ihm vage bekannt vor, dennoch wollte ihm ihr Name nicht einfallen.

»Du kennst doch Blanche von Bolton«, half ihm Benoît le Bras auf die Sprünge. »Wir haben der Demoiselle unsere Befreiung zu verdanken. Es ist ihr gelungen, sich zu verstecken, als die Schotten eindrangen. Ohne ihren Mut hätten wir nie …«

Cyrus freilich interessierten weniger die Heldentaten der jungen Edeldame als eine andere, brennende Frage, die er nun mit heiserer Stimme hervorbrachte: »Wo ist Eure Herrin? Habt Ihr sie gesehen?«

Dass Blanche seinem Blick auswich und verlegen mit dem Ende eines Zopfes spielte, sagte ihm sogleich, dass ihm ihre Antwort nicht gefallen würde. »Ich weiß es nicht. Der Burghauptmann hatte sie in ihrer Kammer eingesperrt, und als ich die Riegel zurückschob, war ihr nur daran gelegen, Nansay Hall so schnell wie möglich zu verlassen. Sie sprach davon, den König zu holen. Aber wie sollte das möglich sein? Der König ist in Winchester oder Gloucester, weit im Süden.«

Das Mädchen zitterte, und Benoît le Bras übernahm es, den Rest zu berichten. »Die Demoiselle hat sich mit bewundernswerter Kühnheit in die Verliese gewagt und dort die anderen Männer und mich gefunden. Die Schotten fühlen sich sicher. Sie haben nicht einmal Wachen innerhalb der Burg aufgestellt. Es war ihr sogar möglich, Werkzeug aus der Schmiede zu besorgen, damit Roscoff meine Ketten öffnen konnte.«

Cyrus nickte John von Roscoff und den anderen Rittern und Kriegsknechten zu, die im Hintergrund auf seine Befehle warteten. Es war kaum eine Hand voll Männer. Er stützte den schmerzenden Kopf in die Hände. Es fiel ihm schwer, zu denken, denn Verletzung und Gefangenschaft hatten im Verein mit Hunger und Durst seine sonst so unverwüstlichen Kräfte aufgezehrt. Aber dies war nicht der Zeitpunkt, um der eigenen Schwäche nachzugeben. Er musste handeln, doch zuerst musste er noch etwas klären.

»Der König? Wie ist Eure Herrin auf den Gedanken gekommen, Seine Majestät holen zu wollen?«, wandte er sich an Blanche von Bolton. »Und wie konnte sie die Festung verlassen? Die Schotten sind keine Dummköpfe, sie werden kontrollieren, wer in Nansay Hall ein und aus geht.«

»Das tun sie.« Blanche nickte. »Aber es gibt einen geheimen Gang in der Kammer meiner Herrin. Auch ich habe nichts von ihm gewusst, bis sie ...«

Noch eines von Lilianas Geheimnissen. Cyrus d'Aval unterdrückte einen Fluch. »Warum ist sie nicht in Whitby? Im Kloster hätte sie wenigstens Zuflucht gefunden, statt ihr eigenes Leben zu riskieren.«

Blanche gab endlich das Zopfende frei und zuckte mit den Achseln. »Ich weiß es nicht. Sie sprach davon, dass der König in York sein würde.«

Natürlich! Der Ritter schimpfte sich einen Narren. Er selbst hatte sie auf diesen Gedanken gebracht. Er rieb sich wütend die Schläfen, als könnte er auf diese Weise den Fluss seiner Gedanken beschleunigen. Aber es waren keine erfreulichen Erlebnisse, zu denen er am Ende dieser Überlegungen kam.

»Welch ein Wahnsinn! Die Landstraßen nach Süden wimmeln vor Straßenräubern und Wegelagerern. Sie wird in die Hände irgendwelcher Strolche fallen, ehe sie auch nur in die Nähe von Hutton kommt«, vermutete er düster. »Ganz davon zu schweigen, dass niemand weiß, ob der König die vagen Pläne wirklich in die Tat umsetzt, die er über einen langen Winter hinweg ausgetüftelt hat.«

Cyrus d'Aval tauschte einen Blick mit Benoît le Bras, der gleich ihm in die Gedankengänge des jungen Königs eingeweiht wahr. Sicher, Rufus hatte vor, dem Ärger an der Grenze zu Schottland ein für alle Mal ein Ende zu machen, aber genau das sollten so wenige Männer wie möglich wissen, damit Malcolm Canmore keinen Verdacht schöpfte und keinerlei Vorbereitungen treffen konnte. Auf gut Glück einem geheimen Kommando des Königs entgegenzureiten, darauf konnte nur eine Frauensperson verfallen, die keine Ahnung von politischen Zusammenhängen hatte.

D'Aval schwankte zwischen hilflosem Zorn und schwerer Sorge um genau diese Person. Wie typisch für die kleine Abenteurerin, Wege zu wagen, die keiner anderen Frau in den Sinn kamen! Dabei hatte er wahrhaftig genügend Probleme, die eigene Lage zu klären. Wie sicher war dieses Versteck? Wie viel Zeit blieb ihnen, bis McDowell seine Flucht entdeckte?

»Wir haben einen dunkelhaarigen, betrunkenen Schotten an die Säule gebunden. Ich nehme an, es dauert bis Sonnenaufgang, ehe irgendjemand diese Tatsache auffällt oder der Mann selbst wieder so wach ist, dass er sich beschweren kann«, lieferte Benoît zumindest die Antwort auf eine der Fragen.

»So lange dürfen wir nicht warten.« Cyrus wandte sich

an Blanche von Bolton. »Könnt Ihr uns zu dem geheimen Gang führen, durch den Eure Herrin die Burg verlassen hat? Wir sitzen in der eigenen Falle, wenn wir in diesen Mauern bleiben. Wir sind zu wenige, um McDowell in die Schranken zu weisen. Wir müssen Verstärkung finden, ehe wir ihn angreifen können. Wenn er unsere Flucht entdeckt, wird er keinen Stein auf dem anderen lassen.«

Im Schein der flackernden Kerzenflamme sah er, dass sie zusammenzuckte und fragend zu Benoît le Bras sah. Es lag so viel Zuneigung und Vertrauen in diesem Blick, dass ihn im wohl unpassendsten Augenblick der Neid packte. Er wünschte sich, Liliana hätte ihn ein einziges Mal so angeschaut. So voller Wissen, dass er das Richtige tun und sagen würde. Wo steckte sie nur? War sie überhaupt noch imstande, die rätselhaften Augen aufzuschlagen, die je nach Stimmung und Umgebung ihre Farbe wechselten?

Zum Henker, dies war nicht der rechte Zeitpunkt, um über Gefühle nachzusinnen. Es ging um ihrer aller Leben, und so, wie es aussah, hing es an einem seidenen Faden. Seine nächsten Befehle kamen knapp und ohne Verzögerung. Es galt, die wenigen Waffen zu prüfen, die in ihrem Besitz waren. Die Bilanz war ernüchternd; bis auf zwei Kurzschwerter, vier Dolche und ebenso viele Messer, die ihre Besitzer erst vermissen würden, wenn sie nüchtern genug dafür waren, hatten sie nur Kopf und Fäuste, um aus Nansay Hall zu fliehen.

»Ihr müsst etwas essen und trinken, Seigneur.« Blanche drückte ihm einen schlichten Holzbecher in die eine und einen Ranken Brot in die andere Hand.

Cyrus stürzte den Wein hinunter, der in seinem leeren Magen schlagartig eine betrügerische Wärme hervorrief. Er hoffte nur, dass das Brot dafür sorgte, dass er den

Wein nicht auf der Stelle wieder hinausbeförderte. Ihm war schmerzlich bewusst, dass er es in seinem Zustand nicht wagen konnte, die Spitze des kleinen Trupps zu übernehmen; er würde seine Begleiter nur in Gefahr bringen. Dennoch fiel es ihm schwer, Benoît die Führung zu überlassen. Immerhin machte ihn das in Blanches Augen endgültig zum Helden. In ihrem Blick stand ein Glanz, der nicht allein vom Kerzenlicht stammte, das einen Augenblick später gelöscht wurde.

Von Ritter Roscoff und den übrigen Männern geleitet, stolperte er im Dunkeln hinter Benoît und seiner Demoiselle her. Er hatte Mühe, einen Fuß vor den anderen zu setzen. Wenn sie einem Schotten begegnen sollten, der weder betrunken noch schlaftrunken war, wäre er für sie alle nur eine Last.

Doch die Gänge der Festung lagen in eigenartiger Stille vor ihnen. Das leise Huschen ihrer Füße, ein Rascheln, wenn sie eine Ratte oder ein anderes Tier aufschreckten, und das überlaute Keuchen der eigenen Atemzüge füllten seine Ohren.

Es war eine neue, ungewohnte Erfahrung für ihn, auf andere angewiesen zu sein. Bisher hatte er sich stets auf die eigene Kraft, den eigenen Geist und die eigene Stärke verlassen können. Es war den Schotten zwar nicht gelungen, ihn zu brechen, aber sie verschafften ihm dennoch eine neue, nie gekannte Sicht der Dinge. Statt auf die eigene Stärke zu vertrauen, musste er plötzlich darauf bauen, dass seine Gefährten für ihn handelten.

Sie hatten ihre Loyalität bewiesen, indem sie ihn befreit hatten, aber in seinem seltsamen Zustand zwischen völliger Erschöpfung und verzweifeltem Aufbäumen fragte er sich zum ersten Mal, ob er diese Treue auch verdient hatte. War es nicht reine Dummheit gewesen, in Nansay einzuziehen, ohne sich zuvor mit den Verhältnissen vertraut zu machen? Hätte er nicht, statt mit einer Frau zu tändeln, seine Aufgabe besser tun können?

Selbstzweifel waren Cyrus d'Aval so unbekannt, dass sie ihm wie bittere Galle in die Kehle stiegen. Warum sich noch weiterquälen? Warum nicht einfach aufgeben? Ohne ihn würden die anderen sich viel leichter in Sicherheit bringen können. Er war doch nur eine Gefahr für sie, und das Dunkel kam ihm nah und geradezu verführerisch vor …

Aber da war wieder diese Stimme. Dieses sture, hartnäckige Flüstern in seinem Kopf: *Halte durch, mein Geliebter! Lebe!*

# Siebzehntes Kapitel

*Nansay Hall*
*11. Juni 1091*

»Der Junge bleibt an meiner Seite!«

Ryan Fitzgeorge sah von seinem König zu Marierose und hätte am liebsten alle beide geschüttelt, damit sie zur Vernunft kamen. Wenn Rufus das kühne Spiel seiner kleinen Schwägerin durchschaut hatte, konnte er sie doch unmöglich in den Kampf verwickeln, der ihnen bevorstand. Und Marierose hätte, wie es sich für eine Dame gehörte, furchtsam zurücktreten sollen, statt zu nicken und die Hand um den Dolch zu legen, der an ihrem Gürtel steckte. War der kleine Krieger wirklich das erschöpfte Mädchen, das während des eiligen Ritts so vertrauensvoll in seinen Armen geschlafen hatte? Hätte er gewusst, dass diese Ruhe einen so unheilvollen Einfluss auf ihre Entscheidungen haben würde, er hätte sie ihr verweigert.

»Wollt Ihr ihn wirklich dieser Gefahr aussetzen, Sire?«, wagte er dennoch einen Einwurf.

Die von dichten, rötlichen Brauen überschatteten Augen des Königs musterten den vermeintlichen Pferdeknecht eine Spur zu spöttisch. »Ich denke doch, dass unser Freund Bill weiß, worauf er sich eingelassen hat. Vorwärts, meine Freunde.«

Die Ritter, die sich in der Klippenhöhle unterhalb von Nansay Hall drängten, trugen leichte Harnische und kurze Schwerter. Die schweren Waffen und Pferde hatten sie mit dem Rest der Truppe im Wald zurückgelassen. Sie würden zum Einsatz kommen, wenn es den Eindringlingen gelang, die Tore der Festung für sie zu öffnen. Der König selbst führte den Stoßtrupp an, weil dies genau jene Art von Abenteuer war, die er schätzte.

Marierose konnte die Spannung spüren, die ihn erfasst hatte, während sie über die engen Windungen der Steinstufen immer weiter nach oben drangen. Das leise Tappen der Sohlen, manchmal ein Klirren, wenn eine Waffe gegen Stein stieß, und das unterdrückte Atmen von Männern, die unter Hochspannung jede Bewegung kontrollierten, waren die einzigen Geräusche, die sie vernahm. Die Luft vibrierte vor unterdrückter Erregung und mühsam gezügelter Angriffslust.

Es war eine seltsame, fremde Welt, die sich ihr da auftat. Nach ihrer behüteten Kindheit und Jugend war sie in Gils Welt aus Luxus und Zerstreuung geraten, danach unter die fromme Diktatur seiner Mutter. Nie jedoch war ihr ein solcher Blick in den kämpferischen Alltag von Männern und Rittern vergönnt gewesen. Ein Alltag, der von den Befehlen des Königs bestimmt wurde und in dem es eine Ehre war, das eigene Leben für die Krone zu opfern. In diesem Augenblick schämte sie sich für das Maskenspiel, mit dem sie diese Männer narrte. Sie hatten es nicht verdient, von einer Frau an der Nase herumgeführt zu werden.

Sie begriff auch zum ersten Mal, weshalb ihr Verhalten bei Cyrus d'Aval auf so viel beharrliche Entrüstung traf. Der vortreffliche Ehrenkodex des Ritterstandes diktierte all sein Handeln. Eine Frau, die ihren Stand und ihre Bestimmung scheinbar nicht ehrte, ja, die nicht einmal aussah wie alle anderen Frauen, musste ihm aus tiefster Seele unerträglich sein. Eine solche Frau würde er nie lieben können, egal, wie ehrenwert ihre eigenen Beweggründe für ihr Handeln auch sein mochten.

Mit einer Spur von Trotz prüfte sie, ob ihre Kappe dicht genug auf den kurzen Haaren saß, und zog die Ränder noch tiefer über die Schläfen.

»Ist es noch weit?«, drang Rufus' gedämpfte Frage an ihr Ohr, gerade als sie die letzte Windung der Treppe umrundeten und ihre Hand sich nach dem Ornament ausstreckte, das die Kaminumrandung auf der anderen Seite aufklappen würde.

»Wir sind da«, hauchte sie ebenso leise zurück. »Bedenkt bitte, die Kammer ist klein, und möglicherweise findet Ihr eine junge Edeldame dort vor. Tut mir den Gefallen und erschreckt sie nicht zu sehr.«

Blanche hatte es nicht verdient, in Angst und Schrecken versetzt zu werden. Immerhin hatte sie den verblüffenden Mut aufgebracht, ihr zur Flucht zu verhelfen, nachdem Lucien de Belcastel sie auf so rüde Art in ihre Kammer verfrachtet hatte.

»Dir einen Gefallen zu tun, ist nachgerade alles, was der König will, Bursche«, mischte sich Ryan zwar leise, aber nachdrücklich ein, um seine Schwägerin an ihre Rolle zu mahnen.

Marierose zog den Kopf ein und verwünschte sich selbst im Stillen. Sie hatte sich einmal mehr von den Gedanken an den Mann ablenken lassen, der ihr ganzes Sein erfüllte. Hoffentlich kamen sie nicht zu spät, um ihn zu retten. Dies war das Einzige, was für sie zählte.

»Verzeiht«, bemühte sie sich mit möglichst rauer und tiefer Stimme zu antworten.

Marierose bewegte den erhabenen keltischen Knoten, den ein kunstvoller Steinmetz wie einen Griff geformt hatte, und mit einem kaum hörbaren Geräusch knirschte Stein auf Stein. Die absolute Finsternis, die sie bisher umgeben hatte lichtete sich zu dunklem Grau mit angedeuteten Umrissen. Sie schlüpfte in die Kammer und prallte beim zweiten Schritt gegen ein großes Hindernis, das gleich ihr einen Schrei zu unterdrücken versuchte. Im ersten Schock spürte Marierose nur, dass dieses Hindernis ein Mensch, ein Mann sein musste. Die erstickende Mischung aus Schweiß, Ale und Leder gehört so unzweifelhaft zu einem Krieger, dass sie in heller Panik jede Vorsicht vergaß.

»Zu Hiiiii …«

Eine kräftige Hand legte sich über ihren Mund und erstickte den Ruf. Marierose dachte nicht lange nach, sie biss zu und wurde mit einem leisen Fluch belohnt.

»Was, zum Donner, hat das zu bedeuten?«

»Majestät!«

»Es ist der König!«

»Le Bras, seid Ihr das?«

Die Stimmen mischten sich in unverhohlener Überraschung, und der Griff um Marieroses Schultern und Mund lockerte sich so weit, dass sie sich mit einem kräftigen Fußtritt gegen ein Schienbein befreien konnte. Inzwischen drängten sich so viele Menschen in ihrer kleinen Kammer, dass sie, ohne gesehen zu werden, auf den Söller hinausschlüpfen und sich dort hinter einer der Säulen verbergen konnte. Zwar wagte es niemand, ein Licht zu entzünden, aber der Morgen war nicht mehr fern, und hinter den halbrunden Fensterbögen zeichnete sich bereits die erste Dämmerung ab.

»Cyr? Bei Gott, bist du betrunken? Du stinkst wie ein Alefass!«

Der König selbst hielt den schwankenden Ritter fest, um den sich plötzlich alles drehte.

»Es ist sein Umhang, Sire«, mischte sich Benoît le Bras eilig ein. »Wir haben ihn als betrunkenen Schotten verkleidet, um ihn aus der Halle zu bringen.«

»Aber des Redens bin ich noch mächtig.«

Marierose presste die Rechte auf ihr jagendes Herz, als sie die vertraute, wenn auch angespannte und übermüdete Stimme vernahm, die ihr so viel bedeutete. »Euer Auftauchen gleicht einem unerwarteten Wunder, Sire. Woher wisst Ihr von unserer Notlage?«

»Was ist mit Euch, Cyr? Seid Ihr verwundet?«

»Es geht schon wieder«, wehrte der Ritter die Besorgnis des Königs ab und zwang sich, die eigene Schwäche zu überwinden. »Wie viel Mann führt Ihr mit Euch? Wenn wir gemeinsam zuschlagen, ist Nansay Hall zum Morgengebet wieder unser. Die Schotten haben die ganze Nacht ein barbarisches Gelage gefeiert, und die meisten von ihnen liegen betrunken im Stroh. Bisher wurde noch nicht einmal meine Flucht entdeckt.«

Marierose lehnte die Stirn gegen den kalten Stein der Säule und lauschte der dunklen Melodie seiner Worte mit geschlossenen Augen. Sie vernahm weder die Einzelheiten des eiligen Schlachtplanes noch die Aufteilung der Männer. Sie war so in die überwältigende Erleichterung versunken, ihn am Leben zu wissen, dass sich ihr ganzes Wahrnehmungsvermögen allein auf seine Person konzentrierte. Sie fühlte, dass er wütend, verletzt, aufgebracht, hungrig, erschöpft und tausend andere Dinge zugleich war, aber er lebte! Sie hatte ihm rechtzeitig Rettung gebracht, dem Himmel sei Dank.

Das Stimmengewirr verstummte, und im selben Moment schallte der schrille Ton eines Dudelsacks durch die ganze Burg. Ein Alarmsignal. Niemand hielt sich damit auf zu fragen, wem der Alarm galt. Für König Rufus war es die Fanfare zum augenblicklichen Angriff.

»Vorwärts, Männer!«

Ehe Marierose sich auch nur aufgerichtet hatte, stürmten alle zur Tür, dem König hinterher. Lediglich eine schmale Gestalt im Kittel einer Magd blieb verloren vor dem Kreuz an der Wand stehen und faltete die Hände zum Gebet. Das Gewand täuschte Marierose für einen Moment, dann entdeckte sie in der zunehmenden Helligkeit die Schatten blasser Sommersprossen auf Wangen und Nasenrücken.

»Blanche!«

»Oh, mein Gott!«

Blanche von Bolton fuhr herum und presste die gefalteten Hände auf ihr Herz. Sie benötigte ihrerseits einige Augenblicke, um in der abgerissenen, schmutzigen Knabengestalt ihre Herrin zu erkennen. Dann jedoch fielen sich die beiden jungen Frauen mit einem Aufschluchzen in die Arme.

»Wie seht Ihr nur aus«, jammerte die junge Ehrendame, als es ihr endlich gelang, ihre Herrin aus der Nähe in Augenschein zu nehmen. »Um ein Haar hätte ich Euch nicht erkannt.«

»Umso besser«, nickte Marierose. »Was nutzt eine Verkleidung, die jeder durchschaut? Aber du siehst auch nicht mehr wie die noble Dame von Bolton aus.«

»Einer Küchenmagd schenkt niemand besondere Aufmerksamkeit …«

»Ebenso wenig wie einem Pferdeknecht.«

Die beiden jungen Frauen sahen sich an und brachen in ein Gelächter aus, das ebenso schnell wieder verstummte, wie es begonnen hatte.

»Es gehört sich nicht zu lachen, während sie um unser Leben und unsere Freiheit kämpfen«, seufzte Blanche mit schlechtem Gewissen. »Wir sollten lieber beten.«

»Gebete sind gut, aber ich denke, der Herr im Himmel blickt noch freundlicher auf Menschen herab, die versuchen, ihre Probleme selbst zu lösen«, erwiderte Marierose energisch. »Komm mit!«

»Dort hinaus? Sie kämpfen in der Burg!« Blanche wich vor der Tür zurück, als führte sie geradewegs ins Fegefeuer.

»Und was ist mit Lady Margaux und ihren Frauen? Deine Mutter ist unter ihnen.«

»Sie leben und sind unversehrt. Die Schotten haben sie

nur mit Worten beleidigt. Ich habe es selbst beobachtet.« Blanche strich nervös über den groben Leinenkittel, den sie über einem schmutzig grauen Unterkleid trug, dessen Säume schwer über den Boden schleiften. »Sie durften gestern sogar am Festmahl teilnehmen.«

Marierose konnte sich unschwer vorstellen, wie Lady Margaux' Stolz unter diesem Bankett gelitten haben musste. Dennoch empfand sie keinerlei Befriedigung darüber. Die Zeiten, da sie ihre Schwiegermutter gehasst hatte, gehörten der Vergangenheit an. Inzwischen konnte sie nicht ohne Mitgefühl an die Nobeldame denken, die sich so sehr in den Schlingen ihres eigenen Stolzes verfangen hatte, dass sie keinen Ausweg mehr fand.

»Wir müssen ihnen Nachricht geben, dass der König zu unserer Rettung gekommen ist. Wovor hast du Angst, Blanche? Eine Frau, die nicht gezögert hat, die grässlichsten Verliese dieser Burg nach einem Ritter zu durchsuchen, dem sie ihr Herz geschenkt hat, wird weniger Schlimmes doch auch für ihre Mutter tun können.«

Das helle Licht des Morgens entlarvte verlegene Röte auf Blanches Wangen, und Marierose begriff, dass sie tatsächlich den Tadel ihrer strengen Mutter fürchtete.

»Sie kann dir nichts anhaben. Denkst du, dein Ritter wird zulassen, dass dir Ärger aus einer solchen Heldentat erwächst? Warte nur ab, was der König sagen wird, wenn er Genaueres erfährt.«

Sie zog ihre Gefährtin am Handgelenk mit sich. Schon auf der Treppe zur Galerie der großen Halle hörten sie das Waffengeklirr und die Rufe der kämpfenden Männer. Die schottischen Krieger verteidigten sich nach der ersten Verblüffung mit primitiver Gewalttätigkeit gegen die Ritter des Königs, aber dieses Mal trafen sie auf versierte Kämpfer, die mit grimmiger Präzision stritten. Innerhalb kürzester Zeit sahen sich McDowell und seine Kaledonier auf die Empore zurückgedrängt, wo sie noch vor wenigen Stunden als Herren der Burg getafelt hatten.

»Schickt ein paar Männer nach draußen und lasst das Tor öffnen«, dröhnte die Stimme des Königs über den Lärm hinweg.

»Siehst du.« Marierose deutete nach unten. »Der Sieg ist bereits unser. Ein zweiter Rittertrupp des Königs wartet nur darauf, dass sich das Gitter für sie hebt. Nansay Hall ist wieder frei.«

Blanche antwortete nicht. Sie starrte entsetzt auf das Kampfgetümmel herab. Es war offensichtlich, dass sie dergleichen noch nie aus solcher Nähe miterlebt hatte. Marierose hingegen suchte nur nach Cyrus d'Aval. Bestimmt wich er seinem König nicht von der Seite, und der kämpfte im dichtesten Tumult, wo die gigantische, halb nackte Gestalt des schottischen Anführers alle anderen Männer überragte und die Engländer vorerst noch in Schach hielt.

McDowell selbst verfluchte seinen schweren Kopf. Woher, zum Teufel, kamen mit einem Mal diese Ritter? Wer hatte sie eingelassen? Zwischen der entdeckten Flucht seiner Geisel und dem Auftauchen dieser Streitmacht waren kaum ein paar Herzschläge vergangen – eben nur so viele, dass er seine Waffe ergreifen konnte; für Hemd und Plaid war es bereits zu spät. Die Engländer mussten in der Burg gewesen sein. Zähnefletschend versuchte er mit seinem schweren Breitschwert das Verhängnis aufzuhalten, aber als er den Ritter entdeckte, der – körperlichem Elend und menschlicher Schwäche zum Trotz – dennoch inmitten der Angreifer kämpfte, vergaß er alles andere.

»Stell dich, du Mörder!«, brüllte er mit einer Stimme, die von der Decke widerhallte, und riss einem seiner Krieger die Streitaxt aus der Hand.

Cyrus d'Aval wich an den mächtigen Kamin zurück, in dem noch die letzten Scheite des Feuers vom Abend glommen und an dem er einmal eine scheue kleine Witwe davor bewahrt hatte, bei lebendigem Leibe verbrannt zu werden. Nun diente ihm der schwere Sims als Halt, an dem er sich aufrichten und einen tiefen Atemzug tun konnte. Er sah die tödliche Waffe auf sich zufliegen und wich ihr mit einer geschmeidigen Bewegung aus, die mehr Schwäche als Geschick war. Die Schneide traf klirrend auf Stein und fiel zu Boden.

Bis er das Kurzschwert hob, das seltsamerweise immer schwerer zu werden schien, hatte sich der Schotte bereits eine Gasse erkämpft und kam schwer atmend näher. Ein Rachegott im Kilt, mit gesträubtem Bart und flammenden Augen, der den gefährlichen Beidhänder mit der Leichtigkeit eines Mannes handhabte, dem Bärenkräfte zu Eigen waren.

»So nicht, Schotte!«, hörte Cyr eine helle Stimme. Im selben Moment traf ein glimmendes Holzscheit den schottischen Riesen auf der blanken Brust, sprühte helle Funken und versengte die grau-rote Matte seiner dichten Brusthaare.

In staunender Verblüffung, fern davon, Schmerz zu empfinden, ließ McDowell den Beidhänder sinken und starrte auf die Rauchfäden, die aus seinen glimmenden Brusthaaren aufstiegen. Auch der Ritter hielt Ausschau und entdeckte zu seiner Verblüffung einen schmalen, schmutzigen Burschen auf der anderen Seite des Kamins.

Die Hände mit einer ledernen Weste umwickelt, holte er ununterbrochen, gleich einem wütenden Derwisch, Glutstück auf Glutstück vom Rost und schleuderte es gegen den Schotten. Er hüllte ihn wie alle um ihn herum in einen Regen aus Funken und Feuer. Schon züngelten erste Flammen aus dem Stroh auf dem Steinboden. Das

Feuer fraß sich unaufhaltsam auf die hölzernen Beine des mächtigen Schragentisches zu, auf dem noch Reste des abendlichen Gelages klebten.

Der rollende schottische Fluch McDowells wurde indes vom schrillen Entsetzen einer Frauenstimme übertönt. Das wilde »Neiiiin!«, mit dem Lady Margaux die Gefahr einer drohenden Feuersbrunst erkannte, jagte sogar dem König einen Schauer über den Rücken. Wie eine Furie schoss die Dame im Nachtgewand und mit gelösten Haaren zwischen den Kämpfern hindurch auf die Flammen zu, die Nansay Hall bedrohten. Sie packte den Brandstifter, ohne darauf zu achten, dass dabei Glutstücke auf ihre bloßen Füße fielen.

»Hör auf, du Narr! Wirst du wohl aufhören? Du zündest uns das Dach über dem Kopf an!«

Lady Margaux stieß den Burschen mit aller Gewalt in die Bahn des schottischen Breitschwertes, das McDowell nach einem neuerlichen Fluch soeben wieder hob. Cyrus d'Aval indes reagierte noch schneller. Im Grunde hatte er von Anfang an gewusst, wer das tollkühne Bürschchen war, das sich wagemutig in seinen Kampf mischte und dabei gegen alle ritterlichen Regeln verstieß. Nur Liliana würde so waghalsig sein, ihn schützen zu wollen.

Er fing die leichte Gestalt geradezu im Fluge auf und schleuderte sie rüde hinter sich, in Sicherheit. Sein Eingreifen irritierte die Herrin von Nansay dermaßen, dass sie, von ihrem eigenen Schwung getragen, über die Stufe der Kaminbalustrade stolperte und genau in den tödlichen Beidhänder fiel. Mit einem Ausdruck unsäglichen Erstaunens sank sie zu Boden. McDowell konnte selbst nicht fassen, was geschehen war, und während er auf die sterbende Lady zu seinen Füßen starrte, traf ihn bereits der tödliche Streich des englischen Königs, der die Tat rächte, noch ehe sie die meisten Männer um ihn herum begriffen hatten.

Marierose rappelte sich benommen auf. Der harte Stoß gegen die Kaminumrandung hatte ihr für einen kurzen Augenblick das Bewusstsein geraubt. Als sie wieder sehen konnte, fiel ihr als Erstes das lastende Schweigen in der großen Halle auf. Alle hatten die Waffen sinken lassen und starrten auf den König, der die beiden Toten zu seinen Füßen mit einem düsteren Blick musterte. Es stank grässlich nach Rauch und anderen, schlimmeren Dingen.

Marierose taumelte achtlos zwei Schritte vor und sank neben Lady Margaux in die Knie. Die toten Augen ihrer Schwiegermutter blickten hinauf zur Balkendecke der großen Halle. Am Ende hatte sie ihr Leben für Nansay Hall gelassen. Tollkühn und stur, nur darauf bedacht, das zu schützen, was ihr gehörte. Konnte sie ihr einen Vorwurf machen? Hatte sie nicht dasselbe getan, als sie wider alle Warnungen in die Halle gestürzt war, um Cyrus d'Aval zur Seite zu stehen?

Sie drehte sich zu ihm um. Auch er war in die Knie gesunken, bezwungen von der Schwäche seines geschundenen Körpers.

Jetzt schuldete auch sie ihm das Leben. Remis nannte man das im Schachspiel. Kein Sieg, keine Niederlage. Nur ein unbefriedigendes Ende.

Sie wusste nicht, wie es weitergehen sollte. Sie achtete nicht darauf, dass in der großen Halle die Waffen niedergelegt und stattdessen die Flammen bekämpft wurden. Nansay Hall war frei, aber was nützte das den Frauen, die diesen Namen trugen? Die eine war tot und die andere zu einem Leben verdammt, das dem Tod gleichzusetzen war. Ihre Augen brannten, und sie wusste nicht, ob sie um Lady Margaux oder um sich selbst weinte.

# Achtzehntes Kapitel

*Nansay Hall*
*14. Juni 1091*

»Achtet darauf, dass er zu jeder Mahlzeit den Trank zu sich nimmt, und gönnt ihm und seinem geschundenen Körper ein paar Tage der Ruhe. Dann wird er früher wieder auf den Beinen sein, als Euch lieb ist.«

»Was ist in dem Gebräu?«

Benoît le Bras konnte sein Misstrauen nicht ganz verhehlen. Seine Augen wanderten von der leblosen Gestalt im Alkoven zu Marierose. Sie hatte sich verändert. Sie war nicht mehr die scheue, ängstliche Kreatur, die sich vor Lady Margaux duckte.

»Kräuter«, erwiderte sie vage und wandte sich zur Tür des prächtig ausgestatteten Herrengemachs, in das man Cyrus d'Aval gebracht hatte.

Der Medicus des Königs hatte sich in höchsteigener Person davon überzeugt, dass der Körper des Ritters zwar erschöpft, aber in keiner Weise lebensbedrohlich verletzt war. Danach hatte er sich zusammen mit Rufus und dem größten Teil der Ritter auf den Weg gemacht, Malcolm Canmore und seine rebellischen Schotten das Fürchten zu lehren. Ryan Fitzgeorge erhielt in Abwesenheit des Königs das Kommando über Nansay Hall und die Männer, die zum Schutz der Burg zurückgeblieben waren.

»Ein Schlaftrunk?« Benoît le Bras beunruhigte der tiefe Schlummer, der seinen Gefährten seit vielen Stunden umfing. »Werdet Ihr ihn danach wieder pflegen?«

Marierose warf ihm einen gereizten Blick zu. »Er hat keine Pflege mehr nötig. Nur Ruhe und Erholung. Entschuldigt mich, ich habe zu tun.«

Sie wollte offenbar keine Rechenschaft darüber abgeben, warum ihr daran gelegen war, dem genesenden Ritter aus dem Weg zu gehen. Grüßend neigte sie den Kopf und eilte hinaus, ehe le Bras noch mehr Fragen einfielen, die sie nicht beantworten wollte. Alle Welt bestürmte sie plötzlich mit Fragen, auf die sie keine Antworten wusste.

Die Frauen hatten sich an sie gewandt, als die Entscheidungen über Lady Margaux' Beisetzung getroffen werden mussten; die Männer, als es um die Versorgung der Verwundeten ging. Die Mägde hatten sie wegen der Küche und der Bestückung der Vorratskammern zurate gezogen, und die peinlichsten Fragen hatte ihr ein grimmiger König gestellt, kaum dass sie sich hinter ihren düsteren Kleidern und dem Witwenschleier versteckt hatte.

Sosehr es ihn drängte, Malcolm Canmore zu stellen, hatte Rufus zunächst Erklärungen von Marierose de Nansay verlangt. Er war zwar mit keiner Silbe auf ihr Abenteuer als »Bill« eingegangen, aber sein schroffer Tonfall hatte die junge Frau davor gewarnt, seine Gutmütigkeit wie auch seine Gutgläubigkeit zu strapazieren.

»Ich will nichts über die Vergangenheit hören, Madame«, hatte er streng gesagt. »Ich möchte wissen, wie Ihr Euch die Zukunft vorstellt. Wieso seid Ihr noch nicht d'Avals Gemahlin?«

»Weil ich nach dem Tode meines Gemahls gelobt habe, ins Kloster zu gehen«, hatte sie die gewohnte Begründung gegeben. »Der Seigneur hat meinen Wunsch respektiert. Er wollte mich nicht in eine neue Ehe zwingen.«

»Der *Seigneur* wird seinem König ebenso gehorchen wie Ihr, Madame. Ich verbiete Euch, den Schleier zu nehmen.«

»Das könnt Ihr nicht!«

Überraschenderweise hatte Rufus diesen trotzigen Widerspruch mit einem Lachen anerkannt. »Ich kann sehr wohl, Lady. Ich bin der König. Ganz davon abgesehen, dass ich nicht weiß, was ich Eurem Vater sagen sollte, wenn ich solche Narretei zulassen würde. Ihr werdet in dieser Burg auf meine Befehle warten und keinen weiteren Unsinn machen, haben wir uns verstanden?«

Seit dieser Anweisung rang Marierose im Stillen die Hände. Was sollte sie tun? Sie wollte nicht die aufgezwungene Gemahlin eines Mannes werden, der ihr weder Ehre noch Moral zutraute. Für d'Aval würde sie immer eine Dirne, eine Gauklerin, ein leichtfertiges Frauenzimmer bleiben. In ihrer leidenschaftlichen Sehnsucht nach seiner Zuneigung hatte sie sich zu billig, zu schnell und zu bedingungslos verschenkt, um noch seine Achtung zu verdienen. Wenn der König ihm eine solche Ehe befahl, wäre dies gleichbedeutend mit einer unerträglichen Demütigung seines Stolzes.

Marierose wollte Zuflucht in der Burgkapelle suchen, als sie geradewegs ihrem Schwager in die Arme lief, der soeben mit einem Boten des Königs gesprochen hatte.

»Malcolm Canmore hat kapituliert«, gab er die gute Nachricht weiter. »Er wird im nächsten Monat seinen Vasalleneid erneuern, wenn Rufus in York Hof hält. Du hast deinen Teil zu diesem Erfolg beigetragen. Wer immer Nansay Hall besitzt, festigt damit Rufus' Macht im Norden. Ist dir das bewusst?«

»Wenn das Frieden für die Menschen am Esk bedeutet, so soll es mir recht sein«, erwiderte sie zurückhaltend.

Ryan warf einen prüfenden Blick in ihr viel zu blasses Gesicht und wunderte sich im Geheimen, dass sie ständig diese unvorteilhaften Witwenkleider trug. Da hatte sie ihm sogar als verkleideter Pferdeknecht noch besser gefallen.

»Was ist nur mit dir, kleine Schwägerin?«, fragte er leise und griff nach ihrer Hand. »Du weichst mir aus, wenn ich mit dir reden will. Man könnte meinen, du hättest ein geliebtes Familienmitglied zu Grabe getragen und nicht eine strenge Nobeldame, die dir allem Anschein nach das Leben sauer gemacht hat.«

»Woher weißt du …«

»Ich habe Ohren zu hören, mein Mädchen. Hinter deinem Rücken wird über vieles getratscht. Du warst nicht so glücklich, wie deine Nachrichten geklungen haben. Warum hast du die Deinen belogen?«

Marierose unterdrückte einen Seufzer. Sie war es müde, ständig der Lüge bezichtigt zu werden.

»Ist es eine Lüge, zu schweigen? Weshalb fordert nur alle Welt Rechenschaft von mir? Ich dachte, ich sei niemand Rechenschaft schuldig.«

»Deinem Gemahl bist du Rechenschaft schuldig.«

»Ich habe nur einen toten Gemahl.«

»Und einen künftigen.«

Sie gab einen Laut des Überdrusses von sich. »Noch ist er es nicht. Ich will nicht um den Preis eines Lehens verschachert werden. Kann das denn niemand begreifen? Ich will keine Zugabe sein, die man in Kauf nimmt wie den Gestank, den ein Misthaufen verbreitet, wenn man ihn im Frühjahr zum Düngen der Felder verwendet.«

»Hast du deswegen mit bloßen Händen in die Glut gelangt, um deinen künftigen Gemahl vor dem sicheren Tod zu retten?«

Ryan Fitzgeorge griff nach ihren Händen und drehte sanft die Innenseiten nach oben, sodass die rötlichen Spuren verheilender Brandwunden sichtbar wurden. Die schützende Hülle hatte die Hitze des Feuers nur anfangs aufgehalten.

»Lass mich …« Marierose riss ihre Hände so heftig aus seinem Griff, dass ihr ein leiser Schmerzenslaut entwich. Bisher war es ihr erfolgreich gelungen, diese verräterischen Spuren unter den Ärmeln ihrer Gewänder zu verbergen. Dass sie nur selten etwas berührte, fiel niemandem auf, weil Blanche ihr treu ergeben zur Seite stand und das Geheimnis wahrte.

»Du liebst ihn, willst du das wirklich abstreiten?«

»Was geht es dich an?«

»Ich will, dass du glücklich bist.«

»Kein Mensch kann immer nur glücklich sein«, entgegnete sie mit einer leisen Bitterkeit, die weit über ihre Jahre hinausreichte.

»Aber niemand muss immer unglücklich sein«, widersprach der Ritter.

»Ich hatte meinen Teil an Glück, sorg dich nicht«, wehrte Marierose spröde ab.

»Zum Henker, du trägst denselben unerträglichen Dickkopf auf den Schultern wie deine Schwester.«

Marierose schwieg, aber sie sah aus so unglücklichen, tränenfeuchten Augen zu ihm auf, dass er gar nicht anders konnte, als sie in den Arm zu nehmen und sie sanft auf die Stirn zu küssen. Er strich ihr liebevoll über den Rücken, und in einem Anflug von Schwäche erlaubte sie sich, seinen Trost anzunehmen. Sie lehnte die Stirn gegen die breite Schulter des Ritters und genoss das Gefühl von Sicherheit und Stärke, das er ihr vermittelte.

Keiner von beiden dachte daran, dass mit Ausnahme des Königs keine Menschenseele in Nansay Hall mehr um das verwandtschaftliche Band wusste, das sie einte.

*

*Nansay Hall*
*22. Juni 1091*

»Wo ist sie?«

Ausgeschlafen, satt und ohne die bohrenden Kopfschmerzen, die so lange Zeit sein ständiger Begleiter gewesen waren, war Cyrus d'Aval dennoch ungeduldig und verdrießlich. Blanche von Bolton wich vor ihm zurück und senkte den Blick. Sie wusste, wem die Frage galt, auch wenn kein Name fiel.

»In der Kapelle, Seigneur. Sie betet.«

»Habt Ihr meine Botschaft ausgerichtet?«

Blanche nickte scheu. Sie mochte es nicht, zwischen den beiden zu stehen. Ein jeder reagierte unwirsch, wenn vom anderen die Rede war, und dennoch stellten beide ununterbrochen Fragen nacheinander. Marierose konnte von Glück sagen, dass der Seigneur nur langsam zu seiner alten Stärke zurückfand. Sobald er wieder auf den Beinen wäre, würde Nansay Hall nicht groß genug sein, um ihn zu fliehen. Sie warf einen Hilfe suchenden Blick zu Benoît le Bras und deutete seine Kopfbewegung in Richtung Tür als Aufforderung zu gehen. Erleichtert zog sie die Tür hinter sich zu; der Ritter würde wissen, wie er den Seigneur zu nehmen hatte.

Benoît verschränkte die Arme vor der Brust und fragte sich nicht zum ersten Mal, was er tun sollte. Für ihn bestand kein Zweifel daran, dass sein Freund Zuneigung für die scheue Witwe empfand; gleichzeitig wusste er jedoch inzwischen im Gegensatz zu Cyr, dass sich wohl alle in der Frömmigkeit der Dame gehörig getäuscht hatten.

»Man könnte meinen, ich hätte die Pest, so sehr meidet sie mich«, knurrte Cyr hinter ihm und schlug in einer Geste reiner Verdrossenheit gegen den mächtigen geschnitzten Pfosten des Alkovens. »Was tut sie die ganze Zeit?«

»Ryan Fitzgeorge schöne Augen machen.« Die Worte waren le Bras herausgerutscht, ehe er die Worte zurückhalten konnte. Vielleicht auch, weil er selbst so zornig war, dass seine Einschätzung der Witwe falsch gewesen war.

»Du machst Witze. Schlechte Witze.«

»Nein.« Nachdem er einmal damit begonnen hatte,

rückte Benoît mit der ganzen Wahrheit heraus. »Ich habe sie gesehen. Er hielt die Dame im Arm und küsste sie auf die Stirn. Im Innenhof der Burg und vor aller Augen. Wenn das nicht von großer Vertrautheit der beiden zeugt, weiß ich kein anderes Wort dafür.«

Cyr d'Aval starrte seinen Freund an. Er glaubte ihm ohne jede Einschränkung. Benoît war nicht der Mann, der eine solche Geschichte erfand. Er musste den Vorfall mit eigenen Augen beobachtet haben. Außerdem würde er sich andernfalls nicht so offensichtlich über den Vertrauensbruch ärgern.

Sein Schweigen trieb Benoît die Röte ins Gesicht. »Du musst mich für ein Tratschweib halten. Ich hätte meinen Mund halten sollen.«

»Zu spät«, murmelte der Ritter. Er hielt seine Gefühle eisern unter Kontrolle. Es war an der Zeit, dass er sich auf seine Fähigkeiten besann und den bereits gemachten Fehlern keine neuen hinzufügte. »Ich danke dir für deine Sorge, aber künftig kann ich meine Angelegenheiten wieder selbst regeln.«

Benoît le Bras machte sich kleinlaut davon. Er ahnte nicht, dass sein Freund entschlossen aus dem Bett stieg, kaum dass er das Gemach verlassen hatte.

Ryan Fitzgeorge betrachtete den hoch gewachsenen Edelmann, der mit gemessenen Schritten die Treppe herabkam, mit ausgeprägter Neugier. Er wirkte noch immer ein wenig hager, und man sah ihm die überstandenen Strapazen an, aber er hielt sich aufrecht, und in seinen goldenen Augen funkelte ein Feuer, das zur Vorsicht mahnte. Er kannte d'Aval nicht persönlich; er hatte lediglich von seinen treuen Diensten für Rufus gehört und wusste um den blendenden Ruf, den der Ritter unter seinesgleichen genoss.

Aber anscheinend halfen ihm weder Tapferkeit und

Kampfkraft noch Loyalität und Klugheit bei der Eroberung einer so vielschichtigen und ungewöhnlichen Edeldame, wie seine kleine Schwägerin eine war. Was war zwischen diesen beiden vorgefallen, dass Marierose so hartnäckig davon überzeugt war, d'Aval würde sie nie zu der Seinen machen?

»Hat Eure gestrenge Krankenpflegerin nicht angeordnet, dass Ihr Euch noch schonen sollt?«, erkundigte er sich mit einem freundschaftlichen Lächeln, als der Ritter ihn erreicht hatte.

Das Lächeln wurde nicht erwidert. D'Aval sah ihn kühl an und überging die Anspielung auf Marierose. »Ein Mann weiß selbst, wann er auf seinen eigenen Beinen stehen kann, Fitzgeorge. Wie steht es um die Burg? Wie viele Männer hat Seine Majestät bei uns gelassen? Was hat er über die Zukunft von Nansay Hall entschieden?«

»Das müsst Ihr ihn fragen«, entgegnete Fitzgeorge nun ebenfalls eine Spur bedächtiger. »Mir hat er nur befohlen, Euch zu unterstützen, solange Ihr meine Hilfe benötigt. Danach soll ich nach York reiten und mit dem Hof zusammentreffen, der sich bis Mitte des nächsten Monats dort einfinden wird. Wenn Malcolm Canmore seinen Vasalleneid erneuert, dann soll halb England zum Zeugen dafür aufgerufen werden.«

»Also hat der König gesiegt?«

»Gestern erreichte uns der Bote. Für diesen Sommer ist der Frieden im Norden gesichert. Es bleibt, zu hoffen, dass König Malcolm seine Lektion gelernt hat.«

»Kennt Ihr einen einsichtigen Schotten?«

Die trockene Gegenfrage entlockte Fitzgeorge ein Grinsen. Er fand Gefallen an dem Ritter und glaubte zu erkennen, was Marierose anzog: eine Mischung aus Beherrschung und kühler Überlegung, aber unter der Oberfläche unbestreitbar Feuer. Alles gemeinsam würde er benötigen, um Marierose zu erobern. Aber wollte er das überhaupt? Was empfand er für die Braut, die ihm der König quasi aufgezwungen hatte?

»Ich fürchte, nein«, entgegnete er unbeschwert und behielt seine Gedanken für sich. »Trinkt Ihr einen Becher Wein mit mir? Dann kann ich Euch in allen Einzelheiten berichten, was wir bisher unternommen haben, um die Schäden des Überfalls zu beseitigen. Diese Halle frisch zu kalken, werde ich indes der Herrin des Hauses überlassen. Sie hat sicher ihre eigenen Vorstellungen, wie ihr Heim aussehen soll.«

Seine Worte rauschten an Cyrs Ohren vorbei, während er unter halb gesenkten Wimpern Ausschau nach eben dieser Herrin hielt. Auch er kannte Ryan Fitzgeorge nur dem Namen nach. Er wusste lediglich, dass er sächsischer Herkunft war und sich wenig in die ehrgeizigen Intrigen des Hofes mischte. Soweit es die Gerüchte besagten, war er verheiratet und Vater einer zahlreichen Kinderschar. Was erwartete sich die Witwe von ihm? Ein weiteres Abenteuer? Je mehr er darüber nachdachte, umso zorniger wurde er.

Während der unerträglichen Stunden im Verlies und an der Säule hatte ihm der Gedanke an sie Kraft gegeben. Die Sorge um ihr Wohlergehen hatte ihn von den eigenen Schmerzen abgelenkt. Anscheinend hatte er sich umsonst gesorgt. Sie wusste sich zu helfen und mächtige Gönner zu finden.

»Die Herrin des Hauses ...«, wiederholte er, tief in Gedanken versunken.

»Das ist nach dem Tode der alten Lady Marierose von Nansay«, bestätigte Fitzgeorge, obwohl ihm seine Schwägerin den Schwur abgenommen hatte, sich nicht in ihre Angelegenheiten zu mischen. »Weshalb habt Ihr gezögert, sie zur Frau zu nehmen, wie Rufus es wollte?«

»Sie hat mir glaubhaft versichert, dass sie lieber den Schleier nehmen will, um ihren verstorbenen Gemahl hinter Klostermauern zu betrauern.«

»Marierose? Ich bitte Euch, wenn es je ein Geschöpf gegeben hat, dass die Freuden des Lebens liebt, dann ist sie das.«

Das Einvernehmen, das aus seinen Worten sprach, ließ Cyrus d'Aval förmlich rotsehen. Fitzgeorge kannte die vielen verschiedenen Gesichter von Liliana oder Marierose offensichtlich besser als er! D'Aval verspürte das geradezu mörderische Bedürfnis, dem Sachsen für dieses Wissen seine Fäuste in das allzu offene Gesicht zu rammen. Ein Rest von Vernunft warnte ihn vor einem derart unbeherrschten Angriff, aber er brachte es nicht fertig, das Gespräch fortzusetzen.

»Lasst uns ein anderes Mal miteinander reden. Was ich jetzt brauche, ist frische Luft«, quetschte er zwischen zusammengebissenen Zähnen hervor und ließ den Ritter des Königs mitten in der rauchgeschwärzten Halle stehen.

Fitzgeorge blickte ihm in einer Mischung aus Verblüffung und aufkeimendem Verständnis nach. Er war mit Marieroses großer Schwester verheiratet. Er wusste sehr wohl, in welchen Zustand die Töchter des Rosenturmes auch die vernünftigsten Männer versetzen konnten.

Cyrus d'Aval stapfte mit raumgreifenden Schritten durch den Burghof, ohne auch nur einem Menschen, der ihm begegnete, Beachtung zu schenken. Er brauchte einen Ort, wo er in Ruhe nachdenken konnte; nun erinnerte er sich, von den Wällen aus am Fuße des Südturms einen kleinen Garten gesehen zu haben, der ebenso vernachlässigt wie einsam zu sein schien. Es hatte ihn verwundert, dass Lady Margaux diesem Fleck Erde nicht mehr Sorgfalt angedeihen ließ. Seine eigene Mutter hatte die Beschäftigung mit Blumen und Pflanzen geliebt, und er erinnerte sich verschwommen an sonnige Tage voller Duft und trägem Bienengesumme, voller Lachen und mütterlichem Verständnis.

Das versteckte Geviert zwischen den Mauern von Nansay war sicher ebenfalls einmal als Refugium für die Herrin des Hauses geplant gewesen. Nun wucherten Unkraut und Gras, wilde Holunderbüsche und struppige Kräuter auf dem verachteten Brachland. Mit Ausnahme einiger Taubnesseln blühten keinerlei Blumen um die steinerne Bank an der südlichen Mauer, dabei war der sonnige Ort windgeschützt und wie dafür geschaffen, auch empfindliche Pflanzen heranzuziehen.

Ein Amselpärchen fühlte sich von seinem Auftauchen gestört und stob zeternd auf die Mauerkrone hinauf. Der plötzliche Lärm riss eine Gestalt aus ihrer Versunkenheit, die neben der Bank kniete und allem Anschein nach einen Rosenstock von Unkraut und Wildwuchs befreite. Marierose sprang so schnell auf die Füße, dass sie auf den eigenen Rocksaum trat und taumelte. Cyrus d'Aval war der letzte Mensch, den sie in diesem vergessenen Garten erwartet hätte.

»Ihr?«

»Auf wen hast du stattdessen gehofft? Fitzgeorge?«

»Ryan? Weshalb …«

»Ryan, aha …«

Es waren nur wenige Worte, aber sie genügten, um auf beiden Seiten die Fronten zu verhärten.

»Ich habe niemanden erwartet«, erwiderte Marierose stolz und drückte die schmalen Schultern durch. »Aber ich hatte auch nicht erwartet, dass Ihr bereits auf den Beinen seid, Seigneur.«

»Störe ich dich?«

»Stören?« Marierose konnte mit der vorwurfsvollen Frage nichts anfangen.

»In deinem schändlichen Getändel mit Fitzgeorge.«

Marierose riss die Augen auf; sie konnte nicht glauben, was sie da hörte. Würde er denn nie aufhören, sie irgendwelcher Schandtaten zu verdächtigen? Hatte sie so viel Verächtlichkeit wirklich verdient? In ihrer jähen Empörung achtete sie weder auf Vorsicht noch auf Vernunft.

»Ich tändle mit niemandem, Seigneur, und wenn ich es täte, so wäre ich Euch dessentwegen keine Rechenschaft schuldig.«

»O doch, mein Mädchen!«

Ehe Marierose begriff, wie ihr geschah, hatte er sie in die Arme gerissen und eroberte ihren Mund mit einem Kuss, der gleichzeitig gewalttätig und leidenschaftlich, süß und wundervoll vertraut war. Ein Kuss, der Ärger und Empörung fortschwemmte und Sehnsucht und Begehren zurückließ.

»Du gehörst mir, verstehst du? Allein mir!«

Marierose fühlte das Rauschen ihres Blutes und das wilde Erwachen ihrer Wünsche. O ja, sie gehörte ihm, mehr als er selbst es wusste. Ihre Hände schlossen sich um seinen Nacken, und sie fühlte erschrocken, dass er hager geworden war. Die Ereignisse hatten ihre Zeichen an ihm hinterlassen, aber seine Küsse schmeckten noch genau so erregend, wie sie es in Erinnerung hatte. Man konnte süchtig nach ihnen werden, wie nach Mohnsaft ...

Auch Cyrus d'Aval bebte ebenso vor Verlangen wie vor Ärger und Leidenschaft. Den Ärger ließ er an der hässlichen Haube aus, damit er seine Hände in den seidenweichen, silberblonden Kringeln vergraben konnte, die ihren eigensinnigen kleinen Kopf schmückten.

»Zum Henker, Weib, ich weiß nie, ob du nun Liliana oder Marierose bist«, fluchte er und küsste dabei die feinen Konturen des Feengesichts, das seine Träume beherrschte, wie es noch nie wegen einer Frau der Fall gewesen war. »Ich weiß nicht einmal, ob du die bist, für die dich alle halten.«

»Ist das wichtig?«, hauchte sie, überrumpelt von seinen Küssen und seiner Leidenschaft.

»Wie kannst du das fragen? Natürlich ist es wichtig!«

»Wozu?«

Damit ich entscheiden kann, ob ich dich lieben oder dir den Hals umdrehen soll, wütete Cyrus d'Aval stumm.

»Wenn es von Äußerlichkeiten wie einem Namen oder einer Stellung abhängt«, erwiderte Marierose, als hätte sie die Antwort vernommen und nicht nur sein Unbehagen gespürt, »dann ist es ohnehin falsch.«

Der Ritter sah in die glänzenden, zu ihm aufsehenden Augen. Sie spiegelten das intensive Blau des Himmels als verfeinertes Silberblau wider. Ein Engelsblick. Aber diese Frau war kein Engel! Im besten Fall war sie eine Komödiantin, im schlimmsten eine Gefallene, ein liederliches Frauenzimmer.

Marierose spürte, wie seine Zweifel alles vergifteten, was zwischen ihnen hätte wachsen können.

»Ihr seid wie dieser Garten, Cyrus d'Aval«, sagte sie, ohne zu wissen, woher sie die Worte nahm. »Harte Erde, die sich den Samenkörnern des Vertrauens und der Wohltat des Regens verweigert.«

»Was erwartest du? Dass ich in alberner Verblendung darüber hinwegsehe, dass du nicht die bist, die du spielst? Hat man dich in den Norden verheiratet, damit der Mantel des Schweigens über deine unheilvolle Neigung zum Abenteuer und zur Täuschung gedeckt wird? Kam der Junge aus Nansay gerade recht, der ebenfalls nach einem Mittel suchte, die eigenen Anlagen zu verbergen? Bei Gott, langsam verstehe ich, weshalb die Lady dir mit so viel Abneigung begegnet ist.«

Marierose erzitterte unter der ungerechten Anklage

wie auch unter dem Wissen, das er offenbarte. »Wer hat Euch das gesagt?«

Ihre Sorge galt allein dem Ruf des armen Gil von Nansay, aber Cyrus d'Aval nahm es als Bestätigung aller anderen Vorwürfe. »Der Teufel persönlich muss dich mit diesen Reizen ausgestattet haben, die einen Mann um den Verstand bringen. Nicht nur, dass du mich zum Narren hältst, nein, du streckst auch deine Krallen nach Fitzgeorge aus. Ist dir nicht klar, dass dieser Mann verheiratet ist?«

Marierose schnappte nach Luft. Die geballte Menge närrischen Unsinns, die der Ritter da zusammenmischte und über ihrem armen Kopf ausgoss, ging weit über jedes erträgliche Maß hinaus. Sie wusste nicht, was überwog, ihr Zorn, ihre Empörung, ihre Verletztheit oder die dumme Liebe, die sie trotz allem für diesen Mann empfand, der ausgerechnet in ihrer Gegenwart zum Einfaltspinsel wurde. Ein Rest von Stolz verbot ihr jedoch, diese Gefühle zu zeigen. Wenn er sie für eine schamlose Person hielt, die von ihrer eigenen Familie verstoßen worden war, so war dies seine Angelegenheit. Sie hatte ein reines Gewissen.

»Meinetwegen könnt Ihr gemeinsam mit Ryan Fitzgeorge zur Hölle fahren«, zischte sie mit schmalen Lippen. »Mir wäre es lieb, weder mit Euch noch mit ihm etwas zu schaffen zu haben.«

Es machte den erbitterten Streit nicht einfacher, dass sie einander während der ganzen Zeit in den Armen hielten. Cyrus war sich der anmutigen Gestalt unter den hässlichen Gewändern ebenso bewusst wie der zärtlichen Hingabe, die auf ihn wartete, wenn es ihm gelang, ihren Widerstand zu brechen. Marierose hingegen schwankte zwischen dem Zorn auf die eigene Schwäche und der überwältigenden Sehnsucht, die seine Nähe in ihr entfachte. Warum mussten sie einander wehtun? Warum konnten sie sich nicht einfach lieben?

Sie fuhr sich nervös mit der Zungenspitze über die Lippen. Nur ein winziges Zeichen von Schwäche, aber der Ritter hatte darauf gelauert.

»Du lügst schon wieder«, sagte er ihr auf den Kopf zu.

»Lass mich los, und ich gehe. Du musst nur deine Hände von mir nehmen, dann werde ich dich für immer in Ruhe lassen.«

Auch er log in diesem Augenblick, aber das änderte nichts daran. Marierose war viel zu sehr mit der Erkenntnis beschäftigt, dass er Recht hatte. Sie hätte mit Freuden ihr Leben, ihre Seligkeit und noch viel mehr dafür gegeben, für immer bei ihm zu sein. Sie wäre ihm sogar in die Hölle gefolgt, hätte sie nur ein einziges Wort der Liebe von ihm gehört. Solange sie ihn festhielt, bestand noch Hoffnung darauf. Ihn freizugeben bedeutete Einsamkeit und Verzweiflung.

»Hexe!«

Cyrus d'Aval verstand auch diesen Entschluss falsch. Freilich wollte er ebenso wenig reden wie Marierose. Er wollte das selige Vergessen der Leidenschaft, den Rausch, der alle Gedanken und Schwierigkeiten hinwegfegte unter dem glühenden Wunsch, sich zu vereinen und ein Ganzes zu sein. Mit wenigen Griffen löste er die Schlaufen der sittsamen Tunika, die seine bestrickende Freundin trug, und weitete das Band, welches den Ausschnitt des Untergewandes züchtig schloss.

Marierose spürte die Berührung der leichten Nachmittagsbrise auf ihrer bloßen Haut, die im Schutz der Gartenmauern nicht mehr als ein sachtes Streicheln war. Sie wusste, dass sie sich gegen die Freiheiten wehren sollte, die er sich herausnahm, aber sie tat nichts dergleichen. Sie überließ sich den kühnen Zärtlichkeiten, den leidenschaftlichen Küssen, den geschickten Fingern, die ihre Brüste freilegten und auf so wundervolle Weise liebkosten. Hatte sie sich nicht eben genau dies gewünscht?

Im klaren Sonnenlicht dieses Sommertages kam es Cyrus d'Aval vor, als hätte er eine jener Elfen gefangen, an die das einfache Volk trotz allen Christentums immer noch glaubte. Er zog Marierose mit auf die steinerne Bank und barg sie in seinen Armen, auf seinem Schoß. Trotz ihres durchaus menschlichen Gewichts schien sie ihm leicht und durchscheinend und so zart wie ein schimmernder Libellenflügel. Das hässliche Gewand hing ihr halb über die Arme und gab schimmernd seidige Haut frei, sodass ihm der Atem schwer wurde.

»Es ist gut, dass es keine Blumen in diesem Garten gibt«, raunte er und küsste die anbetungswürdigen Brustspitzen. »Es könnte ohnehin keine schöner sein als du.«

Marierose erbebte bis in die Tiefen ihres Leibes unter diesem sinnlichen Getändel. Wie konnte er denken, dass auch nur ein einziger anderer Mann imstande wäre, ihr diese Wonne zu schenken? Begriff er denn nicht, dass sie füreinander bestimmt waren? Dass nur er die Macht besaß, sie alles um sich herum vergessen zu machen?

Ihre winzigen Seufzer, die unnachahmliche Art, wie sie die Zähne in die Lippen grub, um sich zu beherrschen, und ihre halb hilflose, halb herausfordernde Hingabe ließen Cyrus d'Aval Vorwurf, Misstrauen und Empörung vergessen. Wer konnte schon zornig sein, wenn er die Liebe höchstselbst in den Armen hielt und spürte, wie sie in steigendem Begehren den schönen Leib an ihn schmiegte? Sicher bemerkte auch sie das leidenschaftliche Verlangen, das sie in ihm damit hervorrief. Weder Helligkeit noch Tageszeit oder Ort konnten ihn länger davon abhalten, sich zu nehmen, was er begehrte.

Auch Marierose schenkte den Umständen keine weitere Beachtung. Sie wollte ihn fühlen, mit ihm vereint sein und jene Wonne wiederfinden, die etwas Ganzes und Wunderbares aus ihnen beiden machte. Sie ließ zu, dass er ihr das Gewand vollends abstreifte, bis sie nur noch ihre flachen Schuhe trug, die sie der sommerlichen Temperaturen wegen am Morgen ohne Strümpfe über die schmalen Füße gezogen hatte. Die ungeheuerliche Kühnheit ihres eigenen Handelns war ihr so wenig bewusst wie die berückende Schönheit des Bildes, das sie in ihrer Nacktheit in diesem verwilderten Garten bot. Cyrus d'Aval kam es vor, als wäre eine der vollkommenen Marmorstatuen von ihrem Sockel getreten, welche die Römer in so großer Zahl in Britannien hinterlassen hatten. Allerdings war diese nicht kühl und hart. Sie glühte unter der makellosen Glätte der alabasterfarbenen Haut, und in ihren Silberaugen leuchteten so viel Liebe und Entzücken, dass ihm das Herz weit wurde.

»Komm zu mir, meine Schöne«, raunte er heiser. »Nimm mich auf in dich.«

Er zog sie auf seinen Schoß, und Marierose sank mit einem erstickten Laut grenzenloser Lust auf den hoch aufgerichteten Phallus. Sie war bereit für ihn, und sie nahm ihn in sich auf, ohne auch nur einen Wimpernschlag lang den Blick von ihm zu lassen. Sie tauchte in die goldenen Luchsaugen ein wie seine Männlichkeit in die enge, heiße Tiefe ihres Schoßes. Sie füllten einander aus und berührten sich bis in die Tiefen ihrer Seelen.

In der blendenden Klarheit dieser Begegnung erkannte sie Cyrus d'Aval in einer Weise, die weit über oberflächliches Sehen hinausging. Sie erkannte seine absolute Ehrenhaftigkeit, seinen Mut, seine Tapferkeit, seine Freundlichkeit, seine Wärme, aber auch seine grenzenlose Einsamkeit. Sie sah das Misstrauen und seine tief verborgene Angst, nicht gut genug zu sein, nicht dem Ideal zu entsprechen, das er selbst bei einem Ritter forderte.

All diesen Gefühlen begegnete sie mit ihrer schrankenlosen Liebe. Sie küsste die strengen Falten auf seiner Stirn und trieb ihm mit der geschmeidigen Bewegung ihres Leibes den Schweiß auf die Stirn. Er umfasste ihre Hüften und dirigierte das Tempo schneller, heftiger. Marierose überließ sich vertrauensvoll seiner Führung. Das Feuer in ihrem Schoß wurde zur Lava, und die Sonne zerstob in unzählige flirrende Lichtpunkte, während Cyrus sich mit einem Aufschrei in ihr verströmte. Sie hörte, sie fühlte sein Erschauern und umfing ihn mit der ganzen Kraft ihres Herzens und ihres Leibes. Sie gab sich auf und wurde eins mit ihm.

»Ich liebe dich, Cyrus d'Aval. Ich liebe dich so sehr, dass ich daran sterben könnte, und dabei würde ich so gern mit dir leben.«

Später wusste er nicht zu sagen, ob er diese Worte gehört oder geträumt hatte. Marierose war gegangen, kaum dass er sie freigegeben und sie ihre Kleider übergestreift hatte. Keine einzige Silbe war zwischen ihnen gefallen. Jetzt kam es ihm so vor, als hätte jeder von ihnen gefürchtet, der andere könne etwas Falsches sagen.

Der Ritter stieß den Atem heftig aus. Er war in den versteckten Garten gekommen, um seine Probleme zu überdenken, aber so wie es aussah, hatte er sich stattdessen ein neues eingehandelt. Er wusste jetzt, dass er ohne die süße Witwe nicht mehr leben wollte, egal, ob sie dem Wunschbild einer Edeldame entsprach oder nicht. Es war plötzlich nicht mehr wichtig.

Er erhob sich von der Bank, ordnete seine Kleider und wollte eben gehen, als sein Blick auf den Fleck Erde fiel, auf dem Marierose gekniet hatte, als er in den Garten getreten war. Ein knorriger Rosenstock kämpfte in ausgedörrter Erde um sein Überleben. Dornige Ranken, abgestorbene Zweige bis auf einen, der wohl erst in diesem Jahr aus der Erde gebrochen war. Schlank, fast zerbrechlich schmiegte sich eine zarte Ranke an der Bank nach oben und trug eine einzige Blüte, die eben erst ihre Blätter geöffnet hatte. Eine wilde Kletterrose von scharlachroter Blütenpracht, vollkommen und schön wie die Liebe, die er eben erfahren hatte.

# Neunzehntes Kapitel

*Nansay Hall*
*8. Juli 1091*

»Was soll das heißen – sie ist fort? Wollt Ihr mich zum Besten halten?«

»Das liegt mir fern, Seigneur. Der Bote kam am Tag des heiligen Thomas, und Lady Marierose hat augenblicklich ihre Truhen gepackt. Meine Tochter begleitet sie als Ehrendame. Macht Euch keine Sorgen um ihre Sicherheit, der König hat Ryan Fitzgeorge befohlen, die Damen auf ihrer Reise zu beschützen.«

Lady Bolton kam sich in ihrer neuen Eigenschaft als Haushofmeisterin von Nansay Hall ausgesprochen wichtig vor. Marierose hatte sie mit der Aufsicht über den Haushalt betreut; unter ihren Fittichen hatten sich auch die letzten Damen von Lady Margaux versammelt, die Nansay Hall nicht verlassen wollten. Sosehr sie zu Lebzeiten ihrer strengen Herrin über das Leben an der Nordgrenze gejammert hatten: vor die Wahl gestellt, zu ihren Familien in die Normandie zurückzukehren oder zu bleiben, hatten sie sich ohne zu zögern für Letzteres entschieden.

Cyrus d'Aval zog endlich die schweren, mit eisernen Nieten besetzten Reithandschuhe aus und sah sich in der frisch gekalkten Halle um. Auf den Steinplatten lagen frische Binsen, der Tisch war sauber geschrubbt, und neben dem Kamin standen in großen Messingkannen blühende Jasminzweige. Lediglich die Wände wirkten noch kahl, aber Lady Bolton und die Damen stichelten bereits eifrig an neuen Standarten. Es war ein Heim, wie es sich ein Ritter nicht besser wünschen konnte, und doch fehlte ihm plötzlich die Seele. Marierose hatte es verlassen.

Weil er gegangen war, ohne von ihr Abschied zu nehmen? Hatte sie denn nicht begriffen, dass er es tat, weil er sich selbst nicht traute? Sie mit Ryan Fitzgeorge lachen zu sehen, hatte ihn an den Rand seiner Beherrschung gebracht. Er hatte versucht, die Dinge zu klären, indem er sie noch einmal gebeten hatte, seine Gemahlin zu werden, aber sie hatte sich auch dieses Mal geweigert. Aus fadenscheinigsten Gründen, wie er fand, aber er war wenigstens so klug gewesen, seinen Zorn und den Schmerz darüber zu verbergen.

Er hatte sich davongemacht, um die Dörfer am Fluss zu kontrollieren und in Nansay Bridge den Stand der Aufbauarbeiten zu überprüfen. Wenn er sie mied, musste ihr doch klar werden, dass sie ihn ebenso brauchte wie er sie. So war er in der Hoffnung nach Hause gekommen, von einer reuevollen Liebsten empfangen zu werden, die gelernt hatte, die eigenen Launen zu zügeln. Die Nachricht von ihrer Abreise traf ihn völlig unvorbereitet.

»Der Bote hat auch eine Nachricht des Königs für Euch hinterlassen, Seigneur.« Lady Bolton reichte ihm ein Pergament mit Rufus' Siegel.

»Habt Dank.« Cyrus d'Aval griff danach und schob es zu ihrer Enttäuschung unter sein Wams. Er hatte nicht die Absicht, seine Neuigkeiten mit der Lady zu teilen.

Erst in der Stille seiner Kammer, die ebenfalls gesäubert und mit frischen Laken auf dem Bett auf ihn wartete, las er die Zeilen des Königs. Sie waren knapp und verrieten keinen Deut über seine weiteren Pläne.

»Ich erwarte Euch zum Tag des heiligen Jakob in York. Kommt und seid Eurem König zu Diensten. Rufus.«

»Zu Diensten – wobei?«

Der Ritter warf das Pergament auf den Tisch und trat an das Fenster. Sein Blick reichte weit über die Klippen auf das Meer hinaus, dessen Oberfläche wie flüssiges Silber glänzte. Wie Marieroses Augen, wenn sie in vorsichtiger Distanz abwartete, was er tat. Wenn sie »Nein!« sagte, wo er ein »Ja« erwartet hatte.

»Was willst du?«, hatte er sie angefahren, enttäuscht von ihrer Antwort und gekränkt von der Art, wie sie vor ihm zurückgewichen war. »Warten, bis dein Haar wieder gewachsen ist, wie es sich für eine ehrenwerte Frau ziemt?«

»Ich warte, bis Ihr die richtigen Worte findet, Seigneur«, hatte sie stolz erwidert.

»Wenn dir meine Worte nicht passen, wirst du wohl warten müssen, bis der Esk in seine Quelle zurückfließt«, hatte er das letzte Wort behalten, aber er verspürte keinen Triumph darüber.

Jetzt bedauerte er seinen Jähzorn. Er hatte sie davongetrieben. In die wartenden Arme eines anderen, der seine Gemahlin betrog. Er zweifelte keinen Augenblick daran, dass Ryan Fitzgeorge die Lady von Nansay mochte. Oft genug hatte er den amüsierten, liebevollen Blick bemerkt, mit dem er ihre Bitten befolgte und ihre seltenen Befehle quittierte. Marierose hatte sich geändert, obwohl sie noch immer die hässlichen Witwengewänder trug. Sie verströmte eine Sinnlichkeit, die jeden Mann in ihren Bann ziehen musste, und ihr seltenes Lächeln glich einem Wunder an Charme und unverhoffter Fröhlichkeit. Einer Fröhlichkeit, die sie nur in Gesellschaft Ryans zeigte, nie in der seinen. Bei ihm war sie scheu wie ein junges Reh, das seinen Jäger fürchtete. Womit hatte er solches Misstrauen verdient?

»Verflucht!«

Cyrus d'Aval wandte dem Meer den Rücken zu und versuchte seine Gedanken auf ein anderes Thema zu lenken. Sie hatte ihn verlassen, und er würde ihr nicht nachtrauern. Nicht einer geschickten kleinen Dirne, die ihre verborgenen Krallen an jedem wetzte, der ihr Macht und Einfluss versprach.

Und doch …

Nansay Hall war nichts ohne sie. Eine leere Hülle. Räume, in denen nicht ihre sanfte Stimme erklang, Treppen, über die nicht ihre hässlichen dunklen Röcke raschelten … Er ertappte sich dabei, dass er immer wieder den überwucherten Garten an der Südmauer aufsuchte. Die einsame Rose war verblüht, die wenigen Blätter des Stammes kräuselten sich in einer geheimnisvollen Krankheit. Es war nur eine Frage der Zeit, bis der Rosenstock vollends vertrocknet und taub sein würde. Unfruchtbar, wie es Lady Margaux ihrer Schwiegertochter so beißend vorgehalten hatte. Kein Wunder, dass Marierose nach Anerkennung und Liebe hungerte und die haarsträubendsten Dinge tat, um sich beides zu verschaffen. Woher nahm er das Recht, sie deswegen zu tadeln?

Der König hatte nach ihr geschickt. Warum? Um sie mit einem anderen zu verheiraten, der dann der Herr von Nansay Hall werden sollte? Cyrus d'Aval entdeckte, dass ihm diese Möglichkeit nicht das geringste Kopfzerbrechen machte. Sosehr er Nansay Hall in sein Herz geschlossen hatte, die Tatsache, dass Marierose einem anderen gehören sollte, tat mehr weh. Wann war sie ihm so viel wichtiger geworden als seine Ehre, ein Lehen, die Gunst des Königs oder all die anderen Abhängigkeiten, die sein Leben bisher so ausschließlich bestimmt hatten?

»Vergiss die Lady«, riet Benoît le Bras, der bei den Waffenübungen des nächsten Tages nicht übersehen konnte, dass Cyrus mit seinen Gedanken in ganz anderen Sphären schwebte.

»In der Tat? Vergisst du dann auch die entzückenden Sommersprossen der Demoiselle Blanche von Bolton?«

»Das ist ja wohl etwas anderes«, verwahrte sich der

junge Ritter mit dumpfer Stimme, weil er eben den Helm ablegte, den er für den Trainingskampf getragen hatte.

»Inwiefern?«

»Sie ist eine unbescholtene Jungfer. Ich werde den König um ihre Hand bitten, wenn wir in York sind. Sie ist alles, was ein Mann von seiner Gemahlin erwarten kann. Liebenswürdig, gehorsam, fleißig und immer bestrebt, mir zu Gefallen zu sein.«

Cyrus d'Aval reagierte mit einem unbestimmten Brummen auf diese Aufzählung. Sollte er Benoît darum beneiden, dass ein so kompliziertes Gefühl wie Liebe in seiner Aufzählung fehlte?

»Ich hoffe, du gibst uns beiden in Nansay Hall ein Dach über dem Kopf«, fügte Benoît zufrieden hinzu.

»Falls es mir bis dahin noch gehört.«

Der junge Ritter sah erstaunt auf. Er löste soeben die Lederschlaufen der eisernen Beinschienen, und gleich die erste rutschte ihm scheppernd aus den Fingern. »Was redest du da? Es ist dein Lehen mit Brief und Siegel vom König. Wer sollte es dir streitig machen?«

»Eben dieser König«, antwortete Cyrus trocken und säuberte sein Schwert mit einem geölten Leder. »Darf ich dich daran erinnern, dass ich nicht alle Bedingungen erfüllt habe, die er mir auferlegt hat?«

»Das ist nicht deine Schuld«, behauptete Benoît. »Du hast gehandelt wie ein Mann von Ehre. Wer konnte ahnen, dass die Witwe keine Nonne, sondern eine Dirne ...«

Er kam nicht dazu, den Satz zu Ende zu sprechen, denn die blanke Spitze eines gezückten Schwerts ragte kaum einen Fingerbreit vor seiner Nasenspitze auf.

»Noch einmal dieses Wort, und ich fordere dich zum Zweikampf, aber nicht mit Trainingswaffen«, knurrte Cyrus d'Aval so aufgebracht, dass Benoît verdutzt einen Schritt zurückwich.

»Gütiger Himmel, wenn du die Ehre dieser Lady verteidigen willst, bekommst du viel zu tun. Hast du einen solchen Narren an ihr gefressen?«

Cyrus lachte freudlos auf. »Sag lieber, *ich* bin der Narr. Das trifft es eher.«

»Sie ist fort, hast du das schon vergessen?«

»Sie ist in York, und der König hat mich zum Tag des heiligen Jakob nach York bestellt.«

Benoît öffnete den Mund, überlegte es sich jedoch anders und klappte ihn ohne jeden Laut zu.

»Wenn du meinst, dass ich mir keine falschen Hoffnungen machen sollte, dann bin ich ganz deiner Meinung.« Cyrus d'Aval nickte und widmete sich wieder seinem Schwert.

*

*In der königlichen Burg zu York*
*20. Juli 1091*

Marierose fühlte sich unter den Damen von Prinzessin Mathilda wie eine Krähe unter bunten Schmetterlingen. Die Schwester des Königs war die erste Dame des Hofes, da Rufus keine Anstalten machte, sich eine Gemahlin zu suchen. Dass Mathilda mit einer ganzen Schar von Ehrendamen ebenfalls in York Hof hielt, bekundete die politische Bedeutung, die der König seinem Aufenthalt in dieser Stadt beimaß.

Der Hofstaat der Prinzessin bestand aus den edelsten Damen des Reiches, und nicht wenige von ihnen hegten im Geheimen noch die Hoffnung, die Aufmerksamkeit des Königs auf sich zu ziehen. Sie hatten das Auftauchen der ernsten jungen Witwe, die Rufus seiner Schwester ans Herz gelegt hatte, mit Misstrauen beobachtet. Zwar hatte sie ihre Reverenz vor der königlichen Frau in bescheidenen Gewändern gemacht, aber nicht einmal diese hatten verbergen können, dass sie Anmut und Eleganz besaß. Der erste Eindruck hatte allerdings schnell einem Gefühl der Überlegenheit Platz gemacht. Inzwischen fanden sie die junge Frau reizlos, schüchtern, aber immer freundlich und bereit, jedem zu Diensten zu sein.

Prinzessin Mathilda hingegen war nicht umsonst die jüngste Tochter des Eroberers. Sie hatte die Fähigkeit ihrer verstorbenen Mutter geerbt, die Menschen nicht allein nach Äußerlichkeiten zu beurteilen. Zudem wusste sie, dass Rufus sich noch nicht entschieden hatte, ob er Marierose von Nansay tadeln oder loben sollte. Eine Frau, die ihren königlichen Bruder an seinem Urteil zweifeln ließ, konnte Mathilda nur ins Herz schließen. Sie wünschte, es gäbe mehr von ihrer Sorte, damit Rufus sich mit ihnen beschäftigen könnte und nicht mit seinen Freunden, seinen Kriegen und seinen Jagden.

Marierose fragte sich zwar, weshalb Mathilda ausgerechnet sie mit ihrer Gunst ehrte, aber sie hatte Gefallen an der winzigen, energischen Person der Prinzessin gefunden. Sie war immer bereit, ihr zu Diensten zu sein, und sie erhob sich auch jetzt sofort, als Mathilda sie zu sich winkte.

»Seid so lieb und tut mir einen Gefallen, Lady Marierose«, bat sie freundlich. »Der König erwartet einen seiner verdientesten Ritter mit seinem Gefolge, und da die Quartiere in York knapp werden, hat er Master Clifford, den Handelsmann in der Stonegate, gebeten, die Gäste in seinem neuen Hause zu beherbergen. Es liegt mir daran, dass eine meiner Damen dort nach dem Rechten sieht. Ich weiß nicht, ob Master Clifford über eine Hausfrau verfügt, die alles vorbereitet, wie es sich gehört. Ich möchte nicht, dass die Gastfreundschaft des Königs Mängel aufweist und in Verruf gerät. Ich werde Befehl geben, eine Sänfte für Euch zu …«

»Aber nein«, fiel ihr Marierose ins Wort und errötete, weil ihr die eigene Unhöflichkeit zu Bewusstsein kam. »Verzeiht, königliche Hoheit. Ich wollte nur sagen, dass ich gern zu Fuß gehe.«

Sie stürzte sich geradezu auf diesen Auftrag, froh, der Untätigkeit unter den Damen der Prinzessin zu entkommen. Das ständige Geplauder um Kleider, Männer, Herzensdinge und Ehen wurde ihr zunehmend unerträglich. Wie sollte sie vergessen, was in Nansay Hall geschehen war, wenn sie ständig daran erinnert wurde?

Prinzessin Mathilda lächelte gnädig und beugte sich wieder über ihre Stickerei, damit Marierose das vergnügte Funkeln in ihren Augen nicht entdeckte. Es war ein harmloses kleines Komplott, und sie hoffte, dass es dazu beitrug, die Schatten der Traurigkeit zu beseitigen, die in den Augen ihrer neuen Ehrendame lagen. Wie schade, dass sie ihr Gesicht nicht sehen konnte, wenn sie entdeckte, welchen Herrn sie da im Namen des Königs in York willkommen heißen sollte.

Marierose eilte in ihr eigenes Quartier, scheuchte Blanche aus ihren Träumen von Benoît le Bras und drängte zum sofortigen Aufbruch.

»Du glaubst gar nicht, wie froh ich bin, diesem Hühnerstall zu entkommen«, gestand sie ihrer Begleiterin, als sie auf die Straße traten und sich nach rechts in die niedere Ousegate wandten, die zum Fluss hinunterführte. »Ich hatte völlig vergessen, wie viele verschiedene Bänderfarben es gibt und welches Problem es sein kann, wenn ein Grün nicht zum anderen passt.«

»Vielleicht überzeugt es Euch davon, endlich andere Gewänder zu tragen.« Blanche konnte es nicht lassen, dieses Thema immer wieder vorzutragen. Es kränkte sie, dass über ihre Herrin die Nase gerümpft wurde.

»Ach, Blanche.« Marierose wich einem Gerber aus,

dessen Kleider auf fünf Schritt Entfernung nach Säure und Harn stanken. »Fang nicht schon wieder damit an. Ich bin meinem Stand gemäß gekleidet.«

»Vielleicht empfängt Euch der König deswegen nicht.«

»Rufus ist kein Mann, der auf Frauenkleider Wert legt«, widersprach Marierose, während ihre Augen neugierig von einer Seite der Gasse zur anderen wanderten.

Bisher hatte sie nicht viel von York gesehen. Sie wusste, dass es wie so viele andere Städte Britanniens von den Römern gegründet worden war und dass die Sachsen den Ort Eoforwic genannt hatten. In seiner wechselvollen Geschichte als bedeutender Handelsplatz hatte er ebenso Wikinger wie Dänen gesehen und war noch zu Zeiten des Eroberers von den Nordmännern besetzt gewesen.

Heute präsentierte sich die Stadt als Ort zahlloser Kirchen, wichtiger Handelshäuser und Knotenpunkt des britannischen Nordens. In den Gassen wimmelte es vor Menschen, und die beiden jungen Frauen hatten Mühe, sich ihren Weg zu bahnen. Seit der König in York Residenz genommen hatte, befanden sich noch mehr Fremde in ihren Mauern als je zuvor.

Doch nicht einmal all diese mannigfaltigen Bilder vermochten Marierose von ihren heimlichen Sorgen abzulenken. Rufus hatte sie nach York bestellt, und Ryan hatte sie wie ein Bündel überflüssiger Waren bei der Prinzessin abgeben. Seitdem hatte sie weder ihn noch den König gesehen, geschweige denn eine Nachricht von einem der beiden erhalten. Wenn sie Mathilda fragte, wurde sie vertröstet. Sie solle sich keine Sorgen machen, hieß es. Aber Marierose war mittlerweile halb närrisch vor Fragen und Sorgen.

Die langen Stunden bei Prinzessin Mathilda, die sie als Beute ihrer eigenen Gedanken am Stickrahmen verbracht hatte, waren nicht ohne Folgen geblieben. Inzwischen musste sie selbst einsehen, wie ungewöhnlich, wenn nicht gar anstößig es auf den König gewirkt haben musste, dass sie sich in Knabenkleidern auf den Weg gemacht hatte, um Hilfe für Nansay Hall zu holen. Keine der hübschen Ehrendamen wäre auf eine solche Idee verfallen. Andererseits wäre ohne ihr Eingreifen die Burg den Schotten in die Hände gefallen, das musste Rufus doch ebenfalls bedenken!

Und dann waren da auch noch die Nächte, in denen sie wach lag und dummen Träumen von Liebe und Leidenschaft nachhing. Sie hätte zu gern gewusst, wie Cyrus d'Aval auf ihre Abreise reagiert hatte. Wütend? Traurig? Erleichtert? Sie wusste nur, wie sie selbst sich fühlte. Schwach vor Sehnsucht, müde vor Kummer und an manchen Tagen so erschöpft, dass sie am liebsten ihr Bett nie mehr verlassen hätte. Jeder einzelne Augenblick der verzauberten Stunde im Burggarten stand in unbarmherziger Klarheit vor ihren Augen und peinigte sie mit der Gewissheit, dass sie nie wieder solche Seligkeit erleben würde.

Auch jedes Wort ihres letzten schlimmen Streits hatte sie im Gedächtnis behalten. Wie konnte er nur glauben, dass sie die Brosamen seiner gütigen Entscheidung mit Begeisterung schlucken würde? Wie sollte sie einen Ritter zum Mann nehmen, der ihr gnädig mitteilte, dass er bereit war, über ihre üblen Charaktereigenschaften hinwegzusehen, nur weil er sie begehrte? Sie wollte nicht begehrt, sie wollte geliebt werden!

»Das ist die Stonegate.«

Blanche blieb beeindruckt vor einem mehrstöckigen Steinhaus stehen, dessen reich gegliederte Straßenfassade einen wohlhabenden Besitzer verriet. Durch die offenen Torflügel des Hofes sahen sie eine Reihe von Pferden, Wagen und Fuhrwerken, die entladen wurden. Knechte und Bewaffnete drängten sich zwischen Hausmägden und reich gekleideten Reisenden, die allem Anschein nach soeben eingetroffen waren.

»Wir kommen zu spät. Sie sind schon da«, vermutete Blanche und deutete auf eine Dame im eleganten Reitkleid, die mit energischen Gesten Ordnung in Gepäckstücke und Menschen brachte.

Marierose fixierte die Frau wie in Trance und fasste mit tauben Fingern nach Blanches Arm. Die Häuser der Stonegate verschwammen vor ihren Augen.

»Was ist mit Euch?« Blanche sah bestürzt, dass ihre junge Herrin taumelte und blasser als die weiße Haube wurde, die auf ihrem Kopf saß. »Fühlt Ihr Euch nicht wohl? He, du da!« Sie winkte eine der Mägde aus dem Hof herbei. »Das ist die Lady von Nansay, sie kommt im Auftrag Ihrer königlichen Hoheit, Prinzessin Mathilda, um die Gäste in Empfang zu nehmen. Aber sie fühlt sich nicht wohl, das Gedränge in der Stadt ...«

Ihre aufgeregte Stimme erreichte das Ohr der beeindruckenden Dame im Hof, und ehe Blanche wusste, wie ihr geschah, wurde sie zur Seite geschoben und Marierose von vertrauten, liebevollen Armen umschlossen.

»Mein Kind!«

»Mutter!« Marierose konnte es nicht fassen. »Ich kann es nicht glauben. Ich muss träumen.«

»Ich bin durchaus wirklich, meine Kleine. Wie schön, dass du gleich gekommen bist, uns zu begrüßen. Ich hatte gehofft, dich so bald wie möglich zu sehen.«

Marierose hörte die Stimme, die Worte, und in ihrem wirren Kopf fügten sich die einzelnen Teile zu einem Bild, gerade so wie die bunten Glasstücke eines kostbaren Kirchenfensters. Begreifen und sich befreien war eines, wenngleich sie noch nicht sicher auf ihren Beinen war und ihr Herz seltsam hoch oben in der Kehle schlug.

»Mathilda hat es gewusst, deswegen hat sie mich hierher geschickt, nicht wahr? Alle haben sie es gewusst. Ryan, der König, ganz York vermutlich.«

»Nur Meister Clifford, dem dein Vater viele seiner Pferde verkauft hat, mein Kind. Willst du mich nicht deiner Begleiterin vorstellen? Und dann solltest du deinen Vater umarmen. Er ist ganz ungeduldig, sich mit eigenen Augen davon zu überzeugen, dass seine kleine Tochter wohlbehalten und gesund ist. Lieber Himmel, lass dich ansehen. Du bist eine Frau geworden.«

Marierose wich vor ihrer Anteilnahme zurück. Das Bild der Lady verschwamm vor ihren Augen und bekam merkwürdige schwarze Ränder, die immer breiter wurden. Sie rang angestrengt nach Luft, während die Stimmen um sie herum leiser wurden. Dann wurde es dunkel …

# Zwanzigstes Kapitel

*York, Stonegate*
*20. Juli 1091*

»Woher soll ich wissen, ob ihr auch wirklich nichts fehlt?«

»Du könntest versuchen, mir einfach zu glauben.«

»Das fällt schwer, weißt du. Sie sieht so … so anders aus.«

»Du hast vor mehr als fünf Jahren von einem Kind Abschied genommen, Lieber. Dies hier ist eine junge Lady.«

Die Stimmen klangen fern und doch wundervoll vertraut. Marierose lauschte ihnen und ohne den Wunsch, sie zu unterbrechen. Sie kannte die liebvollen Ermahnungen, die brummigen Antworten und das tiefe Verständnis, das beide füreinander empfanden, nur zu gut.

»Auf jeden Fall finde ich es empörend, dass eine meiner Töchter herumläuft wie eine Bettelnonne. Allein diese Haube ist eine Beleidigung für das Auge eines jeden Mannes. Wie soll sie jemals wieder einen Gemahl finden! Nimm sie ihr gefälligst ab und … was ist *das?*«

Das väterliche Gebrüll überzeugte Marierose davon, dass es an der Zeit war, die Augen wieder aufzuschlagen. Es hatte keinen Sinn, den Fragen aus dem Weg zu gehen, die früher oder später doch über sie hereinbrechen würden.

»Kahl geschoren wie eine Verbrecherin«, ächzte Raynal de Cambremer und hielt sich am Fußpfosten des Alkovens fest, in den man die ohnmächtige junge Frau in aller Eile gelegt hatte.

»Ich bin nicht kahl«, protestierte Marierose entrüstet. »Wie kannst du so etwas behaupten?«

»Aber das sind nicht deine Haare. Du hattest Haar wie

gesponnenes Mondlicht, das in silbernen Wellen bis über deine Hüften fiel«, erinnerte sich ihr Vater.

»Es sind meine Haare, und sie werden wieder wachsen. Außerdem sind Haare völlig unwichtig. Warum hast du mir meine Haube genommen?«

»Was ist das für eine Begrüßung für deinen Vater?« Der Lord von Hawkstone schüttelte den Kopf, dass die dichten, silberweißen Haare, die sein Haupt bedeckten, nur so flogen.

Marierose hatte mit Vorwürfen gerechnet, aber jetzt konnte sie plötzlich nicht einen davon ertragen. Was wussten sie schon, was sie erlebt hatte? Waren sie nur gekommen, sie zu schelten? Hatte sie selbst sich nicht schon genug über den Verlust ihres schönsten Schmucks gegrämt?

»Es ist die Begrüßung für einen Mann, dem Äußerlichkeiten wichtiger sind als alles andere«, entgegnete sie mit so unerwarteter Würde, dass es ihrem Vater die Sprache verschlug. Gleichzeitig setzte sie sich auf und machte Anstalten, das Bett zu verlassen.

»Langsam, Kind.« Lady Liliana de Cambremer, die Dame von Hawkstone, legte sanft eine Hand auf die Schulter ihrer Tochter. »Die Überraschung war zu viel für dich. Bleib noch ein wenig sitzen.«

Marierose schenkte ihrer Mutter ein vorsichtiges Lächeln. »Es tut mir Leid, wenn ich euch erschreckt habe. Es ist nicht meine Art, das Bewusstsein zu verlieren. Aber ich war nicht darauf vorbereitet, euch zu sehen. Prinzessin Mathilda hatte mich nur gebeten, mich davon zu überzeugen, dass alles für die besonderen Gäste Seiner Majestät vorbereitet ist.«

»Also geht es dir gut?«

Marierose versuchte dem prüfenden mütterlichen Blick standzuhalten. Dass ihr das Herz wie ein schwerer

Stein in der Brust lag, ging nicht einmal Lady Liliana etwas an.

»Aber natürlich. Wo ist meine Gefährtin?«

»Master Clifford zeigt der Demoiselle Bolton gerade seine neuesten Stoffe. Es ist mir gelungen, sie zu beruhigen und ihr klar zu machen, dass du bei mir in den besten Händen bist. Sie scheint ein aufgewecktes Mädchen zu sein. Sie hat mir erzählt, dass sie zu deinen Damen in Nansay Hall gehört.«

Damen? Marierose hätte um ein Haar gelacht. Aber sie sandte Blanche ein stummes Dankeschön. Offensichtlich hatte sie die demütigenden Einzelheiten ihres Lebens in Nansay für sich behalten. Wenn es nach ihr ging, sollte das auch so bleiben.

»Was bringt euch nach York?« Ihre erste Freude über das unerwartete Widersehen mit ihren Eltern wurde mehr und mehr von Vorsicht überlagert. »Wer schickte den Boten, der euch auf die Landstraßen trieb? Ryan? Rufus? Ich habe keinen von ihnen darum gebeten.«

Der Lord von Hawkstone konnte die Augen nicht von seiner Tochter nehmen. Unerwartet kratzbürstig fand er sie, angriffslustig und geradezu herausfordernd verschlossen. Kommt mir nicht zu nahe, sagte ihre stolze Haltung, und der feine Kopf mit den skandalös kurzen Locken verlieh ihr den Charme eines trotzigen Pagen. Er hatte sie sanft in Erinnerung, eine Spur zu eitel und selbstverliebt, aber liebenswürdig. Gehorsam nur, soweit es sich mit ihren eigenen Wünschen deckte. Die letzte Eigenschaft fand er noch am ehesten in der ärgerlichen kleinen Amazone wieder, die Rechenschaft forderte, wo er nur Freude und Willkommen erwartet hatte.

»Der König wünscht die edelsten Herren seines Reiches um sich versammelt zu sehen, wenn Malcolm, der Schottenkönig, seinen Vasalleneid erneuert«, entgegnete er darum seinerseits würdevoll. »Deine Mutter hat mich begleitet, weil es uns eine gute Gelegenheit erschien, Wiedersehen mit einem Kind zu feiern, das wir seit Jahren nicht gesehen haben. Verzeih uns, wenn wir so dumm waren und dachten, dass du dich darüber freust.«

»Ach, Papa!«

Ehe Lady Liliana den beleidigten Gemahl und die schwierige Tochter zur Ordnung rufen konnte, hatte Marierose selbst gehandelt. Sie musste sich hoch auf die Zehenspitzen recken, um den stattlichen Lord von Hawkstone umarmen zu können, aber nach dem ersten Versuch kam er ihr entgegen und zerdrückte sie in einer ungeschickten, heftigen Umarmung, die alles über seine aufgewühlten Gefühle verriet.

Marierose hatte die Erinnerung an einen imponierenden Lord gehegt, den seine Kinder respektierten und dem die Menschen von Hawkstone freudig gehorchten. Jetzt entdeckte sie bestürzt unerwartete Zeichen des Alters an ihm. Seine würdevollen Bewegungen waren von einer gewissen Schwerfälligkeit gezeichnet, die Falten im Gesicht zahlreicher und tiefer, das Haar unverkennbar dünner. Er war immer noch eine Achtung gebietende Erscheinung, aber er war von der Last seiner Jahre gebrandmarkt.

»Verzeih mir, dass ich so abscheulich war«, bat sie halb aus kindlicher Liebe, halb aus erwachsener Einsicht. »Es kommt mir immer noch so vor, als träumte ich nur, dass ihr hier seid.«

Der Lord ließ sich mehr Zeit mit seiner Kapitulation. »Hält sich deswegen deine Freude über unsere Ankunft so in Grenzen?«

Marierose löste sich aus der väterlichen Umarmung und trat zurück. Die Bewegung, mit der sie Abstand zwischen sich und ihre Eltern brachte, veranlasste den Lord und die Lady, einen erstaunten Blick zu tauschen. Keines ihrer Kinder hatte je versucht, sie auszuschließen.

»Das kommt dir nur so vor, weil ich kein kleines Mädchen mehr bin, Vater.« Marieroses sanfte freundliche Stimme stand in krassem Widerspruch zu der Botschaft, die ihre Worte enthielten. Sosehr sie ihre Eltern liebte, ihre innere Stimme sagte ihr, dass sie ihre persönliche Lage nicht einfacher machen würden. Sie würden Rechenschaft fordern, sich einmischen und Ratschläge aufdrängen, wo sie keine haben wollte. Sie griff nach der Haube, die ihre Mutter noch immer in der Hand hielt, und befestigte sie wieder.

»Was ist mit deinem Haar, warst du krank?«

»Nein.« Marierose seufzte und sah ein, dass sie nicht alles für sich behalten konnte. »Nach Gils Tod war ich völlig verzweifelt. Ich wollte in ein Kloster gehen und mein Leben dem Gebet und der Einkehr widmen. Damals habe ich mir zum Zeichen meiner Trauer das Haar abgeschnitten, und es wächst nur sehr langsam wieder nach.«

Dass Lady Margaux dies getan hatte, behielt Marierose für sich. Was änderte es schon, wenn ihre Eltern einer Toten zürnten? Das Ergebnis blieb dasselbe.

»Trägst du deswegen auch diese Nonnenkleider?« Der Lord war sowohl Vater als auch Mann, und beide entsetzten sich über die Erscheinung der jungen Frau.

»Ich war lange genug eitel.«

»Gils Tod muss schrecklich für dich gewesen sein«, sagte Lady Liliana mitfühlend und riss das Gespräch wieder an sich. »Aber du wirst sehen, dass das Leben für dich noch nicht zu Ende ist. Du bist jung, und du wirst eine neue Liebe finden. Ich weiß es, auch wenn es dir derzeit unglaublich erscheint.«

Ich habe sie schon gefunden, erwiderte Liliana in Gedanken. Es ist keine neue Liebe, sondern die eine, einzige.

Aber wenn nicht ein Wunder geschieht, wird sie mir wie Wasser zwischen den Fingern hindurchrinnen.

»Berichtet mir von zu Hause«, bat sie ihre Eltern und wechselte abrupt das Thema. »Wie geht es meinen Schwestern? Der kleinen Rozabel und meinem Bruder Bryan? Was machen Sophia Rose und Roselynne? Blühen die Rosen in Hawkstone?«

Sie sprudelte die Fragen nur so heraus, und Lady Liliana versuchte sie zu beantworten, während sie Mühe hatte, das eigene Erstaunen zu meistern. Sie hatte gedacht, es werde ein Leichtes sein, Marierose zu durchschauen, aber sie war nicht auf die stählerne Mauer vorbereitet gewesen, hinter der diese sanfte Tochter ihre Gedanken und Gefühle verbarg.

*York, am Tor von Monkbar*
*24. Juli 1091*

»Wohin?«

»Zur Burg, wo sonst sollte Rufus Wohnung genommen haben.«

Benoît le Bras verdrehte immer wieder neugierig den Kopf, während sie durch die Straßen von York ritten. Die Stadt war zahllose Male erobert, gebrandschatzt und besetzt worden, sie hatte unter Normannen, Dänen und Schotten gelitten, aber sie bot ihren Besuchern dennoch das Bild einer reichen, quirligen Handelsmetropole, die vor Leben und Betrieb förmlich summte.

Es bedurfte einer festen Hand, die Pferde durch das Gewimmel aus Lastenträgern, Fuhrwerken, Reitern, Müßiggängern und Neugierigen zu lenken, die sich in den engen Gassen zwischen den hohen Steinhäusern drängten. Le Bras hatte Mühe damit, während sein Begleiter in eherner Ruhe im Sattel saß und Bylord keinen Spielraum für aufgeregte Possen ließ.

Cyrus d'Aval beugte sich dem Befehl seines Königs, aber es kam ihm vor, als würde er zu seiner eigenen Hinrichtung zitiert. Welchen Dienst konnte er Rufus schon leisten, nachdem er in Nansay Hall so schmählich versagt hatte? Wieder bei klarem Kopf und in gnadenloser Selbstkritik ließ er keine Entschuldigung für sein Unvermögen gelten. Er hatte das ihm anvertraute Lehen nicht vor Angreifern schützen können und somit gegen die erste und wichtigste Pflicht eines Lehnsherrn gefehlt. Er verdiente Tadel, wenn nicht gar Strafe.

Bei näherem Nachdenken glaubte er auch hier den Grund für Marieroses Verhalten gefunden zu haben. Eine Frau wie sie, geschickt, abenteuerlustig, sinnlich und hungrig nach Anerkennung, konnte keinen Verlierer lieben. Nach allem, was sie in Nansay Hall von Lady Margaux erduldet hatte, mochte er es ihr nicht verübeln, dass sie sich einen starken Beschützer wie Fitzgeorge gesucht hatte. Einen Mann, der ihre Interessen wahrte und den sie vielleicht sogar lieben konnte, weil er so viel mehr der ritterlichen Tugenden besaß als der jüngste Sohn des Herrn von Aval.

*Ritterliche Tugenden? Er betrügt seine Gemahlin mit Marierose, hast du das schon vergessen?*

Seine innere Stimme hatte die lästige Angewohnheit, sich in gnadenloser Logik zu melden. Auch wenn sie Recht hatte, wollte er nichts davon hören. Sein Missmut zeichnete so finstere Linien in sein Gesicht, dass man dem Reiter und seinem mächtigen Streitross auf den ersten Blick aus dem Wege ging. Dennoch verdrehte manch eine Bürgerin den Kopf nach dem stattlichen Nobelmann, dessen glänzend braunes Haar für einen Normannen zu lang war und dessen goldene Luchsaugen viel zu gleichgültig über die Wunder von York glitten.

Die Stadt war an der Ouse gelegen, ehe diese in den Foss mündete, und wurde von der Burg überragt, die der Vater des jetzigen Königs während seiner Regierungszeit zu einem mächtigen Bollwerk ausgebaut hatte. Dennoch schien die Festung förmlich aus den Nähten zu platzen. Ställe, Quartiere und Hallen vermochten die Männer kaum zu fassen, die Rufus um sich versammelt hatte.

Benoît le Bras sah sich unter all den Rittern, Handelsleuten, Besuchern, Bittstellern und Gesandten vergeblich nach einer Frauengestalt um. Ganz im Geheimen hegte er die Hoffnung, die fröhliche Demoiselle von Bolton hier in York wiederzusehen.

»Es sieht mir eher nach einem Heerlager denn nach dem königlichen Hof aus«, stellte er fest, nachdem sie ihre Pferde versorgt und ihr persönliches Gepäck sicher hinterlegt hatten.

»Was hast du erwartet?« Cyrus d'Aval hieb ihm kameradschaftlich zwischen die Schulterblätter. »Rufus wäre schlecht beraten, wenn er den Schotten zu sehr traute. Lass uns hineingehen und Seiner Majestät unsere Aufwartung machen. Ich möchte es hinter mich bringen.« Ein Wunsch, auf dessen Erfüllung der Ritter länger warten musste, als ihm lieb war.

Vor dem Gemach des Königs herrschte, sofern das überhaupt möglich war, noch größeres Gedränge als in allen anderen Teilen der Burg. Es blieb d'Aval nichts anderes übrig, als einem überforderten Sekretär seinen Namen zu nennen und sich in Geduld zu fassen.

Er war dermaßen in seine düsteren Gedanken verloren, dass er den Edelmann nicht bemerkte, der eben das Kabinett des Königs verließ. Der Mann blieb stehen und ließ seine Augen über die Wartenden schweifen, die auf eine Audienz bei Seiner Majestät hofften. Er trug ein langes, dunkelblaues Gewand nach byzantinischer Mode, das an Halsausschnitt und Ärmeln mit einer eleganten Goldborte besetzt war, und keine Kopfbedeckung auf den weißen Haaren. Barhäuptig und ohne Waffen wirkte er in der Schar der vielen Ritter allein durch die Macht seiner starken Persönlichkeit. Erst als sich die Menge vor d'Aval teilte und der Patriarch vor ihm stehen blieb, sah der Ritter auf und blickte in ein Paar kühler grüner Augen, die ihn kritisch musterten.

»Cyrus d'Aval?« Der Tonfall war unverkennbar der eines gebürtigen Normannen.

»Zu Euren Diensten, Seigneur.« Cyrus respektierte sowohl das Alter des Mannes, der hoch in den Fünfzigern sein musste, wie die Aura von Autorität, die ihn umgab. Zweifellos zählte er zu jenen immer weniger werdenden Rittern, die den verstorbenen Eroberer nach England begleitet hatten und die auch Rufus ehrte.

»Begleitet mich ein paar Schritte, damit ich Euch ein wenig kennen lernen kann«, befahl der Edelmann mehr, als er bat. »Seine Majestät hat mir mitgeteilt, dass es sein Wunsch ist, dass Ihr eine meiner unverheirateten Töchter zur Gemahlin nehmt.«

»Gütiger Himmel, nicht schon wieder!« Der Ausruf war getan, ehe Cyrus ihn zurückhalten konnte.

Der Edelmann blieb stehen und bedachte ihn mit einem Blick, noch missbilligender als zuvor. »Wie darf ich das verstehen, Herr Ritter?«

»Verzeiht.« Cyrus d'Aval versuchte sich zu fassen und seiner spontanen Ablehnung den Ruch der Beleidigung zu nehmen. »Es ist nur so, dass der König unheilvollen Gefallen daran findet, mir eine Gemahlin nach der anderen anzutragen, obwohl ich mich entschlossen habe, nicht zu heiraten.«

In dem Augenblick, da er es aussprach, empfand er schon die Erleichterung. Mit einem Mal lag seine Zukunft klar und kalt vor ihm. Er würde seinem König mit dem Schwert in der Hand dienen, nicht mehr, aber auch nicht weniger. Der kurze närrische Traum von einem Heim, von einer liebenden Gemahlin und jener Wärme, die er nie kennen gelernt hatte, war vorbei.

»In der Tat?« Der Edelmann verschränkte die Arme vor der breiten Brust und musterte Cyrus aus neugierigen grünen Augen. »Wer seid Ihr, dass Ihr die Befehle Eures Souveräns infrage stellen wollt?«

Etwas in diesem anmaßenden Blick mutete Cyrus d'Aval auf seltsame Weise vertraut an, aber er tat das Gefühl ab wie die Reste einer Spinnwebe, die er versehentlich berührt hatte.

»Ich fürchte, das wollt Ihr gar nicht wissen, Seigneur«, entgegnete er beherrscht. »Bittet den König, einen anderen Gemahl für Eure Tochter zu suchen, sie würde nicht glücklich mit mir werden.«

»Und warum nicht?«

»Weil ich eine Frau liebe, die mich für alle anderen verdorben hat.« Noch so eine Wahrheit, die ihm erst ins Bewusstsein drang, als sie über seine Lippen kam und der er sich nichtsdestoweniger unterordnen musste. Er liebte den silberhaarigen Kobold, egal, ob er nun Wilderer, Hexe, Nonne oder Dirne war. Er hatte Liliana erst verlieren müssen, um zu begreifen, dass sie alles gewesen war, was er sich je zu besitzen gewünscht hatte.

»Also werdet Ihr diese Frau heiraten?«, drang die Frage des Edelmanns in seine Gedanken.

»Nein. Sie ist mit einem anderen gegangen, der sie besser verstanden hat und der ihr mehr bieten kann.« Cyrus d'Aval tat einen tiefen, schmerzenden Atemzug. »Schaut mich an, und Ihr seht einen Narren, der einen Edelstein nicht von billigem Katzengold unterscheiden konnte.«

»Und das hat zur Folge, dass Ihr Euch mit Eurem König

anlegen und seine Befehle verweigern wollt? Mein Freund, wenn Ihr einen guten Rat von einem alten Mann annehmen wollt, dann überlegt Euch, was Ihr Rufus sagt. Und was meine Tochter betrifft, sie ist vielleicht ein wenig eigenwillig, aber dafür eine Lady von höchstem Stand und bester Erziehung. Ihre Mitgift ist nicht zu verachten.«

»Und wenn sie Prinzessin Mathilda persönlich wäre, es würde nichts an meinem Entschluss ändern, Seigneur. Wollt Ihr mir nicht sagen …«

»Vater! Ich wusste nicht, dass Ihr in York seid!«

Cyrus d'Aval verschluckte den Fluch gerade noch, sodass lediglich ein heiseres Krächzen aus seiner Kehle kam, während er dabei zusah, wie der fremde Edelmann und Ryan Fitzgeorge einander umarmten. Fitzgeorges Vater! Was war das für ein merkwürdiger Zufall? Bot ihm der Ritter etwa die eigene Schwester zum Trost dafür an, dass er Marierose zu seiner Buhle gemacht hatte? Zum Donner, welch ein Durcheinander!

»Ritter d'Aval? Seine königliche Hoheit wünscht Euch jetzt zu sprechen.« Einer der schönen jugendlichen Pagen, die in Mengen in Rufus' Diensten standen, neigte sich vor Cyrus und erwartete, dass er augenblicklich dieser Aufforderung folgte.

Warum auch nicht? Es ersparte ihm, zu Fitzgeorge höflich sein zu müssen. Er begnügte sich mit einem knappen Kopfnicken und folgte dem Pagen.

Die beiden Männer sahen ihm nach. Er spürte ihre Blicke förmlich in seinem Rücken. Der Teufel sollte sie holen! Alle beide!

# Einundzwanzigstes Kapitel

*In der Burg von York*
*25. Juli 1091*

»Ich kann nicht, Blanche.«

Marierose sank auf die Bettkante zurück, nachdem sie sich heftig in den Nachttopf erbrochen hatte. Sie wagte keine weitere Bewegung, aus Angst, die Übelkeit könnte zurückkehren.

»Aber Ihr müsst Euch anziehen, Herrin. Der ganze Hof wird dem Hochamt beiwohnen. Der König erwartet die Prinzessin und ihre Damen zu sehen. Wenn Ihr vielleicht eine Kleinigkeit zu Euch nehmt …«

»Bitte nicht.« Marierose hob abwehrend die Hand. Schon der Gedanke an Essen hatte unheilvollen Einfluss auf ihren Magen. »Ich bin krank.«

Blanche von Bolton starrte ihre blasse Herrin an, die wie ein Häufchen Unglück im Alkoven kniete und tatsächlich aussah, als wollte sie im nächsten Augenblick die Besinnung verlieren. Sie wusste nur eine Lösung, und sie dankte dem Himmel, dass sie seit ein paar Tagen ebenfalls im Hause Clifford wohnten, weil die Lady von Hawkstone nicht zugelassen hatte, dass ihre Tochter sie verließ.

»Was höre ich, du fühlst dich nicht wohl?« Lady Liliana eilte augenblicklich an das Lager ihrer Tochter.

Marierose öffnete die Augen, die sie erschöpft geschlossen hatte, als Blanche mit dem Nachttopf den Raum verlassen hatte. Verärgert begriff sie, dass ihre Gefährtin die Gelegenheit benutzt hatte, ihre Mutter zu alarmieren. Warum ließen sie sie nicht in Frieden?

»Mir ist übel«, flüsterte sie und schloss die Augen wieder vor dem forschenden Mutterblick.

»Und das nicht zum ersten Mal«, entgegnete Lady Liliana mit einem Lächeln.

»Woher weißt du das?«

»Marierose, ich habe fünf Kinder zur Welt gebracht, du darfst mir glauben, dass ich die Zeichen kenne und weiß, wie du dich fühlst.«

»Wie ich mich fühle?« Marierose runzelte verwirrt die Stirn. »Und welche Zeichen? Wovon sprichst du?«

»Du bist in guter Hoffnung, Kind. Deswegen bist du am Tage unserer Ankunft in Ohnmacht gefallen, und deswegen plagt dich des Morgens die Übelkeit. Wann hast du zum letzten Mal deine Mondtage gehabt?«

»Ich ...« Marierose fuhr hoch, ohne an ihre Beschwerden zu denken, und gab ein ungläubiges Schnauben von sich. »Wie sollte ich? Ich bin unfruchtbar. Blanche hat dir doch sicher alles weitergetratscht, was Lady Margaux in Nansay Hall über mich verbreitet hat. Ich werde nie Kinder bekommen.«

Sie zweifelte keinen Augenblick daran, dass ihre Mutter Blanche von Bolton einem energischen Verhör unterzogen hatte, nachdem sie selbst sich geweigert hatte, ihr Einzelheiten über ihre Ehe und ihr Leben in Nansay Hall zu erzählen. Lady Liliana war nicht die Frau, die ein Vorhaben aufgab, wenn sie es auf normalem Wege nicht erreichen konnte.

»So wie es aussieht, war wohl eher dein armer Gemahl nicht fähig, ein Kind zu zeugen«, erwiderte die Lady so sachlich, dass Marierose der Mund offen stehen blieb. Das gab ihr Zeit zu denken. Es hatte keinen Sinn, ihrer Mutter zu erklären, dass sie mit Gil nie das Lager geteilt hatte. Aber sie hatte es mit einem anderen Mann getan, und nicht nur einmal.

Mit der instinktiven Geste aller Mütter legte sie die flachen Hände auf ihren Leib und horchte in sich hinein. Sie tat es zum ersten Mal, denn sie war nie auf den Gedanken verfallen, ihre außergewöhnlichen Fähigkeiten, verborgene Dinge wahrzunehmen, bei sich selbst anzuwenden. Aber nun spürte sie den winzigen Funken Leben, der um ihre Aufmerksamkeit heischte. Ein Kind von Cyrus d'Aval! *Heilige Mutter Gottes, ich danke dir! Welch ein wundervolles Geschenk!*

Sie schlug die Augen wieder auf und begegnete dem Blick ihrer Mutter mit solchem Strahlen, dass der Lady die Frage nach dem Vater dieses Kindes fürs Erste in der Kehle stecken blieb.

»Ich wusste es nicht«, sagte Marierose entrückt. »Ich dachte, ich wäre allein. So ist mir der Himmel am Ende doch wohl gesonnen. Es ist mir etwas geblieben, dem ich meine Liebe schenken kann.«

»Ach, Kind …« Lady Liliana setzte sich an das Lager ihrer Tochter und strich ihr über die kurzen Locken. »Ich wollte, ich hätte gegen deine Ehe damals Einspruch erhoben. Ich dachte, du wirst glücklich in Nansay. Ich war mir so sicher, dass es dein Schicksal ist, in den Norden zu gehen.«

»Aber du hattest doch Recht, Mutter«, widersprach Marierose. »Am Ende habe ich in Nansay genau das Glück gefunden, das du mir gewünscht hast. Eine Liebe, die mir bestimmt war.«

»Dann wirst du den Vater deines Kindes zum Manne nehmen?«

»Nein.«

Die knappe Silbe rief unheilvolle Stille in der Kammer hervor.

»Und warum nicht? Wenigstens das solltest du mir sagen, wenn du schon sonst aus allem ein solches Geheimnis machst.« Lady Liliana wagte nicht stärker auf ihre mütterliche Autorität zu pochen. Ihre Tochter war mittlerweile eine erwachsene Frau, und ihr Leben in Nansay Hall hatte sie geprägt. Sie hatte zu schweigen gelernt.

Marierose zögerte genau aus diesem Grunde. Aber dann ging ihr mit blendender Klarheit auf, dass auch sie Mutter sein würde. Dass sie ebenfalls mit jener ausschließlichen Liebe um das Glück ihres Kindes kämpfen würde. Lady Liliana hatte die Wahrheit verdient.

»Er liebt mich nicht, Mutter. Er begehrt mich, aber er achtet mich nicht.«

Sie sagte es mit so viel Würde, dass ihre Mutter verstummte und ihr schließlich mit einem tiefen Seufzer antwortete: »Stolz ist eine ehrenwerte Eigenschaft, Tochter, aber ich fürchte, wir haben dir zu viel davon vererbt.«

»Wenn ich ihn ablege, bin ich nicht mehr ich selbst«, erwiderte Marierose schlicht.

»Willst du mir nicht wenigstens sagen, wer er ist?«

Marierose neigte den Kopf zur Seite und schenkte ihrer Mutter ein geradezu mitleidiges Lächeln. »Wen willst du täuschen? Mich? Du weißt es doch längst. Ich möchte wetten, Ryan hat euch erzählt, was ich getan habe, um den König nach Nansay Hall zu bringen.«

Lady Liliana hob besiegt die Hände mit den Innenflächen nach außen. »Gestatte mir eine letzte Frage. Hast du auch an die Reaktion deines Vaters gedacht, wenn er hiervon erfährt?«

»Was auch immer er sagt und tut, du darfst nicht zulassen, dass er sich einmischt.« Marierose griff nach der Hand ihrer Mutter und presste sie so heftig, dass der Lady ein Schmerzenslaut entwich. »Cyrus d'Aval ist ehrenhaft und stolz. Er würde nicht zögern, mich zur Frau zu nehmen, und dann säße ich in einer schlimmeren Falle als bei Gil. Denn dieses Mal liebe ich den Kerkermeister, der mich demütigt und missachtet.«

»O Gott, welch ein Durcheinander ...« Lady Liliana rieb

sich die Schläfen. »In dem Fall kann ich dir nur raten, aufzustehen, eines der hübschen Gewänder anzuziehen, die dir dein Vater gekauft hat, und deinen Platz unter den Damen von Prinzessin Mathilda einzunehmen. Nur so kann es dir gelingen, dein Geheimnis zu wahren, bis wir den Weg gefunden haben, den dein Leben künftig nehmen soll.«

»Und wenn mir wieder übel wird?«

»Es geschieht nur morgens, du wirst es sehen. Außerdem werde ich dir ein Kräuterelixier mischen, das die Beschwerden besänftigt. Ich nehme doch an, dass es in York einen Apotheker gibt, der die Zutaten dafür vorrätig hat.«

Lady Liliana behielt Recht. Marierose konnte den Alkoven verlassen, und während Blanche ihr beim Anlegen der neuen Gewänder zur Hand ging, entdeckte sie eine Spur des alten Vergnügens am Schmücken zurück. Sie hatte so lange keine schönen Gewänder mehr getragen! Zudem hatten sich die damenhaften Roben einer Lady noch nie in ihren Truhen befunden. Gil hatte es geliebt, sie in leichten, schlichten Hauskleidern zu sehen, wenn nicht gar im Pagenkostüm ihrer heimlichen Ausflüge. Heute wusste Marierose, dass er in ihr nur die Kameradin und nie die Frau gesucht hatte.

Die Edeldame, die mit Prinzessin Mathilda dem feierlichen Hochamt in der Kirche zur Heiligen Dreifaltigkeit beiwohnte, glich in nichts der farblosen frommen Nonne, die nach York gekommen war. Über einem zartblauen Untergewand mit eng anliegenden langen Ärmeln aus feinstem Atlas trug sie ein ärmelloses Obergewand aus azurblauem Brokat. Sein Saum endete eine Handbreit über dem verschwenderisch bestickten Silbersaum des unteren Rockes. Gegürtet mit einer feinen Kette aus Silbergliedern und an Ausschnitt und Säumen mit einer Borte aus cremeweißen Perlen verziert, war dieses Gewand ebenso modisch wie kostbar.

Das Dilemma der kurzen Haare hatte Lady Liliana mit einem perlenbestickten, steifen Käppchen gelöst, von dessen Kante ein hauchzarter hellblauer Schleier wehte und das verspielte helle Löckchen an Stirn und Schläfen freigab. Es sah aus, als wäre dieses höchst modische Gebilde auf Marieroses hochgesteckten Haaren befestigt, und so zog sie mehr als nur einen Blick auf sich, während sie in versunkener Anmut ihre Gebete verrichtete. Auf ihren Lippen lag ein Lächeln, das dem Leben galt, welches in ihr wuchs, das aber die männlichen Mitglieder des Hofes geradezu dazu anstachelte, die Köpfe nach der unbekannten Schönen zu verdrehen.

»Ich freue mich, dass Ihr Euch entschieden habt, dem Leben wieder zuzulächeln«, hatte Prinzessin Mathilda ihre spektakuläre Verwandlung kommentiert.

Die jüngeren Edeldamen ihres Gefolges, die Marierose bisher so mitleidig geduldet hatten, waren deutlich weniger begeistert von dem Wunder. Auch jetzt hielten sie Abstand und betonten auf diese Weise unwillentlich die besondere Stellung der jungen Frau. Auch Cyrus d'Aval, der unter den Rittern des Königs stand, fiel die Hofdame im prächtigen hellblauen Gewand auf. Da er sie indes nur von hinten sah, konnte er lediglich die Anmut ihrer Haltung und die Eleganz ihrer Robe bewundern. Immer wieder wanderten seine Blicke zu ihr, und er fragte sich verwirrt, was ihn an der Unbekannten so faszinierte.

Das Rätsel löste sich erst beim anschließenden Empfang in der Burg, bei dem Rufus den höchst mürrischen, schottischen König Malcolm, dessen Gefolge, die eigenen Edelmänner, die Honoratioren der Stadt und die Gesandten anderer Herrscher willkommen hieß, die ebenfalls zum Jakobstag nach York geeilt waren. Die festlich geschmückte große Halle quoll über vor Menschen. Die Ritter des Königs umgaben Rufus mit einer Phalanx aus hoch gewachsenen Kämpfern, die Malcolm Canmore ohne Worte davor warnte, den Frieden erneut zu brechen. Auch Cyrus d'Aval war unter diesen Männern, und er fragte sich nicht zum ersten Mal, ob das wirklich alles war, weshalb ihn sein König nach York bestellt hatte.

Rufus' Begrüßung war die eines beschäftigten Monarchen gewesen, der seinen Ritter augenblicklich an dessen Kameraden weitergereicht und allem Anschein nach Wichtigeres zu tun gehabt hatte, als über das künftige Schicksal von Nansay Hall zu entscheiden. »Wir werden darüber reden, wenn die Schotten wieder fort sind«, hatte er gesagt und Cyrus nicht die kleinste Möglichkeit gegeben, seine eigenen Pläne vorzutragen.

Der Klang der Fanfaren verkündete den Einzug Prinzessin Mathildas und ihrer Damen, und er riss d'Aval aus seinen Gedanken. Eher gelangweilt ließ er die Blicke über die vielen Köpfe gleiten. Die mächtige Gestalt des Edelmannes, der ihm seine Tochter angetragen hatte, stand ganz in der Nähe, und die Lady an seiner Seite war durchaus einen zweiten Blick wert, auch wenn sie ihm im Alter nur wenig nachstand. Die silbernen Strähnen in den hochgesteckten nachtschwarzen Haaren wirkten bei ihr wie ein eleganter Schmuck, und die königliche Gestalt in der burgunderroten Samtrobe bewegte sich in altersloser Anmut, als sie sich zu ihrem Begleiter neigte und eine Bemerkung machte. Cyrus sah, wie sich die harten Züge des Nobelmannes zu einem Lächeln verzogen, das in seiner Zuneigung so intim war, dass ihn jäher Neid durchzuckte.

Irritiert ließ er die Augen weiterwandern und entdeckte einige Damen hinter der Prinzessin ein Aufblitzen von Blau und Silber. So zerbrechlich und zierlich war die Dame, dass sie von ihren größeren Gefährtinnen fast unsichtbar gemacht wurde, doch als sie alle gemeinsam mit

Mathilda dem König ihre Reverenz erwiesen, konnte es keinen Zweifel mehr geben. Nur eine einzige Frau in ganz Britannien besaß diese tänzerische Grazie und neigte den Kopf in so unverwechselbarer Eleganz. Marierose von Nansay!

Cyrus d'Aval zuckte so heftig zusammen, dass er einen verwunderten Blick von Benoît le Bras und Robert von Mortain erhielt, die ihn zu beiden Seiten flankierten. Er versuchte sich zu fassen, während ihm die Hitze in die Stirn stieg und sein Herz aus dem Rhythmus kam. Dies war weder ein Kobold noch eine Nonne, weder eine Gauklerin noch die Geliebte aus dem verwilderten Garten. Vor dem König verneigte sich eine betörende Fremde, mit der er nichts mehr zu schaffen hatte. Dennoch konnte er nicht verhindern, dass es ihn traf wie der heimtückische Hieb eines Schwertes, als er sie mit Ryan Fitzgeorge plaudern sah, nachdem der offizielle Empfang sich auflöste und der König mit seinen Ehrengästen zur Tafel schritt. Sie flirtete dermaßen auffällig mit dem Baron von Aylesbury, dass ihm die Galle aufstieg und sich seine Fäuste ganz von selbst ballten.

Allein, hatte er sie jemals so bezaubernd, so unbeschwert und liebenswürdig erlebt? Ohne die ängstliche Scheu, die sie sonst bedrückte? Und obwohl er das wunderhübsche Gewand hasste, das sie so verwandelte, und ihr am liebsten die törichte Schleierhaube vom Kopf gestoßen hätte, musste er zugeben, dass sie und Fitzgeorge ein schönes Paar abgaben.

Zu Zeiten der verstorbenen Königin hätte die Zuneigung des verheirateten Barons zu einer ungebundenen Witwe einen hellen Skandal hervorgerufen, aber Rufus kümmerte sich selten um das Privatleben seiner Ritter. Er war genügend damit beschäftigt, die eigenen Neigungen zu vertuschen. Schon aus diesem Grund würde er beide

Augen zudrücken, um seinem Freund und Gefährten Fitzgeorge den Spaß nicht zu verderben.

Cyrus verfluchte Gehorsam und seinen Stand, die ihn dazu zwangen, das verdrießliche Getändel mit anzusehen. Seine goldenen Augen schossen wahre Blitze des Unmuts in Fitzgeorges Richtung, während er gleichzeitig mit steinerner Miene auf seinem Platze verharrte. Die Schotten machten sich gegenseitig auf ihn aufmerksam. Für sie war er der Ritter, der Nansay Hall bis zum Ende verteidigt und die Führer des Clans McDowell ausgelöscht hatte. Einer jener verdammten Normannen, die dafür sorgten, dass der Süden Britanniens fest in der Hand von Wilhelms Sohn blieb. Ein Feind, schlimmer als der König, der sie erpresste.

Marierose brauchte niemand, der sie auf den Edelmann aufmerksam machte. Sie spürte seine Gegenwart mit allen Fasern ihres Seins. Sie brachte sie dazu, das Kinn höher zu recken, die Schultern stolzer zu straffen und Ryan noch strahlender anzulächeln. *Sieh her, Cyrus d'Aval! Das ist die Dirne, die dir nicht gut genug für deine Liebe war. Auch sie hat ihren Stolz, und sie wird dir nicht zeigen, dass sie am liebsten auf Knien um deine Küsse betteln würde.*

Ryan Fitzgeorge erkannte, wie dünn das Eis war, unter dem Marieroses Verzweiflung schwelte. »Willst du nicht aufhören, für den armen d'Aval dieses schändliche Theater zu spielen, kleine Schwester?«

»Niemand hindert ihn daran, die Wahrheit in Erfahrung zu bringen«, widersprach Marierose, ohne ihr Lächeln aufzugeben. »Bin ich daran schuld, dass er die eigene Meinung für so unverrückbar hält, dass er es nicht tut? Ich zeige ihm nur, dass es mich nicht schert, was er von mir denkt.«

»Dickkopf!«

Marierose zuckte mit den Achseln und lächelte eisern

weiter. »Du entschuldigst mich, die Prinzessin könnte meine Dienste brauchen.«

Eine Ausrede, sie wussten es beide. Dennoch verneigte sich Ryan höflich vor seiner Schwägerin und sah ihr sinnend nach, als sie durch die Reihen der Gäste schritt, die in Anerkennung ihrer Anmut und Schönheit vor ihr zurückwichen. Auch Cyrus konnte die Augen nicht von ihr lassen, und er setzte sich wie von einem Magneten angezogen in Bewegung.

Er musste sich durch die Menge der Menschen drängen, die sich vor ihr von selbst geteilt hatte. Dennoch erreichte er gleichzeitig mit ihr den Ausgang. Sie standen sich so unverhofft gegenüber, dass ihnen beiden im ersten Atemzug die Worte fehlten. Auch Marierose hatte den Ritter noch nie im festlichen Wappenrock gesehen, das lange Haar mit einem Lederband aus dem Gesicht gehalten. Das Licht der Fackeln und Kerzen brach sich in den Juwelen auf seinem Waffengehänge und spiegelte sich im goldenen Feuer seines eindringlichen Blickes.

Die Menschen um sie herum versanken in Bedeutungslosigkeit. Cyrus d'Aval vergaß zum ersten Mal, seit er ein erwachsener Mann war, was sich für einen Ritter ziemte und welche Ziele er im Auge hatte. Nur eines war ihm wichtig: diese Frau!

Aber auch Marierose vermochte ihre Verstellung nicht länger aufrecht zu halten. Cyrus entdeckte Schmerz und Sehnsucht in ihrem Blick. Eine Traurigkeit, die ihn erschütterte und augenblickliches Handeln erforderte. Ehe sie begriff, wie ihr geschah, hatte er ihren Arm genommen und zog sie aus der Halle, blind und taub gegen das Aufsehen, das er damit erregte, und gegen den leisen Protestschrei, mit dem auch die junge Frau nicht zulassen wollte, was er tat.

»Hör auf zu zappeln«, beschied er ihr knapp. »Es

macht den Aufruhr nur noch größer. Ich will lediglich einen Ort aufsuchen, wo wir miteinander reden können, ohne dass halb York mitsamt den Klatschbasen des Hofes die Ohren aufsperrt und uns zuhört.«

Marierose schnappte nach Luft. »Ihr seid närrisch, lasst mich los. Ihr seid hier nicht in Nansay Hall, wo Ihr über mich bestimmen könnt.«

Sie starrte in das kantig männliche Antlitz und wusste nicht, was sie tun sollte: ihrer Empörung noch weiter Luft machen oder einfach die Gelegenheit nutzen, um sich jede einzelne Linie einprägen, um sie dem kostbaren Schatz ihrer Erinnerungen hinzuzufügen, der ohnehin so jämmerlich gering war?

Erst in der düsteren Kapelle der Burg gab er sie frei. Von schweren Steinsäulen getragen, wölbte sich das niedere Dach des Gotteshauses über ihren Köpfen. Das Steinkreuz mit dem leidenden Heiland über dem Altar war nur ein Schatten, über den das Licht der flackernden Kerzen huschte. Es roch nach kaltem Weihrauch und Feuchtigkeit, nach Kerzenwachs und aromatischen Kräutern. Sie waren allein.

Sogar der Mönch, der gewöhnlich auf Knien für das Wohlergehen des Königs betete, hatte sich den Neugierigen angeschlossen, die die Festgäste begafften und den neuesten Klatsch über die hohen Herrschaften austauschten. Ein Tratsch, der sich mit Sicherheit auch des stürmischen Aufbruchs der Witwe Nansay und des königlichen Ritters annehmen würde.

»Wieso bist du nicht glücklich?« Cyrus d'Aval verschränkte die Arme vor der Brust, damit er sie nicht nach ihr ausstreckte. »Du hast doch alles, was ein Frauenherz begehrt. Schöne Kleider, Juwelen, einen freundlichen Geliebten und den Respekt des königlichen Hofes.«

»Einen freundlichen Geliebten …« Marieroses Stimme

versagte vor Empörung. Wieso kränkte es sie so tief, dass er sie für eine leichtlebige Dirne hielt? Sie wusste doch längst, dass er weder die Tiefe noch die Einmaligkeit ihrer Liebe begreifen konnte …

»Antworte.«

Sie versuchte den schweren Schlag ihres Herzens außer Acht zu lassen und die faszinierende Nähe seiner viel zu vertrauten Gestalt zu leugnen. Allein, es war ihr nicht möglich. Er berührte sie schon durch seine Gegenwart.

»Ihr habt kein Recht, Antworten zu fordern.« Ihre Stimme klang trotzig, aber verräterisch dünn.

»Dann schau mir in die Augen und schwöre, dass du glücklich bist. Dass du alles hast, was du dir wünschst.«

»Was sollte das für einen Sinn ergeben?«

»Wenn du mich überzeugen kannst, werde ich gehen und dich künftig in Frieden lassen.«

»Ihr würdet mir ja doch nicht glauben«, schnappte Marierose gekränkt zurück. »Für Euch bin ich eine Lügnerin, eine Dirne, eine Frau ohne Anstand und Moral, die Eure Achtung nicht verdient. Ein Gegenstand, den Ihr gebraucht, wenn Euch der Sinn danach steht, und in die Ecke stellt, wenn Ihr Wichtigeres zu tun habt.«

»Du bist die Frau, die ich liebe.«

Marierose konnte nicht glauben, was sie da gehört hatte. Sie zweifelte an sich selbst. Sie musste unter Wahnvorstellungen leiden und vernahm Stimmen, die nicht zu dieser Welt gehören. Eine andere Erklärung gab es nicht.

»Ihr macht Scherze …«, sagte sie schließlich angestrengt, als ihr klar wurde, dass er länger auf ihre Antwort warten würde, als sie das Schweigen ertrug. »Das Wort Liebe ist in Eurer Rede noch nie vorgekommen.«

»Ich kann es dir nicht nachtragen, dass du so von mir denkst«, erwiderte er voller Reue. »Ich habe kein Recht auf deine Verzeihung. Aber wenn du mich wirklich für immer fortschicken willst, musst du es mit Worten tun, die mich für sich gewinnen.«

»Und falls ich das nicht vermag?«

»Werde ich einen Priester finden, der uns zusammengibt, damit ich jeden künftigen Tag meines Lebens damit verbringen kann, dir die Liebe zu erweisen, die ich erst durch dich gefunden habe.«

Marierose stieß ein zitterndes Lachen aus. »Ihr wisst nicht, was Ihr sagt … Oder Ihr tut es, weil Euch der König keine andere Wahl lässt und Ihr für Nansay Hall sogar den Teufel küssen würdet.«

Cyrus d'Aval zuckte zusammen, aber er nahm den Schlag mit Haltung. »Ich bin nach York gekommen, um dem König meine Rechte an Nansay Hall zurückzugeben. Ich habe versagt, die Burg und ihre Menschen zu beschützen.«

»Das ist nicht wahr!«

»Ich hätte erkennen müssen, dass Lady Margaux vor nichts zurückschreckt und Belcastel ein Schurke ist. Sogar als du mich mit der Nase darauf gestoßen hast, war ich nur damit beschäftigt, deine Fehler zu zählen, statt meine eigenen auszumerzen und so zu handeln, wie du es gefordert hast.«

Marierose fühlte die Aufrichtigkeit seiner Worte, aber sie blieb dennoch misstrauisch. »Ihr habt mir nicht geglaubt, weil ich eine Frau bin. Vielleicht sollte ich Euch nicht glauben, weil Ihr ein Mann seid.«

»Noch dazu ein Mann, der beim König in Ungnade fallen wird. Rufus wird es als Verrat betrachten, dass ich Nansay für immer verlassen habe. Es ist möglich, dass er seine Ungnade auch auf dich ausdehnt, wenn du mir folgst. Du musst es bedenken, ehe du dich für Fitzgeorge oder mich entscheidest. Ich kann dir kaum mehr bieten als ein Dach über dem Kopf in der Burg meines Bruders.«

»Ihr meint es tatsächlich ernst.« Marierose fasste nach seinen Händen. Sie brauchte eine Bestätigung, die über das gesagte Wort hinausreichte. »Und was ist mit meiner tadelnswerten Neigung zum Abenteuer? Meinem verwerflichen Charakter und meinem Benehmen, das Euch daran zweifeln ließ, dass ich eine Edeldame bin?«

»Es macht dich unverwechselbar und zu der Frau, die ich mehr liebe als Ehre und Besitz.«

Marierose prüfte die Wahrheit seiner Worte und erschauerte. »In Nansay habt Ihr anders gesprochen.«

»Ich musste dich erst verlieren, um zu begreifen, wie viel du mir bedeutest.«

»Und wenn ich nun doch Ryan bevorzugen sollte …«, zwang sie ein Dämon, das Spiel bis zum bitteren Ende zu wagen.

Unter dem Druck ihrer schmalen, aber kräftigen Finger fühlte sie den Schock, der ihn durchlief. Das Stolpern seines Herzens, das sich über Stolz und Ehrgefühl hinweggesetzt hatte, gefolgt von tragischer Ergebenheit.

»Dann wünsche ich Euch alles Glück dieser Erde. Vergesst mich, Mylady, auch wenn ich Euch nie vergessen kann.«

Er befreite sich von ihren Händen, machte einen Schritt zurück, bedachte sie mit einer steifen Reverenz und ging zur Tür.

»So bleib, ich bitte dich!« Marierose stolperte fast über ihre kostbar bestickten Säume, so eilig lief sie ihm nach. »Ich hab doch nur gesagt, *wenn* … Ich könnte mich nie für Ryan entscheiden. Er ist mir teuer wie ein Bruder, aber du bist die andere Hälfte meines Wesens. Wie sollte ich leben ohne dich?«

Cyrus d'Aval sah in das glühende, rötlich überhauchte Gesicht und fand plötzlich all das Leben und das Glück in ihrem Blick, das er zuvor so vermisst hatte.

»Und Fitzgeorge?«

Marierose schnaubte höchst undamenhaft. »Ohne den kann ich gut leben.«

»Dann komm mit!«

Dieses Mal zog er sie sanfter vorwärts, und er blieb erst stehen, als sie beide vor dem Altarkreuz angekommen waren. Dort sank er auf das rechte Knie, legte die Schwurhand auf sein Herz und griff mit der anderen nach ihren Fingern. »Ich schwöre dir beim unsterblichen Licht meiner Seele, dass ich dich bis ans Ende meiner Tage lieben und ehren werde, als meine Gefährtin und Frau, als die Dame meines Herzens, als die Mutter meiner Kinder.«

Bezwungen von dem leidenschaftlichen Schwur, sank auch Marierose vor dem Altar auf die Steinquadrate des Bodens. Er konnte nicht ahnen, wie besonders die letzten Worte sie bewegten. Dennoch wagte sie einzuwenden: »Und wenn ich nun wirklich so unfruchtbar bin, wie Lady Margaux es behauptet hat?«

»Dann werden wir uns unter der Schar meiner Neffen und Nichten einen Erben suchen, falls wir irgendwann etwas zu vererben haben sollten.«

Marierose umfasste sein kantiges Gesicht mit beiden Händen und sah ihm tief in die unverwechselbaren Luchsaugen. »Dann schwöre auch ich dir beim Licht meiner Seele, dass ich dich bis ans Ende meiner Tage lieben und ehren werde«, wiederholte sie mit fester Stimme. »Als meinen Gefährten und Mann, den Vater meiner Kinder und den ewigen Herrn meines Herzens.«

Keiner von ihnen wusste zu sagen, wie viel Zeit vergangen war, bis sie zu sich fanden. Sei knieten vor dem Altar, die Blicke ineinander versunken, durchdrungen von der Gewissheit, dass nichts und niemand sie jemals wieder voneinander trennen durfte.

Cyrus d'Aval, der an diesem Morgen an sich selbst, an

seinem Schicksal und der Welt gezweifelt hatte, entdeckte jäh die Kräfte in sich, es mit all diesen Widrigkeiten aufzunehmen. Er schloss Marierose in seine Arme, küsste sie leidenschaftlich und fühlte sich danach bereit, sogar dem König die Stirn zu bieten.

»Was willst du tun?« Marierose erbebte unter seiner jähen Energie und kam sich vor, als würde sie in das Zentrum eines Wirbelsturmes hineingerissen.

»Einen Priester finden. Benoît Bescheid sagen, dass er unsere Abreise vorbereitet und eine Unterkunft finden, in der du darauf warten kannst, dass alles geregelt wird.«

»Ich habe eine Unterkunft.« Marierose wusste nicht, ob sie lachen oder protestieren sollte.

»Bei den Damen der Prinzessin, ich weiß«, nickte Cyrus d'Aval. »Fitzgeorge wird dich dort zuerst suchen.«

»Warum sollte er das tun?«

»Denkst du, ein Mann kann dich so einfach vergessen, meine Liebe? Ich habe es versucht, und ich sage dir, es ist sinnlos. Sobald du verschwunden bist, wird er jeden Stein in York anheben, um zu sehen, ob du darunter liegst. Vertrau mir, ich werde dafür sorgen, dass er dich nicht findet, ehe du meine Lady bist. Er ist ein Ehrenmann, diesen Bund wird er respektieren.«

Marierose konnte es nicht fassen. So unsinnig seine Vermutungen auch waren, es blieb die Tatsache, dass er alles akzeptierte und auf sich nahm, weil er sie so sehr liebte, dass es ihm egal war.

»So warte doch. Wir können nicht einfach davonstürmen und alles hinter uns lassen«, bat sie atemlos.

»Wir können. Vertrau mir.«

Und Marierose überließ sich dem Wirbelsturm. Er war alles, was sie sich wünschte.

# Zweiundzwanzigstes Kapitel

*York*
*25. Juli 1091*

Trotz der Sommerhitze, die auf den Dächern von York lag, blieb es kühl in der Kapelle von St. Mary on the Walls. Da das kleine Heiligtum neben dem Pförtnerhaus der neuen Benediktinerabtei von St. Marys lag, stand es auch für die Bürger der Stadt offen, aber an diesem Abend waren die Frommen schon nach Hause gegangen, und die Verzweifelten suchten Trost unter dem eignen Dach. Als Marierose und Cyrus eintraten, lag das winzige Gotteshaus im stillen Halbdunkel weniger Opferkerzen. Obwohl die junge Frau einen grauen Umhang über dem blausilbernen Kleid trug, fröstelte sie mit einem Male.

»Bist du sicher, dass alles seine Richtigkeit hat?«, vergewisserte sie sich.

Cyrus d'Aval drückte ihre Hand und nickte. »Es gibt keinen besseren Tag als heute. Alle Welt ist damit beschäftigt, das Schauspiel in der Burg zu beobachten und die Schotten zu belauern. Benoît kennt den Pater, der uns trauen wird, persönlich, er hat mit ihm gesprochen. Ich bin sicher, er erwartet uns bereits. Oder hast du am Ende doch Bedenken, einen landlosen Ritter zu ehelichen?«

Marierose schüttelte den Kopf. So ängstlich sie zuweilen auch war, vor dem Schritt, den sie jetzt tun wollte, fühlte sie weder Furcht noch Ungewissheit. Ihr schwindelte lediglich wegen der Eile, mit der ihr Geliebter zu Werke ging. Es kam ihr fast vor, als misstraute er ihr doch noch ein kleines bisschen. Sie suchte seinen Blick und entdeckte so viel leidenschaftliche Anteilnahme und verborgene Panik darin, dass ihre Vermutung bestätigt wurde. Was konnte sie schon dagegen tun, außer den Dingen ihren Lauf zu lassen? Für Erklärungen würde später noch genügend Zeit sein.

Erklärungen, die auch Blanche von Bolton abgeben musste, die sich hinter ihnen an Benoît le Bras klammerte, als wäre er der einzige Halt in diesem selbst verursachten Unwetter. Die beiden hatten nicht einen Herzschlag lang gezögert, das Abenteuer zu teilen, das Herrin und Freund so hastig eingingen.

»Ich habe Euch in Nansay Hall geschworen, dass ich Euch nie im Stich lassen werde, und ich halte diesen Schwur«, hatte Blanche tapfer ihren Standpunkt vertreten.

»Du weißt, dass ich denselben Eid geleistet habe«, hatte Benoît hinzugefügt, während Marierose und Cyrus einen fragenden Blick getauscht hatten.

»Ihr könnt doch nicht heiraten, nur um bei uns zu bleiben«, hatte sie am Ende leicht verzweifelt gerufen.

»Wer sagt Euch denn, dass nur Ihr die Liebe gefunden habt?«

Am Ende hatte Blanches ruhige Frage den Ausschlag gegeben. Jetzt würden sie zu viert vor den Altar treten, wo sie die dunkle, ruhige Gestalt eines Mönchs bereits erwartete.

»Cyrus? Dann hat mich mein Bruder also doch nicht zum Narren gehalten? Ich hätte nie gedacht, dass ein Mann Eures Ranges in aller Heimlichkeit getraut werden möchte. Aber ebenso wenig hätte ich angenommen, dass ein Leichtfuß wie Benoît einmal sein Herz an eine einzige Dame vergibt.«

Die Stimme des Mönches weckte eine ferne Erinnerung in Cyrus, und er beugte sich näher, um sein Gesicht im Kerzenschein zu mustern.

»Thomas le Bras? Ist das die Möglichkeit?«

»Jetzt Pater Thomas.«

Der Mönch, der einmal Thomas le Bras gewesen war, ehe er sich nach einem Turnierunfall, der ihm ein steifes Knie beschert hatte, dem Dienst Gottes zugewandt hatte, lächelte über die Überraschung seines alten Kampfgefährten. »Auch der Himmel braucht heutzutage tüchtige Streiter, mein Freund.«

Die beiden Männer umarmten sich, und Marierose war sich des Umstandes bewusst, dass der Mönch die beiden jungen Frauen genau in Augenschein nahm, die sein Bruder und sein Freund erwählt hatten.

»Ehrwürdiger Vater.« Sie entboten ihm gemeinsam einen respektvollen Gruß.

»Seid willkommen im Hause Gottes, meine Töchter«, erwiderte der Mönch ruhig. »Ihr kommt aus freiem Willen, vor Gott dem Herrn, diese beiden Ritter zu Eurem Gemahl zu nehmen?«

»Das tun wir, ehrwürdiger Vater.«

»Kann es sein, dass Ihr ohne die Einwilligung Seiner Majestät diesen Bund eingehen wollt?«

»Der König selbst hat Cyrus nach Nansay geschickt, damit er mein neuer Gemahl wird«, erklärte Marierose, während Cyrus noch nach der passenden Antwort suchte. Die Wahrhaftigkeit ihrer ruhigen Erwiderung überzeugte den Mönch. Blanche und Benoît fragte er nicht, es schien, als hätten die Brüder diese Fragen bereits im ersten Gespräch geklärt.

»Dann lasst uns beginnen«, sagte der Pater nach einer kurzen Spanne der Besinnung. »Der Bruder Pförtner und unser Klosterwart Bruder Eusebius werden den Akt bezeugen.«

Der Mönch versenkte die Hände in den weiten Ärmeln und trat zu einem stummen Gebet an den Altar. Marierose umklammerte für einen Augenblick den Arm ihres

Bräutigams, weil sie Angst vor der eigenen Kühnheit bekam. Was würden ihre Eltern zu diesem neuerlichen Abenteuer sagen? Was der König und Prinzessin Mathilda? Egal, wenn die Kirche ihren Bund gesegnet hatte, konnte ihn der König nicht mehr auflösen, das war alles, was in diesem Augenblick zählte. Danach würde es leichter sein, Cyrus die Dinge zu erklären, die er bisher noch nicht wusste.

Sie war so aufgeregt, dass sie weder den hageren Mönch wahrnahm, der die Wirtschaftsführung des Klosters beaufsichtigte, noch den kugelrunden Bruder Pförtner. Nicht einmal Blanche und Benoît, die ihnen zur Seite knieten und die gleichen Gelübde ablegten, schienen Wirklichkeit zu sein. Erst als sie mit ihrer Unterschrift im Kirchenregister bestätigte, dass die Dame von Nansay am Tage des heiligen Jakob im Jahre 1091 den Ritter von Aval zum Manne genommen hatte, atmete sie tief durch.

Pater Thomas hob erstaunt die Brauen darüber, dass diese Braut so schwungvoll unterschrieb wie ein Mann, während Blanche eher zögernd nach der Feder griff und ersichtlich nur ihren Namen auf das Pergament malen konnte. Es war höchst unüblich, dass selbst eine Dame von hoher Geburt lesen und schreiben konnte. Für ihn war dies ein weiterer Beweis für den Umstand, dass hier Dinge geschahen, die der König nicht gern sah. Aber inzwischen diente er ja glücklicherweise nicht mehr den weltlichen Mächten. Es konnte ihm egal sein, ob Marierose von Nansay womöglich eine jener seltenen Partien war, deren Hand der König nur seinen engsten Mitstreitern gönnte.

»Möge der Himmel Euren Bund segnen und ihn vor allem Schaden bewahren«, erklärte der Pater und zeichnete Marierose ein segnendes Kreuz auf die Stirn, während er die Rechte ihres Gemahls mit festem Griff umspannte.

»Möge er Euch auch die Diplomatie und das Geschick spenden, den Unwillen des Königs zu besänftigen.«

Cyrus verzog den Mund. »Bete für uns, Thomas, dass wir York schon hinter uns haben, bis der König von diesem Streich erfährt.«

»Wohin wollt Ihr?«

»In die Normandie. Mein ältester Bruder herrscht in der Nähe von Falaise über das Lehen von Aval. Er wird uns vielleicht nicht begeistert, aber doch im Namen der Familienbande aufnehmen.«

»Verbinde dich nicht mit Robert von Anjou, das wird dir Rufus noch weniger verzeihen als diese Ehe«, warnte der Mönch. Der Zwist zwischen den Söhnen des Eroberers ging bis in die Zeiten ihrer Kindheit und Jugend zurück, und jeder Ritter des Königs war automatisch ein Feind seines Bruders, der auf der anderen Seite des Kanals über die französischen Ländereien der Krone herrschte.

»Ich werde mein Möglichstes tun, mich und die meinen von der Politik fern zu halten«, versprach Cyrus und trat mit Marierose zur Seite, damit Benoît und Blanche sich ebenfalls von Bruder Thomas verabschieden konnten.

»Die Normandie«, wisperte Marierose leise. »Du hast nichts davon gesagt, dass wir über das Meer müssen.«

»Wir werden nach England zurückkehren, sobald sich Rufus' Zorn gelegt hat«, versprach Cyrus. »Er ist jähzornig, aber nicht ungerecht.«

Marierose erschauerte. Sie wusste nicht, woher sie die sichere Gewissheit nahm, dass diese Reise nie zustande käme. Doch fehlte es ihr an Mut, Cyrus von diesen Gefühlen zu berichten. Vielleicht täuschte sie sich ja auch. Möglicherweise lag es daran, dass dieser besondere Tag ein solches Wechselbad der unterschiedlichsten Gefühle für sie bereitgehalten hatte. Kein Wunder, dass sie sich selbst nicht mehr traute.

In den Gassen der Stadt herrschte trotz der späten Stunde noch reges Leben. Fackeln, Öllichter und flackernde Kerzen brannten in Schänken und Herbergen, und mancher gute Bürger von York schwankte auf seinem Heimweg trunken von einer Seite der Gasse zur anderen. Nicht nur in der Burg, auch zu ihren Füßen wurde der Frieden mit den Schotten gefeiert. Die beiden Paare, die sich im Dunkel zu halten versuchten, strebten zwischen all den fröhlichen Bürgern und ihren Gästen eilig in Richtung des westlichen Stadttores.

»Benoît hat am Nachmittag einen der Wachhabenden bestochen, damit er uns durch eine Ausfallpforte ins Freie lässt«, beantwortete Cyrus die besorgten Fragen seiner Gemahlin. »Pferde und Gepäck warten bei einem Fischer an der Mündung des Fosses auf uns. Wenn alles nach Plan geht, wird man uns frühestens morgen um die Mittagszeit vermissen.«

Marierose hatte gehofft, Gelegenheit zu finden, ihrer Mutter eine Nachricht zu schicken, aber so wie es aussah, musste sie froh sein, wenn ihr genügend Zeit zum Atemholen blieb. Geschweige denn, dass sie Zeit hätte, Cyrus ein paar Dinge zu sagen, die er dringend wissen sollte. Die rechte Hand zur Faust geballt, damit ihr der schwere goldene Reif mit dem Smaragd nicht vom Finger rutschte, den er ihr angesteckt hatte, versuchte sie zudem das hartnäckige Gefühl zu vertreiben, dass jeder ihrer Schritte belauert wurde.

Dem Gestank nach hatten sie inzwischen das Viertel der Färber und Tuchwalker erreicht, das sich am Ufer des Flusses erstreckte und bis zur Stadtmauer reichte. Hier gab es keine Gasthäuser mehr, nur noch stille Gassen, erfüllt von den scharfen Aromen der zahllosen Färberbottiche und dem Gestank eng aufeinander wohnender Menschen. Eine Katze strich vor ihnen über den Weg, und

Blanche entwich im ersten Schreck ein leiser Aufschrei. Im selben Atemzug tauchten wie von Geisterhand herbeigezaubert, vier Männer vor ihnen auf. Kompakt, groß und im Kilt der schottischen Krieger trat ihnen der Anführer entgegen.

»Stell dich, Cyrus von Aval und Nansay!« Der raue Akzent der Kaledonier verlieh seiner Aufforderung zusätzliche Bedrohung. »Arthur McDowell fordert Rechenschaft von dir für das Blut seines Bruders und seines Neffen!«

Marierose wurde energisch nach hinten und aus dem Weg gestoßen. Cyrus' leise Stimme traf ihr Ohr. »Bringt euch in Sicherheit, schnell.«

Mit der gleichen Bewegung zückte er das Schwert, und Benoît folgte seinem Beispiel. »Ich habe weder deinen Neffen noch deinen Bruder getötet, McDowell. Ich gebe dir das Wort eines königlichen Ritters darauf.«

»Das Wort eines mörderischen Schweins!«, röhrte der Schotte, und im Nu klirrten die Schwerter aufeinander.

»Heilige Mutter Gottes«, jammerte Blanche erstickt. »Sie werden uns zu Witwen machen, ehe wir Ehefrauen geworden sind.«

Marierose zischte empört über so viel Einfalt und mangelndes Zutrauen in die Kampfkraft ihrer Männer. Sie packte ihre Gefährtin. »Lauf zur Burg. Hol Hilfe. Schnell. Die Schotten brechen den Frieden. Die Garde muss kommen, ehe ein Unglück geschieht.«

Außerdem kämpften sie vier gegen zwei, ein Umstand, der auch Marierose besorgte. Sie verstand nicht viel vom Kräftemessen der Männer. Sie sah nur, dass die Schotten im Vergleich zu den Rittern wahre Riesen waren und ihre Schwerter mit beiden Händen führten, während die Normannen ihre kleineren Waffen in der Rechten hielten und an Geschick wettmachen mussten, was die anderen an

Stärke vorausgehatten. Das Klirren der Waffen, das Keuchen und Fluchen der Männer durchbrach die Stille der Nacht. Von ferne näherten sich Schritte.

»In Gottes Namen, lauf!«, hörte Marierose Cyrus' Befehl. Benoît taumelte unter dem mächtigen Hieb eines Schotten, was ihrem Gemahl einen lästerlichen Fluch entlockte. Er griff nun mit solcher Vehemenz an, dass Arthur McDowell überrascht zurückwich und den ersten Treffer einstecken musste. Cyrus setzte ins Dunkel nach, und Marierose vernahm einen gurgelnden Schmerzensschrei, der unvermittelt abbrach.

Hinter ihr wurde ein anderer Schrei laut: das hysterische Kreischen einer Frauenstimme. Blanche! Auch Benoît hatte ihn gehört und drehte abgelenkt den Kopf in Richtung des Rufes. Cyrus rettete ihm das Leben, indem er den Hieb eines Schotten gegen seinen Nacken auffing und auf den neuen Gegner mit solcher Wucht eindrang, dass er über dem Getöse der Waffen den Ruf erst vernahm, als er wiederholt wurde: »Im Namen des Königs, haltet ein!«

Mit einem Mal beleuchteten Fackeln den kleinen Platz, der von Färberhäusern gesäumt wurde. Zwei Schotten lagen reglos in ihrem Blute. Benoît war auf die Knie gesunken, und die restlichen drei Männer ließen ihre Waffen sinken, als sie erkannten, dass Robert von Mortain, der Earl von Cornwall und Cousin des Königs, die Garde anführte, die gekommen war, die Kämpfe zu beenden.

»Dem Himmel sei Dank«, wisperte Marierose und bekreuzigte sich hastig. Blanche stolperte an ihre Seite; sie war Mortain direkt in die Arme gelaufen, und nun presste sie ängstlich die geballte Faust auf den halb geöffneten Mund, um ihr Schluchzen zu unterdrücken.

»Was geht hier vor?«

Cyrus d'Aval stieß mit einem Aufatmen sein Schwert in

die Scheide zurück und strich sich das Haar aus der Stirn, das sich beim Kampf aus dem Lederband gelöst hatte. »Wir wurden von diesen Kerlen angegriffen, Mortain. Dem Anschein nach sind es McDowells, die mir den Verlust von Nansay Hall nachtragen. Man sollte ihnen endlich beibringen, was ein Friedensvertrag ist.«

»Setzt sie fest und schafft die Toten fort«, befahl der Earl, ehe er sich den beiden Edeldamen zuwandte. Marierose hatte den Arm um die zitternde Blanche gelegt und wappnete sich für den kommenden Schlag. Noch vor Cyrus sah sie das Stirnrunzeln des königlichen Cousins und registrierte die Tatsache, dass keinerlei Freundlichkeit oder Nachsicht in seinem Gesicht standen.

»Und was Euch betrifft, Aval: Ihr seid verhaftet! Der König hat angeordnet, Euch und Euren Gefährten unter Arrest zu setzen. Die Damen desgleichen. Seine Majestät schätzt es nicht, hintergangen zu werden.«

Marierose atmete zitternd aus. Sie hatte es geahnt.

»Was bringt der König gegen meinen Gemahl vor?«, fragte sie dennoch mit einer Ruhe und einem Mut, den sie bei weitem nicht empfand.

»Das werdet Ihr früh genug erfahren«, schnauzte der Earl, der sie noch am Nachmittag beim Empfang mit bewundernden Blicken verfolgt hatte.

Marierose senkte den Scheitel. Welch kurzer, zerbrechlicher Traum ihre Ehe doch gewesen war.

# Dreiundzwanzigstes Kapitel

*Königliche Burg in York*
*27. Juli 1091*

Der blanke Sonnenschein brach so strahlend durch die offenen Fenster, dass er sogar die matten Steinquadrate des grauen Bodens zum Glänzen brachte. In den Bäumen des Obstgartens hinter dem Gästehaus von St. Marys sangen die Vögel um die Wette und wenn sich Marierose weit aus dem Fenster beugte, erhaschte sie sogar einen Blick auf den Lauf des Flusses. Ein Bild des Friedens, das in krassem Gegensatz zu ihren eigenen, angespannten Nerven stand. Sicher hatte sie bereits einen Weg in den Steinboden gefräst, so oft war sie von ihrem bescheidenen Lager zum Fenster und wieder zurück gelaufen.

Das war nun schon der zweite Tag, der sie ohne Nachricht und ohne Erklärung ließ. Der Friede des heiligen Ortes, nach dem sie sich einmal so gesehnt hatte, machte sie nun fast verrückt in seiner gleichmäßigen, unerschütterlichen Ruhe. Wo war Cyrus? Wo steckten Blanche und Benoît? Was hatte der König mit ihnen vor, und warum ließ er sich so lange Zeit mit seiner Anklage? Warum erlaubte man ihr nicht einmal, ihre Eltern zu benachrichtigen?

Bei Gott, so konnte es nicht weitergehen. Sie würde nicht in dieser Kammer bleiben und darauf warten, dass über ihr Schicksal entschieden wurde. Das hatte sie in Nansay Hall zur Genüge getan, und sie hatte aus diesem Fehler gelernt. Dieses Mal würde sie kämpfen! Ohne zu zögern stand sie auf und ging zur Tür. Eine von außen verriegelte Tür aus festem Eichenholz, so viel hatte sie schon in Erfahrung gebracht. Es war an der Zeit, herauszufinden, ob sie wirklich allein in diesem Gästehaus war.

Sie hob die Fäuste und trommelte gegen die Tür; gleichzeitig hob sie die Stimme und brachte jene beachtliche Summe sächsischer Flüche und Verwünschungen vor, mit denen sie schon ihren Gemahl in Erstaunen versetzt hatte.

Es war gewiss nicht das passende Benehmen für eine wohl erzogene, fromme Edeldame, aber es brachte binnen einer Viertelstundenfrist einen entrüsteten Abt zu ihr, dessen hochroter Kopf verriet, dass er sehr wohl einen Teil dieser fantasievollen Tirade verstanden hatte. Marierose hielt seinem entrüsteten Blick mit hochgerecktem Kinn und wütenden Augen stand.

»Ich habe mich fast zwei Tage wie eine Edeldame benommen, ehrwürdiger Vater, und es hat mir nicht mehr eingebracht als zerrüttete Nerven«, entgegnete sie gelassen auf seine Vorwürfe. »Ich wünsche, dass man augenblicklich einen Boten zu meiner Mutter in das Haus Clifford schickt. Lady Liliana de Cambremer wartet darauf, und es schickt sich nicht, die Dame noch länger im Ungewissen zu lassen.«

»Der Himmel bewahre mich vor weiteren Gästen wie Euch, werte Lady«, schnaufte der Abt, dessen wohl gerundeter Erscheinung man ansah, dass er die Fastenzeiten nicht besonders streng einhielt. »Da ist mir ja das arme Kind in der Nachbarkammer noch lieber, das Ströme von Tränen vergießt.«

»Blanche ist auch hier? Lasst mich zu ihr!«

Marierose wusste selbst nicht genau, woher sie den Mut nahm, den frommen Mann einfach zur Seite zu schubsen und auf den Gang hinaus in die Nachbarkammer zu stürzen. Blanche fuhr aus ihren Gebeten hoch und fiel ihrer Herrin um den Hals. Ohne sie aus ihrer Umarmung zu lassen, funkelte Marierose den Abt an, der ihr gefolgt war. »Eine schöne Gastfreundschaft ist das, die

Ihr uns hier bietet. Wohl mehr ein Gefängnis denn ein mildtätiges Hospiz.«

»Der Befehl des Königs lautete, Euch in getrennten Kammern bei Fastenkost unterzubringen.«

»Und warum? Was haben wir verbrochen? *Uns* wurde ein Unrecht getan, nicht dem König. Man hat uns überfallen und bedroht und uns von unseren Männern getrennt. Ich fordere auf der Stelle Gerechtigkeit.«

»Die sollt Ihr bekommen, meine stürmische Freundin«, erwiderte eine höchst unerwartete Stimme im Rücken des Abtes.

Prinzessin Mathilda stand da, begleitet von Lady Liliana und mit einem so amüsierten Lächeln in den Mundwinkeln, dass Marieroses erste Freude neuerlicher Empörung wich. Waren ihre Plagen nun schon Grund zu königlicher Heiterkeit?

»Königliche Hoheit.« Der Abt machte sichtlich erleichtert für die neuen Besucher Platz. »Wenn Ihr gekommen seid, die Damen mit Euch zu nehmen, so …«

»Werdet Ihr über die Maßen erleichtert sein und mir keine Steine in den Weg legen, ich weiß«, setzte die Prinzessin seine Rede fort. »Bei allen Heiligen, ich habe nicht gewusst, dass Eure Tochter über ein so heftiges Temperament verfügt, Lady Liliana.«

»Ich bekenne mich schuldig, bei ihrer Erziehung gefehlt zu haben, königliche Hoheit«, erwiderte Marieroses Mutter trocken und bedachte die beiden jungen Frauen mit einem strafenden Blick.

Ihre Tochter reagierte in neuer, unerwarteter Würde darauf. Sie hatte ihr Ziel erreicht und Bewegung in die Dinge gebracht, mehr hatte sie nicht gewollt.

»Wir sind bereit zu gehen.«

Sie drückte Blanches Arm, ehe ihre Freundin mit der einen Frage heraussprudeln konnte, die auch ihr am Herzen lag. Aber sie durchschaute die Prinzessin wie auch ihre Mutter. In Gegenwart des Abtes würden beide kein Wort verlieren, das sie beruhigte. Beide zürnten ihr, und sie musste einräumen, dass sie ein Recht dazu hatten. Allein, was hätte sie tun können?

*

»Euer junger Freund wird zwei hübsche Narben zurückbehalten, aber sonst kann ich keinen bleibenden Schaden entdecken«, sagte der Medicus und trat von dem einfachen Strocksack zurück, auf dem Benoît le Bras lag. »Die Wunden an Arm und Schulter heilen gut. Wenn er die nächsten Tage kein Fieber bekommt, ist er in einer Woche wieder imstande, eine leichte Waffe zu führen.«

»Habt Dank«, sagte Cyrus d'Aval heiser. »Wer hat Euch geschickt, der König?«

»Seine Majestät ist augenblicklich so schlecht auf Euch zu sprechen, dass Ihr nicht auf seine Gefälligkeiten hoffen solltet«, sagte eine Stimme von der Tür her. Cyrus d'Aval entdeckte in höchstem Erstaunen den silberhaarigen Edelmann, den Ryan Fitzgeorge Vater genannt hatte.

»Ihr?«

»Was ich mit dieser Angelegenheit zu schaffen habe?« Der Lord von Hawkstone hatte die Frage in der einen Silbe sehr wohl vernommen. »Familienbande, fürchte ich. Wenngleich ich sie mir nicht ausgesucht habe.«

»Eure Tochter«, erinnerte sich Cyrus. Er stieß ein Ächzen aus. »Ich werde sie nicht heiraten, wie oft soll ich's noch sagen? Nicht einmal um den Preis meiner Freiheit. Wenn es dann überhaupt noch eine Freiheit wäre …«

»Ein Mann der Spitzfindigkeiten, schau an«, erwiderte Lord gallig. »Seine Majestät hat angeordnet, dass Ihr in Haft bleibt, bis der letzte Schotte die Stadt verlassen hat. Seltsamerweise liegt ihm trotz allem daran, dass Ihr nicht wegen eines McDowells über die Klinge springen müsst. Dem König habt Ihr es auch zu verdanken, dass Mortain und seine Männer rechtzeitig eingegriffen haben. Als ihm auffiel, dass die Schotten Euch beim Empfang so viel Aufmerksamkeit schenkten, hat er Euch einen Beschützer zur Seite gestellt. Wie es scheint, hat der Mann einen äußerst interessanten Tag verbracht bei dem Versuch, Euch heimlich zu folgen.«

»Ich bin ihm zu Dank verpflichtet«, erwiderte Cyrus mindestens ebenso mürrisch wie sein Besucher und nahm von der Idee Abschied, dem König seine Ehe vorerst zu verheimlichen. »Und wann werden die Schotten fort sein?«

»Malcolm Canmore hat gestern im Beisein der Edlen Englands und Schottlands seinen Eid geleistet. Er ist heute Morgen aufgebrochen, und York hat ihm und seinen schottischen Kriegern keine Träne nachgeweint.«

»Das heißt, wir können dieses gastliche Quartier verlassen?« Cyrus' Kopfbewegung umfasste den Raum mit seinen Strohsäcken, dem Eimer und dem Wasserkrug. Es war nicht das schlimmste Verlies der Burg von York, aber es hatte seinen Teil an vierbeinigen Unerquicklichkeiten bereitgehalten. Jeder Mann mit Vernunft kehrte einem Ort wie diesem nur zu gern den Rücken. Sogar Benoît setzte sich stöhnend, aber eifrig auf.

»Fürs Erste soll ich Euch zu Rufus bringen und Euren Gefährten in ein vernünftiges Quartier.«

Der Ritter fügte sich mit einem Achselzucken und half Benoît beim Aufstehen. Seine Wunden an Arm und Schulter waren schmerzhaft, aber sie erlaubten ihm zu gehen. In ihren blutigen Kleidern zogen sie viele Blicke auf sich, ehe sich ihre Wege trennten. Der Lord schickte Benoît mit einem Diener in dunkelgrüner Livree davon und brachte Cyrus d'Aval in das Kabinett des Königs.

Rufus stand mit verschränkten Armen am Fenster und sah ihnen entgegen. Die Sonne umgab seinen kantigen Schädel mit rostrotem Feuer, und an Stelle einer Antwort auf ihren respektvollen Gruß ernteten der Ritter und sein ehrwürdiger Begleiter nur ein unwilliges Knurren.

»Ich habe Euch gesagt, dass ich mich Eurer Probleme nach den Schotten annehmen werde«, bellte der König Cyrus ohne große Vorreden an. »Könnt Ihr nicht warten, bis Euer König handelt? Müsst Ihr alles durcheinander bringen und einen solchen Zwischenfall provozieren?«

Cyrus biss die Zähne zusammen, dass sich die Bewegung bis in die starren Halsmuskeln übertrug, und schwieg. Es hatte keinen Sinn, Rufus zu antworten, wenn er in dieser unfreundlichen Stimmung war.

»Wie könnt Ihr es wagen, über meinen Kopf hinweg Entscheidungen zu treffen? Wie kommt Ihr dazu, ohne meine Einwilligung ein Weib zu nehmen, und wohin wolltet Ihr überhaupt fliehen? In die Normandie? Zu Robert? Auch noch Verrat zu allem Überfluss?

»Glaubt Ihr das?«

Cyrus begegnete dem wütenden Blick des Königs, ohne mit der Wimper zu zucken. Es war ein Duell mit Blicken, das der König mit einem Fluch abbrach, denn er hatte in den vergangenen Jahren genügend Beweise für die unerschütterliche Treue und Loyalität seines Ritters erhalten.

»Nein, ich glaube es nicht, sonst hättet Ihr das Verlies nicht verlassen. Ich wünsche auf der Stelle eine klare Schilderung aller Ereignisse von Euch, d'Aval. Angefangen vom Tag Eurer Ankunft in Nansay Hall bis heute.«

»Unter vier Augen, Majestät«, wagte Cyrus zu fordern.

Die Blicke des Königs und des alten Lords kreuzten sich zum ersten Mal, und er sah, dass der Lord ein Kopfschütteln andeutete, welches der König mit einem Stirnrunzeln akzeptierte. Was hatte das zu bedeuten?

»Ich stelle hier die Bedingungen«, sagte der König aufgebracht. »Sprecht, und Ihr seid gut beraten, wenn Ihr nichts auslasst und nichts hinzufügt.«

Cyrus d'Aval konnte nicht umhin, auch die Abenteuer seiner heimlichen Gemahlin in die Erzählung mit einfließen zu lassen, aber es entging ihm, dass der Lord in Anbetracht der ersten Tracht Prügel im Wald mit einem Lachen kämpfte und bei der Schilderung von Lady Margaux' Taten kalte Wut in seinen Augen funkelte. Er war viel zu sehr darauf bedacht, die Reaktionen des Königs zu belauern, der längst in einem Lehnstuhl Platz genommen hatte und die kräftigen Füße von sich streckte. Auch galt es, jene besonderen Episoden auszuklammern, die allzu privat waren und keinen der Männer etwas angingen, die ihm lauschten.

»Und was hat Euch am Ende dazu bewogen, die ungewöhnliche Lady doch zu Eurer Gemahlin zu machen?«, erkundigte sich der König, als d'Aval endlich schwieg. »Mir scheint, sie ist nicht die Art von sanfter, stiller und gehorsamer Ehefrau, die ein Mann sich wünscht. Was Ihr berichtet und was Ihr verschwiegen habt, hört sich eher nach einem gottverfluchten Stachel im Fleisch eines jeden Mannes an.«

Cyrus ertappte sich bei einem unerwarteten Lächeln. »Da habt Ihr wohl Recht, Sire. Aber mittlerweile hab ich mich an den Schmerz gewöhnt. Ich würde ihn vermissen, wenn er mir fehlte.«

»Dann nehmt diesen Stachel und begebt Euch nach Nansay Hall, wie es von Anfang an vorgesehen war.« Der König stand auf und legte eine Hand auf die Schulter des Ritters. »Ich wusste nicht, dass ich Euch in ein solches Rattennest schickte, Cyrus. Ihr solltet mir eine Basis für meinen Sommerfeldzug gegen die Schotten schaffen und nicht Euer Leben dort verlieren. Aber ich denke, wir sind quitt. Ihr habt mir am Jakobstag ebenfalls einen schönen Schrecken eingejagt. Ich schätze es nicht, wenn sich meine besten Ritter hinter meinem Rücken über königliche Befehle hinwegsetzen. In diesem besonderen Fall verzeihe ich Euch jedoch, da ich die Dame und ihre Schwestern kenne. Die Töchter des Rosenturmes verstehen es, aus dem vernünftigsten Mann einen Narren zu machen.«

Der nächste Abschied galt dem Lord, und d'Aval vernahm erstaunt die halb launige, halb strenge Bemerkung des Königs.

»Soweit ich weiß, habt Ihr noch eine Tochter in Hawkstone. Tut mir den Gefallen und sperrt sie weg, wenn sie alt genug ist, sich einen Gemahl zu suchen. Es missfällt mir, dass meine besten Streiter zu Wachs in ihren Händen werden.«

»Ich werde mein Möglichstes tun, Sire«, erwiderte der Lord gelassen. »Seid versichert, dass es auch in meinem Sinne ist, wenn dieser Demoiselle der Arrest des Königs erspart bleibt.«

»Ah, Ihr tragt es mir nach.« Rufus lachte schallend. »Fragt die Dame, dann werdet Ihr erfahren, dass es durchaus einen Grund für diese Strafe gibt. Der König liebt es nicht, von einem naseweisen Fratz zum Narren gehalten zu werden, auch wenn es ein tapferer Fratz ist. Diese Strafe hat Bill verdient.«

Der König verließ sie, immer noch lachend, während der Lord dem Ritter die Tür aufhielt. »Dann kommt. Ich nehme an, Ihr werdet meine Tochter sehen wollen.«

»Eure Tochter?« Cyrus d'Aval stieß die Luft scharf aus. »Wie oft muss ich Euch noch sagen, dass ich Eure Tochter nicht heiraten werde? Habt Ihr nicht gehört, was ich dem König erzählt habe? Ich *bin* verheiratet.«

»In der Tat«, nickte der Edelmann und bedachte d'Aval

mit einem kritischen Blick. »Daran ist nichts zu rütteln. Der Eintrag im Kirchenregister wurde ordnungsgemäß unterschrieben, und ich kann nicht sagen, dass mir die Sache gefällt.«

»Euch muss sie nicht gefallen«, widersprach der Ritter und zwang sich zur Höflichkeit. »Verzeiht, ich will Euch nicht zu nahe treten, Ihr seid ein Vertrauter des Königs, und Euer graues Haar verdient meinen Respekt, dennoch wüsste ich nicht, was Ihr mit meiner Ehe zu schaffen hättet.«

»Nur die Kleinigkeit, dass Eure liebenswerte Gemahlin meine Tochter ist«, erwiderte der Lord bedächtig. »Sie wurde als Marierose de Cambremer geboren. Ihre Mutter ist die Lady von Hawkstone, meine liebste Gemahlin, Liliana von Cambremer. Zur Lady von Nansay wurde Marierose erst, als sie den Sohn meines besten Freundes heiratete und daran scheiterte, ihn zum Manne zu machen.«

»Gütiger Gott.«

Sie hatte den Namen ihrer eigenen Mutter verwendet, und das überzeugte den Ritter mehr als jedes andere Argument davon, dass jede Silbe aus dem Munde dieses Mannes der vollen Wahrheit entsprach.

Der Lord quittierte den Ausruf mit einem dünnen Lächeln. »Folgt mir.«

Gehorsam setzte d'Aval sich in Bewegung und folgte der beeindruckenden Erscheinung des Lords von Hawkstone. Cyrus konnte sich nicht erinnern, wann er sich zum letzten Mal wie ein kleiner Knabe vorgekommen war. Er war so fassungslos, dass er gar nicht bemerkte, dass sie die Räume von Prinzessin Mathilda betraten, in denen sich eine ganze Reihe der verschiedensten Personen aufhielt. Erst als er die hoch gewachsene Gestalt des Barons von Aylesbury entdeckte, der lachend mit seiner Gemahlin plauderte, erwachte er wieder zum Leben.

»Was, zum Donner ...«

»Da seid ihr ja endlich!« Die fabelhafte Lady mit den silbernen Schläfen rümpfte die Nase. »Und wie Ihr ausseht, du lieber Himmel. Ich werde meine Umarmung auf später verschieben, mein Bester, wenn Ihr ein wenig präsentabler geworden seid und besser riecht. Marierose wird solche Skrupel sicher nicht haben ...«

Sie hatte noch nicht ausgeredet, als Cyrus die zierliche Gestalt seiner kleinen Gemahlin im Arm hielt und ihren besorgten Blick mit einem erleichterten Lächeln erwiderte. »Ja, ich bin gesund. Nein, ich bin nicht verletzt. Ja, der König hat mich gerügt, aber in Gnaden entlassen. Aber was, zum Teufel, hat *er* hier zu suchen?«

»Er?« Marierose folgte lachend der Richtung seines Blickes, der bei Ryan Fitzgeorge landete, dessen Anwesenheit in dieser Familienszene sich Cyrus beim besten Willen nicht erklären konnte.

»Willkommen im Clan des Rosenturmes«, erbarmte sich Ryan Fitzgeorge seines höchst verwirrten Schwagers und hielt ihm die Hand hin. »Da ich mit der Schwester dieses kleinen Satansbratens verheiratet bin, kann ich Euch nachfühlen, wie Euch zumute ist.«

»Ihr ...« Cyrus räusperte sich, um den Rest seiner Worte wieder hinunterzuschlucken. Sie waren nicht dazu geeignet, ihm das Wohlwollen seiner charmanten Schwiegermutter und Prinzessin Mathildas zu sichern, die mit größtem Vergnügen diesem Zusammentreffen beiwohnte.

Die Einzigen, die weder zuhörten noch zusahen, waren Blanche und Benoît. Sie saßen versunken in einer Fensternische und hielten sich an den Händen. Glücklich allein darüber, dass sie dies tun durften.

»Ich sollte dir den Hals umdrehen«, entschied sich d'Aval, einen Teil seiner Empörung bei seiner bezaubernden Gemahlin abzuladen, die wie er noch immer das Gewand des königlichen Empfanges trug, das jetzt allerdings so aussah, als hätte sie auch darin geschlafen.

»Das willst du nicht wirklich«, widersprach sie ihm und legte sanft eine Hand an seine Wange. »Ich hab es nie gesagt, es fand alles in deinem Kopf statt. Im Grunde muss ich dir verzeihen und nicht du mir.«

»Das fragt sich! Kannst du mir sagen, was es mit einem gewissen Bill auf sich hat, an den dich Rufus erinnern will, falls du dich über die Tatsache beschwerst, dass er auch dich in Arrest genommen hat?«

Marierose gluckste. »Ich wusste, dass er früher oder später seine Rache haben will. Nun gut, was hat er bestimmt?«

»Wir werden nach Nansay Hall gehen«, erwiderte Cyrus mit einem tiefen Atemzug. »Du erinnerst dich? Wenn ich die Witwe heirate, gehört es mir.«

Marierose kümmerte sich weder um ihre Eltern noch um die Prinzessin oder ihre Gefährtin, sie legte die Arme um den Hals ihres Gemahls und suchte seine Lippen, wie ein Verdurstender das Wasser suchte, ein Einsamer Gesellschaft und ein Heiliger Gott. Ihr Kuss beendete die Suche und schloss den Kreis. Sie gehörten einander für immer.

# Epilog

*Nansay Hall*
*15. August 1091*

Im ersten Augenblick wusste Marierose nicht zu sagen, was sie geweckt hatte. Ein Albtraum? Nein, ihr Schlummer war tief und ihre Träume sanft gewesen …

Dennoch blieb da etwas in der Stille der lauen Sommernacht, das sie nicht mehr schlafen ließ und am Ende hellwach machte. Der Duft blühender Rosen lag in der Luft, und ein Mondstrahl leuchtete genau über die Blüten in dem silbernen Krug, der mitten auf dem Tisch stand. Bei ihrer Heimkehr hatte sie den Rosenstock im verwilderten Garten in voller Blüte vorgefunden, und die ersten Ranken machten sich bereits daran, die Mauern zu erklimmen.

*Neues Leben. Du hast endlich gelernt, dafür zu kämpfen, und der Sieg gehört dir.*

Marierose lächelte, als hätte sie die Worte gehört und nicht nur gedacht. Unwillkürlich legte sie die Handflächen auf ihren Leib. Die Aufregung der vergangenen Wochen hatte ihr kaum Zeit gelassen, das Wunder dieses neuen Lebens zu begreifen. Die Heimkehr nach Nansay Hall, der Besuch ihrer Eltern, die atemlose Verblüffung Lady Boltons, alle hatten sie ihr Recht an Aufmerksamkeit und Erklärung gefordert und den winzigen Funken Leben in den Hintergrund gedrängt, der dank Lady Lilianas Elixier auch nicht länger ihr Wohlbefinden beeinträchtigte.

»Du bist wach …?« Die verschlafene Stimme ihres Gemahls drang in das Zwiegespräch mit den eigenen Gedanken.

Marierose wandte sich ihm zu und suchte mit täglich wachsender Vertrautheit seine Lippen für einen zärtlichen Kuss. Ihn neben sich zu wissen, war ein ebenso großes Wunder wie das Leben in ihrem Schoß.

»Was hält dich wach?«

Die besorgte Frage entlockte Marierose ein Lächeln.

»Ich weiß nicht, was mich geweckt hat. Aber jetzt, da ich wach bin, gefällt es mir.«

Der Mondschein, der die Rosen beleuchtete, fiel auch auf ihr Antlitz, das, von feinen Locken umrahmt, mit so ausschließlicher Liebe auf Cyrus d'Aval herabsah.

»Das Mondlicht macht dich noch schöner, weißt du das?«, raunte er, bezaubert von ihrem Lächeln und der Gewissheit, dass sie ihm gehörte. Seine Hand strich über die seidig gerundete Schulter und umfing eine Brust, die ihm mit jedem Tag verführerischer und voller zu werden schien. »Vielleicht sollten wir diese wundervolle Nacht nicht mit Schlaf vertun, meine Süße.«

»Warte.«

Schon ein wenig atemlos kämpfte Marierose gegen das Verlangen, das er so ohne jede Anstrengung in ihr entfachen konnte. Sie griff nach seiner räuberischen Hand und legte sie sanft nach unten auf jene Stelle unterhalb des Nabels, die noch nicht gewölbt, aber doch bereits anders als jemals zuvor war.

»Was spürst du?«

»Dich.«

»Und sonst …«

Von der Dringlichkeit ihrer Stimme verwundert, suchte Cyrus d'Aval mehr zu fühlen als die glatte Wärme verführerischer Haut, die verlockende Nähe ihrer Weiblichkeit und den Wunsch, die Hand weiter nach unten wandern zu lassen und jene Seufzer zu hören, die nur ihm und seinen Zärtlichkeiten galten.

»Nur dich«, wiederholte er nach einiger Zeit. »Aber das ist auch alles, was mir etwas bedeutet. Deine Wärme, deine Nähe, dein Feuer und deine Sanftheit. Ich möchte all dies nie mehr missen. Es hält mich am Leben.«

»Und es schenkt dir Leben«, sagte Marierose sanft und bedeckte mit ihren eigenen Händen seine Hand. »Unser Kind wächst hier. Mutter sagt, es wird zum Ende des Januars zur Welt kommen.«

Cyrus d'Aval erstarrte, und für einen Augenblick kam es ihm so vor, als gäbe es da unter seiner Hand tatsächlich eine Verbindung zu einem Wesen, das sich seiner Berührung entgegenreckte und seinen Schutz forderte. Eine nie gefühlte, tiefe Rührung überlief ihn gleichzeitig mit unzähligen anderen Empfindungen. Mit Freude, Stolz, Sorge und einer so überwältigenden Liebe, dass er ein seltsames Brennen in den Augen fühlte.

»Der Erbe von Nansay«, sagte er schließlich heiser.

»Unser Kind«, verbesserte Marierose leise. »Lady Margaux hat sich getäuscht, ich bin nicht unfruchtbar. Es lag nur daran, dass Gil nicht einmal in all den Jahren das Lager mit mir geteilt hat. Er wollte es nicht, und mir war es recht, weil ich keine Ahnung davon hatte, wie richtige Liebe aussieht. Ist dir denn nie aufgefallen, dass du der erste Mann in meinem Leben warst?«

Cyrus erinnerte sich an die Blutflecken auf seinem Mantel und den Nachmittag am Waldweiher. »Ich wollte es nicht wahrhaben, denn sonst hätte ich schon damals meine Niederlage anerkennen müssen.«

»Hm …« Marierose warf ihm einen mutwilligen Blick zu. »Niederlage klingt gut. Müssen besiegte Ritter nicht Lösegelder aufbringen und dem Sieger auf vielfältige Weise huldigen …«

Sie löste ihre Hände und legte sie stattdessen um seinen Hals. Sie drängte sich dem festen Bollwerk seiner athletischen Gestalt entgegen und bewegte dabei höchst verführerisch ihre Hüften gegen die begehrlichen Regionen seines eigenen Leibes.

»Ich bitte dich.« Cyrus fand sich zum ersten Mal nicht bereit, auf das leidenschaftliche Spiel einzugehen. Die Sorge siegte über das Verlangen. »Du musst besser auf dich aufpassen. Du darfst nicht mehr auf Knien im Garten arbeiten und mit Lady Liliana im Wald nach all diesen Kräutern suchen. Auch deine Besuche auf dem Baugerüst für die neuen Ställe ...«

Marierose kicherte und unterbrach seine Litanei mit einer ganzen Flut von kleinen verspielten Küssen, die auf jede Stelle seines Gesichts herabregneten.

»Ich bin nicht krank, mein Herr. Es geht mir hervorragend, und es wird auch unserem Kind hervorragend gehen, wenn Ihr davon abseht, mich einzusperren und an den Stickrahmen zu verbannen.«

»Aber du musst dich schonen! Du musst schlafen ...«

»Aber ja, Geliebter. Mit dir, in deinen Armen ...«

Der besorgte Protest verstummte mit einem Luftschnappen, als Marieroses Küsse und Hände tiefer wanderten. Sie hatte schnell gelernt, ihre Macht über ihren Gemahl auszuspielen. Sie fand mit raffinierter Geschicklichkeit all jene Stellen, die ihn entwaffneten und zu dem Wachs in ihren Händen machten, vor dem der König gewarnt hatte.

Es war der letzte vernünftige Gedanke, der Cyrus d'Aval durch den Kopf schoss. Danach gehörte die Nacht der Leidenschaft und einer Liebe, die umso kostbarer war, weil sie sich dieses Mal mit Vertrauen und Ehrlichkeit paarte.